Un témoin si fragile

Ressemblance à haut risque

ROBIN PERINI

Un témoin si fragile

BLACK ROSE

HARLEQUIN

Collection : BLACK ROSE

Titre original : COWBOY IN THE CROSSFIRE

Traduction française de B. DUFY

HARLEQUIN®
est une marque déposée par le Groupe Harlequin
BLACK ROSE®
est une marque déposée par Harlequin

Le visuel de couverture est reproduit avec l'autorisation de :
Enfant : © ARCANGEL/ELISABETH ANSLEY
Paysage : © FOTOLIA/VVVITA/ROYALTY FREE
Réalisation graphique couverture : V. ROCH

Tous droits réservés.

HARLEQUIN
83-85, boulevard Vincent-Auriol, 75646 PARIS CEDEX 13.
Service Lectrices — Tél. : 01 45 82 47 47
www.harlequin.fr
ISBN 978-2-2803-4569-9 — ISSN 1950-2753

1

Une rafale de vent glacé poussa Amanda Hawthorne en arrière alors qu'elle remontait l'allée menant au pavillon de son frère. Elle releva le col de son manteau et baissa la tête. Une deuxième rafale, plus violente encore que la première, faillit la faire tomber.

Le temps semblait vouloir l'empêcher d'atteindre la maison, mais cette tempête inattendue de pluie verglaçante ne gagnerait pas la partie. Vince non plus. Il ne serait pas ravi de l'apprendre, mais elle allait devoir continuer de loger chez lui en attendant d'avoir trouvé un nouveau travail.

Le froid avait au moins un avantage : il neutralisait l'odeur de friture qui imprégnait ses vêtements après sa dernière journée au Jimmy's Chicken Shack. Cette odeur et un mal aux pieds permanent, elle aurait pu les supporter pendant des mois, mais pas les mains baladeuses de Jimmy, sa mauvaise haleine et des avances qui se seraient peut-être transformées en viol si elle n'avait réussi à s'échapper de la réserve où il l'avait acculée.

Ce souvenir lui arracha un frisson. Elle ne retournerait pas là-bas. Mais il lui fallait maintenant expliquer la situation à son frère…

Une profonde inspiration, puis elle ouvrit la porte et cria :

— Vince ? J'ai une mauvaise nouvelle ! Tu vas devoir nous…

Les mots moururent sur ses lèvres. Les photos qui décoraient les murs du vestibule gisaient sur le carrelage, au milieu des morceaux de verre brisé. La petite table installée près de l'entrée était renversée…

— Vince ?

Le cœur battant à grands coups dans sa poitrine, Amanda se précipita dans le séjour.

Il était sens dessus dessous.

Oh, mon Dieu ! Son fils… Où était son fils ?

— Ethan ?

Elle contourna le canapé, et le spectacle qui s'offrit alors à ses yeux la figea sur place. Son frère était allongé par terre dans une mare de sang, le regard vitreux, un pistolet à la main et un trou dans la poitrine.

Non !

Amanda vacilla sur ses jambes, se rattrapa au dossier du canapé, puis scruta la pièce à la recherche de son fils.

— Ethan ?

Il était forcément là… Indemne… Il n'avait que cinq ans !

— Ethan ? Où es-tu ?

Pas de réponse. L'absence totale de bruit, dans le séjour comme dans le reste de la maison, n'était pas faite pour la rassurer, et pourtant elle refusait de croire au pire. Son fils était toute sa vie. Il ne pouvait pas être…

Et puis elle vit les traces. L'empreinte sanglante d'un petit pied, sur le plancher. Une traînée rouge qui traversait le tapis et menait au meuble multimédia.

Du sang… Encore du sang…

— Non !

Ce cri résonna dans le silence de la pièce, et il fallut quelques secondes à Amanda pour comprendre que c'était elle qui l'avait poussé.

La démarche incertaine, l'esprit assailli par des images insoutenables, elle suivit la piste sanglante. Des sanglots lui nouaient la gorge lorsqu'elle écarta du pied une dizaine de DVD éparpillés devant le meuble en chêne avant de se pencher pour ouvrir le placard situé sous le téléviseur…

Vide.

Elle s'agenouilla pour ne pas s'effondrer.

Ethan…

Un gémissement étouffé s'échappa soudain d'un autre élément du meuble.

— Ethan ?

Fébrile, elle referma la main sur la poignée en cuivre, tira et découvrit son fils recroquevillé à l'intérieur du placard. Il se balançait d'avant en arrière… Il était vivant !

Des larmes de soulagement inondèrent les joues d'Amanda. Elle extirpa le petit garçon de sa cachette, le serra contre elle et promena les mains sur son corps, comme pour s'assurer qu'il était bien réel.

— Tu es blessé ? lui demanda-t-elle.

— N… non. T… tonton Vince…

— Oui, mon cœur, je sais…

Le menton posé sur ses cheveux soyeux, elle berça doucement son enfant. Il lui avait passé les bras autour du cou et se cramponnait à elle de toutes ses forces.

— C'est fini, mon cœur… Tu ne risques plus rien.

Elle répéta ces mots encore et encore — autant pour elle que pour son fils.

La nécessité d'appeler la police pour signaler la mort de son frère finit cependant par lui apparaître. Elle sortit son portable de sa poche et commença de composer le 911, mais Ethan lui prit la main et s'écria :

— Non, maman ! Tonton Vince a dit qu'on devait se sauver sans prévenir personne !

L'expression de terreur qui s'était peinte sur le visage de l'enfant chavira Amanda, et elle s'efforça de le calmer malgré l'angoisse qui la tenaillait de nouveau. Car son frère était un dur à cuire. Un policier. La consigne transmise à Ethan signifiait qu'ils n'étaient pas en sécurité dans cette maison… Qu'ils ne l'étaient peut-être nulle part à Austin…

— Où ? murmura-t-elle. Où peut-on aller ?

— Chez Blake, lui chuchota Ethan à l'oreille.

Une peur qu'aucun enfant n'aurait jamais dû éprouver faisait trembler sa voix.

— Comment connais-tu ce nom ? déclara Amanda, surprise.

— Par tonton Vince. Il a dit qu'on devait aller chez Blake.

Le petit garçon posa une joue dans le creux du cou de sa mère et, pour la première fois depuis plus d'un an, se mit à sucer son pouce.

Aller chez Blake ? Pourquoi diable Vince aurait-il voulu envoyer sa sœur et son neveu chez un homme qui le détestait ?

Non, il était hors de question de demander quoi que ce soit à Blake Redmond ! Elle se débrouillerait toute seule.

Sans lâcher Ethan, Amanda retourna près du corps de son frère et prit son arme afin de pouvoir se protéger en cas de besoin. Elle se dirigea ensuite vers le bureau de Vince et ouvrit le tiroir. Par chance, l'enveloppe dans laquelle il gardait toujours un peu d'argent liquide était encore là. Amanda en sortit les billets, les fourra dans son sac avec le pistolet et regagna le vestibule.

Là, elle posa son fils par terre, lui mit son anorak, son écharpe, ses gants et un bonnet qu'elle lui enfonça jusqu'aux oreilles.

— On s'en va, mon cœur !

Le petit garçon était très pâle, et anormalement silencieux. C'était bien sûr le contrecoup du terrible traumatisme qu'il venait de subir.

— Ne t'inquiète pas, mon chéri ! déclara Amanda en l'embrassant sur la joue. Maman est là pour veiller sur toi.

Après l'avoir repris dans ses bras, elle sortit dans la nuit glacée de cette fin novembre. Mais que faire maintenant ? Elle n'avait nulle part où aller, personne à qui demander de l'aide…

Une seule certitude : il lui fallait s'éloigner le plus vite possible de cette maison.

Sa voiture, une Ford qui avait connu des jours meilleurs, était garée dans la contre-allée du pavillon. Ses mains tremblaient lorsqu'elle déverrouilla les portières, lança son sac sur le siège du passager et installa Ethan sur le rehausseur de la banquette arrière. A peine attaché, il appuya sa tête contre le dossier et ferma les yeux.

— Je ne laisserai personne te faire du mal, dit Amanda en lui caressant les cheveux.

— Voilà une promesse que tu ne pourras pas tenir ! s'écria une voix grave, dans son dos, tandis que deux mains se posaient sur ses épaules et la tiraient en arrière.

Elle se retourna et se trouva face à un homme cagoulé. Pourquoi s'était-elle séparée du pistolet ? Il était dans son sac, et ce sac, hors de portée... Restait son portable... Elle le sortit de sa poche, mais l'homme le lui arracha des mains et le jeta par terre avant de la pousser contre la voiture.

— Dis-moi où Vince l'a caché, gronda-t-il.

— De quoi vous...

— Inutile de finasser ! Réponds-moi, et vous aurez la vie sauve, ton gosse et toi !

Le regard dur de l'homme démentait ses paroles : quoi qu'il arrive, il les tuerait.

— Le dossier ? Où est-ce que ton frère l'a mis ? hurla-t-il.

Puis il referma la main sur le cou d'Amanda et serra, de plus en plus fort. A demi asphyxiée, elle tenta de se dégager... En vain. Une multitude de points brillants se mirent à danser devant ses yeux, sa vision s'obscurcit... Elle allait mourir.

— Maman !

Surpris par l'appel d'Ethan, l'homme relâcha son étreinte juste assez pour qu'Amanda trouve la force de lui donner un violent coup de pied dans le genou. Un craquement, un cri de douleur, puis son agresseur s'écroula en se tenant la jambe. Amanda claqua la portière restée ouverte et se précipita au volant.

Le temps de mettre le contact et de passer la marche arrière pour sortir de la contre-allée, l'homme s'était relevé. Elle atteignit la rue sans encombre mais, au moment où elle s'y engageait, plusieurs détonations retentirent. Elle entendit les impacts de balles sur la carrosserie de la voiture, et ressentit soudain une vive douleur au flanc gauche.

Paniquée, elle enfonça la pédale d'accélérateur. La Ford bondit en avant, mais un coup d'œil dans son rétroviseur lui montra l'homme en train de se diriger en boitillant vers un 4x4 garé contre le trottoir. Il avait sûrement l'intention de se lancer à sa poursuite…

Alors, pour le semer, elle prit un virage sur les chapeaux de roues et tourna dans la première ruelle qui se présenta. Elle se gara contre le trottoir, éteignit ses phares et, trente secondes plus tard, vit le 4x4 passer à l'autre bout de la rue. Tremblant à nouveau — mais de soulagement cette fois —, elle demanda :

— Ça va, Ethan ?

Un gémissement lui répondit, et l'angoisse qui l'habitait l'instant d'avant revint en force. Le fait de se tourner vers son fils pour s'assurer qu'il allait bien lui causa une douleur aiguë. Elle l'ignora et examina attentivement le petit garçon. Il était terrifié mais physiquement indemne — contrairement à elle…

Amanda posa une main sur l'endroit d'où venait la douleur. Ses doigts rencontrèrent un liquide chaud et poisseux… Du sang. L'une des balles tirées par l'homme cagoulé avait traversé la portière et l'avait atteinte.

Il fallait stopper l'hémorragie, sinon elle allait s'évanouir. Que deviendrait Ethan, alors ?

Réfléchis, Amanda ! Tu dois absolument trouver une solution !

Intrigué par sa brusque disparition, le malfaiteur pouvait décider de rebrousser chemin pour parcourir les rues voisines de la maison de Vince… Le plus urgent était de quitter le quartier.

Amanda redémarra et, après avoir parcouru un dédale de ruelles désertes, tomba sur un parking rempli de voitures. Elle se gara entre deux véhicules et coupa le contact.

— Cache-toi, Ethan !

Elle entendit le petit garçon s'allonger sur le plancher tandis qu'elle-même se penchait sur le côté jusqu'à poser la tête sur le siège du passager. Elle passa une main entre les deux sièges et caressa la joue d'Ethan pour tenter de le rassurer, mais elle le sentait trembler, et cela lui fendait le cœur.

De l'autre main, elle ouvrit son sac et en sortit le pistolet de Vince. Le chauffage de sa vieille Ford ne marchant pratiquement plus, ses doigts étaient engourdis par le froid, et un petit nuage de condensation s'échappait de sa bouche à chacune de ses expirations.

— Maman ? J'ai peur.

La voix étranglée de son fils la bouleversa.

— Tout va s'arranger, mon chéri ! déclara-t-elle calmement malgré les battements affolés de son cœur. Il faut juste essayer de ne pas se faire remarquer.

— Pour que le méchant monsieur ne nous retrouve pas ?

— Oui… Chut, maintenant !

Seuls les reniflements du petit garçon trouaient le silence qui s'était installé. La main crispée sur la crosse du pistolet, Amanda attendit pendant ce qui lui parut une éternité avant de se redresser et d'annoncer :

— Je pense qu'il n'y a plus de danger.

Ethan grimpa aussitôt à l'avant de la voiture et se jeta dans ses bras. Elle parvint à contenir le cri de douleur que ce geste lui avait fait monter aux lèvres. Le petit halètement qui le remplaça n'échappa cependant pas à son fils.

— Tu as reçu une balle, maman, comme tonton Vince ? s'exclama-t-il en se reculant vivement.

— Ne t'inquiète pas, mon cœur. Je n'ai rien de grave.

C'était faux, elle le savait. Elle enleva son écharpe et se la noua autour du torse, en serrant le plus fort possible. Impossible de faire mieux dans l'immédiat, et elle avait des problèmes plus graves à résoudre. Le tireur la connaissait. Il avait vu Ethan. Sa Ford criblée de balles serait facile à repérer, ce qui signifiait qu'elle devait changer de voiture.

Un souvenir lui revint brusquement. Vince lui avait dit un jour que, s'il lui arrivait quelque chose, elle devrait quitter immédiatement Austin… Il se doutait donc que sa vie était en danger… Pourquoi ? Elle l'ignorait et, sur le moment, elle n'avait pas pris l'avertissement de son frère au sérieux. La menace s'était malheureusement concrétisée, et son agresseur avait parlé d'un dossier… Etait-ce pour cela que Vince avait été tué ?

Amanda fouilla le parking du regard. La spécialité de son ex-mari — le vol de voitures — allait lui servir. Carl avait laissé sous le siège du conducteur la pince-monseigneur nécessaire pour forcer les serrures, et elle savait faire démarrer un véhicule en joignant les fils d'allumage.

La série de mouvements qu'exigeait l'exécution de son plan la mit au bord de l'évanouissement. Impossible, désormais, d'espérer se sortir d'affaire sans l'aide de personne…

Ne serait-ce que pour confier son fils à quelqu'un avant de mourir, elle devait obéir à l'ordre de Vince, aussi étrange soit-il, et se rendre chez l'ancien coéquipier et meilleur ami de son frère.

2

Le shérif Blake Redmond arpentait nerveusement la salle de séjour de son ranch. Il était tendu, en proie à un sombre pressentiment. Peut-être était-ce à cause du grésil qui tambourinait sur le toit… La chaîne météo avait qualifié ce phénomène de pire tempête de pluie verglaçante depuis des décennies. Et la vue, dans l'ouest du Texas, de stalactites accrochées aux gouttières des maisons avait en effet quelque chose de saugrenu.

Une température en dessous de zéro et des chaussées transformées en patinoires rendaient tout déplacement dangereux. Blake avait fait, des heures plus tôt, une déclaration publique exhortant les habitants du comté à rester chez eux, mais il y avait toujours des gens qui refusaient de suivre les conseils de prudence.

Le chien couché près de la cheminée poussa un gémissement.

— Je suis d'accord avec toi, Leo ! lui dit Blake. La nuit va être longue.

Il s'arrêta ensuite devant la table basse et considéra le poste émetteur-récepteur posé dessus. Il avait passé des heures à le bricoler et, grâce à quelques trombones et bouts de gomme placés aux bons endroits, cette vieille radio de la police marchait de nouveau parfaitement.

Leo se leva brusquement et se mit à tourner en rond dans la pièce.

— Tu es nerveux, toi aussi, hein ?

Blake se pencha pour gratter la tête de l'animal. Croisement entre un labrador et un chien de race indéterminée, Leo avait surgi dans l'écurie du ranch peu de temps après le retour de Blake à Carder, où il avait succédé à son père, brusquement décédé, au poste de shérif. Cet animal n'appartenait visiblement à personne, et Blake l'avait recueilli.

Les chiens étant connus pour flairer le danger, l'agitation de Leo renforça celle de Blake. Il jeta un coup d'œil circulaire à la pièce... Bien que son installation dans la maison de son enfance remonte à neuf mois, la plus grande partie de ce qui pouvait lui rappeler Austin était encore dans des cartons. Il lui était ainsi plus facile d'éviter de penser à son ancienne vie.

La radio grésilla, puis la voix de la standardiste résonna dans le haut-parleur.

— Shérif ?

— Vous êtes encore au bureau, Donna ? Je vous ai pourtant dit de rentrer chez vous il y a plusieurs heures !

— L'adjoint Parris vient d'appeler. Il n'y a personne dans les rues, mais il n'a pas pu s'empêcher de se plaindre, parce que ce temps ne lui permettait pas d'aller passer le week-end dans sa cabane de pêcheur comme prévu.

— Mieux vaut renoncer à une partie de pêche que de risquer sa vie sur des routes verglacées ! Quant à vous, Donna, rentrez chez vous ! Si ma mère apprend que sa meilleure amie travaille un soir comme celui-là, elle me tuera !

— Vous êtes bien comme votre père !

Autrement dit, songea Blake, elle ne comptait pas plus obéir à ses ordres qu'à ceux de son père autrefois. Elle tenait le standard des bureaux du shérif depuis des décennies, et il avait hérité d'elle en même temps que du poste.

— Rentrez chez vous, répéta-t-il, sinon je vous enferme dans une cellule et je repars avec la clé !

— J'ai vraiment l'impression d'entendre votre père ! répliqua Donna avant de couper la communication.

Blake jeta un coup d'œil à la pendule. Il avait prévu de partir effectuer une patrouille dans un quart d'heure seulement, mais il décida de se mettre tout de suite en route afin de pouvoir vérifier le plus vite possible si Donna avait daigné, pour une fois, lui obéir.

Son uniforme n'étant pas assez chaud pour le protéger du froid inhabituel de cette soirée, Blake le remplaça par un pantalon de velours et un pull-over en laine. Il avait fixé l'étui de son arme de service à sa ceinture et s'apprêtait à enfiler sa parka fourrée quand Leo émit un grognement sourd et se dirigea vers la porte, les oreilles dressées.

La main de Blake se referma automatiquement sur la crosse de son pistolet. Un mouvement, derrière l'une des fenêtres, attira soudain son attention, puis il vit apparaître, juste au-dessus du rebord extérieur, une paire d'yeux bleus surmontée d'un bonnet d'où dépassaient quelques mèches de cheveux auburn.

Des yeux qui se plantèrent dans les siens…

— Qu'est-ce que…

Blake courut ouvrir la porte. Un vent glacé poussa un tourbillon de grésil dans la pièce. Un petit garçon emmitouflé dans un anorak se tenait sur le seuil. Il avait les joues rouges, les lèvres bleuies par le froid et du sang séché sur la jambe gauche de son jean.

— Ma maman va très mal… Elle a dit que tu pouvais nous aider…

L'enfant tomba ensuite à genoux. Blake le souleva dans ses bras et referma la porte d'un coup de talon. Après avoir assis le petit garçon devant le feu, il s'agenouilla pour examiner sa jambe.

Pas de plaie visible.

— D'où vient ce sang, mon grand ? Tu es blessé ?

— Non. Va aider maman, s'il te plaît !

— Où est-elle ?

— La voiture a dérapé… Maman s'endormait tout le

temps… Je voulais pas la laisser seule, mais elle m'a envoyé te prévenir.

Personne ne pouvait survivre longtemps par un froid pareil, et encore moins la victime d'un accident… Blake mit sa parka, ses gants, et attrapa la torche électrique posée sur le réfrigérateur. La voiture ne devait pas être bien loin, sinon les vêtements du petit garçon auraient été trempés, ce qui n'était pas le cas.

— Je vais aller chercher ta maman. Toi, tu ne bouges pas d'ici, d'accord ?

— D'accord.

— Viens, Leo !

Le chien, occupé à flairer leur jeune visiteur, rejoignit aussitôt Blake. L'enfant resta sagement assis, mais ses frêles épaules étaient secouées de frissons, et une expression de profonde anxiété crispait son visage.

— Tu es un gentil ? demanda-t-il.

— Oui, répondit Blake en coiffant son Stetson. Tu peux me faire confiance.

Ce petit bonhomme était courageux… Son menton tremblait, mais il refusait de pleurer, rappelant ainsi à Blake Joey, son fils disparu.

Une onde de douleur le submergea à cette pensée, puis alla se perdre comme les autres dans le trou béant qui occupait désormais la place de son cœur.

— Je reviens vite, déclara-t-il d'un ton bourru. Reste près du feu et ne touche à rien !

Leo sur ses talons, Blake rouvrit la porte et se dépêcha de la refermer derrière lui pour ne pas laisser le froid entrer dans la maison.

A peine avait-il esquissé un pas au dehors qu'une bourrasque de grésil lui fouetta le visage et le fit larmoyer. Même si les lampes extérieures du ranch et de l'écurie ne brillaient que faiblement à travers les fins granules de glace, c'était elles qui avaient dû guider le petit garçon jusqu'au ranch.

Sa mère étant de toute évidence blessée, il fallait lui porter rapidement secours, sinon elle allait mourir.

Les stalactites qui pendaient du toit de la terrasse semblaient sortir d'un film d'épouvante. Blake en brisa quelques-unes au passage et elles tombèrent silencieusement sur les marches de l'escalier extérieur, le mugissement du vent couvrant tous les autres bruits.

Même si la femme qu'il cherchait criait, Blake ne l'entendrait pas avant d'être à un mètre d'elle… Il avança prudemment, car le faisceau de sa torche ne rencontrait que des surfaces verglacées.

Alors qu'il dépassait un gros arbre, une lueur clignotante orange, en périphérie de sa vision, attira son attention. Des feux de détresse. Un peu de guingois. La voiture avait dû verser dans le fossé.

Blake s'apprêtait à se diriger vers le véhicule quand Leo aboya et partit comme une flèche dans la direction opposée.

— Tu n'as pas intérêt à te tromper ! marmonna Blake en lui emboîtant le pas.

Le chien s'arrêta devant une petite ravine située au bord du chemin de terre qui menait au ranch. Blake braqua sa torche dessus. Une mince silhouette était allongée au fond, face contre terre. La mère du petit garçon, sûrement… Il la rejoignit et la retourna. Sans le fils de cette femme et le chien, personne ne l'aurait jamais retrouvée ! Elle était trempée et glacée, mais elle respirait. Dieu merci !

Quand Blake la souleva dans ses bras, elle gémit et s'agita en murmurant :

— Ethan…

— Votre fils va bien. Maintenant, restez tranquille, sinon je n'arriverai pas à nous sortir de ce trou, et nous mourrons tous les deux de froid.

— Blake ? Il faut nous aider, par pitié !

Avait-elle vraiment prononcé son nom ? Il en avait l'impression, mais sans pouvoir en être sûr, à cause du bruit de la tempête. Et l'heure n'était pas aux questions : il ne sentait déjà presque plus ses mains, pourtant protégées par des gants, et cette femme devait être proche de l'hypothermie. Il fallait l'emmener au chaud, et vite !

La remontée fut difficile. La blessée était légère comme une plume, mais les bottes de Blake avaient du mal à trouver des prises sur la pente glissante de la ravine.

De retour sur le chemin, il dut lutter contre le vent, qui lui arrivait à présent de face. Il se mit à avancer tête baissée, et de plus en plus lentement à mesure que le froid raidissait les muscles de ses jambes.

Chaque pas lui demandait plus d'efforts que le précédent et, quand il se risqua à lever la tête pour voir où il en était de sa progression, le ranch lui sembla encore terriblement éloigné. Mais ce devait être en partie dû à la fatigue, car il en était assez près pour apercevoir une petite frimousse collée à la vitre d'une des fenêtres. Cela l'incita à presser le pas. S'il n'atteignait pas la maison à temps pour sauver la mère de cet enfant, jamais il ne se le pardonnerait.

Leo l'attendait devant la porte, qui s'ouvrit à la volée sur un petit garçon aux traits crispés par l'angoisse.

— Maman… Elle est morte ?

Le cœur de Blake se serra. Quelle question terrible, dans la bouche d'un enfant aussi jeune ! Il entra sans répondre et alla déposer son fardeau sur le canapé. Puis il ôta sa parka, ses gants et son chapeau, les lança sur une chaise et s'accroupit près de la jeune femme, maintenant inconsciente.

— Tu t'appelles Ethan ? demanda-t-il au petit garçon.

— Oui.

— Quel âge as-tu ?

— Cinq ans.

— C'est bien ce que je pensais. Comment s'appelle ta mère ?

— Maman.

Voilà qui ne faisait pas beaucoup avancer les choses…

Blake enleva le bonnet de la femme, et une cascade de cheveux auburn s'en échappa. De surprise, il faillit tomber à la renverse.

Amanda !

Il n'en croyait pas ses yeux, et pourtant il la reconnaissait. C'était la femme qu'il avait embrassée passionnément sous le gui, lors d'un réveillon mémorable… Celle qui l'avait rendu fou de désir… Celle qui ne pouvait pas être à lui, parce que c'était la sœur de son meilleur ami.

Que faisait la sœur de cette crapule de Vince à six cents kilomètres de chez elle ? Qu'est-ce qui avait bien pu l'amener à rouler pendant des heures dans des conditions météo apocalyptiques ?

Ethan s'approcha d'elle et posa une petite main sur sa joue.

— Réveille-toi, maman ! J'ai peur.

Cette prière bouleversa Blake. Son fils de quatre ans avait-il dit la même chose à Kathy, son ex-femme, après l'accident ? Les rapports d'autopsie indiquaient qu'elle était morte sur le coup, et que Joey lui avait survécu de quelques minutes. Seul, terrifié et gravement blessé, il devait avoir supplié sa mère de se réveiller… Peut-être avait-il aussi appelé son père au secours… Mais Blake n'était pas là.

Il l'était aujourd'hui pour Amanda, en tout cas, et mettrait tout en œuvre pour la sauver. Il lui ôta ses gants. Elle avait les mains glacées. Impossible de la réchauffer sans lui enlever une partie de ses vêtements trempés. Il déboutonna son manteau… Le côté gauche de son pull-over était maculé de sang.

Effaré, Blake le souleva et vit qu'elle s'était noué une écharpe autour du torse. Après avoir dit au petit garçon d'aller se rasseoir devant la cheminée, il retira délicatement le bandage improvisé et découvrit dessous une plaie ouverte, qui ne saignait plus mais avait toutes les caractéristiques d'une blessure par balle.

— Mets ton anorak, mon grand ! ordonna-t-il à Ethan. On va emmener ta maman à l'hôpital.

Un coup d'œil par la fenêtre le fit grimacer : la visibilité avait encore diminué depuis tout à l'heure. Il attrapa la radio et appela dans le micro :

— Parris ? Ici, Blake…

Une série de grésillements, mais pas de réponse.

— Adjoint Parris ? Vous êtes là ?

Une main le tira alors par la manche, et une voix murmura :

— Non, pas d'hôpital… Cache-nous, Blake, je t'en prie ! C'est une question de vie ou de mort pour mon fils et pour moi.

Amanda avait repris connaissance mais, le temps que Blake ouvre la bouche pour lui demander des explications, elle s'était de nouveau évanouie.

Que s'était-il passé pour qu'elle se retrouve non seulement blessée, mais effrayée au point de refuser de se faire soigner ?

En attendant de le savoir, Blake n'avait d'autre choix que de lui obéir, car il ne voulait pas prendre le risque de mettre la vie d'un enfant de cinq ans en danger.

Ses réflexions furent interrompues par la voix du plus âgé de ses deux adjoints :

— Vous allez venir patrouiller, shérif ?

— Non, pas tout de suite, Parris. Si Smithson ou vous voyez des individus suspects traîner en ville, prévenez-moi, d'accord ?

— D'accord ! Terminé !

Blake s'agenouilla devant le canapé et considéra sa visiteuse inattendue. Amanda avait changé depuis qu'il avait quitté Austin. Elle avait perdu du poids, et sa peau était devenue presque transparente. Il y avait des cernes sous ses yeux, mais elle restait si belle que Blake aurait pu la regarder pendant des heures sans se lasser.

S'arrachant à sa contemplation, il se tourna vers Ethan et lui demanda :

— Qui a blessé ta maman ?

— J'ai promis de rien dire.

Les secrets étaient l'une des choses que Blake détestait le plus au monde : les années qu'il avait passées dans la police d'Austin lui en avaient appris les effets délétères. Il n'en admirait pas moins son petit interlocuteur, qui se mordait la lèvre inférieure pour s'empêcher de pleurer et faisait preuve de plus de courage que bien des adultes n'en auraient manifesté dans des circonstances aussi dramatiques.

— En temps normal, il faut tenir ses promesses, mais ta maman a besoin d'aide, et c'est à moi qu'elle est venue en demander. Je suis un gentil, tu te rappelles ?

Ethan fixa sur Blake un regard bien trop grave et méfiant pour un enfant de son âge, puis il se leva et vint se pencher sur sa mère.

— Maman ?

— Elle ne va pas bien, Ethan, et pourtant elle refuse d'aller à l'hôpital… Je veux comme toi qu'elle guérisse et que tout s'arrange pour vous deux mais pour ça j'ai besoin de savoir ce qui s'est passé.

Le petit garçon se mit à danser d'un pied sur l'autre, l'air hésitant, puis il finit par déclarer :

— Un méchant monsieur a essayé de nous tuer, maman et moi.

Le lit était moelleux, la chambre, plongée dans une obscurité juste percée par la douce lumière d'une veilleuse. Amanda éprouvait une sensation de chaleur pour la première fois depuis des heures. Elle devait être morte, il n'y avait pas d'autre explication…

Et puis la mémoire lui revint, la transportant d'un coup du ciel en enfer.

Vince. Ethan.

Ethan !

Elle tenta de s'asseoir, mais le violent élancement qui lui transperça le flanc gauche la fit retomber en arrière avec un grognement de douleur.

— Ce n'était pas une bonne idée, dans la mesure où tu as essayé d'arrêter une balle avec ton corps !

Cette voix teintée d'accent du Sud, elle l'aurait reconnue entre mille…

Blake Redmond.

Elle posa tour à tour les yeux sur des bottes fatiguées, un pantalon de velours et un chandail du même vert que les prunelles de son propriétaire — les paillettes dorées en moins. Même si Blake ne portait pas l'uniforme beige auquel Amanda s'attendait, il n'avait plus l'allure citadine du policier d'Austin qu'elle avait connu, mais bien celle du shérif d'une petite ville texane. Il ne lui manquait plus que le Stetson.

Malgré la pénombre, elle s'aperçut qu'il avait le visage fermé, et son cœur s'arrêta de battre. Savait-il que Vince avait été assassiné ? Avait-il parlé d'elle à son adjoint, augmentant ainsi le risque que l'assassin de Vince la retrouve ?

Dans le doute, elle devait quitter cette maison avec Ethan le plus vite possible…

Une main pressée sur sa cage thoracique, elle se redressa et voulut faire passer ses jambes par-dessus le bord du lit, mais Blake la prit aussitôt par les épaules et la força à se recoucher.

— Il n'est pas question que tu te lèves ! s'écria-t-il. Pas avant que j'aie examiné ta blessure, en tout cas !

— Où est mon fils ?

Avant de répondre, Blake posa une trousse de premiers secours sur la table de nuit et alluma une petite lampe de chevet.

— Ethan est couché dans la chambre voisine, gardé par mon chien. Il va bien, ce qui n'est pas ton cas.

— Tu as informé ton adjoint de notre présence chez toi ?

— Non.

— Personne ne doit savoir où nous sommes et, quoi qu'il arrive, je t'interdis de m'emmener à l'hôpital !

— Je t'ai obéi, comme tu peux le constater, mais j'exige des explications ! Ethan, lui, refuse de répondre à mes questions. Il est terrorisé.

Le reproche qu'Amanda perçut dans la voix de Blake l'atteignit en plein cœur. Pendant qu'il sortait de la trousse des compresses, de l'eau oxygénée et un tube de pommade désinfectante, elle réfléchit à ce qu'elle pouvait ou non lui dire.

C'était un homme qui se targuait de respecter les règles, et il désapprouverait donc certainement ce qu'elle avait été obligée de faire la veille.

Non qu'elle le regrette… Pour protéger son fils, elle était prête à commettre des délits plus graves encore qu'un vol de voiture !

Et puis il y avait l'horrible hypothèse qu'elle avait élaborée pendant son long voyage, à partir de bribes de conversations et de courriels échangés avec Vince au cours des mois précédents…

Fallait-il révéler à Blake qu'elle se demandait si la mort de son ex-femme et de leur fils avait vraiment été accidentelle ? Elle n'avait aucune preuve du contraire… Si elle lui parlait de soupçons qui s'avéraient finalement infondés, elle l'aurait fait souffrir inutilement…

Non, mieux valait se taire.

— Tu refuses toi aussi de me dire ce qui s'est passé ? déclara Blake. Bon, laissons ça pour l'instant… Soulève ton pull, et couche-toi sur le côté droit, mais je te préviens : ça va faire mal.

Amanda obéit. Il lui était souvent arrivé d'imaginer le contact des grandes mains de cet homme sur son corps, mais dans de tout autres circonstances…

Pour détourner son esprit de soins qui promettaient en

effet d'être douloureux, elle se concentra sur ce que sa position lui permettait de voir de Blake.

Des hanches minces, de larges épaules et, en remontant, une bouche généreuse, des yeux expressifs et une épaisse chevelure châtain clair.

C'était l'un des hommes les plus séduisants qu'elle ait jamais rencontrés, le seul pour qui elle ait jamais éprouvé une attirance aussi forte et immédiate. Mais quand ils avaient fait connaissance, sa femme venait de le quitter, et Amanda avait donc ignoré l'émoi qu'il éveillait en elle… Jusqu'à ce réveillon, juste après son divorce… Jusqu'au fabuleux baiser qu'ils avaient alors échangé…

Blake était toujours aussi séduisant, mais les pensées érotiques qu'il lui inspirait ne devaient avoir d'autre fonction que celle de dérivatif. Sa sécurité et celle d'Ethan passaient avant tout le reste.

Cette tactique de diversion ne fonctionna malheureusement pas : quand les doigts de Blake palpèrent ce qui devait être les lèvres de la plaie, Amanda ne put réprimer un gémissement.

— De quand date cette blessure ? demanda-t-il.

— Je ne sais pas exactement. D'une vingtaine d'heures, peut-être. Le mauvais temps m'a beaucoup ralentie, sur la route. A certains moments, je ne pouvais pas rouler à plus de dix à l'heure.

— Tu aurais dû t'arrêter.

— Je l'ai fait à intervalles réguliers, pour permettre à Ethan de se dégourdir les jambes et de se restaurer.

— Par chance, la balle est ressortie, mais il y a un début d'inflammation, qui nécessite une prise d'antibiotiques. Je peux désinfecter la plaie, mais tu as besoin de voir un médecin.

— Les médecins doivent signaler les blessures par balle aux autorités.

— Les shérifs aussi… Serre les dents, maintenant ! Ça va piquer.

Bien que Blake procède par touches délicates, l'opération de désinfection de la plaie fut une véritable torture. Amanda s'interdit pourtant de crier : elle ne voulait pas qu'Ethan l'entende et vienne aux nouvelles. Les quelque vingt-quatre heures précédentes avaient déjà été suffisamment stressantes pour lui.

Après avoir appliqué de la pommade sur la blessure, Blake la recouvrit d'une compresse.

— Il faut que je fixe ce pansement avec un bandage, indiqua-t-il, et j'ai besoin pour ça que tu te redresses. Je vais te soutenir.

Pendant une de ses haltes sur la route, Amanda avait ôté son soutien-gorge qui frottait contre le bord de la plaie. Une fois assise, elle dut relever son pull-over plus haut pour faciliter la tâche à Blake. Ses joues s'empourprèrent, et elle rougit de plus belle en réalisant brusquement qu'il avait retiré l'écharpe nouée autour de son torse pendant qu'elle était inconsciente.

Quand le bandage fut en place, Blake alla sortir du tiroir d'une commode un sweat-shirt portant le logo de l'équipe de football des Dallas Cow-boys.

— Ton pull est taché de sang… Enlève-le et mets ça !

— D'accord, mais… je n'y arriverai pas toute seule, bredouilla Amanda.

Et cette fois, ce serait carrément torse nu qu'elle se retrouverait pendant quelques instants…

Blake eut la délicatesse de se placer derrière elle pour l'aider, mais elle sentit émaner de lui une tension égale à la sienne. Une fois l'opération terminée, il toussota, et Amanda se risqua à lui jeter un coup d'œil. Elle ne l'avait jamais vu aussi mal à l'aise, et ce fut presque en courant qu'il s'éloigna ensuite du lit.

— Merci, dit-elle.

— La séance n'est pas encore terminée, marmonna-t-il. Je viens de me rappeler que j'avais des antibiotiques dans l'écurie. Je vais les chercher.

Une minute plus tard, Amanda entendit la porte d'entrée s'ouvrir, le vent s'engouffrer en rugissant dans le séjour, puis le battant se refermer.

C'était pour elle que Blake affrontait maintenant les éléments déchaînés… Jamais elle n'aurait cru que quelqu'un irait jusque-là pour lui rendre service.

Il fallait maintenant réfléchir à l'étape suivante de sa fuite. Blake allait sûrement recommencer à l'interroger, et elle devait veiller à ne pas trop en dire. Il n'avait pas besoin de savoir, par exemple, qu'elle avait volé une voiture…

Dès qu'elle se sentirait mieux, elle reprendrait la route avec Ethan. Il était certes tentant de s'attarder auprès d'un homme qui ressemblait au prince charmant des contes de fées, mais d'autant plus nécessaire de s'éloigner de lui le plus vite possible.

Fatiguée par l'épreuve qu'elle venait d'endurer, Amanda s'était rallongée mais, pour tester ses forces, elle tenta à nouveau de s'asseoir…

— Reste tranquille, sinon la plaie va se remettre à saigner, et j'aurai fait tout ça pour rien !

Cette voix qui venait du couloir était celle de Blake, qui avait laissé la porte de la chambre ouverte en partant. Amanda le vit franchir le seuil de la pièce, une seconde plus tard, un flacon dans une main et un verre d'eau dans l'autre.

— Ces antibiotiques étaient destinés à un de mes poulains, enchaîna-t-il, mais c'est mieux que rien, et le dosage me semble convenir.

— Tu veux me faire prendre un médicament pour chevaux ? Tu as perdu la tête ?

— C'est ça ou l'hôpital.

Outre la douleur qui irradiait encore dans son flanc gauche, Amanda commençait à se sentir fiévreuse. Elle ne pouvait pas se permettre de risquer une infection, et comme il n'était pas question d'aller voir un médecin…

— Donne ! grommela-t-elle.

Blake lui tendit le verre d'eau, puis un comprimé. Après l'avoir regardée l'avaler et poser le verre sur la table de chevet, il lui demanda d'un ton brusque :

— Dans quel genre de pétrin t'es-tu fourrée ? Tu préfères te soigner avec un produit vétérinaire plutôt que d'aller à l'hôpital… Tu roules pendant une vingtaine d'heures par un temps épouvantable et avec une vilaine plaie au côté… Que fais-tu ici ? C'est ton frère, maintenant, qui va venir frapper à ma porte ?

Un véritable inquisiteur avait soudain remplacé le prince charmant… Normal : Amanda n'avait jamais cru aux contes de fées.

— Vince est mort, déclara-t-elle sèchement.

Une légère crispation des mâchoires fut la seule réaction que cette nouvelle provoqua chez son interlocuteur.

— Je t'annonce le décès de ton meilleur ami, et tu n'as rien à dire ?

— Comment pourrais-je continuer de considérer comme mon meilleur ami, et même un ami tout court, un homme qui m'a odieusement trahi ? Un homme qui n'est même pas venu à l'enterrement de mon fils ?

— Vince a pensé que tu n'avais pas envie de l'y voir. Et rien ne prouve qu'il est à l'origine de l'enquête ouverte contre toi par l'Inspection générale de la police, permets-moi de te le rappeler.

— Lui seul pouvait me piéger de cette façon ! Voile-toi la face si tu veux, mais épargne-moi tes mensonges !

Blake avait haussé le ton, et il y avait quelque chose de menaçant dans la façon dont il se pencha ensuite vers Amanda.

— Je t'interdis de faire du mal à ma maman !

Ethan venait de bondir dans la pièce, suivi de près par

un gros chien au pelage fauve. Il se rua sur Blake et se mit à lui bourrer les jambes de coups de poing.

La vue de son fils, habituellement si doux, en train de décharger sa peur et sa colère sur Blake stupéfia Amanda. Serait-il jamais le même, après ce qu'il avait vécu ?

Elle s'apprêtait à intervenir quand Blake se retourna et emprisonna les mains d'Ethan dans les siennes.

— Je ne fais pas de mal aux gens, bonhomme ! Je suis policier.

— Les policiers sont méchants ! cria le petit garçon en se débattant. C'est un policier qui a tué tonton Vince !

3

Les paroles d'Ethan figèrent Blake sur place. Vince avait été tué, et par un policier ?

Il lâcha le petit garçon qui, les épaules secouées de sanglots, se jeta aussitôt dans les bras de sa mère. Elle grimaça mais le serra contre elle et le berça doucement en lui caressant les cheveux.

La pression du corps de l'enfant sur sa blessure devait la faire horriblement souffrir, mais seuls en témoignaient un léger pincement des lèvres et une extrême pâleur…

Incroyable ! Et l'amour que révélait une telle abnégation fissura la carapace que Blake s'était forgée après la mort de son fils.

— Ne t'inquiète pas, mon cœur, chuchota Amanda. Il ne nous arrivera rien, je te le promets.

Elle était plus forte que Vince ne l'avait jamais été… Blake avait tenté de convaincre son ami d'enquêter avec lui sur la corruption qui gangrenait la police d'Austin. Il voulait identifier et dénoncer les coupables. Au lieu de l'aider, Vince était passé du côté des ripoux. Pour se débarrasser de lui, il l'avait ensuite accusé, entre autres forfaits, d'avoir fait disparaître des preuves et volé de l'argent au cours de perquisitions chez des trafiquants de drogue.

Les sanglots d'Ethan finirent par se réduire à de simples hoquets, mais la colère de Blake contre son ancien coéquipier, elle, ne se calma pas. Car c'était très probablement à cause de la faiblesse de Vince qu'une menace pesait maintenant sur ce petit garçon innocent.

Et lui, Blake, l'avait de nouveau traumatisé en se fâchant contre sa mère… Il aurait pu se donner des claques !

La joue posée sur l'épaule d'Amanda, visiblement épuisé, Ethan s'endormit au bout de quelques minutes seulement. Blake s'approcha, bras tendus, pour le ramener dans son lit, mais Amanda secoua négativement la tête. Elle refusait de confier son fils à qui que ce soit…

Blake le comprenait, mais il savait aussi qu'elle avait besoin de ménager ses forces, alors il attendit, et elle finit par lui faire signe de prendre le petit garçon. Il le souleva, et une puissante émotion l'envahit en le sentant s'abandonner dans ses bras avec la même confiance que son fils autrefois.

Le chien sur ses talons, il alla recoucher Ethan et resta ensuite un moment à regarder son visage trempé de larmes. Il serra les poings, révolté par la peur que les policiers, des gens censés le protéger, inspiraient à cet enfant.

Leo grimpa sur le lit et s'allongea près du petit garçon, ce qui arracha l'ombre d'un sourire à Blake. Il serait bien resté plus longtemps avec eux, mais il devait maintenant interroger Amanda. Pour les protéger efficacement, son fils et elle, il lui fallait connaître la nature du danger auquel ils étaient exposés.

De retour dans la chambre attenante, il se planta au pied du lit, croisa les bras et ordonna :

— Explique-moi ce qui s'est passé à Austin !

— Ethan te l'a dit : son oncle a été assassiné par un policier.

Contrairement à ce qu'Amanda avait l'air de penser, le décès de Vince ne laissait pas Blake indifférent. Certes, il aurait voulu que son ancien ami soit arrêté pour corruption et avoue l'avoir faussement accusé de malversations, mais jamais il n'avait souhaité sa mort.

— Qui a tué Vince ? demanda-t-il.

— Je n'en ai pas la moindre idée, lui répondit-elle.

Mais elle avait le regard fuyant et tortillait une mèche de ses cheveux bouclés. Vince avait conseillé à Blake de guetter ce geste s'il jouait un jour au poker avec elle : c'était le signe qu'elle bluffait.

— Ton frère m'a menti pendant les six derniers mois de notre collaboration… C'est de famille ?

— Je ne mens pas.

— Très bien ! Puisque tu refuses de me livrer tes secrets, tu partiras d'ici dès que la tempête se sera calmée, mais sans ton fils. Quels que soient les ennuis dans lesquels tu es allée te fourrer, il ne doit pas y être mêlé.

— Tu n'as pas le droit de…

— Si je pense qu'Ethan est en danger à cause de toi, j'ai pour devoir de le protéger… Tu as pris part aux magouilles de ton frère ?

— Retire ça tout de suite ! s'écria Amanda en se redressant vivement.

Ce mouvement dut raviver la douleur, car elle poussa un gémissement étouffé, et sa tête retomba lourdement sur l'oreiller.

Blake se reprocha aussitôt sa brusquerie. Il ne croyait pas, en fait, à la participation d'Amanda aux trafics de Vince. Il avait plaidé le faux pour savoir le vrai, mais il aurait dû se rappeler que la jeune femme était blessée.

— Oui, excuse-moi. Les mots ont dépassé ma pensée, mais tu es venue me demander de l'aide, et comment pourrais-je t'en apporter si tu ne me dis pas tout ?

Maintenant résolu à se montrer patient, Blake transporta une chaise près du lit et s'assit à califourchon dessus. Le col du sweat-shirt beaucoup trop grand pour Amanda bâillait… Blake évita soigneusement de le fixer et reprit :

— Pourquoi, pour commencer, est-ce vers moi que tu t'es tournée ?

— Avant de mourir, Vince a dit à Ethan que nous devions aller chez toi.

— Ça n'a pas de sens ! Nous n'avions plus aucun contact, Vince et moi, depuis le décès de mon père et mon départ d'Austin… Pourquoi t'a-t-il envoyée ici ?

— Il m'a toujours parlé de toi comme du policier le plus honnête qu'il connaisse.

— Vraiment ?

— Oui ! Moi non plus, je n'ai pas compris pourquoi Vince m'envoyait chez toi, et je comptais me débrouiller toute seule jusqu'à ce que je me fasse tirer dessus. Si je mourais…

La voix d'Amanda s'étrangla. La fatigue, la peur et la douleur commençaient visiblement de saper sa résistance morale.

— … que deviendrait Ethan ? compléta Blake. Tu as donc changé d'avis et décidé d'obéir à ton frère, finalement, alors pourquoi refuses-tu de me donner les informations qui me permettraient de t'apporter une aide efficace ?

— Je suis en vie. Je m'en irai dès demain avec Ethan, et nous repartirons de zéro dans un autre Etat. C'est pour moi la seule façon absolument sûre de protéger mon fils.

Le grésillement de la radio, dans le séjour, fit sursauter Amanda.

— Ne dis à personne que nous sommes chez toi, je t'en supplie ! s'exclama-t-elle. Si tu parles de nous à celui qui t'appelle, je vais chercher Ethan et je pars tout de suite avec lui !

— Je t'interdis de bouger !

Blake quitta la pièce en se demandant qui, du policier ou de l'homme, allait l'emporter en lui.

S'il n'avait jamais eu d'enfant, il ne se serait même pas posé la question… Le problème, c'est qu'il comprenait Amanda. Lui aussi, il aurait tout fait pour sauver son fils, si seulement il l'avait pu. Mais, l'après-midi de l'accident, les enquêteurs de l'Inspection générale de la police l'avaient convoqué au commissariat pour un énième interrogatoire. Son ex-femme était donc allée chercher Joey à la sortie de l'école à sa place. S'il avait été au volant, peut-être ses réflexes lui auraient-ils permis d'éviter l'accident…

A peine s'était-il engagé dans le couloir que des pas lents mais décidés résonnèrent derrière lui. Il aurait dû s'en douter : quand la sécurité d'Ethan était en jeu, Amanda refusait de rien laisser au hasard et de faire confiance à quiconque.

S'agissant de Blake, d'ailleurs, cette méfiance était réciproque : Amanda en savait plus qu'elle ne le disait, il en avait la conviction.

— Shérif ? Ici, Parris… Vous me recevez ?

Blake courut répondre.

— Je vous reçois, Parris… Donna est rentrée chez elle ?

— Oui, mais j'ai presque été obligé d'employer la force ! Elle n'a pas changé depuis l'époque de votre père et cette nuit qu'elle a passée au bureau, il y a quinze ans, à cause d'une alerte aux tornades.

— Les rues sont toujours désertes ? Les gens sont assez prudents pour rester chez eux ?

— Hank Stratton a bien essayé de se rendre au Charlie's Bar, mais il a glissé sur le verglas au bout de deux mètres, et il a tout de suite rebroussé chemin. J'ai dit à sa femme de cacher ses bottes : ça l'empêchera de ressortir. Sinon, la ville est comme morte.

— Ça vous ennuierait d'aller voir si ma mère n'a besoin de rien ?

— Pourquoi n'y allez-vous pas vous-même ?

— Parce que je vais rester chez moi, finalement.

— Ah bon ?

Amanda était entrée dans la pièce. Blake la vit du coin de l'œil s'approcher d'un pas chancelant, et elle serait peut-être tombée s'il ne l'avait saisie par la taille. Elle s'appuya sur lui, et ce corps gracile pressé contre le sien, comme il n'avait encore fait que l'imaginer, mit tous ses sens en émoi. Elle était cependant blessée, vulnérable… Il n'avait pas le droit de la considérer autrement que comme une femme qui avait besoin d'aide.

— Vous êtes toujours là, shérif ? demanda Parris.

— Oui.

— J'ai bien compris ? Vous ne viendrez pas patrouiller en ville ?

— Non.

— Les gens ayant l'air de vouloir respecter les consignes de sécurité, c'est peut-être inutile, en effet… Si je suis surpris, c'est parce que ça ne vous ressemble pas… On peut quand même vous appeler en cas d'urgence ?

— Naturellement !

— Bien. Terminé !

Blake reposa la radio. Amanda poussa un soupir de soulagement, et il lui lança, agacé :

— Tu pensais que j'allais demander à mon adjoint de se renseigner sur toi ?

— Oui, et je te remercie de ne pas lui avoir parlé de moi.

La main sur son bandage, Amanda s'écarta de Blake et alla se placer face à lui. Elle puisait manifestement dans ses dernières forces pour avoir l'air capable de se passer de lui.

— Et merci de m'avoir soignée. Tu seras débarrassé de nous dès demain matin.

Sur ces mots, elle regagna le couloir à pas lents. Blake la suivit et la vit entrer dans sa chambre, en ressortir avec un oreiller et une couverture, puis, sans lui accorder un regard, disparaître dans la chambre attenante.

Il soupira. Amanda avait beau se comporter comme si elle n'avait plus besoin de personne, elle s'était appuyée contre lui pour ne pas tomber, tout à l'heure… La flamme d'un désir qu'il croyait éteint s'était ainsi rallumée, et elle continuait de brûler en lui malgré les avertissements de sa raison.

Pour se changer les idées, Blake se rendit dans son bureau. Une recherche informatique sur Vince s'imposait, de toute façon. Sa vieille rancœur contre lui ne devait pas lui faire sous-estimer la gravité de la situation actuelle : Vince était mort, Amanda avait été victime d'une tentative de meurtre, son fils était en danger, et des policiers étaient mêlés à cette affaire.

Une affaire dont il voulait savoir le plus de choses possible, car elle avait forcément un rapport avec sa démission de la police d'Austin, sinon Vince n'aurait pas envoyé sa sœur chez lui. Au fond de lui-même, Blake avait encore envie de croire qu'il ne s'était pas complètement trompé sur son ancien ami et coéquipier.

Il alluma l'ordinateur et entra le nom de Vince dans un moteur de recherche. Une fois qu'il connaîtrait la vérité, il saurait quoi faire pour protéger Amanda et son fils — de force s'il le fallait.

Amanda se réveilla dans la chambre où Blake l'avait soignée, et non dans celle où elle était allée rejoindre Ethan la veille au soir. Elle se rappelait avoir grelotté, allongée par terre près du lit de son fils, mais résolue à ne pas le laisser seul. Il avait des problèmes de sommeil, depuis leur départ d'Austin : chaque fois qu'elle l'avait cru vraiment endormi, dans la voiture, il s'était réveillé au bout d'une heure ou moins en appelant son oncle. En suppliant le méchant policier de partir.

C'est comme cela qu'elle en avait appris un peu plus sur le meurtrier de son frère. Et c'est cela qui l'avait dissuadée de s'arrêter en chemin pour se faire soigner dans un hôpital : le signalement de sa blessure à la police aurait pu fournir à son agresseur les informations nécessaires pour la retrouver.

Elle avait essayé d'obtenir d'Ethan le récit complet de ce qui s'était passé, mais il refusait obstinément de parler de ce dont il avait été témoin — sauf dans ses rêves.

Et cette nuit, elle n'était pas là pour le réconforter au

sortir d'un de ses cauchemars. Blake avait dû la ramener dans ce lit pendant son sommeil.

Le soleil entrait dans la pièce par les interstices des persiennes, et Amanda posa un bras sur ses yeux pour les protéger de la lumière. Le silence total qui régnait dans la maison finit cependant par l'inquiéter. Elle repoussa les couvertures et se redressa. Une vive sensation de brûlure lui enflamma aussitôt tout le côté gauche, mais elle n'en tint pas compte. Rien ne l'empêcherait de se lever pour s'assurer qu'Ethan allait bien.

Au prix de quelques pauses afin de laisser à la douleur le temps de s'estomper avant de reprendre, Amanda réussit à descendre du lit. Un frisson la parcourut quand ses pieds nus touchèrent le bois froid du plancher. Le buste droit, pour éviter autant que possible de mobiliser les muscles proches de sa blessure, elle gagna le couloir et entra dans la chambre voisine.

Là, elle faillit se cogner à un rocking-chair qui n'y était pas la veille. Un plaid était soigneusement plié sur le siège, et une tasse à café vide, posée par terre à côté. Le jean d'Ethan, lavé et séché, attendait sur le dossier d'une chaise le réveil de son propriétaire, pour l'instant blotti sous un gros édredon. Profondément endormi.

Il serrait contre lui un ours en peluche un peu râpé, et Amanda battit des paupières pour refouler les larmes que cette vision lui avait fait monter aux yeux.

Ils n'avaient rien emporté en quittant Austin. Elle avait emmené son fils loin de tout ce qu'il aimait, et Blake avait eu la gentillesse de lui apporter cette peluche pour le réconforter. Il avait également veillé sur lui, de toute évidence, après l'avoir ramenée, elle, dans la pièce voisine. Il avait donc entendu les cris qu'arrachaient ses cauchemars au petit garçon. Et elle, pendant ce temps, elle dormait !

Amanda regagna lentement sa chambre. Comment les choses avaient-elles pu en arriver là ? Tout ce qu'elle avait jamais voulu pour Ethan, c'était une vie heureuse et stable, où il se sentirait en sécurité.

Si seulement elle pouvait solliciter l'aide de Blake... Il émanait de toute sa personne une impression de force qui donnait envie de se reposer sur lui... Mais c'était impossible. Elle devait disparaître avec Ethan, et le plus tôt serait le mieux. Elle n'avait pas le droit de demander à un shérif d'enfreindre la loi pour elle, et c'était particulièrement vrai s'agissant de Blake : il avait payé très cher un crime qu'il n'avait même pas commis.

Une fois ses chaussures et son manteau enfilés, Amanda se rendit dans le séjour et ouvrit doucement la porte. Les rayons du soleil faisaient étinceler la pellicule de glace qui recouvrait le sol, les toits, la végétation... C'était un spectacle magnifique, mais son but, en sortant, n'était pas de l'admirer : elle voulait retrouver la voiture volée et aller la cacher quelque part, le temps qu'Ethan se réveille et qu'ils soient prêts à partir.

Amanda suivit le chemin de terre qui reliait le ranch à la route. La voiture avait dérapé sur le verglas et atterri dans le fossé, c'était à peu près tout ce dont elle se souvenait, mais il suffisait de continuer à marcher pour tomber dessus.

Au bout du chemin, elle reconnut l'endroit où l'accident s'était produit : des traces de freinage se voyaient sur la neige gelée, et les marques de pneus menaient ensuite au fossé... mais le vieux break qui représentait sa seule chance de salut n'était plus là.

Un bruit de pas, dans son dos... Elle se retourna et se heurta à un torse musclé.

— Tu cherches quelque chose ? murmura Blake en la prenant par les épaules pour l'empêcher de perdre l'équilibre.

— Où est la voiture ?

— J'ai appelé mon garagiste, et il est venu la remorquer avec sa dépanneuse.

— Il t'a dit s'il y avait de gros dégâts ?

— La suspension est abîmée, et une des roues est voilée.

— Les réparations coûteraient combien, à ton avis ?

— Mille dollars minimum. Sans doute plus.

Et Amanda n'avait pas plus de deux cents dollars dans son sac…

Son sac ! Etait-il resté dans la voiture, avec son argent et ses papiers ? Ou bien l'avait-elle pris avant de sortir de la voiture ? Il lui semblait que oui, mais sans en être absolument sûre. Et si la police d'Austin retrouvait la trace de ce véhicule…

— Je vais chercher Ethan ! Il faut qu'on parte !

Elle s'élança vers la maison, mais un de ses pieds glissa sur le verglas, et elle tomba sur le coccyx. Une onde de douleur remonta jusqu'à ses côtes et raviva celle de sa blessure. Pliée en deux, elle se mit à se balancer d'avant en arrière sans pouvoir s'empêcher de gémir.

Comment pourrait-elle protéger son fils, dans son état ?

Blake vint s'agenouiller près d'elle et lui passa un bras autour des épaules.

— Là ! Calme-toi ! Tu t'es fait mal, mais quel besoin avais-tu de courir, aussi ?

— Il faut qu'on disparaisse tout de suite, Ethan et moi, sinon il va nous retrouver ! répondit-elle avant de se dégager et de se relever péniblement.

— Qui est ce « il » ?

— Je l'ignore.

— Vraiment ?

— Oui, je te le jure ! Quand je suis sortie de la maison de Vince, après avoir découvert son corps, un homme cagoulé m'a agressée. J'ai réussi à lui échapper, mais il m'a ensuite tiré dessus et poursuivie. Il nous recherche en ce moment même, je le sais ! Je dois partir d'ici avec Ethan le plus vite possible !

— J'ai effectué une petite enquête… La mort de Vince n'est signalée nulle part.

— Ne me dis pas que tu as appelé Austin ! s'exclama Amanda.

Puis, sans attendre la réponse, elle se remit à courir vers la maison. Blake lui emboîta le pas, se porta à sa hauteur et demeura ensuite à son côté, visiblement prêt à intervenir au moindre signe annonciateur de chute ou de faiblesse. Il insisterait pour qu'elle reste, c'était évident, et l'immobilisation du break compliquait les choses, mais elle se débrouillerait quand même pour partir.

La montée des marches de l'escalier extérieur lui demanda un effort quasi surhumain, et elle était au bord du malaise lorsqu'elle arriva dans le couloir des chambres.

En voyant la porte de celle d'Ethan grande ouverte, elle poussa un cri d'effroi. Et si le tueur les avait retrouvés ? S'il avait kidnappé le petit garçon ?

Elle se précipita dans la pièce.

Vide.

— Ethan ?

Folle d'inquiétude, elle regarda dans le placard, sous le lit... Personne.

Ethan n'était pas non plus dans la salle de bains... De retour dans la chambre, Amanda eut la surprise de voir Blake, qui l'y avait rejointe, pivoter brusquement sur ses talons et sortir en trombe de la pièce. Elle le suivit... et faillit se cogner à lui quand il s'arrêta devant une porte entrebâillée, au fond du couloir. Il la poussa si violemment que le battant alla heurter le mur.

— J'en étais sûr ! cria-t-il. Qu'est-ce que tu fais là ? Personne ne doit entrer ici !

C'était à Ethan que ces propos s'adressaient, comprit Amanda. Soulagée d'avoir retrouvé son fils mais soucieuse de le protéger de la colère inexplicable de Blake, elle contourna ce dernier et alla s'accroupir près du petit garçon. Il était comme tétanisé : la main sur le camion de pompiers qu'il était manifestement en train de faire rouler sur le plancher, il n'osait plus bouger.

— Tu n'as pas le droit de jouer avec ça ! reprit Blake, le visage blême.

— P... pardon, balbutia Ethan. P... pardon.

Il lâcha ensuite le camion et se jeta dans les bras d'Amanda. Elle lui murmura des mots apaisants, puis fusilla Blake du regard.

— Qu'est-ce qui te prend ? lui lança-t-elle. Tu ne crois pas qu'il a déjà suffisamment de raisons d'avoir peur des adultes ?

L'air hagard, Blake parcourut la chambre des yeux, fixa tour à tour le chien, qui s'était réfugié dans un coin de la pièce, Ethan, Amanda... Il déglutit bruyamment et passa une main tremblante dans ses cheveux.

— Oh ! Mon Dieu ! Je...

Sa phrase resta en suspens, tandis que son regard se posait sur le plancher, derrière Amanda. Elle se retourna et vit un carton, avec « Joey » écrit en grosses lettres sur le côté. Il contenait les jouets de son fils, comprit-elle. Et à en juger par la couche de poussière qui recouvrait les meubles, personne n'était entré ici depuis que Blake avait emménagé dans le ranch familial.

C'était la chambre que Joey aurait occupée s'il avait survécu.

— Je... je suis désolé, bredouilla Blake. Ça a été plus fort que moi.

L'expression de désolation absolue peinte sur son beau visage bouleversa Amanda. Ne sachant trop quoi dire, elle le regarda quitter la pièce d'un pas lourd, et une vague de culpabilité la submergea juste après.

Pourquoi n'avait-elle pas pensé aux douloureux souvenirs que la présence d'Ethan réveillerait chez Blake ? Joey avait presque le même âge quand il était mort... Elle avait terriblement manqué de délicatesse !

— Je savais pas que c'était une bêtise, chuchota Ethan.

— Bien sûr, mais qu'est-ce qui t'a fait venir ici ?

— Blake avait sorti l'ours en peluche d'un carton, dans mon placard, et j'ai voulu voir s'il y avait d'autres jouets quelque part.

Un lit recouvert d'une couette à motif de ballons de football occupait un angle de la pièce, et les six cartons encore fermés devaient contenir les vêtements, les livres et autres possessions d'un petit garçon de quatre ans qui n'en aurait plus jamais besoin.

Le cœur d'Amanda se serra. Si elle perdait son fils, comme Blake avait perdu le sien, arriverait-elle à continuer à vivre ?

— Je voulais pas le mettre en colère, déclara Ethan.

— Il n'est pas en colère : c'est la surprise de te trouver là qui l'a fait crier, mentit-elle en se redressant. Retourne dans ta chambre… Je vais lui parler.

Un toussotement en provenance du seuil de la pièce annonça le retour de Blake. Il avait les yeux rouges, mais il se força à sourire avant d'aller s'accroupir devant Ethan et de lui tendre le camion de pompiers.

— Excuse-moi de t'avoir effrayé, bonhomme ! Ce camion de pompiers était le jouet préféré de mon fils Joey, mais tu peux le prendre. Il serait content que tu l'aies, j'en suis sûr.

— Joey ? répéta le petit garçon, les sourcils froncés. Tonton Vince a dit que Joey était dans les nuages.

Sans doute trop ému pour se risquer à parler, Blake se contenta de hocher la tête.

— J'aimerais bien que Joey soit là, ajouta Ethan.

Sans le savoir, il remuait le couteau dans la plaie, si bien qu'Amanda intervint.

— Et si j'allais nous préparer un bon petit déjeuner ? suggéra-t-elle sur un ton faussement enjoué.

— Il y aura du bacon ? demanda Ethan.

Amanda interrogea Blake du regard. Il fit oui de la tête, et elle déclara à son fils :

— Va t'amuser dans le séjour ! Je t'appellerai quand le petit déjeuner sera prêt.

— Merci pour le camion, dit le petit garçon à Blake. Je te promets de pas l'abîmer.

— C'est gentil.

Le jouet serré sur son cœur, Ethan disparut ensuite dans le couloir.

— Je suis vraiment…, commença Amanda.

— Tu n'as pas à t'excuser. Je n'aurais pas dû crier. Ça ne se reproduira pas.

— Tu t'es complètement racheté aux yeux d'Ethan en lui offrant ce camion ! Il avait presque le même, à Austin, et il l'adorait, mais je n'ai eu le temps de rien emporter quand j'ai quitté la ville… Et je comprends l'émotion que t'a causée la vue d'un enfant en train de jouer dans cette chambre.

— Oui, c'était la mienne quand j'étais gosse, et celle de Joey quand il venait rendre visite à mes parents. Elle avait été entièrement refaite et meublée juste avant… l'accident. Il ne l'a jamais connue comme ça.

Les larmes aux yeux, Amanda s'approcha de Blake et lui posa la main sur le bras.

— Je ne peux même pas imaginer la douleur que te cause la perte de ton fils, déclara-t-elle. Tu étais un excellent père… Je t'ai vu interagir avec Joey, et c'est pour ça que je suis venue ici : je savais que, s'il m'arrivait malheur, tu t'occuperais d'Ethan. Tu es la seule personne en qui j'ai suffisamment confiance pour remettre la vie de mon fils entre ses mains.

— Si tu me fais autant confiance, pourquoi ne me laisses-tu pas vous protéger tous les deux ?

— Aide-moi juste à disparaître. C'est ce que Vince aurait voulu.

— Comment peux-tu me croire sensible à cet argument ? s'écria Blake en dégageant vivement son bras.

Amanda se reprocha sa maladresse : invoquer la volonté

d'un homme qu'il détestait pour convaincre Blake de la laisser partir était un très mauvais plan.

Alors peut-être devrait-elle, finalement, lui parler de l'idée qui lui était venue pendant le trajet entre Austin et Carder ? Peut-être était-ce le seul moyen de lui faire comprendre qu'elle n'avait pas le choix ?

— J'ai quelque chose d'important à te dire, Blake.

— Quoi ? grommela-t-il.

— Tu n'as pas pu t'en rendre compte, mais la mort de Kathy et de Joey a porté à Vince un coup terrible. Il a changé. Il s'est mis à nous éviter, Ethan et moi, sans que je sache pourquoi.

— Il se montrait enfin sous son véritable jour !

— Non, il adorait son neveu… J'ai passé près de vingt heures, sur la route, à me demander pourquoi Vince avait réagi de cette manière, et pourquoi il avait été assassiné. Une accumulation de détails a fini par me faire comprendre qu'il cachait un lourd secret. A toi, à moi, à tout le monde.

— Le fait qu'il touchait des pots-de-vin ?

— Non. Quand les dettes accumulées par mon ex-mari ne m'ont plus permis de payer un loyer, Vince s'est montré très réticent à m'héberger, alors même qu'il me l'avait proposé l'année d'avant. Il l'a fait parce que sinon j'aurais été réduite à coucher sous les ponts, mais il voulait nous voir partir de chez lui le plus vite possible… Il m'a également inscrite à des cours d'autodéfense… J'ai cru que c'était pour me permettre de repousser une éventuelle agression de Carl, mon ex-mari… Je pense maintenant que Vince savait qu'habiter avec lui nous mettait en danger, Ethan et moi. Un danger qui ne venait pas de Carl, mais des policiers que tu soupçonnais de corruption.

— Il avait au moins le sens de la famille !

Ignorant l'amertume qui perçait sous cette remarque, Amanda poursuivit :

— Vince disait que ta probité t'avait coûté très cher.

A mon avis, il ne parlait pas seulement de la perte de ton travail, et il ne faudrait pas que l'histoire se répète.

— Comment ça ?

— Si tu ne nous laisses pas disparaître, Ethan et moi, je suis sûre que nous aurons un « accident », comme Kathy et Joey.

Blake tressaillit violemment.

— Tu es en train de me dire que la mort de Kathy et de Joey n'était pas accidentelle ?

— Je ne peux pas le prouver, mais je refuse de prendre le moindre risque. Je dois emmener Ethan loin d'ici avant que l'assassin de Vince retrouve notre trace et qu'il y ait d'autres morts.

Maintenant blanc comme un linge, Blake se laissa tomber sur le lit et murmura :

— Ils auraient été assassinés ?

4

— On a un problème avec la sœur et le gosse.

Le lieutenant fronça les sourcils en entendant ces mots dans l'écouteur de son portable prépayé.

— Ne quitte pas ! déclara-t-il.

Puis il se leva et enfila sa vieille veste en cuir, agacé à l'idée de ne pouvoir porter son superbe manteau d'alpaga. Mais le prix de ce vêtement dépassait le salaire mensuel de ses collègues, et la prudence s'imposait... Il sortit du bâtiment et attendit d'en avoir tourné le coin pour ordonner :

— Raconte !

— Une vérification de numéro d'immatriculation dans les fichiers de la police vient de m'apprendre où était la voiture qui a permis à la sœur de se volatiliser. Je me doutais qu'elle en avait volé une autre quand on a retrouvé la sienne sur un parking.

— D'où cette vérification a-t-elle été effectuée ?

— Des bureaux du shérif de Carder.

— Bon sang ! J'étais sûr que Vince et Blake travaillaient main dans la main depuis le début ! J'aurais dû les tuer tous les deux !

Redmond, ce petit saint, n'avait jamais voulu profiter des avantages que pouvait procurer un emploi dans la police d'une grande ville comme Austin. C'était tant pis pour lui, mais il parlait trop et, même maquillée en accident, la mort d'un lanceur d'alerte déclenchait immanquablement une enquête.

Il avait fallu les décès — accidentels, bien sûr — de son ex-femme, de son fils et de son père pour que Redmond fasse ses bagages et regagne le trou perdu du Texas qu'il n'aurait jamais dû quitter.

Le lieutenant secoua la tête. Il avait eu tort de se croire à l'abri d'une dénonciation. Pourtant, il n'existait pas d'erreur qui, une fois constatée, ne puisse être corrigée.

— Allez à Carder ! dit-il. C'est forcément là que Vince a envoyé le dossier. Trouvez-le et supprimez tout le monde, d'accord ?

Pas de réponse.

— Ça te pose un problème ? reprit-il.

— On doit liquider aussi le gosse ?

La voix timide de son correspondant l'exaspéra. Cet idiot commencerait-il à avoir des scrupules ?

— Il faut *surtout* supprimer le gosse ! C'est le seul témoin de l'élimination de Vince, et si tu ne veux pas te retrouver en prison avec quelques-unes des crapules que tu y as envoyées, je te conseille d'oublier tes états d'âme ! Tu as quelque chose à ajouter ?

— Euh… non.

— Bien ! Et, Johnson ? N'oublie pas ce qui est arrivé à Redmond ! Si tu foires ce coup-là, tu connaîtras un sort encore pire que le sien : tu sauras, toi, que tu es responsable de la mort de toute ta famille.

Assis sur le lit dans lequel son fils ne dormirait jamais, Blake tremblait de façon irrépressible. Les pensées se bousculaient dans sa tête, mais il en revenait toujours à la même question : Kathy et Joey avaient-ils vraiment été assassinés ? Si oui, c'était la conséquence de la croisade qu'il avait engagée contre la corruption au sein des forces de l'ordre d'Austin.

Il était entré dans la police par vocation. Parce que la

justice, le devoir et l'honneur étaient des valeurs auxquelles il croyait… Se pouvait-il que son fils soit mort à cause de son choix de carrière ?

De plus, si Amanda avait raison, Vince était au courant. Celui qui prétendait le considérer comme son meilleur ami savait — ou soupçonnait au moins — ce qui s'était passé. Et s'il l'avait laissé retourner à Carder sans lui dire la vérité, c'était bien sûr pour l'empêcher de traquer le ou les coupables…

Le misérable !

Blake n'avait plus qu'une envie : foncer à Austin et mettre sur la sellette tous ses anciens collègues. Si l'un ou plusieurs d'entre eux avaient tué Kathy et Joey, ils le paieraient très cher.

— Blake ?

La voix d'Amanda le tira de ses réflexions. Il lui jeta un coup d'œil, mais se détourna en lisant de la pitié dans ses yeux bleus. C'était un sentiment qu'il ne voulait pas inspirer. D'autant moins qu'en ce moment précis la colère l'emportait en lui sur la douleur et agissait comme un moteur, l'empêchant de s'apitoyer sur son sort.

— Vroum…

Ce bruit venant du séjour rappela à Blake la présence toute proche d'Ethan. Il devait se maîtriser, faute de quoi il effraierait de nouveau le petit garçon.

La radio lui fournit ensuite une raison supplémentaire de se ressaisir :

— Shérif ? Ici, Parris… La recherche que j'ai effectuée à partir du numéro d'immatriculation de la voiture que vous avez fait remorquer montre qu'il s'agit d'un véhicule volé avant-hier soir à Austin.

Blake sauta sur ses pieds et fixa sur Amanda un regard incrédule. Elle rougit… Cela signifiait qu'elle était coupable, et que l'aider devenait soudain beaucoup plus compliqué.

— Vol qualifié ? lui lança-t-il. C'est un grave délit !

— Pourquoi ton adjoint a-t-il effectué cette recherche ? C'est toi qui le lui as demandé, j'imagine…

— Non. Pour lui, il s'agissait d'un véhicule abandonné. Il s'est contenté d'appliquer la procédure normale.

Le cerveau de nouveau en ébullition, Blake se passa nerveusement une main dans les cheveux. Amanda avait enfreint la loi… C'était pour échapper à un tueur, mais le défenseur de l'ordre public qu'il était pouvait-il fermer les yeux sur un vol ?

En matière de justice, les choses étaient censées être toutes noires ou toutes blanches… Dans ce cas précis, il y avait beaucoup de gris, ce qui mettait Blake face à un redoutable dilemme.

— L'homme qui m'a tiré dessus s'était lancé à notre poursuite, expliqua Amanda. J'étais alors au volant de ma voiture, si bien qu'il a pu en noter la marque, le modèle et l'immatriculation. Elle était en outre criblée de balles, ce qui la rendait encore plus reconnaissable… Je n'avais pas le choix : je devais en changer.

Blake le comprenait, mais il avait besoin de temps pour réfléchir. Il sortit de la chambre sans rien dire et alla dans le séjour répondre à son adjoint. Amanda, qui l'avait suivi, l'attrapa par le bras et chuchota :

— Ne me dénonce pas, je t'en prie !

Furieux qu'elle puisse le croire capable de les mettre en danger, Ethan et elle, il la fusilla du regard avant de déclarer dans le micro :

— Bien reçu, Parris ! A plus tard ! Terminé !

Il coupa ensuite le micro et se tourna vers Amanda.

— Tu aurais dû me dire la vérité tout de suite. Maintenant, en tant que shérif, je suis dans une situation très compliquée.

— Non, les choses sont très simples, au contraire, déclara-t-elle. Je dois disparaître d'autant plus vite que le tueur, étant de la police, peut apprendre grâce à la recherche de ton adjoint où je me suis réfugiée. Alors oublie que tu nous as vus, et laisse-nous partir !

L'angoisse qui se lisait sur son visage et s'entendait dans sa voix chavira le cœur de Blake. Il en voulait à Vince d'avoir mêlé Amanda à ses histoires et de ne pas être là pour désigner les coupables.

— Austin est à six heures de route d'ici — dans des conditions de circulation normales, souligna-t-il. Ça nous donne le temps d'élaborer un plan. Va préparer un petit déjeuner pour Ethan. Moi, il faut que j'aille m'occuper des chevaux.

— Mais…

— Tu veux bien que j'essaie de trouver un moyen de t'aider et d'éviter en même temps que nous atterrissions tous les deux en prison ?

Voyant qu'elle hésitait, Blake soupira et posa les mains sur ses épaules. Il avait envie de l'attirer dans ses bras pour la réconforter… Pour se perdre pendant quelques instants dans la douceur de son corps de femme, aussi, mais il résista à la tentation et attendit sa réaction. Allait-elle refuser sa proposition ?

Le regard scrutateur qu'elle plongea dans le sien lui donna l'impression qu'elle tentait de lire dans son cœur. Il espérait qu'elle n'y arriverait pas, car son hypothèse sur la mort de Joey et de Kathy l'avait profondément affecté. Il avait peut-être encore plus de raisons de se sentir coupable envers eux qu'il ne le pensait jusque-là. Il ne prendrait pas le risque de commettre la même erreur !

Amanda finit par acquiescer d'un signe de tête. Elle savait donc se montrer raisonnable, par moments… Blake lui indiqua le chemin de la cuisine et la regarda quitter la pièce avec Ethan qui serrait le camion de pompiers sur son cœur. Il mit ensuite sa parka, son Stetson, et tenta d'ignorer la nouvelle vague de douleur qui menaçait de le submerger.

La possibilité que Joey ait été assassiné rendait sa mort

encore plus difficile à supporter. Il ne devait pourtant pas laisser cette idée le distraire de ses obligations envers Amanda et son fils : une grave menace pesait sur eux, ils avaient besoin de lui.

Une bonne odeur de bacon commençait de se répandre dans la maison. Après avoir fixé son pistolet à sa ceinture, Blake alla passer la tête par la porte de la cuisine.

— J'ai branché l'Interphone à commande vocale qui relie le ranch et l'écurie. Appelle-moi en cas de besoin.

Le tableau familial que formaient une jeune mère occupée à préparer le petit déjeuner et un petit garçon en train de jouer à ses pieds ouvrit une nouvelle fissure dans sa carapace.

Leo était là, lui aussi. Voyant son maître habillé pour sortir, il se dirigea vers lui, prêt à l'accompagner…

— Couché ! lui dit Blake.

Les oreilles de l'animal s'abaissèrent, mais il obéit. C'était un excellent chien de garde, et Blake se félicita de pouvoir compter sur lui.

Car Amanda avait entièrement raison sur un point au moins : en entrant dans les fichiers de la police le numéro d'immatriculation du break accidenté, Parris avait fourni aux tueurs une information capitale.

Le réchauffement de la température que Blake constata une fois dehors renforça ses craintes : le soleil n'allait pas tarder à faire fondre le verglas. Les conditions de circulation redeviendraient alors normales, et le ou les tueurs se mettraient en route. Se débarrasser des témoins gênants figurait en tête des priorités de tous les assassins.

En envoyant sa sœur à Carder, Vince y avait sans doute aussi fait venir des meurtriers… Et si ces policiers avaient également tué Kathy et Joey, ils ne reculeraient devant rien pour parvenir à leurs fins. Autrement dit, les habitants de Carder, et en particulier la mère de Blake, couraient un grand danger. Cette dernière était allée s'installer en ville après la mort de son mari, ce qui rendait sa localisation plus difficile, mais pas impossible non plus.

L'herbe crissa sous les pas de Blake tandis qu'il traversait la cour. A peine avait-il franchi le seuil de l'écurie que Sugar, le cheval préféré de son père, commença de s'agiter dans son box. C'était un bel alezan, vif et fougueux, mais depuis la mort de son maître il était devenu très agressif.

Les tâches tranquilles et routinières que Blake effectua ensuite lui permirent de réfléchir à un moyen de protéger toutes les personnes réellement ou potentiellement menacées par les policiers corrompus d'Austin. Mais il n'avait encore rien trouvé quand vint le moment de s'occuper de Sugar. Il lui prépara une ration de foin et se dirigea vers son box. Dès qu'il le vit s'approcher, le cheval s'ébroua et rua.

— Il a l'air dangereux !

La voix d'Amanda, dans son dos, fit sursauter Blake. Seul dans cette écurie remplie de souvenirs, avait-il perdu la notion du temps au point qu'elle se soit inquiétée de ne pas le voir rentrer ?

Il se retourna, et l'envie de l'attirer dans ses bras revint en force. Il lui semblait l'avoir toujours désirée. Et il connaissait le goût de ses lèvres... Bien que près de deux années se soient écoulées depuis, il se rappelait comme si c'était hier ce réveillon où Vince l'avait encouragé à aller embrasser sa sœur sous le gui. Elle avait rougi et fermé les yeux pour ce qui aurait dû être un chaste baiser... Mais, quand il s'était penché vers elle, le puissant courant de sensualité qu'il avait senti passer entre eux l'avait électrisé : il s'était emparé avidement de ses lèvres, et elle avait répondu avec une égale ardeur à son baiser.

Seuls les cris et les rires de l'assistance l'avaient alors empêché d'entraîner Amanda dans une chambre. La désapprobation évidente de Vince l'avait ensuite convaincu de refouler son attirance pour elle, et c'était ce qu'il devait faire maintenant.

— Sugar *est* dangereux, déclara-t-il. Je suis la seule personne à pouvoir l'approcher sans être mordu... Où est Ethan ?

— Je l'ai recouché. Il a du sommeil à rattraper : il a très peu dormi pendant le trajet jusqu'ici.

— Et pas beaucoup non plus la nuit dernière.

— Pourquoi tu ne m'as pas laissée dans sa chambre ? s'écria Amanda sur un ton belliqueux. Je me serais occupée de lui !

— Tu avais besoin de te reposer, toi aussi.

Elle avait encore les yeux cernés, nota Blake, mais il ne pouvait pas se permettre de trop se laisser attendrir. Elle n'avait pas été franche avec lui, et elle allait devoir commencer à l'être : pour arrêter un plan d'action efficace, il lui fallait connaître le maximum de données du problème.

— Ethan a crié dans son sommeil, reprit-il. Il rêvait du meurtre de son oncle.

— Je ne l'ai pas entendu, murmura Amanda d'une voix où la détresse avait remplacé l'agressivité. Il refuse de parler de ce qui s'est passé. Je ne sais même pas ce qu'il a vu exactement...

Ne comprenant que trop bien le sentiment d'impuissance qu'elle éprouvait, Blake souffrait pour elle, mais il lui devait la vérité.

— D'après ce qu'Ethan a crié dans son sommeil, il a tout vu. Ton frère lui a dit de se cacher et, en faisant ça, il lui a sans doute sauvé la vie.

— Vince était quelqu'un de bien, Blake. Je sais que tu as du mal à le croire, mais c'est vrai.

— Il m'a menti au sujet de la mort de Kathy et de Joey !

Blake avait haussé le ton, ce qui rendit Sugar nerveux : il piaffa en poussant un hennissement aigu. Amanda se recula vivement et buta contre une selle accrochée au mur.

— Eloigne-toi ! lui ordonna Blake. Cette selle était à mon père, et si quelqu'un la touche, Sugar devient fou.

— Parce qu'elle appartenait à son maître ?

— Oui. Et parce qu'il l'a tué.

Amanda écarquilla les yeux mais ne bougea pas.

— Comment peux-tu t'occuper d'un animal qui t'a privé de ton père ?

— Je n'arrive pas à lui en vouloir. Le vétérinaire nous a proposé de l'euthanasier, mais ma mère a refusé, alors je l'ai gardé. Il a toujours été un peu farouche, mais maintenant il ne laisse plus personne le monter à part moi.

— Que s'est-il passé exactement ?

— C'était pendant un orage, et on pense que Sugar, effrayé, s'est cabré. En tentant de le calmer, mon père a reçu à la tête un coup de sabot qui l'a tué sur le coup. Depuis, Sugar a en permanence les nerfs à fleur de peau, comme s'il éprouvait un mélange de regret, de peur et de colère. C'est peut-être pour ça que je ne peux pas me résoudre à le faire abattre.

— Tu ne crois pas que Vince mériterait que tu lui accordes à lui aussi le bénéfice du doute ?

Agacé de ne pas avoir vu venir la comparaison, Blake déposa en silence dans le box une ration de foin… que l'alezan considéra d'un air méprisant.

— Mon père te gâtait trop, grommela Blake en y ajoutant de l'avoine.

— Je t'ai posé une question ! insista Amanda.

— Sugar éprouve des remords. Vince n'en a jamais eu.

— Tu te trompes.

— Ça n'a plus d'importance, maintenant… La vie continue, et la situation m'impose de nouvelles priorités : assurer ta sécurité, celle d'Ethan et de tous les habitants de Carder, découvrir la vérité sur la mort de Kathy et de Joey, et déférer les coupables devant la justice.

Blake s'était tourné vers Amanda. Les rayons du soleil qui entraient par un vasistas, juste en face d'elle, éclairaient sa peau diaphane et faisaient briller ses boucles auburn.

Il brûlait de plonger les doigts dedans, pour voir s'il s'en dégageait toujours l'odeur de jasmin dont il avait gardé le souvenir.

Sugar hennit de nouveau, comme pour empêcher Blake de céder à la tentation. C'était plus probablement pour réclamer une friandise, et Blake reporta son attention sur lui. Il sortit un sucre de sa poche et le lui tendit, paume ouverte.

— Si tu me mords, je ne t'en donnerai plus jamais !

Comme s'il comprenait la menace, le cheval prit délicatement le sucre entre ses dents et attendit de l'avoir avalé pour recommencer à s'agiter dans son box.

La nervosité du cheval mettait Amanda mal à l'aise. Elle avait pourtant besoin de se concentrer sur la tâche qu'elle était venue accomplir — à savoir réussir enfin à convaincre Blake de l'aider à disparaître.

— Le meilleur moyen de me protéger, c'est de me laisser partir, déclara-t-elle en le tirant par la manche.

Il se retourna et, lorsqu'elle le lâcha, sa main effleura la sienne. Comment pouvait-il avoir la peau aussi chaude, alors qu'elle tremblait de froid ?

Impossible à dire, mais il se rendit compte qu'elle était transie. Il ôta sa parka et, dans un geste presque tendre, l'enveloppa dedans. Elle faillit soupirer d'aise en sentant la doublure du vêtement lui communiquer la chaleur de Blake. Elle avait envie de fermer les yeux, de s'abandonner dans ses bras et de s'en remettre entièrement à lui. Il maintenait des deux mains le col de la parka fermé et, quand le regard d'Amanda croisa le sien, quelque chose y brillait qu'elle pensait ne plus jamais y voir : du désir.

Son cœur bondit dans sa poitrine. Le baiser passionné qu'ils avaient échangé lors de ce fameux réveillon revenait régulièrement dans ses rêves... Etait-il possible que Blake ne l'ait pas oublié, lui non plus ? Elle s'était juré de ne rien attendre de lui à part un moyen de fuir le danger, mais maintenant, l'envie d'être embrassée lui picotait les lèvres. Elle les humecta, et un petit gémissement s'échappa de la gorge de Blake. Il posa une main sur sa joue et écarta doucement de l'autre une mèche qui s'était égarée sur son front.

— Je t'ai déjà dit à quel point je te trouvais belle ? déclara-t-il d'une voix rauque.

— Blake…

— Non, je n'ai pas dû te le dire…, murmura-t-il. Tu étais le fruit défendu.

Puis il rapprocha son visage du sien, lentement, pour lui donner le temps de s'écarter, mais rien n'aurait maintenant pu l'y décider : sa raison avait beau le lui ordonner, son corps s'y refusait.

Blake était si près qu'Amanda voyait le sang battre au creux de son cou, et que l'odeur de son eau de toilette lui chatouillait les narines. Aimait-elle cette senteur de pin parce qu'elle l'avait toujours associée à lui ?

— Ce n'est pas une bonne idée, protesta-t-elle faiblement.

Mais Blake dut percevoir son manque de conviction car, après l'avoir interrogée du regard — et avoir compris qu'elle ne le repousserait pas —, il prit ses lèvres avec une fougue qui la galvanisa. Jamais aucun homme ne l'avait embrassée ainsi, comme s'il réalisait un rêve caressé depuis des années…

Et sans doute, s'agissant de Blake, était-ce vraiment le cas. Elle s'était demandé s'il était possible qu'il n'ait pas oublié leur premier baiser… Celui-ci semblait lui fournir la réponse, et la fièvre qu'il déclencha en eux les aurait peut-être amenés à s'allonger dans le foin pour assouvir pleinement leur passion si un grand coup de klaxon n'avait soudain retenti, dehors.

Brusquement ramenée à la réalité, Amanda s'écarta de Blake, et un sentiment de honte l'envahit aussitôt. Comment avait-elle pu céder à l'appel de ses sens quand toutes ses pensées, toute son énergie auraient dû se concentrer sur la sécurité de son fils ?

Comme le baiser du réveillon, les merveilleuses sensations qu'elle venait d'éprouver étaient à ranger dans la boîte aux souvenirs, d'où elle les ressortirait les soirs où la solitude se ferait trop pesante.

— Tu attendais quelqu'un ? demanda-t-elle.

— Non.

— Et si c'était…

— Ne bouge pas ! Je vais voir.

La main sur la crosse de son pistolet, Blake alla entrouvrir la porte.

— C'est Parris, mon adjoint. Ne te montre pas !

Il quitta ensuite l'écurie, laissant la porte entrebâillée. Amanda s'en approcha et regarda par l'interstice. Un homme d'une soixantaine d'années était en train de descendre d'une voiture de police. Blake le rejoignit, et elle l'entendit déclarer :

— Qu'est-ce qui vous amène ?

— Plusieurs choses qui me turlupinent. Premièrement, le garagiste m'a appelé à propos du break que vous lui avez fait remorquer… Il a trouvé à l'intérieur des taches de sang et un pistolet. Ce véhicule a été volé sur un parking d'Austin, pas loin de votre ancien lieu de travail… Deuxièmement, vous n'êtes pas venu patrouiller en ville hier soir, ce qui ne vous ressemble pas. Vous étiez pourtant inquiet au point de me demander d'aller voir si votre mère n'avait besoin de rien… Il se passe visiblement quelque chose d'anormal, alors si vous me disiez de quoi il s'agit ?

Blake se tenait très droit, dans une posture que sa haute taille et ses larges épaules rendaient spécialement intimidante. A la place de son adjoint, Amanda serait partie en courant… Parris, lui, ne cillait pas. Il avait du cran !

La réponse de Blake fut brève, mais formulée à voix trop basse pour qu'Amanda puisse l'entendre. Son interlocuteur l'écouta, le menton relevé dans une attitude de défi, puis il hocha la tête, remonta dans sa voiture et partit.

Quand Blake regagna l'écurie, il commença par demander en montrant un haut-parleur fixé au mur :

— Le klaxon a réveillé Ethan ?

— Non. Et ton chien n'a même pas aboyé.

— Leo ne s'en donne pas la peine quand les visiteurs sont des amis.

— Et Parris en est un ?

— Mon père et lui l'étaient depuis l'école primaire. Nous ne sommes pas de la même génération, Parris et moi, mais c'est un excellent shérif adjoint.

— Il représente donc une menace pour moi.

— Je lui ai confié une mission, et il la remplira loyalement.

Le visage de Blake s'était fermé. Il cachait quelque chose : Amanda reconnaissait cette expression butée. Vince et lui se ressemblaient tellement !

— Tu as chargé ton adjoint d'enquêter sur moi, c'est ça ?

— Tu ne me fais donc aucune confiance ?

— J'ai toujours trouvé malhonnête de répondre à une question par une autre question !

— Ta sécurité et celle de ton fils me tiennent à cœur, mais ce que tu m'as révélé à propos de la mort de Kathy et de Joey change les données du problème. Je sais maintenant que tes poursuivants sont prêts à tout pour parvenir à leurs fins, y compris à tuer des gens qui n'ont aucun lien direct avec leurs histoires.

— Tu as dit à Parris que j'étais là ?

— Non, mais l'analyse du sang trouvé dans la voiture volée orientera l'enquête vers toi. Il y avait en outre à l'intérieur un pistolet qui porte sans doute tes empreintes... Je me trompe ?

— Non.

— J'espère qu'il ne s'agit pas de l'arme qui a tué ton frère !

Amanda se sentit pâlir. La remarque de Blake lui faisait prendre conscience d'un aspect de sa situation qu'elle avait jusque-là négligé : en emportant un pistolet découvert sur une scène de crime, elle s'était désignée comme l'auteur le plus probable dudit crime.

Sa réaction suffit à Blake en guise de réponse. Il secoua la tête, l'air accablé, avant de reprendre :

— La machine est lancée, et je ne peux pas la stopper. Si un mandat d'arrêt n'a pas encore été émis contre toi, c'est uniquement parce que j'ai récupéré ton sac à main dans la ravine, ce matin, en allant parler au garagiste.

La sonnerie de son portable interrompit la conversation.

— Redmond, à l'appareil…

Une pause.

— Quand ?

Nouvelle pause.

— Une voiture de location ? Bien… Je préviens Parris, et je lui donne des instructions.

Blake coupa la communication. Alarmée, Amanda ouvrit la bouche pour l'interroger, mais il la réduisit au silence d'un froncement de sourcils et composa un numéro.

— Parris ? Blake, à l'appareil… Allez tout de suite chercher ma mère, et emmenez-la à l'endroit que je vous ai indiqué tout à l'heure ! Contactez ensuite Smithson, et arrangez-vous pour vous partager le travail.

Les tueurs avaient retrouvé sa trace ! comprit Amanda. Ils étaient déjà à Carder !

— Et méfiez-vous de toute personne qui vous poserait des questions sur moi ou le break volé, Parris ! poursuivit Blake. Surtout s'il s'agit de policiers.

Son adjoint dut s'étonner, car Blake déclara après un bref silence :

— Mon père était votre meilleur ami, et vous me connaissez sûrement assez bien pour savoir que mes décisions sont toujours motivées. Là, je n'ai pas le temps de vous expliquer, mais je vous rappellerai dès que possible.

Il raccrocha ensuite et dit, le visage grave :

— Je me trompais en pensant disposer de plusieurs heures

pour mettre au point un plan d'action : tes poursuivants ont dû prendre l'avion et louer ensuite une voiture. Smithson, mon deuxième adjoint, vient d'arrêter un véhicule de location dont le conducteur roulait beaucoup trop vite, compte tenu de l'état des routes. Ses deux occupants étaient des policiers d'Austin, et ils se dirigeaient vers Carder. Ils peuvent être ici d'une minute à l'autre.

Le sang d'Amanda se figea dans ses veines.

— Ethan !

Elle s'apprêtait à sortir de l'écurie et à courir vers la maison quand une voiture surgit en haut du chemin et s'immobilisa devant le ranch dans un grand crissement de pneus. Deux hommes cagoulés en bondirent, et Blake eut tout juste le temps de fermer la porte avant qu'une pluie de balles s'abatte sur le bâtiment.

— Ethan ! répéta Amanda, folle d'angoisse. Il est seul dans la maison... Je dois aller le rejoindre !

— Non ! Tu n'auras pas fait deux pas dehors que tu seras morte... Tu sais te servir d'un pistolet ?

— Oui. Vince m'a appris.

— Je vais te donner mon Glock. Le chargeur est plein, mais je n'en ai pas de rechange sur moi. Tu ne disposes que de quinze cartouches, alors ne les gaspille pas !

— Que comptes-tu faire ?

— Aller chercher Ethan.

Amanda prit l'arme que Blake lui tendait, enleva le cran de sûreté, puis dirigea le canon vers le sol.

— Une vraie pro ! Excellent ! s'écria Blake. Je vais passer par derrière... Occupe ces crapules, pendant ce temps, et quand je reviendrai avec Ethan, on s'en ira dans mon vieux pick-up.

— C'est du tas de ferraille garé près de l'écurie que tu parles ?

— Oui.

— Il est en état de marche ?

— Absolument !

— Il ne doit quand même pas rouler très vite. A supposer que nous arrivions à nous enfuir avec, les tueurs n'auront aucun mal à nous rattraper.

— Ne t'inquiète pas pour ça !

Le sourire narquois qui ponctua ces mots redonna espoir à Amanda : Blake avait visiblement un plan.

— A mon signal, reprit-il, tu tireras deux ou trois fois, d'accord ?

Il disposa ensuite des bottes de foin contre le mur en planches en guise de barricade et détacha deux petites lattes. L'une des ouvertures était juste assez grande pour y introduire le canon d'un pistolet, et l'autre, un peu au-dessus et sur le côté, permettait d'observer les alentours.

— On se croirait au siège de fort Alamo ! remarqua Amanda.

— Oui, j'y jouais souvent, gamin, avec mes copains... Et je te rassure : j'étais toujours dans le camp des vainqueurs ! Passe-moi le Glock, pour que j'empêche ces deux guignols d'approcher !

Blake entrouvrit la porte, tira deux fois, puis il rendit l'arme à Amanda.

— J'y vais, maintenant ! Couvre-moi !

Dès qu'elle se fut mise en position, Amanda appuya trois fois sur la détente. Blake bondit dehors et s'élança à travers la cour, mais l'un des hommes le repéra, braqua son arme sur lui...

— Blake ! Attention ! cria Amanda.

Puis elle fit de nouveau feu.

5

L'avertissement d'Amanda permit à Blake de se jeter à terre juste à temps pour éviter la balle qui lui siffla aux oreilles et alla se perdre sous le plancher de la terrasse. Il l'avait échappé belle ! Amanda tira presque au même moment. L'un des deux hommes poussa une sorte de glapissement, et Blake le vit du coin de l'œil grimacer en se tenant le bras gauche.

— Bravo ! murmura-t-il avant de se mettre à ramper vers l'angle de la maison.

Le temps pressait : il ne restait plus que neuf cartouches dans le Glock et, si Amanda se trouvait à court de munitions avant qu'il ait pu lui apporter un autre chargeur, leurs adversaires le comprendraient vite et donneraient l'assaut.

C'était sur lui que se concentraient maintenant leurs tirs, mais il atteignit indemne l'arrière du bâtiment. Là, il se releva, courut jusqu'à la porte de la cuisine… et se rappela alors qu'elle était fermée à clé. L'urgence lui dictant la solution la plus simple et la plus rapide, il l'enfonça d'un coup de pied et se précipita dans la chambre d'Ethan.

Vide.

— Ethan ? C'est moi, Blake !

Pas de réponse.

Le pauvre gamin avait dû se cacher, et la peur d'être découvert par les « méchants » le persuadait de garder le silence. Blake disposait heureusement d'un allié…

— Leo ? Où tu es mon chien ?

Un aboiement étouffé s'échappa de sous le lit. Blake s'agenouilla et vit Ethan, les bras noués autour du cou de l'animal et le visage enfoui dans son pelage.

Leo fit mine de rejoindre son maître, mais le petit garçon le retint et se mit à chuchoter, encore et encore, comme un mantra :

— Je dois me cacher… Je dois me cacher…

Blake avait envie de le faire sortir de son refuge et de le serrer contre lui en disant que tout allait bien. Le problème étant qu'il avait toujours eu pour principe de ne pas mentir aux enfants.

— Reste là ! lui déclara-t-il à la place. Je reviens te chercher dans cinq minutes.

S'il retraversait la cour avec Ethan dans ses bras sans prendre de précautions, ils n'avaient aucune chance d'atteindre l'écurie vivants. Il fallait élaborer un stratagème.

Les tirs des assaillants reprirent, dehors. La détonation caractéristique du Glock leur répondit. Une cartouche de moins pour Amanda… Blake alla récupérer le flacon d'antibiotiques vétérinaires dans la pièce voisine, puis il se rendit dans la chambre de Joey.

Là, ignorant une émotion qui menaçait de le paralyser, il commença de fouiller les cartons à la recherche du dernier cadeau de Noël qu'il avait offert à son fils.

Où l'avait-il mis, après la mort de Joey, quand il avait rassemblé les affaires du petit garçon pour les expédier ici ? La douleur l'avait alors plongé dans une sorte d'état second et il agissait comme un automate en s'efforçant de ne penser à rien.

Le plus gros des cartons finit par lui rappeler quelque chose. C'était celui où il avait entassé les plus récents des cadeaux dont il couvrait son fils pour compenser le peu de temps qu'il passait avec lui. Il ouvrit ce carton, plongea la main dans l'amoncellement de jouets et de jeux…

— Les voilà !

Ses doigts venaient de rencontrer la boîte de vingt-quatre balles de ping-pong qui allaient avec des raquettes dont les performances dépassaient largement les besoins d'un enfant de quatre ans. Blake prit la boîte, courut dans la cuisine et sortit d'un tiroir un rouleau de papier d'aluminium.

Le Glock fit de nouveau feu. Le sang-froid et l'intelligence d'Amanda impressionnèrent Blake : elle économisait les cartouches, ne tirant qu'à la fréquence nécessaire pour maintenir les tueurs à distance.

Avec de gros ciseaux de cuisine, Blake découpa les balles de ping-pong en lamelles. Une fois divisées en trois parts égales dont chacune fut enveloppée dans du papier d'aluminium, elles lui fournirent autant de petites bombes fumigènes.

Après avoir attrapé un briquet, il alla dans le séjour prélever une liasse de billets dans sa réserve d'argent liquide, puis ouvrir le meuble où il gardait sous clé ses armes et ses munitions de réserve. Il en sortit des chargeurs de rechange pour le Glock, ainsi que le Colt modèle 1911 utilisé par son grand-père pendant la Seconde Guerre mondiale. Ce pistolet de gros calibre était extrêmement fiable, et d'une efficacité redoutable.

Blake mit les chargeurs dans ses poches, coinça le Colt dans le creux de son dos et se dépêcha de retourner dans la chambre d'Ethan. Il le regrettait, mais il allait devoir être un peu brutal.

— Au pied, Leo ! ordonna-t-il.

Dès que le chien fut sorti de sous le lit, Blake attrapa Ethan par la taille et le tira vers lui. Le petit garçon avait les paupières fermées — sans doute était-il trop effrayé pour regarder ce qui se passait — et un gémissement faible mais continu s'échappait de sa gorge.

— Ethan ? C'est moi, Blake ! Ouvre les yeux !

L'enfant obéit et demanda aussitôt :

— Où est maman ?

— On va aller la retrouver, mais pour ça j'ai besoin que tu sois courageux et que tu sortes de la maison avec moi, d'accord ?

— Je dois me cacher. C'est tonton Vince qui l'a dit.

Plusieurs détonations retentirent, dehors, et trois décharges du Glock leur firent écho. Ethan sursauta violemment, essaya de retourner sous le lit, mais Blake le retint.

— Ton oncle avait raison, observa-t-il. Il y a des moments où il faut se cacher, mais là, si on veut rejoindre ta maman, on est obligés de sortir. Tu comprends ?

— Ou... oui, bredouilla Ethan.

Blake l'aida à se relever, lui mit son anorak... et soupira en le voyant ramasser le camion de pompiers. C'était un objet encombrant, et d'une couleur bien trop vive à son goût, mais obliger Ethan à s'en séparer aurait été cruel. Il prit l'enfant par la main et, suivi de Leo, regagna la cuisine, où les trois fumigènes artisanaux attendaient.

— Tu vois ces paquets ? déclara-t-il au petit garçon. Ce qu'il y a à l'intérieur va nous cacher, mais tu dois faire exactement ce que je te dis, d'accord ?

Cette fois, au lieu de répondre, Ethan se mit à sucer son pouce, et Blake poussa un nouveau soupir. La plupart des adultes auraient craqué sous une telle pression, alors que pouvait-il espérer d'un enfant de cinq ans ?

— Tiens le collier de Leo, reprit-il. Je vais allumer un de ces paquets et l'emporter dehors. Ça fera beaucoup de fumée, et je reviendrai te chercher pour qu'on aille retrouver ta maman, d'accord ?

Toujours pas de réponse, mais Ethan referma tout de même sa main libre sur le collier du chien. Blake savait que Leo ne bougerait pas, obligeant ainsi le petit garçon à rester lui aussi immobile.

Il souleva l'une des bombes improvisées, promena la

flamme du briquet dessous jusqu'à ce qu'elle prenne feu et courut la déposer à l'angle de la maison. Une épaisse fumée s'en dégagea, et les tirs cessèrent brusquement.

— Tu vois Redmond ? cria l'un des hommes.

De nouvelles détonations retentirent, dont quatre en provenance de l'écurie. Si Blake avait bien compté, Amanda était maintenant à court de munitions. Il fallait absolument la rejoindre avant que les tueurs ne le comprennent…

Blake retourna dans la cuisine, hissa Ethan sur son dos pour avoir les mains libres et alluma les deux fumigènes restants.

— On y va, Leo !

Le chien s'élança dehors à sa suite. Lorsqu'ils atteignirent le coin de la maison, la première bombe était sur le point de s'éteindre. Blake s'arrêta, jeta la deuxième devant lui et attendit pour repartir d'être protégé des regards par l'écran de fumée. Il recommença l'opération avec la troisième, et cela lui permit d'atteindre sans encombre le pick-up garé contre le mur de l'écurie, et dans lequel il déposa Ethan.

— Allonge-toi sur le plancher ! dit-il. Je vais chercher ta maman.

Puis il fit signe à Leo de monter dans le véhicule. Ethan referma aussitôt un bras sur le cou de l'animal et se serra contre lui.

La fumée commençait à se dissiper, mais elle était encore assez épaisse pour constituer un écran efficace. Blake se précipita dans l'écurie et y fut accueilli par une Amanda pâle et tremblante.

— Ethan ? s'écria-t-elle.

— Il nous attend dans le pick-up… Passe-moi le Glock !

Après avoir introduit un des chargeurs de rechange dans le magasin, Blake tendit à Amanda les clés du véhicule et une liasse de billets.

— Sors la première ! Je te couvre. S'il m'arrive quelque chose, pars avec le pick-up et disparais !

Une seconde d'hésitation, puis Amanda prit les clés, l'argent, et déclara :

— Prête !

— Vas-y !

Elle sortit de l'écurie en courant pendant que Blake déchargeait plusieurs fois son pistolet. Quand elle eut disparu à l'angle du bâtiment, il visa les pneus de la voiture de leurs assaillants.

Deux coups de feu. Deux pneus crevés.

Son regard se posa ensuite sur son 4x4 de fonction. Ce ne serait pas de gaieté de cœur, mais il allait devoir le rendre inutilisable, sinon les tueurs le feraient démarrer en joignant les fils d'allumage, et cela ne leur prendrait pas plus de quelques secondes.

Deux autres coups de feu. Deux autres pneus crevés.

Des hennissements affolés s'élevèrent dans l'écurie. Les chevaux… Blake alla ouvrir toutes les stalles, sauf celle de Sugar, et en chassa de la voix les occupants, qui s'élancèrent vers leur pâturage. Quand il ouvrit le portillon de son box à Sugar, l'alezan le considéra d'un air soupçonneux.

— Oui, toi aussi ! Va rejoindre tes congénères et protège-les !

Le cheval se cabra, comme s'il comprenait, puis il franchit au galop la porte de l'écurie. Blake le suivit et courut jusqu'au pick-up. Amanda était assise au volant, et le moteur tournait.

— Je vais conduire, déclara Blake. Laisse-moi la place et garde la tête baissée jusqu'à nouvel ordre.

Amanda se poussa et, penchée en avant, entreprit de rassurer Ethan.

Les tirs avaient cessé. Blake passa la première et se dirigea vers le champ de luzerne qui s'étendait derrière l'écurie. Une vieille barrière en bois le séparait d'un chemin de terre qui menait à la route. Blake vit dans son rétroviseur l'un des hommes cagoulés donner un grand coup de pied dans l'un des pneus crevés de leur voiture tandis que l'autre s'approchait en boitillant du 4x4. Ils allaient rester bloqués là pendant un certain temps au moins.

Blake fonça droit sur la barrière, qui céda sous l'impact. Il remonta le chemin pied au plancher, mais attendit encore quelques instants avant de dire à sa passagère :

— Tu peux te relever, maintenant.

Elle se redressa, écarta la cascade de boucles qui lui couvrait le visage, puis tendit la main à son fils.

— Tu veux venir t'asseoir près de moi, mon cœur ?

Le petit garçon secoua négativement la tête. Blotti à ses pieds, il se cramponnait d'une main à Leo et serrait de l'autre le camion de pompiers contre sa poitrine.

Amanda lança un regard soucieux à Blake. Le mutisme d'Ethan l'inquiétait, lui aussi, mais seule l'arrestation des coupables pourrait calmer l'angoisse du petit garçon.

— Je crois qu'il vaut mieux le laisser tranquille, déclara Blake. Le fait que personne ne puisse le voir de l'extérieur doit lui donner un sentiment de sécurité.

Amanda acquiesça, mais ne put s'empêcher de poser une main protectrice sur les cheveux de l'enfant avant de demander :

— Où allons-nous ?

Ils approchaient d'un pont, et Blake, voyant le revêtement briller au soleil, leva le pied.

— Je pensais pouvoir emprunter des routes goudronnées, pour gagner du temps, répondit-il, mais les chaussées sont encore verglacées, apparemment.

Un embranchement avec un autre chemin de terre se présenta un peu plus loin, et Blake s'y engagea. Au bout de quelques mètres seulement, le pick-up rencontra un nid-de-poule. Amanda poussa un cri étouffé et porta la main à son flanc gauche.

— Désolé, dit Blake. Ce chemin est peu fréquenté, et donc mal entretenu… Tu tiendras le coup ?

— Il faudra bien !

Un coup d'œil en direction d'Ethan, qui semblait s'être endormi, puis Amanda reprit à voix basse :

— Ils étaient deux, cette fois… Si ç'avait été le cas à Austin, je n'aurais pas pu m'échapper.

— Tu t'es encore battue avec beaucoup de courage, aujourd'hui. Tu as même touché un de nos assaillants.

— J'ai eu de la chance.

— Non, tu tires bien, et ton sang-froid m'a impressionné. Ne sois pas modeste !

Amanda s'enfermant ensuite dans le silence, Blake repassa dans son esprit les événements qui les avaient amenés à s'enfuir.

— C'était trop facile, finit-il par marmonner.

— Comment ça, « trop facile » ? On a failli y laisser notre peau !

— Ils auraient pu nous tuer : leur puissance de feu était bien supérieure à la nôtre. Ils connaissaient mon nom et, même si leurs cagoules ont préservé leur anonymat, il s'agissait de toute évidence d'anciens collègues à moi.

— Pourquoi nous ont-ils épargnés, alors ?

— Parce qu'ils te veulent vivante, dans un premier temps. Ils doivent attendre quelque chose de toi. Tu sais de quoi il s'agit ?

— L'homme qui m'a agressée à Austin a parlé d'un dossier que Vince aurait caché. Il m'a promis de nous laisser la vie sauve, à Ethan et à moi, si je lui disais où mon frère avait mis ce dossier. Je ne l'ai pas cru, évidemment !

— Vince a dû consigner par écrit, et preuves à l'appui, les noms des policiers corrompus de la ville… Tu étais au courant ?

Un cahot plus violent que le précédent arracha une plainte à Amanda.

— Désolé, répéta Blake. J'essaie d'éviter les nids-de-poule, mais ce n'est pas toujours possible…

— Je sais. Et pour répondre à ta question, non, je n'étais pas au courant : Vince n'a jamais fait la moindre allusion à ce dossier devant moi.

— Il existe pourtant sûrement, et nous devons le trouver avant ceux qu'il concerne !

6

Amanda frissonna et s'enveloppa plus étroitement dans la parka de Blake. Le chauffage de ce vieux pick-up ne marchait pas *moins bien* que celui de sa Ford : il ne marchait pas *du tout* ! Ethan était heureusement emmitouflé dans son anorak, et le chien devait lui communiquer sa chaleur.

A quelle distance étaient-ils maintenant du ranch ? Elle n'aurait su le dire, mais voulait bien prolonger cette fuite jusqu'au Mexique — si c'était la destination que Blake avait en tête, et même si chaque cahot ravivait un peu plus la douleur de sa blessure.

Avoir mal, c'était être en vie. Blake les avait sauvés, Ethan et elle. Peut-être le but de leurs agresseurs était-il juste de les capturer, dans un premier temps, mais ensuite…

Blake venait de composer un numéro sur son portable, et ce fut sur un ton brusque qu'il déclara après un bref silence :

— Non, je ne veux pas laisser de message ! Je rappellerai plus tard.

Après avoir raccroché, il se mit à pianoter nerveusement sur le volant, et Amanda lui demanda :

— Où allons-nous ?

— Je ne sais pas encore, répondit-il avant de se garer sur le bas-côté.

— Pourquoi t'arrêtes-tu ?

— Pour prendre les mesures qui empêcheront nos adversaires de nous localiser.

Blake sortit un canif de sa poche et s'en servit pour ouvrir l'arrière de son portable et retirer la batterie. Le tout retourna ensuite dans sa poche.

— Tu as un téléphone portable sur toi ? s'enquit-il.

— Non. Je l'ai perdu le soir de mon agression… Qu'est-ce qu'on va faire, Blake ?

— Dans l'immédiat, nous allons nous cacher quelque part et réfléchir à l'endroit où Vince a pu mettre ce fameux dossier, ainsi qu'à la meilleure façon de l'utiliser.

Une route goudronnée était visible au bout du chemin. Blake redémarra, s'y engagea, la suivit pendant quelques centaines de mètres, puis tourna dans un autre chemin de terre.

Comme il avait l'air de savoir où il allait, Amanda jugea inutile de lui poser d'autres questions, mais elle l'observa à la dérobée. Bien qu'il lui ait prêté sa parka et qu'un petit nuage de condensation s'échappe de sa bouche à chacune de ses expirations, le froid ne le gênait visiblement pas. Sous son Stetson, son regard perçant et ses mâchoires serrées exprimaient une certaine tension, mais aussi une volonté inébranlable.

Il n'était donc pas « juste » infiniment séduisant : si une cause lui tenait à cœur, il était homme à tout mettre en œuvre pour la faire triompher.

Cette prise de conscience apporta à Amanda une lueur d'espoir. Elle était maintenant contrainte de s'avouer dépassée par les événements, alors pourquoi ne pas continuer à s'appuyer sur Blake ? Ne lui avait-il pas déjà fourni une aide inestimable ?

Sans compter qu'elle brûlait de sentir de nouveau ses lèvres sensuelles dévorer les siennes, de s'abandonner dans les bras du seul homme qui lui ait jamais inspiré un désir aussi intense.

— Si tu n'arrêtes pas rapidement de me regarder comme ça, je ne réponds plus de rien ! lui lança-t-il soudain.

— Je… euh…, bredouilla-t-elle en rougissant.

— Ne t'inquiète pas, déclara-t-il avec un petit sourire. C'était une menace en l'air. Pour l'instant… Nous sommes presque arrivés. Tu vois cette éolienne, là-bas ?

— Oui.

— C'est celle du ranch qui va nous servir de refuge.

Quelques minutes plus tard, Amanda découvrait un grand bâtiment de plain-pied, entouré de nombreuses dépendances et d'enclos. L'endroit semblait désert.

— Qui habite là ? dit-elle.

— Un couple âgé, les Maddox. Ils sont allés rendre visite à leur petite-fille, qui vient d'avoir un bébé, et la maison est vide. Le vieux Maddox a vendu presque tout son bétail il y a plusieurs années, si bien qu'il n'a plus aucun employé à demeure. Nous devrons juste éviter de nous faire voir du jeune Collins, le voisin qui vient nourrir les quelques bêtes restantes. Nous serons en sécurité ici jusqu'à ce que je mette au point une stratégie.

— En sécurité, vraiment ? Je me demande si je le serai jamais, alors que ces hommes veulent de moi quelque chose dont j'ignore tout…

Blake contourna la maison, se gara derrière et se tourna vers Amanda.

— Fais-moi confiance ! Je peux t'aider.

Ses doutes étant revenus, elle garda le silence.

— Je vais jeter un coup d'œil aux alentours, reprit-il, l'air déçu. Reste là !

Il descendit du pick-up et disparut de l'autre côté du bâtiment. Sans doute réveillé par l'arrêt du véhicule, Ethan se redressa alors et regarda autour de lui.

— Tu as vu, maman ? Il y a un tracteur vert, là-bas, comme celui de mon copain Billy, et une grosse vache, derrière la barrière !

— Non, c'est un taureau.

— J'aime bien cet endroit !

En voulant sortir par la portière du conducteur restée

ouverte, le petit garçon donna un coup de pied involontaire dans le flanc gauche d'Amanda. Une douleur fulgurante la transperça, qui lui arracha un cri rauque.

— Que s'est-il passé ?

La voix autoritaire d'un Blake surgi de nulle part fit battre Ethan en retraite. Amanda le serra contre elle en priant pour que sa blessure ne se soit pas remise à saigner.

— Rien, répondit-elle.

— Bien sûr que si !

Blake alla ouvrir la portière du passager, souleva Ethan et le posa sur le sol. Leo sauta du pick-up, et Blake se pencha vers Amanda.

— Tu as très mal ?

— Non, ça va.

— Tu mens ! Tu es blanche comme un linge, et…

La phrase de Blake demeura en suspens. Il avait apparemment vu du coin de l'œil le petit garçon en train de courir vers le tracteur, et il le héla :

— Reviens, Ethan ! Cet endroit n'est pas un terrain de jeux !

— Ce tracteur le fascine, expliqua Amanda. Un certain Billy, qui possédait le même, l'avait pris en affection, à Austin. Il l'avait même emmené se promener dedans et Ethan en a gardé un souvenir ébloui.

Le petit garçon s'était immobilisé mais n'avait pas rebroussé chemin, obligeant Amanda à intervenir :

— Tu as entendu le shérif Blake, Ethan ? Reviens !

Son ordre à elle fut suivi d'effet. Blake la souleva alors dans ses bras, et elle ne protesta pas : loin de se calmer, la douleur irradiait maintenant jusque dans son épaule.

— Pourquoi tu portes maman ? demanda Ethan.

— Parce qu'elle est fatiguée. Elle a besoin de se reposer.

— Les mamans font pas la sieste ! objecta l'enfant.

C'était visiblement pour lui une chose tellement évidente qu'Amanda sourit malgré sa blessure. Blake, lui, n'avait pas du tout l'air amusé, et elle connaissait assez bien son fils pour savoir qu'un rien suffirait à le braquer.

— Le shérif Blake a raison, mon cœur, intervint-elle de nouveau. J'ai vraiment besoin de me reposer.

Ethan esquissa une moue boudeuse mais suivit docilement Blake quand celui-ci contourna la maison, gravit l'escalier extérieur, puis ouvrit la porte avec une clé récupérée sur le dessus du chambranle.

Après avoir déposé Amanda sur le canapé du séjour, il alluma la lumière, car les rideaux de toutes les fenêtres de la pièce étaient fermés.

— Garde ma parka, lui dit-il. Le chauffage central doit être réglé au minimum. Je vais le monter, et on s'occupera ensuite de ta blessure.

— Tu pourrais faire du feu dans la cheminée, aussi. La température augmenterait ainsi plus vite.

— Oui, mais ce serait dangereux : l'évacuation de la fumée trahirait notre présence.

— Bien sûr, j'aurais dû y penser ! Je ne suis qu'une idiote.

— Non, tu n'es pas idiote ! Tu es juste dans une situation stressante et compliquée. Ne te sous-estime pas !

L'excuse que lui trouvait Blake prouvait surtout qu'il était gentil, songea Amanda. Son refus de la laisser se dévaloriser ne lui en fit pas moins chaud au cœur.

Tandis qu'il explorait les murs du séjour à la recherche d'un thermostat, elle souffla dans ses mains pour tenter d'activer la circulation sanguine. Un petit déclic, suivi d'un léger bourdonnement, lui signala une minute plus tard que la chaudière était repartie, et Blake revint alors lui dire :

— Je vais me mettre en quête d'un endroit sûr, où Ethan pourra jouer pendant que j'examinerai ta blessure.

— Ce n'est pas la peine.

— Si ! Il faut s'assurer qu'elle n'est pas en train de s'infecter.

Sur ces mots, Blake pivota sur ses talons et disparut dans le couloir. Amanda lui était reconnaissante de l'aide qu'il lui apportait, mais elle trouvait son attitude un peu trop autoritaire.

Le bruit de portes qui s'ouvraient et se fermaient lui parvint et, comme elle claquait encore des dents, elle cria :

— Rapporte des couvertures ! On en a besoin en attendant que la maison se réchauffe !

A peine avait-elle fini de parler que Blake reparut avec une pile de plaids sous le bras. Il lui adressa un sourire narquois avant de se tourner vers Ethan.

— Je t'ai trouvé un endroit où tu pourras jouer tranquillement pendant que ta maman se reposera.

— Non, je dois veiller sur elle ! Je l'ai promis !

Jugeant une nouvelle fois nécessaire d'intervenir, Amanda se leva, mais la grimace de douleur que ce simple changement de position lui arracha l'obligea à admettre que Blake avait raison de vouloir examiner sa blessure. Elle rejoignit son fils et l'embrassa sur le front. Combien d'enfants de son âge auraient supporté avec autant de courage la succession d'épreuves qu'il endurait depuis deux jours ?

— Le shérif Blake va s'occuper de moi, lui dit-elle d'une voix douce. J'irai te voir quand je me serai un peu reposée.

— Leo peut venir jouer avec moi ?

— Evidemment ! s'écria Blake. Allons-y !

Bien qu'il ne l'y ait pas invitée, Amanda suivit le mouvement. L'endroit qu'il avait choisi pour Ethan était une petite chambre, dont l'unique fenêtre donnait sur l'arrière de la maison. Une fois à l'intérieur, il enveloppa l'enfant dans un plaid, tendit une autre couverture entre deux chaises et fit signe au chien d'aller s'installer sous cette tente improvisée.

— On va camper, Leo et moi ? s'exclama le petit garçon.

— Exactement ! Donne-moi le camion de pompiers et glisse-toi là-dessous !

Ethan s'assit près du chien et lui passa un bras autour du cou. Il se serrait fort contre le corps de l'animal, mais son expression n'était ni tendue ni apeurée, constata Amanda.

Leo l'avait réconforté mieux qu'elle n'avait su le faire. Il ne l'avait pas quitté un seul instant, contrairement à elle, qui l'avait abandonné pour aller parler à Blake dans l'écurie et n'avait ensuite pensé qu'à satisfaire sa libido. Un baiser, et son fils s'était retrouvé seul face au danger...

A partir de maintenant, se promit-elle, la sécurité d'Ethan constituerait sa priorité absolue.

Un « vroum » sonore la ramena au présent. Son fils avait récupéré le camion de pompiers et s'était transporté dans un monde imaginaire qui le protégeait de la réalité.

— Il ne risque rien, murmura Blake à l'oreille d'Amanda. Si jamais il a une crise d'angoisse et se met à crier, on l'entendra. Viens !

— D'accord, mais ce n'est pas la peine d'examiner ma blessure, finalement : je n'ai plus mal.

— Ah bon ? Tu serais donc prête à remonter dans le pick-up et à rouler sur des nids-de-poule pendant encore quelques heures ?

— Absolument ! répondit Amanda bien que cette seule idée lui donne froid dans le dos.

— Tu mens !

— Pas du tout !

Amanda croisa les bras dans un geste de défi... qui suffit à la faire de nouveau grimacer de douleur.

— Inutile de discuter : tu dois te soigner ! décréta Blake avant de l'attraper par le bras et de l'entraîner de force dans le couloir.

Il l'emmena ensuite dans une grande cuisine, remplit un verre d'eau et le lui tendit avec un comprimé de ses antibiotiques pour chevaux.

— Assieds-toi et prends ça, pour commencer !

Puis il se mit à ouvrir et refermer bruyamment un placard après l'autre tout en grommelant :

— Il faut bien que quelqu'un s'occupe de toi, puisque tu n'as pas l'air de te soucier du risque d'infection...

La violence de ses gestes et la dureté de sa voix exprimaient de la colère, mais Amanda comprit soudain que cette colère était en fait l'expression d'une profonde inquiétude : il redoutait de voir son état s'aggraver.

Il faisait maintenant assez chaud dans la maison pour qu'elle enlève la parka, et elle demanda à Blake :

— Qu'est-ce que tu cherches ?

— Quelque chose qui t'évitera d'aller à l'hôpital le temps que nous mettions la main sur le dossier de ton frère.

— Tu crois vraiment possible de découvrir où il l'a caché ?

— S'il voulait que nous le trouvions, oui. Sinon… Ah ! Voilà la trousse à pharmacie des Maddox !

— Sinon… ? Finis ta phrase !

Blake souleva le sweat-shirt d'Amanda et commença de lui retirer son bandage avant de déclarer :

— Vince était très fort en matière de dissimulation.

— Il a sauvé la vie d'Ethan !

— Mais il vous a mis tous les deux en danger ! répliqua Blake en posant sur la table le bandage et le pansement taché de sang qu'il venait de détacher de la plaie.

— Vince a fait ce qu'il pouvait. Tu es injuste envers lui.

— Ah oui ? Alors qu'il voulait me voir fermer les yeux sur les trafics auxquels il participait ? Et comme je m'y suis refusé, il a porté de fausses accusations contre moi… Paul Irving, de l'Inspection générale de la police, a essayé de m'aider, mais sans résultat.

— Vince n'était pas un ripou !

Blake ouvrit un flacon de Bétadine et sortit une compresse de son emballage stérile.

— Vince appartenait au réseau de corruption qui gangrène la police d'Austin, Amanda ! Tu n'as évidemment pas envie de croire une chose pareille de ton frère, mais les faits sont là, et c'est pour ça que tu as été agressée, pour ça que nous sommes obligés de nous cacher ! Et il m'a piégé ! Pire encore, il vous a hébergés, Ethan et toi, tout en sachant que c'était risqué pour vous.

— Je t'ai dit qu'il était contre, au départ ! Il n'a accepté que contraint et forcé… Je le connaissais mieux que toi, et c'était un homme intègre. Peut-être avait-il infiltré le réseau de corruption dont tu parles afin de rassembler les preuves nécessaires pour le démanteler ?

— Tu regardes trop de séries policières !

Le ton méprisant sur lequel cette remarque fut proférée piqua Amanda au vif.

— Puisque tu as une si piètre opinion de moi, s'écria-t-elle, laisse-moi me débrouiller toute seule ! Je ne veux plus rien te devoir !

— Ah bon ? Des hommes qui ont accès aux fichiers de la police sont à tes trousses… Comment comptes-tu faire pour leur échapper sans l'aide de personne ?

— J'ai un plan, mentit-elle.

— En quoi consiste-t-il ?

— A mettre mon fils en sécurité.

— C'est un objectif, ça, pas un plan !

D'autant plus furieuse que Blake avait raison, Amanda sauta sur ses pieds, mais un vertige la saisit alors, et elle vacilla sur ses jambes. Blake la prit par les épaules pour la soutenir et déclara, l'air contrit :

— Excuse-moi ! Vince est un sujet très sensible pour moi, mais je n'aurais pas dû passer ma rancœur sur toi.

— C'était mon frère… Je ne peux croire ni qu'il se soit laissé corrompre, ni qu'il ait trahi son meilleur ami.

— Rassieds-toi ! Je n'ai pas fini de te soigner.

Amanda obéit. Blake avait changé de sujet, et elle ne comptait pas le relancer. C'était inutile, puisque jamais ils ne tomberaient d'accord.

— Si on veut réussir à mettre nos adversaires hors d'état de nuire, enchaîna-t-il, il faut que ta forme physique soit à la hauteur de ton courage.

— Je ne suis pas spécialement courageuse.

— Si ! Tu m'as tenu tête, et je suis quelqu'un qui fait peur... Demande aux ados que j'ai surpris le week-end dernier en train de faire la course dans les rues avec des voitures « empruntées » à leurs parents !

Un sourire en coin accompagna ces mots et, l'espace d'un instant, Amanda retrouva l'homme qu'elle avait connu à Austin. Celui qui aimait rire et plaisanter avec Vince. Son sens de l'humour était l'une des premières choses qui lui avaient plu chez Blake. Il avait perdu cette joyeuse insouciance, et c'était compréhensible, mais la lueur malicieuse qui s'attarda encore un moment dans ses yeux fit s'accélérer les battements du cœur d'Amanda.

Tout de suite après, cependant, il se pencha pour palper les bords de sa blessure, et elle tressaillit violemment. Blake s'arrêta aussitôt, puis il entreprit de désinfecter la plaie. Cela n'avait rien d'agréable, et Amanda tenta d'ignorer la brûlure que lui causait chaque contact de la compresse imprégnée de Bétadine avec la plaie à vif en observant :

— Où Vince a bien pu cacher ce dossier ? Il ne t'aurait pas envoyé un paquet, par hasard ?

— La seule chose que j'aie reçue d'Austin depuis mon départ, c'est mon dernier bulletin de salaire.

L'opération de nettoyage de la plaie était maintenant si douloureuse qu'Amanda dut serrer les dents pour ne pas crier. Son silence alerta Blake. Il lui jeta un coup d'œil inquiet et déclara :

— Je te fais mal, désolé... Essaie de respirer lentement et profondément ! C'est presque fini.

Lorsqu'un nouveau pansement et un nouveau bandage eurent remplacé ceux de la veille, Amanda eut l'impression que les doigts de Blake s'attardaient un peu sur sa peau nue, mais peut-être était-ce juste le fruit de son imagination.

— Je me sens mieux, dit-elle. Merci ! Et pas seulement pour ça : pour nous avoir sauvé la vie, aussi.

— J'avais sous-estimé la gravité du danger qui vous menaçait à Carder. En attendant trop longtemps pour vous emmener ailleurs, j'ai commis une erreur. Je n'en commettrai pas d'autre, je te le promets.

Tout en parlant, Blake s'était mis à caresser doucement la joue d'Amanda. Elle pressa son visage contre cette grande main chaude et plongea son regard dans le sien. Un feu y couvait — celui du désir, et ce n'était pas le fruit de son imagination, cette fois, elle en avait la certitude.

Un puissant émoi l'envahit. Incapable de détourner les yeux, comme hypnotisée, elle laissa une fièvre de plus en plus palpable les gagner. Presque insensiblement, leurs lèvres se rapprochèrent, et ce fut ensuite d'un même mouvement qu'ils les joignirent.

Amanda ferma les yeux pour mieux savourer ce moment. Blake l'embrassait avec ardeur, ce qui flattait la femme en elle, mais avec tendresse, également, et c'était au moins aussi gratifiant.

Le besoin de reprendre leur souffle finit malheureusement par les obliger à s'écarter l'un de l'autre. Blake souleva alors Amanda dans ses bras et se dirigea vers la porte. Elle posa la tête sur son épaule, perçut le battement encore précipité de son cœur... Elle était sûre qu'il avait retiré de leur baiser un plaisir égal au sien. Sûre, aussi, qu'il brûlait maintenant comme elle d'assouvir pleinement leur passion.

Le moment semblait particulièrement mal choisi pour entamer une liaison, mais seraient-ils capables de résister à la tentation ?

Amanda espérait secrètement que non.

7

Le contact du corps tiède d'Amanda contre le sien faisait palpiter Blake de désir. Mais, aussi intense que soit l'envie qu'il avait d'elle, il devait la refouler.

Parce qu'elle était fragile. Physiquement, à cause de sa blessure. Moralement aussi, car la peur qu'elle éprouvait pour son fils et pour elle-même affaiblissait ses défenses.

Un jour, il réaliserait le rêve qu'il avait longtemps cru impossible : faire l'amour avec elle. Mais aujourd'hui, ce dont elle avait besoin, c'était de lui comme policier, non comme amant.

De plus, la rougeur qu'il avait observée autour de sa plaie l'inquiétait. La Bétadine et les antibiotiques suffiraient-ils à empêcher l'infection ? Il fallait l'espérer, mais seul le temps le dirait.

A petits pas pour éviter de trop secouer Amanda, Blake la porta dans l'une des chambres. Là, il l'allongea sur le lit, puis se pencha pour lui installer un oreiller sous la tête. Au moment où il commençait à se redresser, elle le retint par le bras et posa sur lui un regard brûlant.

L'invitation était claire, et la tentation si forte que Blake faillit y succomber, mais sa raison finit par l'emporter. Il ne s'autorisa même pas à reprendre les lèvres qu'Amanda lui tendait.

— Ce n'est pas l'envie qui m'en manque, dit-il, mais si je t'embrasse encore, je ne suis pas sûr de pouvoir m'arrêter là, et il faut absolument que tu te reposes.

— D'accord, mais reste avec moi ! La solitude me fait peur, tout d'un coup.

— Tu promets d'être sage ? demanda-t-il avec l'ombre d'un sourire.

— Oui, mais je t'autorise à m'attacher les mains dans le dos si tu ne me crois pas.

— Inutile : je te crois.

Blake posa son pistolet sur la table de chevet, retira ses bottes et s'étendit sur le lit.

— Essaie de dormir, maintenant ! déclara-t-il en se tournant vers Amanda.

— J'ai une question à te poser, avant : pourquoi ne m'as-tu jamais invitée à sortir avec toi, après le réveillon d'il y a deux ans ?

— A cause de la règle qui interdit à un homme de coucher avec la sœur de son meilleur ami. Et il aurait suffi que nous soyons seuls ensemble pendant quelques heures pour que ça arrive, je le savais.

— Tu ne t'attendais pas à me revoir, n'est-ce pas ?

— Non, et j'aurais préféré que ce soit dans des circonstances moins dramatiques.

— Tu penses vraiment pouvoir nous aider ?

— Oui, en faisant notamment appel à des gens capables d'étayer mes soupçons sur l'identité de nos adversaires. Des gens en qui j'ai toute confiance.

— Des policiers ?

— Non, mais des personnes disposant de moyens au moins aussi efficaces que ceux de la police… Assez discuté, à présent ! Tu dois te reposer, et je crains qu'Ethan se lasse vite de jouer tout seul.

Blake embrassa Amanda sur la tempe. Elle ferma les yeux, et sa respiration ralentit peu à peu, ses traits se détendirent… Elle s'était assoupie.

Il en profita pour aller mettre le pick-up dans le garage. Quand il revint, Amanda dormait toujours. Il se recoucha près d'elle et resta un moment à la regarder, puis il décida de rappeler son ami Logan. Le détective privé devait être joignable, maintenant.

Un hennissement sonore retentit à l'instant précis où Blake descendait du lit. Il s'immobilisa, tous ses sens en alerte, et perçut des bruits bizarres venant de la cour.

Pas de temps à perdre… Il remit ses bottes, récupéra son pistolet et réveilla Amanda en la secouant doucement par l'épaule.

— Que se passe-t-il ? demanda-t-elle aussitôt.

— J'entends quelque chose, dehors. Il faut que j'aille voir ce que c'est.

Le visage grave, Amanda se leva et le suivit dans la cuisine. Là, il enfila sa parka, sortit les clés du pick-up de sa poche et les lui tendit.

— J'ai mis le pick-up dans le garage pendant que tu dormais. S'il m'arrive malheur, va avec Ethan au ranch Triple C. Il se trouve à environ une heure au sud d'ici, au bord de la route qui mène à Big Spring. Son propriétaire s'appelle Logan Carmichael. Dis-lui que c'est moi qui t'envoie. Il pourra t'aider.

— Tu me fais peur !

— Ce n'est probablement rien, déclara-t-il avec plus de conviction qu'il n'en ressentait vraiment, mais mieux vaut être trop prudent que pas assez.

Après avoir coiffé son Stetson, il sortit de la maison par la porte de derrière et se dirigea vers le corral. Il entendait les chevaux s'ébrouer… Quelque chose les avait effrayés.

Des aboiements lointains firent monter de plusieurs crans l'inquiétude de Blake.

— Leo ! appela-t-il.

Le chien ne vint pas.

De la prairie qui s'étendait à droite du ranch s'élevait un grondement de moteur. Blake tourna la tête dans cette direction… et son sang se figea dans ses veines.

A une centaine de mètres de lui, juché sur le tracteur des Maddox, Ethan agitait les bras tandis que le véhicule fonçait droit devant lui, à grande vitesse. Leo courait après et parvenait à ne pas se laisser distancer, mais ce n'était pas lui qui pouvait l'arrêter !

Maudissant intérieurement le Billy qui avait montré à Ethan comment faire démarrer ce type d'engin, Blake réfléchit rapidement. Un pick-up, même âgé, allait plus vite qu'un tracteur... L'aide d'Amanda serait cependant nécessaire pour attraper le petit garçon au vol et, avec sa blessure, elle n'en aurait pas la force.

Mais certains chevaux pouvaient eux aussi aller plus vite qu'un tracteur. Ginger, par exemple, le quarter horse des Maddox... Cette race était réputée pour sa rapidité, et il était possible de faire passer seul un enfant du siège d'un véhicule ouvert au dos d'un cheval.

Blake courut enfourcher la jument et lui fit prendre le galop. Il saisit sa crinière à pleines mains et se pencha en avant au moment de sauter la barrière du corral, puis il se lança à la poursuite du tracteur.

— Allez, ma belle ! Rattrape-le !

La distance qui les séparait du véhicule diminua lentement mais sûrement, et ils furent bientôt assez près d'Ethan pour qu'il entende le bruit des sabots : il se retourna et, tout sourire, adressa à Blake un signe joyeux de la main.

Incroyable ! Il n'avait absolument pas conscience du danger qu'il courait. La prairie était parsemée de plaques de neige verglacée, sur lesquelles les roues du tracteur risquaient de déraper. Ce serait alors l'accident, et le petit garçon pourrait être gravement blessé, ou pire...

Le cœur de Blake battait la chamade. L'idée qu'Amanda vive un calvaire identique au sien lui était insupportable. Son univers tout entier s'était écroulé quand un agent de police était venu lui annoncer la mort de son fils.

Des pressions insistantes de ses jambes sur les flancs de

la jument la firent encore accélérer, mais le tracteur roula soudain sur une bosse. Ethan décolla du siège et faillit tomber. Le visage qu'il tourna alors vers Blake ne souriait plus…, L'air affolé, il cria quelque chose que Blake n'entendit pas mais lut sur ses lèvres : « Au secours ! »

— Accroche-toi, Ethan ! hurla Blake.

Le terrain étant légèrement en pente, le tracteur ne cessait de prendre de la vitesse. Leo, qui courait toujours derrière, commençait à perdre du terrain. Heureusement, Ginger, elle, en gagnait. Le fait de la monter à cru rendait la chevauchée plus dangereuse, mais Blake avait l'expérience de ce genre d'exercice.

Cette course effrénée faisait cependant transpirer la jument. Elle avait le dos luisant de sueur, et Blake se demanda s'il ne devait pas sauter sur le tracteur et l'arrêter plutôt que de risquer de glisser et de tomber en voulant se saisir d'Ethan.

Les circonstances décidèrent pour lui : un fossé d'irrigation apparut, à quelques dizaines de mètres seulement du tracteur… Blake avait le temps de rattraper le véhicule, mais pas de le stopper avant qu'il ait atteint le fossé.

— Plus vite, Ginger ! Plus vite !

Quand le cheval arriva à la hauteur du tracteur, Blake tendit le bras vers le petit garçon.

— Penche-toi vers moi, Ethan ! lui cria-t-il.

Il le prit par la taille et le souleva tout en tirant de toutes ses forces avec sa main libre sur la crinière de la jument pour la faire ralentir. Elle s'arrêta juste au bord du fossé, tandis que le tracteur basculait dedans, puis se couchait sur le côté dans un vacarme assourdissant.

Blake avait entre-temps assis Ethan à califourchon devant lui, et ils regardèrent ensemble l'engin hoqueter et de la vapeur s'échapper de son moteur brûlant.

— C'est le même que celui de Billy, observa le petit garçon, mais il est trop gros pour moi.

— Beaucoup trop gros, marmonna Blake avec un grand soupir.

Le chien, qui les avait rejoints, aboyait furieusement. Blake mit pied à terre, attrapa Ethan et le posa sur le sol. Il flatta l'encolure de Ginger pour lui témoigner sa gratitude tandis qu'Ethan caressait Leo.

— Ne bouge pas ! lui ordonna Blake. Je reviens tout de suite.

Il descendit dans le fossé et coupa le moteur du tracteur en pensant au trou que le remboursement du véhicule aux Maddox allait faire dans ses économies.

De retour sur la terre ferme, il vit que Ginger s'était approchée d'Ethan et lui donnait de légers coups de tête sur l'épaule. Le petit garçon avait l'air à la fois effrayé et fasciné par ce gros animal.

— Ce cheval est une jument, lui expliqua Blake. Elle s'appelle Ginger, et tu peux lui caresser le front. Elle est très douce.

Ethan promena timidement la main sur le chanfrein de la jument, qui s'ébroua.

— Elle respire fort ! s'exclama-t-il en riant.

— Il lui a fallu courir très vite pour te rattraper… Tu aurais pu te faire très mal ! Elle t'a sans doute sauvé la vie !

— Je voulais juste m'amuser un peu, chuchota le petit garçon.

Les yeux baissés, il grattait l'herbe gelée du bout de ses baskets. Il devait maintenant se rendre compte du danger auquel il avait échappé, mais après ce qui lui était arrivé comment avait-il pu avoir envie de se lancer dans ce genre d'aventure ? Blake n'en revenait pas !

— Dépêchons-nous de rentrer ! déclara-t-il en hissant Ethan sur le dos de la jument. Ta maman doit commencer à s'inquiéter.

— Tu vas lui dire ce qui s'est passé ?

— Non, c'est toi qui le feras.

— Je veux pas !

— Si c'est parce que tu as peur de te faire gronder…

— Non, c'est parce que je veux pas qu'elle pleure.

Blake enfourcha Ginger et indiqua au petit garçon la façon de se tenir à sa crinière : fermement, mais sans tirer. Il mit la jument en mouvement d'un claquement de langue et siffla Leo avant de demander :

— Ta maman pleure souvent ?

— Presque toutes les nuits. Elle croit que je le sais pas, mais je l'entends. C'est parce qu'on a pas beaucoup d'argent et qu'elle a peur de pas être une bonne mère. Mais c'est la meilleure des mamans !

L'attitude protectrice d'Ethan amusa Blake et l'émut à la fois.

Quand ils arrivèrent en vue du ranch, Blake aperçut Amanda debout près de l'écurie. Elle les regardait s'approcher, les bras croisés. Ses yeux lançaient des éclairs.

— Maman se fâche aussi très fort, quelquefois…, déclara Ethan d'une toute petite voix.

A peine Blake avait-il mis pied à terre et fait descendre Ethan du cheval qu'Amanda courut s'agenouiller devant son fils et le prit par les épaules.

— Combien de fois t'ai-je dit de ne pas sortir sans me prévenir ?

— Je voulais juste jouer…

— Tu n'aurais jamais dû monter seul sur ce tracteur ! Tu m'as fait une peur bleue !

— Pardon, maman…, murmura le petit garçon en baissant la tête.

— La prochaine fois que tu auras envie d'aller jouer dehors, tu me promets de m'en parler avant ?

— Oui.

Amanda sourit et embrassa Ethan, dont le visage s'illumina aussitôt.

— Tu m'as vu sur le cheval ? demanda-t-il, tout excité.

C'est une jument. Elle s'appelle Ginger, et elle m'a sauvé la vie !

Les yeux d'Amanda se posèrent sur Blake, brillants de reconnaissance.

— Je sais qui t'a sauvé la vie, mon cœur...

Ethan entreprit alors de raconter son aventure à sa mère. Tout en l'écoutant, cette dernière fixait Blake avec une intensité grandissante, et il sentit son corps réagir à l'ardeur qu'exprimait ce regard.

Sa libido choisissait décidément mal son moment pour se manifester, mais une chose était sûre : dès qu'Amanda irait mieux, il la ferait sienne.

Et à en juger par le plaisir que leur avaient procuré de simples baisers, ils atteindraient alors tous les deux des sommets de volupté.

Amanda s'efforçait de se concentrer sur le récit que lui faisait Ethan. Il le ponctuait de grands gestes, parlait vite et fort... Elle retrouvait le petit garçon vif et enjoué qu'il était normalement. En le sauvant, Blake semblait l'avoir délivré de la peur qui l'inhibait jusque-là.

Que se serait-il passé s'il ne l'avait pas attrapé au vol avant que le tracteur bascule dans le fossé ? se dit-elle quand Ethan fut parvenu à ce moment de l'histoire.

Cette pensée la terrifia. Elle avait déjà failli perdre son fils trois fois en moins de quarante-huit heures... Elle l'aurait volontiers enfermé à clé quelque part pour le protéger !

Faute de le pouvoir, elle devait se reposer sur Blake, qui lui inspirait désormais confiance : non seulement il ne la trahirait pas, mais il s'était révélé d'un courage et d'une ingéniosité remarquables.

Et à la gratitude qu'elle éprouvait pour lui se mêlait une attirance qui paraissait grandir de jour en jour. En ce moment même, elle n'arrivait pas à le quitter des yeux... et la réciproque était vraie. Il ne cessa de la fixer que le temps de ramener Ginger dans le corral, et ses prunelles vertes se plantèrent ensuite de nouveau dans les siennes. Il y avait dans cet échange de regards une telle charge érotique qu'Amanda sentit les pointes de ses seins se durcir.

— Tu m'écoutes pas ! se plaignit soudain Ethan en la tirant par la manche.

— Désolée, mon cœur…, commença-t-elle.

Un bruit lointain de pétarade la réduisit au silence. Ethan poussa un cri de frayeur mais, au lieu de s'accrocher à elle, il courut se jeter dans les bras de Blake.

— Rentre dans la maison, Amanda ! s'écria ce dernier.

Elle obéit. Il la suivit avec Ethan et, dès qu'ils eurent franchi le seuil, elle referma la porte derrière eux.

— Il faut éteindre toutes les lumières ! déclara-t-il ensuite. Rien ne doit trahir notre présence.

Seules les lampes du séjour étaient allumées, mais pour aller plus vite, et bien qu'Ethan soit toujours cramponné au cou de Blake, ils se partagèrent le travail.

La réaction instinctive de son fils au danger était pour Amanda lourde de signification : le petit garçon avait compris qu'elle ne pouvait pas le protéger. Et cela lui brisait le cœur.

Juste au moment où elle éteignait la dernière lumière, elle vit par l'interstice des rideaux un vieux pick-up s'arrêter dans la cour.

— C'est le jeune voisin dont je t'ai parlé, lui dit Blake à l'oreille, celui qui s'occupe des animaux des Maddox en leur absence. Si rien n'attire son attention, il n'a aucune raison d'entrer dans la maison : il fera ce qu'il est venu faire, et s'en ira ensuite. Eloigne-toi vite des fenêtres de la façade et suis-moi !

Il conduisit Amanda dans une salle à manger qui donnait sur le côté du ranch opposé à l'écurie et au corral. Il s'accroupit pour permettre à Ethan de descendre de ses bras, mais le petit garçon s'agrippa encore plus fort à son cou. Blake alla s'installer sur une chaise et assit l'enfant sur ses genoux en disant :

— Il n'y a pas de danger, bonhomme ! Les bruits qu'on a entendus ressemblaient à des détonations, mais c'était juste une pétarade de moteur.

— Tu es sûr que c'était pas des coups de pistolet ? Tu vas pas être abattu, comme tonton Vince ?

Amanda se mordit les lèvres pour s'empêcher de crier. Elle esquissa un pas vers son fils, mais Blake lui adressa un signe négatif de la tête qui l'immobilisa.

— Où est ton camion de pompiers ? demanda-t-il ensuite à Ethan.

— Sous la tente, répondit le petit garçon avant de se mettre à sucer son pouce.

Le nouveau message silencieux qu'Amanda reçut de Blake lui fit quitter la pièce pour aller chercher le jouet. Elle ne savait pas ce qu'il avait en tête, mais ils avaient tous les deux noté que, pour la première fois en dehors de ses cauchemars, Ethan avait évoqué la façon dont son oncle était mort.

Lorsqu'elle regagna la salle à manger, Blake était en train de déclarer :

— J'ai besoin de ton aide, mon grand... Raconte-moi ce qui s'est passé chez ton oncle le soir où vous êtes partis d'Austin, ta maman et toi !

— Je peux pas.

— Il le faut, Ethan, c'est important !

— Non ! Je peux pas ! Je peux pas !

Bouleversée, Amanda courut s'agenouiller devant son fils et l'attira dans ses bras.

— Ça suffit ! lança-t-elle à Blake. Tu le traumatises, avec tes questions !

— Tant qu'on ignorera d'où vient le danger, on sera extrêmement vulnérables.

— Il doit y avoir un autre moyen de le savoir.

Amanda tendit le camion de pompiers à Ethan pour essayer de le distraire, mais il la repoussa, sauta des genoux de Blake et alla se blottir sous la desserte adossée à l'un

des murs. Là, il entoura ses genoux de ses bras et se mit à
se balancer d'avant en arrière en murmurant :

— Pas parler… Pas faire de bruit…

Il répéta ensuite ces deux phrases, encore et encore… Leo
se coucha près de lui et geignit doucement, comme pour
s'associer à sa détresse, mais le petit garçon s'était replié en
lui-même. Rien ni personne ne pouvait plus le réconforter :
ni sa mère, ni Blake, ni un chien que pourtant il adorait.

— Il faut absolument trouver un autre moyen de découvrir
la vérité ! décréta Amanda.

— Je n'en vois qu'un : aller à Austin et fouiller la maison
de ton frère à la recherche de ce fameux dossier.

— Non, on ne peut pas : c'est trop dangereux.

— Je n'ai jamais eu l'intention de t'emmener ! J'irai seul,
après vous avoir laissés dans un endroit sûr, Ethan et toi.

L'idée d'aller se réfugier quelque part avec son fils plaisait
à Amanda, mais elle aurait voulu que Blake, au lieu de se
contenter de les y conduire, y reste avec eux. A en juger
par son expression résolue, cependant, elle n'avait aucune
chance de l'en convaincre.

— Et si les tueurs t'attendent là-bas ? observa-t-elle.

— Je suis un policier, Amanda, je sais me défendre !
Et je n'ai pas le choix, de toute façon : pour qu'Ethan et
toi puissiez retrouver une vie normale, je dois me rendre
à Austin.

— Tu connais un endroit vraiment sûr ?

— Oui, le ranch de mon ami Logan Carmichael.

— Tu as en lui une confiance absolue ?

— S'il le fallait, je remettrais sans hésiter ma vie entre
ses mains. Mais pourquoi toutes ces questions ?

Amanda se releva. Le moment était venu de prouver
à Blake, à Ethan et à elle-même sa capacité à agir pour
protéger son fils.

— Combien de temps cette expédition à Austin prendra-
t-elle, à ton avis ?

— Si Logan met à ma disposition son avion et son pilote, une demi-journée.

— Alors je t'accompagne. Sachant maintenant que Vince cachait quelque chose, j'aurai l'œil plus facilement attiré par un détail insolite — un tableau accroché de travers, une rangée de livres mal alignée, un tiroir fermé à clé sans raison apparente…

— C'est vrai, mais tu l'as dit toi-même : ça comporte un danger.

— Plus grand que celui auquel nous avons échappé ce matin ?

— Sans doute pas, admit Blake.

— Dans ce cas, il n'y a pas d'hésitation à avoir : je viens. Le bonheur et l'avenir d'Ethan valent que je prenne quelques risques… Et puis tu me protégeras, non ?

— Bien sûr ! On va tout de suite partir pour le ranch de Logan et, avec un peu de chance, on aura le dossier secret de ton frère entre les mains d'ici ce soir.

8

La lumière du matin filtrait à travers les interstices des lattes de l'écurie lorsque Johnson en remonta l'allée. Les portillons étaient tous ouverts, et les box, vides — sauf celui d'un alezan dont il évita soigneusement de s'approcher.

— Cette sale bête devrait être abattue, marmonna-t-il. Elle a failli me tuer, la dernière fois !

— Oui, mais elle nous a bien rendu service ! souligna le lieutenant Farraday en riant. Grâce à elle, on a fait d'une pierre deux coups : on s'est débarrassés d'un personnage encombrant, et Blake a quitté Austin pour venir s'enterrer dans ce trou perdu.

L'expression satisfaite de son collègue donna le frisson à Johnson. Cet homme l'effrayait. Comment avait-il pu être déclaré apte à entrer dans la police ? Les tests de personnalité imposés à tous les candidats auraient dû révéler que c'était un malade. Et peut-être même un véritable psychopathe, car il aimait faire souffrir les gens et les regarder mourir…

Pour la énième fois en quelques jours, son instinct disait à Johnson de trouver un moyen de tout arrêter avant qu'il ne soit trop tard.

L'alezan hennit et piaffa. Il avait l'air si nerveux, si agressif, que Johnson n'était même pas sûr de sortir vivant de cette écurie !

— Ça ressemblerait bien à Blake de cacher le dossier dans la stalle de son cheval le plus dangereux ! observa Farraday. Il faut la passer au peigne fin.

— Si on ne veut pas être piétinés, on doit d'abord lui faire gagner le corral ! Je me demande d'ailleurs pourquoi il est revenu ici… Moi, en tout cas, je n'entrerai pas dans son box tant qu'il y sera. Ce serait du suicide !

— Espèce de lâche !

Farraday adressa à Johnson un sourire moqueur depuis la stalle qu'il était en train d'explorer, mais son sourire s'effaça brusquement, et il poussa un juron sonore avant d'essuyer l'un de ses beaux mocassins de cuir sur la litière.

— Bon sang ! Je n'avais pas vu qu'il y avait du crottin dans la paille, et j'ai marché dedans ! Maudits soient Blake et ce bled pourri ! On ne sait même pas ce qu'on cherche : est-ce un document papier, un CD ? On n'a qu'à mettre le feu à tous les bâtiments du ranch : maison, écurie, granges… Tout ! Ce sera bien plus simple !

— Non, le patron veut qu'on lui rapporte le dossier. Je pense qu'il tient à le lire, puis à le détruire lui-même, pour être vraiment sûr de sa disparition. Et il ne veut pas attirer l'attention, ce que l'incendie du ranch Redmond risquerait de faire.

— Il se ramollit !

— Va le lui dire, si tu l'oses !

Farraday sortit du box en boitillant et grommela :

— Où ce fichu dossier peut-il bien être ? Et la sœur de Vince qui a réussi à s'enfuir… Mais elle ne perd rien pour attendre ! Elle m'a bousillé un genou, une de ses balles m'a éraflé le bras… J'ai hâte de le lui faire payer !

Ces mots furent ponctués d'un grand coup de poing dans la selle accrochée en face de la stalle de l'alezan. Le cheval poussa un hennissement aigu et sortit de son box. Farraday dégaina alors son pistolet et le pointa sur l'animal.

— Mais je vais d'abord régler son compte à cette sale bête !

L'alezan s'ébroua et roula des yeux. Terrifié, Johnson se plaqua contre le mur de l'écurie.

— Tu es malade ? lança-t-il à son collègue. Si cet animal meurt d'une balle en pleine tête, ça paraîtra extrêmement suspect !

— Non, les gens d'ici croiront que Blake a fini par l'abattre pour le punir d'avoir tué son père. Et le patron nous a demandé d'éliminer Blake, la fille et le gosse, de toute façon… Ça attirera plus l'attention que la mort d'un canasson !

— Oui, mais il compte sur nous pour maquiller ces meurtres en accident, comme les autres, et…

Un grondement de moteur réduisit Johnson au silence. Il tendit l'oreille, espérant que l'automobiliste s'était trompé de chemin, allait s'en apercevoir et faire demi-tour.

Non… Le bruit se rapprocha, puis cessa. La voiture s'était arrêtée dans la cour. Johnson jura intérieurement. Il aurait dû quitter Austin avec femme et enfants pendant qu'il en avait la possibilité…

— Silence ! chuchota-t-il à Farraday. Il y a quelqu'un dehors.

— Shérif ? appela une voix. Vous êtes là ?

La porte de l'écurie était entrebâillée. Johnson alla jeter un coup d'œil par l'ouverture et vit un jeune homme descendre d'un véhicule portant le logo du shérif de Carder. Un adjoint de Blake, sûrement…

Comme par hasard, le cheval se mit alors à piaffer et à envoyer des coups de sabot dans le mur de l'écurie, ce qui attira l'attention du nouveau venu sur le bâtiment.

Johnson se tourna vers Farraday, qui l'avait rejoint, et son cœur bondit dans sa poitrine. Il avait reconnu l'expression de son collègue : c'était celle d'un sadique jouissant à l'avance du mal qu'il allait faire.

— Laisse ce garçon tranquille ! murmura Johnson. On va se cacher au fond de l'écurie en attendant qu'il s'en aille, et on poursuivra ensuite nos recherches.

Un sourire cruel se dessina sur les lèvres de Farraday.

— Pourquoi perdre du temps, alors qu'on peut se débarrasser de ce gêneur vite et sans risque ? observa-t-il en sortant une poignée de pétards de sa poche. Notre ami le cheval nous a déjà rendu ce service une fois, non ?

L'adjoint ne laissa pas à Johnson le temps d'essayer de ramener son collègue à la raison. Il ouvrit tout grand la porte de l'écurie en disant :

— Vous êtes là, shérif ? C'est Parris qui m'envoie vérifier si...

Les mots moururent sur ses lèvres. Farraday venait de lui poser une main sur l'épaule et de le pousser brutalement dans l'allée. Le jeune homme parcourut une dizaine de mètres avant de réussir à maîtriser son élan. Il se retourna alors d'un bloc, tressaillit et s'exclama :

— Les flics d'Austin !

— Hé oui..., susurra Farraday. Désolé, mon pote !

Mais il avait l'air tout sauf désolé, et ses yeux brillaient d'excitation quand il alluma les pétards.

Affolé par les détonations, le cheval se cabra. L'adjoint pivota sur ses talons et leva les mains en disant :

— Tout doux, Sugar !

Mais l'alezan fonça droit sur lui, le renversa, et lui donna un coup de sabot violent à la tête avant de franchir la porte comme un ouragan. Farraday ramassa tranquillement les débris des pétards et déclara :

— Ça a marché aussi bien que la première fois ! Blake va abattre ce canasson, maintenant. Il s'en voudra terriblement de ne pas l'avoir fait avant, et j'en suis ravi !

Johnson regarda avec effarement son collègue enjamber le corps inerte de l'adjoint et se diriger vers le box de l'alezan comme si de rien n'était.

— Pourquoi détestes-tu autant Blake ? lui demanda-t-il.

— Ce fumier a attiré sur moi l'attention des bœuf-carottes. Si l'enquête a « juste » failli me valoir une mise à pied avec annulation de tous mes points de retraite, elle m'a coûté cher sur le plan familial : ma femme m'a quitté, et je ne vois pratiquement plus mon fils. Je me suis juré de me venger un jour de Blake, et ce jour est arrivé : dès qu'on l'aura retrouvé, je l'abattrai comme un chien.

La froide détermination que Johnson lut dans les yeux de Farraday lui donna la chair de poule.

Après avoir récupéré dans son pick-up le Colt qu'il y avait laissé, Blake sortit du garage le 4x4 des Maddox et fit monter dedans Amanda, Ethan et Leo. Il regrettait un peu de quitter ce ranch, où ils étaient pour l'instant en sécurité. L'idéal aurait été de pouvoir y rester jusqu'à ce qu'Amanda se rétablisse complètement, le problème étant que les tueurs risquaient de les localiser avant.

Il y avait une autre solution : partir vivre avec Amanda et son fils dans un endroit où personne ne les trouverait jamais, mais l'idée de laisser des meurtriers impunis lui était insupportable.

Sans compter que les policiers d'Austin étaient toujours dans sa ville et représentaient un grave danger pour une population dont il devait assurer la sécurité. Parris avait beau être un policier chevronné, Blake ne pouvait pas le laisser combattre de dangereux individus sans personne d'autre pour l'épauler qu'un jeune homme inexpérimenté.

Cette affaire présentait de toute façon une dimension personnelle. Amanda n'était pas la seule raison de la venue de ces hommes à Carder : un affrontement entre Blake et ses anciens collègues corrompus était devenu inévitable quand il avait refusé de prendre part aux trafics de Vince — et donc aux leurs. Quand Kathy et Joey étaient morts.

Car plus il y réfléchissait, plus l'hypothèse émise par Amanda lui semblait probable : son ex-femme et leur fils avaient sans doute été assassinés.

Selon la version officielle, Kathy avait perdu le contrôle de son véhicule parce qu'elle roulait trop vite, et pourtant c'était une conductrice extrêmement prudente. Sur le moment, Blake avait été trop secoué pour contester la thèse de l'accident… Il voulait maintenant étudier de près les rapports de police.

Il s'installa au volant du 4x4. Il avait trouvé les clés du véhicule accrochées à droite de la porte de la cuisine.

— Ça m'ennuie d'utiliser la voiture de tes amis, dit Amanda après avoir attaché sa ceinture.

— Les hommes qui nous ont attaqués savent dans quel type de véhicule nous nous sommes enfuis, souligna Blake en démarrant. Nous ne pouvons pas nous permettre d'attirer leur attention et, même par ici, un vieux pick-up se remarque beaucoup plus qu'un 4x4. Si Maddox rentre avant que j'aie ramené le sien, d'ailleurs, il reconnaîtra le pick-up abandonné dans son garage : il l'a emprunté un nombre incalculable de fois à mon père.

— Voilà qui me soulage un peu… Et dans ce véhicule-ci, on est moins serrés… C'est agréable !

Amanda se tourna vers la banquette arrière.

— Tu es bien installé, mon cœur ?

— Oui, répondit Ethan. Et Leo aussi.

— Tu l'aimes bien, n'est-ce pas ?

— Je l'adore ! C'est mon meilleur ami.

— Je sais…

Quand Amanda se remit dans le sens de la marche, Blake lut de la tristesse dans son regard.

— Leo lui procure un sentiment de sécurité, dit-il à voix basse. Il n'a pas oublié ses anciens amis pour autant.

— Il n'a pas d'amis, c'est bien là le problème ! Les magouilles de Carl nous obligeaient à déménager tout le temps.

Blake jeta un coup d'œil dans son rétroviseur et, voyant le petit garçon engagé dans une « conversation » avec le chien, déclara :

— A propos de ton ex-mari... Il a un droit de visite, j'imagine ?

— Oui, mais il ne l'exerce pas. Il promet toujours de passer une journée ou un week-end avec son fils... et lui fait faux bond à chaque fois. J'ai même arrêté d'annoncer sa venue à Ethan, pour lui éviter une déception.

Ils étaient arrivés au bout de l'allée du ranch des Maddox, et aboutir dans un chemin de terre. Un nouveau coup d'œil dans son rétroviseur ayant montré à Blake qu'Ethan ne prêtait toujours aucune attention à ce qui se passait à l'avant de la voiture, il posa une main sur le genou d'Amanda. Elle se raidit mais, loin de retirer sa main, il lui couvrit la cuisse de lentes caresses.

— Tu essaies de me rendre folle ? demanda-t-elle d'une voix mal assurée.

— Désolé, c'est plus fort que moi... Je sais que nous n'avons encore fait que nous embrasser, mais je sais aussi que nous n'en resterons pas là.

— Ce serait pourtant plus sage.

— Ça n'empêchera pas l'inévitable de se produire.

— Tu es toujours aussi arrogant ?

Cette fois, Amanda prit sa main et la remit sur le volant. Il n'insista pas. Avec Ethan à l'arrière, de toute façon, il ne pouvait pas aller aussi loin qu'il l'aurait souhaité.

Le chemin débouchait sur une route goudronnée. Blake s'y engagea, mais prudemment, car des plaques de verglas subsistaient aux endroits que les rayons du soleil n'atteignaient pas.

— J'espère que les gens seront assez raisonnables pour ne sortir de chez eux qu'en cas de nécessité absolue, marmonna-t-il.

— Tu devrais être à Carder en ce moment... Je t'empêche de faire ton travail !

— De façon temporaire seulement. Smithson, mon deuxième adjoint, est jeune mais prometteur. Il va surveiller les routes aujourd'hui, et Parris s'occupera du reste. Il pourrait, lui, s'acquitter des fonctions de shérif aussi bien que moi, voire mieux. Il connaît tous les habitants de la région, et ils ont beaucoup d'estime pour lui.

— Mais c'est toi qu'ils voulaient.

— En partie parce que l'accident de mon père les avait bouleversés, et que me permettre de prendre sa succession était une façon d'honorer sa mémoire. Certains d'entre eux voient encore en moi le fils rebelle du « vrai » shérif Redmond.

— Toi, rebelle ?

— Eh oui ! Adolescent, j'avais des choses à prouver même si j'étais le fils du shérif, et ça m'a conduit à commettre encore plus de frasques que les autres. Parallèlement, pour ne pas risquer d'être accusé de favoritisme, mon père se sentait obligé de me punir plus sévèrement que s'il avait été un parent « ordinaire ». Je trouvais ça très injuste, à l'époque, mais j'ai compris plus tard la raison de sa dureté envers moi, et nous sommes devenus amis.

Qu'aurait pensé son père de la situation actuelle ? se demanda Blake. Comment aurait-il agi ?

De la même manière que lui, sûrement : il aurait protégé Ethan et Amanda tout en s'efforçant de démasquer et de livrer à la justice les meurtriers de Kathy, de Joey et de Vince.

— Ton père te manque beaucoup, n'est-ce pas ? observa Amanda.

— Oui, répondit Blake. C'était l'homme le plus intègre que j'aie jamais connu.

Amanda posa la main sur sa cuisse dans un geste de compassion. Il recouvrit cette main de la sienne et entrelaça leurs doigts. Elle le laissa faire, et cela suffit à lui réchauffer le cœur.

Le silence s'installa ensuite dans la voiture, mais il n'avait rien de pesant, au contraire. Ils n'éprouvaient juste ni l'un ni l'autre le besoin de parler et, par une sorte d'accord tacite, ils ne s'y forçaient pas. Blake ne se rappelait avoir entretenu ce genre de complicité avec aucune autre femme.

Les kilomètres défilèrent. Plongée dans ses réflexions, Amanda avait le regard perdu dans le vague, mais elle se mordit soudain la lèvre et se retourna pour jeter un coup d'œil à son fils.

— Notre expédition à Austin t'inquiète, n'est-ce pas ? dit Blake, devinant ses pensées.

— Oui. Imagine que je n'en revienne pas, parce que les tueurs nous auraient surpris chez Vince... Je m'étais juré de ne plus m'éloigner de mon fils...

Amanda avait raison d'avoir peur, songea Blake. Si ces hommes avaient autant de relations dans la pègre qu'il le croyait, ils pouvaient se retrouver tous les deux dans une fosse creusée de l'autre côté de la frontière mexicaine, en compagnie de dizaines de cadavres non identifiés.

— Tu as parfaitement le droit de changer d'avis et de rester avec Ethan.

— Non, je veux lui donner le plus de chances possible de mener une vie normale... Mais, on vient de passer devant un panneau indiquant Big Spring dans la direction opposée à celle où nous allons... On ne va pas chez ton ami Logan Carmichael, finalement ?

— Si, mais il faut d'abord que je brouille les pistes.

Blake s'arrêta sur le parking d'un bar abandonné, sortit son portable de sa poche et remit la batterie dedans.

— J'avais aussi coupé le GPS de la voiture pour les empêcher de nous repérer, indiqua-t-il. Je dois maintenant téléphoner et, s'ils nous cherchent grâce à un système de géolocalisation — ce dont je suis sûr —, c'est ici qu'ils viendront, mais nous n'y serons plus.

Quand Amanda retira sa main de sa cuisse, Blake éprouva une sensation de froid qui n'avait rien à voir avec la température ambiante. Il descendit du 4x4, traversa le parking et entra dans le bar.

A peine avait-il composé le numéro de Logan que celui-ci décrocha et s'écria :

— Qu'est-ce qui se passe, Blake ? Tu me téléphones, mais tu ne laisses pas de message, et quand j'essaie de rappeler, tu es injoignable… Parris arrive chez moi avec ta mère et refuse de m'expliquer quoi que ce soit… J'aimerais comprendre !

— J'ai besoin de ton aide, mais en toute discrétion. Il y a moyen d'accéder à ton ranch sans que personne s'en aperçoive ?

— Présente-toi à la grille. C'est moi qui serai aux manettes pour les caméras de surveillance et l'ouverture de la porte. Va ensuite te garer à l'arrière de la maison et attends-moi !

Pour avoir répondu à la demande de Blake de façon aussi rapide et précise, Logan devait l'avoir prévue !

— Et si tu cherches à échapper à quelqu'un, comme je le suppose, dépêche-toi de sortir de ce vieux bar ! ajouta-t-il. Tu y es aussi repérable que si tu en tirais des fusées éclairantes.

Blake ne put réprimer un sourire. Son ami possédait visiblement un matériel de géolocalisation aussi performant que celui de la police. Il coupa la communication, effaça la mémoire du portable et le posa par terre. Le plancher était recouvert d'une épaisse couche de poussière, et la façon dont il se désagrégeait par endroits évoqua à Blake son propre univers.

L'irruption d'Amanda dans sa vie avait fait repartir un cœur qu'il croyait mort, mais avaient-ils la moindre chance de bâtir un avenir ensemble ? S'il s'investissait trop dans leur relation sur le plan affectif, une cruelle déception l'attendait peut-être…

— Tout est réglé, annonça-t-il une fois de retour dans la voiture. On va pouvoir accéder au ranch de Logan sans attirer l'attention de personne, et Ethan y sera parfaitement en sécurité. C'est là que j'ai dit à Parris d'emmener ma mère.

Comme Blake l'espérait, cette dernière précision eut

l'air de tranquilliser Amanda. Il redémarra et regagna la route, mais tourna ensuite dans le premier chemin de terre qui se présenta.

— Désolé pour les éventuels nids-de-poule, déclara-t-il, mais je ne veux pas risquer de rencontrer nos adversaires. Ils doivent déjà s'être mis en route pour ce vieux bar : j'y ai laissé mon portable allumé pour les y attirer.

— Tu connais des astuces dignes d'un espion !

— Je n'en ai jamais été un au sens strict du terme, mais j'ai effectué une mission d'infiltration pour la brigade des stupéfiants, avant de passer lieutenant.

— Ça devait être excitant !

— Non, c'était juste stressant, et cette mission a porté le coup de grâce à mon couple. Il m'arrivait de ne pas rentrer à la maison pendant plusieurs jours de suite, et sans pouvoir téléphoner à Kathy… Elle ne supportait pas d'ignorer où j'étais et ce que je faisais. Elle se demandait tantôt si je ne la trompais pas, tantôt si je n'allais pas me faire tuer…

— Tu prenais des risques, en effet, mais pour la bonne cause.

— Sans doute mais, à vivre dans la peur et la clandestinité, une personne devient quelqu'un d'autre, et tous ses proches en sont affectés.

— Cette mission t'a changé de façon irréversible ?

— Non, elle n'a heureusement pas duré assez longtemps pour ça.

— J'espère ne pas avoir à me cacher jusqu'à la fin de mes jours, mais je n'aurai peut-être pas le choix.

Le reste du trajet se déroula en silence. Les détours occasionnés par l'obligation d'éviter les routes bitumées le rallongèrent beaucoup : ce fut seulement une heure plus tard que Blake passa sous une grande arche en fer forgé décorée d'un fer à cheval et de trois « C ».

Il s'arrêta un peu plus loin, devant une grille qui s'ouvrit dès qu'il se pencha à la vitre de sa portière pour présenter son visage aux caméras de surveillance. Fidèle à sa promesse, Logan l'avait attendu, posté devant les écrans de contrôle.

Un chemin sinueux menait à la maison, que Blake contourna pour aller se garer à l'arrière, comme convenu avec son ami. Ce dernier apparut alors sur la corniche qui faisait tout le tour du bâtiment. Il descendit l'escalier extérieur pendant que Blake mettait pied à terre, et ils se serrèrent chaleureusement la main.

En voyant Amanda aider son fils à sortir de la voiture, et Leo en bondir, Logan fronça les sourcils.

— J'espère qu'il y a une bonne raison à cette invasion ! grommela-t-il.

— Oui, répondit Blake. Je te la fournirai plus tard.

Au moment où il allait faire les présentations, sa mère jaillit de la maison, dévala les marches et courut se jeter dans ses bras.

— Que se passe-t-il ? lui demanda-t-elle. Parris m'a pratiquement enlevée, pour me conduire ici et m'y déposer avant de repartir sans un mot d'explication !

— Désolé, dit-il en l'embrassant tendrement sur la joue. J'aurais dû t'informer de l'ordre que j'avais donné à Parris te concernant, mais la matinée a été si mouvementée que je n'en ai pas eu le temps.

La vieille dame s'était sûrement inquiétée, mais elle ne risquait plus rien, c'était déjà ça… Depuis la mort de son père, Blake se sentait responsable d'elle. C'était la raison principale de son retour à Carder.

— Logan m'a préparé un bon petit déjeuner, déclara-t-elle, mais je n'arrive pas à obtenir de lui qu'il me…

Sa phrase demeura en suspens tandis que son regard se fixait sur Ethan.

— Et qui est ce charmant jeune homme ? enchaîna-t-elle.

L'intéressé se serra craintivement contre Amanda. Blake se demanda avec un peu d'appréhension si sa mère allait reconnaître le camion de pompiers qu'Ethan tenait à la main. Elle lui fournit la réponse en lui lançant un coup d'œil intrigué avant d'aller s'agenouiller devant le petit garçon et d'observer d'une voix douce :

— C'est un beau camion que tu as là !

— Le shérif Blake me l'a donné. Il était à Joey. Et Joey est dans les nuages.

La vieille dame battit des paupières, puis ébouriffa affectueusement les cheveux d'Ethan.

— Oui, Joey est dans les nuages, et je suis sûre qu'il est content de te voir jouer avec son camion de pompiers.

La gorge serrée, Blake déclara :

— Tu penses pouvoir trouver quelque chose à manger pour Ethan, maman ?

— Bien sûr ! Il y a dans le réfrigérateur de Logan de quoi confectionner de délicieux sandwichs, et tu aimes sûrement les cookies aux pépites de chocolat, Ethan… J'en ai fait pour m'occuper, et je les ai sortis du four il y a une quinzaine de minutes. Ils doivent avoir suffisamment refroidi pour servir de dessert.

— Je peux aller avec la dame, maman ? s'enquit le petit garçon, les yeux brillants.

— Oui, mon cœur.

Blake regarda sa mère se redresser et tendre la main à Ethan — qui ne la prit pas. Elle le considéra d'un air surpris mais n'insista pas. Elle se tourna en revanche vers Blake, les sourcils froncés. Il connaissait cette expression, et l'interrogatoire auquel il serait sans aucun doute soumis dès qu'ils seraient seuls l'effrayait à l'avance.

— Où est Parris ? demanda-t-il à Logan quand sa mère et le petit garçon eurent disparu à l'intérieur de la maison.

— Comme il n'arrivait pas à joindre Smithson, il a décidé de partir à sa recherche, et il m'a chargé de veiller sur ta mère jusqu'à son retour. Tu peux me dire ce qui se passe, maintenant ?

— J'ai eu ce matin la visite de deux individus armés qui

ne me voulaient aucun bien. J'ai besoin de savoir ma mère en sécurité le temps de régler cette histoire.

— Amanda et son fils ne sont pas étrangers à tes ennuis, j'imagine ?

— Non. Je dois me rendre à Austin dans le cadre de cette affaire, mais je ne peux pas emmener Ethan. Ce serait mauvais pour lui sur tous les plans.

— Tu me prends pour un baby-sitter ?

— Ce gosse a été témoin d'un meurtre. Sa mère et lui sont poursuivis par des tueurs, et il a failli mourir aujourd'hui en tombant d'un tracteur... Il a besoin d'être protégé et surveillé, mais je te demande juste de l'héberger. C'est ma mère qui jouera les baby-sitters.

— Je ne devrais peut-être pas me séparer de lui, intervint Amanda.

— Tu veux qu'il retourne dans la maison où il a vu ton frère mourir ?

Elle secoua négativement la tête.

— Je peux vous laisser ici tous les deux, reprit Blake. Vous y serez à l'abri.

— Je suis sans cesse tiraillée entre la crainte de perdre mon fils de vue et l'envie de t'aider dans ton enquête, mais c'est toujours cette dernière qui finit par l'emporter. Je vais t'accompagner. Je le dois ! Pour Ethan. Et pour Vince.

Logan jeta un regard perçant à Amanda, puis il se tourna vers Blake.

— Vince ? Vince Hawthorne, ce vil...

— Il a été assassiné avant-hier, sous les yeux d'Ethan. Amanda est sa sœur.

— Je ne comprends pas... Aucun média n'a parlé du meurtre d'un policier !

— Apparemment pas, et sans être le plus grave de nos problèmes, c'en est un, mais je n'ai pas le temps d'entrer dans les détails : nous devons gagner Austin le plus vite possible, Amanda et moi.

— Richard, mon pilote, peut vous y emmener dans le Piper Lance. Vous y serez en une heure.

— Parfait ! Et j'ai encore deux services à te demander.

— A savoir ?

— Tu peux envoyer quelques-uns de tes hommes à Carder pour prêter main-forte à Parris et à Smithson ? Mes visiteurs de ce matin sont d'anciens collègues à moi, et d'autres sont peut-être venus les rejoindre.

— D'accord ! Ensuite ?

— J'aurais besoin de toi pour pirater le système informatique du commissariat d'Austin. Il contient des rapports qui m'intéressent… Ça te pose un problème ?

— Aucun ! Je serai au contraire ravi de t'aider à faire tomber des ripoux… Vous êtes prêts à partir, tous les deux ?

— Il faut juste que j'aille dire au revoir à mon fils, déclara Amanda.

Logan les conduisit à l'intérieur. Une odeur de cookies aux pépites de chocolat encore tièdes embaumait la maison, et du séjour s'échappaient les notes d'une berceuse chantée à mi-voix.

Guidée par la musique, Amanda se dirigea droit vers cette pièce. La mère de Blake y était assise sur le canapé de cuir, près d'une table basse sur laquelle se trouvaient un verre de lait vide et une assiette remplie de miettes. Elle avait passé un bras autour des épaules d'Ethan qui, blotti contre elle et les paupières closes, semblait s'être déjà assoupi.

— Ethan sera en sécurité ici, murmura Blake. Ce ranch est une vraie forteresse. Sinon, je n'y aurais pas envoyé ma mère.

Amanda lui répondit par un hochement de tête. Elle s'inquiétait encore visiblement pour son fils, mais le sourire compréhensif que lui adressa ensuite la vieille dame parut la rassurer mieux que ne pouvait le faire aucune de ses paroles à lui.

Ils ressortirent de la pièce l'un derrière l'autre, et Logan leur annonça alors :

— Richard est en train de préparer le Piper. Décollage dans quelques minutes.

— On sera de retour le plus vite possible, dit Blake. Si quelqu'un vient te demander si tu sais où nous sommes…

— Je ne vous ai pas vus.

— Méfie-toi tout spécialement des policiers.

— J'éluderai leurs questions, le cas échéant.

— Merci.

— Prends ça ! déclara Logan en tendant un portable à Blake. Ce téléphone n'est traçable que par mes hommes et par moi.

— Parfait ! Donne le numéro à Parris et à ma mère, mais à personne d'autre.

Moins de dix minutes plus tard, Blake et Amanda montaient à bord du Piper Lance et attachaient leur ceinture.

— Comment irons-nous chez Vince, une fois à Austin ? s'enquit Amanda.

— Logan s'est arrangé pour qu'une voiture nous attende à l'aérodrome.

— Et si quelqu'un surveille la maison et nous agresse avant que nous ayons pu y entrer ?

— Il faudra être prudents, en effet.

L'avion décolla et, pendant toute la durée du vol, Amanda tapota nerveusement sur le bras de son siège.

— Il faut que j'appelle le Triple C pour avoir des nouvelles d'Ethan, déclara-t-elle dès que l'appareil eut atterri.

Blake alluma le portable fourni par Logan, composa un numéro et tendit le téléphone à Amanda.

Après une brève conversation avec son fils, elle poussa un soupir de soulagement.

— Il va bien. Je ne crois même pas lui manquer… Parris veut te parler, maintenant. Il dit que c'est important.

Quand elle rendit le portable à Blake, leurs mains se

frôlèrent. Un frisson le parcourut, et ce fut sans quitter Amanda des yeux qu'il demanda :

— Qu'y a-t-il, Parris ?

— Smithson a été retrouvé dans votre écurie. Il a reçu un violent coup de sabot à la tête... L'œuvre de Sugar, de toute évidence... Il est dans le coma.

9

L'avion roula un moment avant de s'immobiliser près d'un hangar rempli de marchandises. Blake était toujours au téléphone avec Parris, et sa voix, son visage, sa posture, tout chez lui trahissait une tension extrême. Aux questions qu'il posait à son correspondant, Amanda finit par comprendre ce qui était arrivé à Smithson, et un élan de compassion la souleva.

Le cheval qui avait tué le père de Blake venait de faire une deuxième victime !

— J'avais obligé Sugar à sortir de l'écurie, déclara Blake. Qu'est-ce qui lui a pris d'y retourner ?

Il se tut quelques instants et enchaîna :

— Expliquez au vétérinaire ce qui s'est passé, mais c'est la seule personne que j'autorise à s'approcher de Sugar. Je réglerai cette affaire à mon retour. Tenez-moi informé de l'état de Smithson, et dites à sa femme…

La voix de Blake s'étrangla.

— Dites à sa femme que je pense à elle, reprit-il, et que je me rendrai au chevet de son mari dès que possible.

Il coupa ensuite la communication. Amanda lui posa une main sur le bras, mais il se dégagea.

— Sugar était nerveux, ce matin…, marmonna-t-il. J'aurais dû prévenir tout le monde qu'il fallait se tenir à l'écart de mon ranch.

Les moteurs du Piper Lance s'arrêtèrent.

— Un problème ? questionna le pilote en se tournant vers Blake.

— Oui, mais je m'en occuperai plus tard. Vous voulez bien préparer l'avion pour le vol de retour pendant que nous menons l'enquête, Amanda et moi ? Il se peut que nous ayons besoin de repartir précipitamment.

— Logan m'a demandé de vous accompagner, pour vous épauler en cas de besoin.

— Je préfère que vous restiez ici, prêt à redécoller.

Un instant d'hésitation, puis Richard acquiesça. Lorsqu'il ouvrit la porte de l'appareil, un air glacé s'engouffra dans la cabine et mordit les joues d'Amanda. Le pilote l'aida à descendre du Piper puis il annonça, quand Blake eut lui aussi débarqué :

— Je vais chercher la voiture commandée par Logan. Attendez-moi ici.

Il se dirigea ensuite vers le minuscule terminal de l'aérodrome. Amanda le suivit des yeux en frissonnant de froid mais aussi d'angoisse. C'était comme si elle n'avait jamais quitté Austin, et pourtant il s'était passé tant de choses, depuis son départ !

Blake, à côté d'elle, avait le visage sombre. Il s'inquiétait pour son adjoint, de toute évidence.

— Tu m'as dit que Smithson était jeune, déclara-t-elle. Tu verras, il s'en sortira.

— Ou pas. Je savais que ce cheval était dangereux, et c'est donc ma faute si cet accident s'est produit.

— Non, tu ne pouvais pas prévoir que Sugar regagnerait l'écurie et que ton adjoint s'y trouverait au même moment. Tu n'es pas responsable de tout ce qui se passe à Carder.

— J'en suis le shérif. Les gens comptent sur moi pour les protéger.

Amanda n'osa pas insister. Blake l'avait repoussée, tout à l'heure, et il s'était depuis replié sur lui-même. Seul le complet rétablissement de Smithson pourrait apaiser ses remords.

Il dégaina son Glock, sortit deux chargeurs de sa poche et tendit le tout à Amanda.

— J'espère que tu n'auras pas à t'en servir, mais je veux que tu sois en mesure de te défendre s'il m'arrive quelque chose.

Comprenant son besoin de tout faire pour ne pas avoir un autre drame sur la conscience, Amanda prit l'arme et les munitions sans rien dire. Richard revint alors et remit une clé à Blake.

— J'ai garé la voiture derrière le hangar. Logan m'a appelé, et il vous recommande de vous dépêcher : il a intercepté des communications inquiétantes vous concernant. De mon côté, je vais me brancher sur la radiofréquence de la police d'Austin et, en cas de danger, je vous préviendrai.

— Merci.

Le pilote remonta dans l'avion, et Blake se tourna vers Amanda.

— Prête ?

— Oui, répondit-elle en empochant un pistolet et des chargeurs dont elle espérait en effet ne pas avoir à se servir.

La main posée dans le creux de ses reins, Blake l'escorta jusqu'à la voiture — une berline d'un modèle très courant. Il lui ouvrit la portière du passager, puis s'installa au volant et mit le contact avant de déclarer :

— Je connais l'adresse de Vince, mais je ne suis jamais allé chez lui… Quelle est la façon la plus discrète d'entrer dans la maison ?

— Par le jardin de derrière. Il donne sur une ruelle très peu fréquentée.

Blake démarra et quitta l'aérodrome. Il conduisait vite mais de façon parfaitement maîtrisée. Bizarrement, compte tenu des circonstances, Amanda se sentait en sécurité avec lui. Elle le savait prêt à mourir pour les protéger, Ethan et elle, mais pourquoi refusait-il le réconfort qu'elle aurait aimé lui offrir ? Pourquoi ne voulait-il pas lui faire une place dans son cœur ?

— Si tu essayais de te rappeler, pendant le trajet, toutes les conversations récentes que tu as eues avec ton frère ? suggéra-t-il. Il n'aurait pas mentionné un jour des papiers, des CD ou des photos qui pourraient constituer le « dossier » recherché par nos adversaires ?

— Non, rien ne me vient à l'esprit… Après ton départ d'Austin, Vince s'est éloigné de moi. Avant que je sois obligée d'emménager chez lui, il m'envoyait juste un courriel de temps en temps et, même pendant notre cohabitation, on ne se voyait pas beaucoup : nos horaires de travail étaient très différents. Je regrette de ne pas l'avoir questionné, alors. J'aurais peut-être appris quelque chose…

— Il n'aurait pas dû te mettre en danger, au départ ! coupa Blake.

L'envie de défendre de nouveau son frère démangea Amanda, mais l'expression butée de son interlocuteur lui fit comprendre que c'était inutile.

— Quel genre de courriels ? demanda-t-il.

Ce brusque changement de sujet prit Amanda au dépourvu.

— Pardon ?

— Les courriels que Vince t'envoyait… De quoi parlaient-ils ?

— Ils étaient très anodins : des nouvelles de sa santé, la dernière blague qu'on lui avait racontée… Non, attends ! Je me souviens tout d'un coup d'un message important, que j'ai reçu juste après la mort de Kathy et de Joey : Vince m'y annonçait qu'il avait mis à jour son testament.

Sur le moment, Amanda n'avait pas fait le rapprochement entre ces deux événements. Elle se demandait maintenant s'ils n'étaient pas liés.

— Mais c'est chez toi que Vince nous a dit d'aller, reprit-elle, alors tu es sûr de ne rien avoir reçu de lui ?

— Oui. Nous avions cessé toutes relations après notre dernière discussion.

— Votre dernière dispute, plutôt !

— Mon père venait de mourir, et j'avais décidé d'offrir à Vince une chance ultime de se racheter, mais le temps pressait : certains membres de l'Inspection générale de la police voulaient ma peau, et je ne pouvais pas rester à Austin pour enquêter à un moment où ma mère avait autant besoin de moi. Quand j'ai parlé à Vince, il m'a dit de retourner à Carder et de le laisser tranquille.

— Il t'a repoussé pour te protéger ! protesta Amanda. Il a fait la même chose pour moi, et pour la même raison !

C'était tellement évident à ses yeux… Pourquoi Blake ne le comprenait-il pas ?

— Non, il se protégeait lui-même ! objecta ce dernier. Alors j'ai démissionné. Ma mère n'avait plus que moi, les gens d'ici me proposaient le poste de mon père et, en tant que shérif, j'allais disposer de moyens totalement fiables pour découvrir la vérité.

— Tu as donc enquêté sur Vince après ton départ ?

— Oui. Mes recherches ont révélé qu'il avait de mystérieuses rentrées d'argent et qu'il avait ouvert un deuxième compte en banque, dans une autre ville. Je n'étais pas loin du but.

— Tu aurais pu tenter à nouveau de lui parler, lui demander des explications…

— Pourquoi aurais-je fait confiance à un homme qui m'avait faussement accusé de malversations ? Et puis je devais être prudent. Les preuves fabriquées contre moi étaient en principe suffisantes pour que je sois mis en examen, jugé et condamné à de nombreuses années de prison.

— Alors pourquoi n'est-ce pas ainsi que les choses se sont passées ?

— C'est une question que je me suis posée plus d'une fois, mais maintenant que la mort de Kathy et de Joey m'apparaît comme un assassinat, je pense qu'à ce moment-là la priorité pour mes adversaires consistait à me neutraliser le plus vite possible. Cet « accident », qui s'est produit comme par hasard le jour d'une entrevue importante avec l'Inspection générale de la police, était destiné à me faire abandonner mes investigations au moins temporairement. Et leur plan a marché : le temps que je redevienne moi-même, ils avaient brouillé les pistes.

Blake tourna dans une rue transversale. Il voulait manifestement éviter les grands axes, où les patrouilles de police étaient plus fréquentes.

— Et puis mon père est mort, continua-t-il. J'ai démissionné et quitté Austin, mais je savais que Vince se trahirait tôt ou tard — comme au poker, où il a toujours été incapable de bluffer pendant toute une partie. Il aurait dû rester fidèle à notre amitié.

— C'est ce qu'il a fait, dit Amanda. A sa manière.

Si son frère avait gardé un silence absolu sur ses activités, c'était dans le but de protéger les personnes qui comptaient le plus pour lui, elle en était en effet plus que jamais convaincue.

— Qu'aurais-tu fait si tu avais cru Vince en danger ? demanda-t-elle.

— J'aurais essayé par tous les moyens de le sauver.

— Et Vince était comme toi, non ?

— Opiniâtre, tu veux dire ? Oui, de ce point de vue-là, on se ressemblait.

— Et si tu avais été persuadé que sa famille — c'est-à-dire Ethan et moi — était en danger ?

— J'aurais tenté de l'éloigner pendant que je… D'accord, je vois où tu veux en venir, mais la même logique s'appliquerait si j'étais corrompu : je pousserais à quitter la ville l'homme qui pourrait me faire tomber.

— Pourquoi refuses-tu d'accorder le bénéfice du doute à Vince ? Pourquoi les choses sont-elles pour toi ou toutes blanches, ou toutes noires ?

— Il faut qu'elles soient l'un ou l'autre. Une personne pour qui la distinction entre le bien et le mal n'est pas nette peut facilement s'écarter du droit chemin. J'ai appris ça de mon père, entre autres choses.

— Alors pourquoi ne m'as-tu pas arrêtée pour vol de voiture ?

— Parce que la justice et la loi divergent dans certains cas, répondit Blake.

La rue dans laquelle il s'engagea juste après était celle de Vince.

— Tu aurais dû tourner dans la ruelle dont je t'ai parlé ! s'exclama Amanda. Là, quelqu'un risque de nous repérer !

— Baisse-toi !

Pendant qu'elle obéissait, Blake enleva son Stetson et ralentit.

— Je voulais passer devant la maison pour observer les lieux, expliqua-t-il.

— Et alors ?

— Il n'y a pas de scellés sur la porte, et aucune voiture aux alentours. L'endroit semble désert, mais ce n'est peut-être qu'une apparence.

La berline continua de rouler pendant un petit moment avant de s'arrêter.

— Tu peux te redresser, annonça Blake. Nous sommes dans la ruelle, mais je n'aime pas trop ça : il serait très facile de nous y bloquer.

— Mais on y est à l'abri des regards… C'est l'essentiel, non ?

Blake ignora la question et changea de sujet.

— La maison de ton frère n'est pas très grande, et nos adversaires l'ont déjà fouillée. S'ils avaient mis la main sur ce qu'ils cherchaient, les deux hommes envoyés à Carder ne t'auraient pas épargnée, lors de l'attaque de mon ranch.

— Ils espèrent me faire dire où est ce fameux dossier, c'est ça ?

— Oui. Et Vince était tout sauf stupide. S'il a caché ce dossier chez lui, c'est dans un endroit où toi, plus que quiconque, tu serais à même de le trouver.

— Ce dossier se présente sous quelle forme, à ton avis ?

— Je pencherais pour un CD ou une clé USB, mais il peut s'agir de documents papier, tout simplement… Pense à des objets en apparence innocents que ton fils ou toi auriez emportés le jour où vous seriez partis de chez lui : boîte de jeux, coffret à bijoux, cadres de photos… Et moi, à sa place, j'aurais fait une copie de ces informations, qui serait conservée ailleurs.

— Chez un notaire, par exemple ?

— Ou dans un coffre, à la banque. Il faut donc chercher une clé, aussi, et le carnet d'adresses de Vince nous serait également utile.

Blake détacha sa ceinture, Amanda l'imita, et elle s'apprêtait à ouvrir sa portière quand il lui ordonna :

— Attends !

Il mit pied à terre et scruta les alentours avant de lui faire signe de le rejoindre. Une fois descendue de la voiture, elle se dirigea vers le portillon du jardin de Vince, mais Blake la retint par le bras.

— Cet accès a peut-être été équipé d'un système qui avertit nos adversaires de son ouverture. Il vaut mieux passer par le mur.

Jamais Amanda n'aurait cru pénétrer un jour chez son frère de cette manière !

Le mur était haut de deux mètres environ. Blake se hissa avec agilité jusqu'au sommet et resta ensuite une bonne minute à observer le jardin à travers les branches d'un arbre.

— La voie est libre, déclara-t-il finalement en se laissant tomber sur le sol. A toi l'honneur !

Amanda se servit de ses mains entrecroisées comme d'un marchepied. Ignorant le pincement de douleur que ce mouvement lui causa, elle leva les bras, attrapa le rebord de pierre et passa une jambe par-dessus. Un coup de reins lui suffit ensuite pour se retrouver à califourchon sur le mur.

C'était la première fois qu'elle voyait le jardin sous cet angle. La batte et le gant de base-ball d'Ethan traînaient sur la pelouse. Si c'était possible, elle les lui rapporterait.

Alors qu'elle changeait de position pour se préparer à sauter, Blake lui cria :

— Attends-moi !

Il escalada le mur et s'assit près d'elle.

— Il faut faire vite, dit-il, mais éviter toute précipitation. A moins que tu n'aies les clés de la maison sur toi, on va devoir forcer une porte… Il y a une alarme ?

— Oui, mais elle n'était pas branchée quand je suis partie, l'autre soir. Mes clés sont dans mon sac, qui est resté chez toi, mais il y a un double de celle qui ouvre la porte arrière de la cuisine sous la jardinière de la fenêtre. Vince l'avait caché là parce que je m'étais retrouvée enfermée dehors, un jour où il était de permanence au commissariat : j'avais emmené Ethan dîner dans un fast-food en oubliant mes clés à l'intérieur.

— Bien ! Ça fait un problème de moins.

Blake sauta dans l'herbe, se retourna et leva les yeux vers Amanda. Elle se laissa glisser le long du mur et atterrit dans les bras que Blake lui tendait. Il la serra fort contre lui avant de la lâcher et d'observer :

— Nous n'avons vu personne aux alentours, mais ça ne veut pas dire que la maison n'est pas gardée. J'y entrerai le premier, et tu attendras pour m'y suivre que je t'aie donné le feu vert.

— D'accord, mais à condition que tu sois armé. Si tu tombes sur quelqu'un à l'intérieur, tu dois pouvoir te défendre.

— J'ai emporté un autre pistolet, déclara-t-il, un Colt qui appartenait à mon grand-père. Mais si les choses se passent quand même mal pour moi, retourne à l'avion. Logan vous aidera à disparaître, Ethan et toi.

Il s'élança ensuite à travers la pelouse. Assaillie par la peur d'entendre soudain un coup de feu, Amanda retint son souffle. Blake atteignit heureusement la maison sans encombre, récupéra la clé et, quelques secondes plus tard, la porte de la cuisine se refermait derrière lui.

Une attente anxieuse commença pour Amanda. Son cœur battait de plus en plus fort au fil de minutes dont chacune lui paraissait durer une heure entière.

Les pensées et les questions se bousculaient dans sa tête. Que faisait Blake ? Et s'il lui était arrivé quelque chose ? Ils n'auraient jamais dû se lancer dans cette expédition, c'était trop risqué…

Et puis, enfin, la porte de la cuisine se rouvrit. Blake s'y encadra et l'invita de la main à venir le rejoindre. Elle courut vers lui, mais le soulagement qu'elle avait éprouvé en le découvrant sain et sauf fut de courte durée : lorsqu'il s'effaça pour lui permettre de franchir le seuil, le spectacle qui s'offrit à ses yeux lui arracha un cri d'horreur.

La cuisine avait été saccagée. Des débris d'assiettes et de verres jonchaient le sol, au milieu du contenu renversé de tous les placards, de tous les tiroirs…

— Pourquoi ? souffla Amanda.

— Parce qu'ils ne savaient pas sous quelle forme se présentait ce qu'ils cherchaient, eux non plus.

— Les autres pièces sont dans le même état ?

— A peu près.

— Y compris les chambres ?

— Oui. Je suis désolé…

— Et moi qui espérais pouvoir rapporter à Ethan quelques-uns de ses jouets préférés… Comment les retrouver, dans un tel capharnaüm, et alors que nous disposons de si peu de temps ?

— Quand nous aurons mis ces crapules hors d'état de nuire, nous reviendrons ici, et je t'aiderai à tout ranger.

Blake croisa les bras, l'air assuré, et Amanda ne put

s'empêcher d'admirer son optimisme. Le champ de bataille qui les entourait la plongeait, elle, dans un abîme d'angoisse et de détresse. Elle y voyait les effets d'une colère et d'une volonté de destruction dont elle devait protéger son fils.

— Ceux qui ont fouillé la maison ont fait le tour des cachettes les plus évidentes sans rien trouver, reprit Blake. Restent les autres… On y va ?

Une profonde inspiration, puis Amanda releva le menton et hocha affirmativement la tête. Elle n'avait pas le droit de se laisser abattre : Ethan avait besoin d'une mère forte et déterminée.

Avant d'entamer ses recherches, cependant, il y avait quelque chose dont elle devait absolument s'assurer.

— C'est dans le séjour que j'ai découvert… le corps. Il y est encore ?

— Non, et je n'ai vu de traces de sang nulle part. Elles ont dû être effacées. Maintenant, pour essayer d'accélérer les choses, dis-moi où Vince passait le plus de temps quand il était chez lui. Dans ce séjour ? Dans son bureau ?

— Ni l'un ni l'autre — après notre emménagement, tout du moins. Quand il rentrait assez tôt du travail, il allait raconter des histoires à son neveu. Il appelait ça leur « moment entre hommes », ce qui ravissait Ethan.

— Alors commençons par la chambre de ton fils.

Amanda traversa la salle à manger en s'efforçant d'ignorer les chaises renversées et la vaisselle cassée. Une fois dans le vestibule, et bien que Blake l'ait rassurée, elle se détourna de la porte ouverte du séjour et se dirigea à grands pas vers l'escalier.

La chambre d'Ethan avait subi moins de dégâts que les autres pièces, constata-t-elle avec soulagement. Avec un peu de chance, elle pourrait même retrouver quelques jouets à rapporter au petit garçon…

La raison principale de cette expédition à Austin lui revenant ensuite à la mémoire, elle allait entamer ses recherches quand une sonnette d'alarme se déclencha dans son esprit.

— Je sens une odeur bizarre, observa-t-elle.

Blake s'immobilisa, huma l'air…

— Quelqu'un a ouvert le gaz ! s'écria-t-il en attrapant Amanda par le bras. Il faut sortir d'ici, vite !

Ils dévalèrent l'escalier. L'odeur de gaz, au rez-de-chaussée, était presque insoutenable.

— Ça doit venir de la cuisine, dit Blake.

Ce fut donc vers la porte de devant qu'il entraîna sa compagne. L'air pur qui les accueillit dehors fut le bienvenu. Pliés en deux, essoufflés par leur course, ils le respirèrent à grandes goulées…

— Restez où vous êtes !

Cet ordre lancé par une voix d'homme les fit se redresser d'un même mouvement. Un policier en uniforme les tenait en joue avec son arme de service.

— Glenn ? s'exclama Blake en allant se placer devant Amanda.

— Blake ? Blake Redmond ? Qu'est-ce que tu fais là ?

Une violente explosion retentit alors, suivie d'un souffle d'air brûlant qui projeta Amanda à terre.

Des flammèches se mirent à pleuvoir tout autour de Blake. L'une d'elles le toucha à l'épaule, et il vit ensuite, horrifié, un débris incandescent atterrir sur le dos d'Amanda. Il se précipita pour l'éteindre, puis se coucha sur elle pour la protéger de son corps.

Il se risqua ensuite à jeter un coup d'œil au pavillon. L'incendie provoqué par l'explosion gagnait rapidement du terrain. Si c'était bien là qu'était caché le fameux dossier, il n'y avait plus aucun espoir de le récupérer.

Glenn, que le souffle de la déflagration avait fait tomber à genoux, se redressa et s'élança vers la maison en criant :

— Vince !

— Son corps n'est plus là.

— Il n'est pas venu travailler aujourd'hui, et puis un de ses voisins a appelé le standard de la police pour signaler la présence de rôdeurs... Attends ! C'est quoi, cette histoire de corps ?

— Je ne peux pas en parler. Pas encore.

— Dans ce cas, je vous emmène au poste, ta copine et toi !

— Je suis la sœur de Vince ! intervint l'intéressée. Laisse-moi me relever, Blake !

Lorsqu'ils se furent tous les deux remis debout, Blake la prit par le bras pour l'éloigner de l'incendie. Glenn suivit, la main sur les menottes fixées à son ceinturon.

— Blake dit la vérité : Vince est mort, lui indiqua Amanda. Et comme nous ne sommes pas des rôdeurs qui seraient entrés chez lui par effraction, rien ne justifie notre arrestation.

Un mouvement, dans son champ de vision périphérique, attira soudain le regard de Blake vers la contre-allée. Un homme vêtu d'un sweat-shirt à la capuche relevée venait d'en sortir en courant.

— Désolé, déclara Blake à Glenn. Je t'expliquerai plus tard...

Il lui porta à la mâchoire un crochet assez puissant pour le mettre K-O, s'élança à la poursuite du suspect, mais s'arrêta net en le voyant s'engouffrer dans une voiture, qui démarra ensuite en trombe.

Jurant entre ses dents, il se retourna. Amanda était penchée sur Glenn — un policier honnête, qui avait juste eu la malchance de se trouver au mauvais endroit au mauvais moment.

Des sirènes mugirent au loin, et Blake se dépêcha de la rejoindre.

— Les pompiers ne vont pas tarder à arriver. Ils s'occuperont de Glenn, et il est juste groggy, de toute façon. Nous devons partir d'ici le plus vite possible... La contre-allée se prolonge jusqu'à la ruelle où nous sommes garés ?

— Oui.

— Alors on va passer par là. Ce sera plus rapide que de faire le tour du pâté de maisons.

Suivi d'une Amanda aux yeux rougis par la fumée, Blake regagna la rue en maudissant intérieurement Vince.

A quoi était censé servir le dossier qu'il avait constitué ? A protéger ses arrières, ou à dénoncer les policiers corrompus d'Austin, preuves à l'appui ? Et, dans cette dernière hypothèse, pourquoi n'avait-il pas envoyé ou apporté ce dossier à Blake, tout simplement ?

Parvenu en vue de la berline, Blake tendit le bras pour empêcher Amanda de s'en approcher.

— Arrête-toi là ! Le responsable de la fuite de gaz savait que nous étions dans la maison, et il a débouché de cette contre-allée. Il venait peut-être de piéger notre voiture.

— Comment nos adversaires pouvaient-ils être au courant de notre présence à Austin ? Logan ou un de ses hommes nous aurait trahis ? Ethan est vraiment en sécurité chez lui ?

Blake se glissa sous le véhicule pour voir si un engin explosif, ou ne serait-ce qu'un traceur GPS, n'avait pas été installé sous le châssis.

— Logan sélectionne ses employés avec encore plus de rigueur que le FBI, répondit-il. Et jamais il ne trahirait un ami. A mon avis, le chef du réseau de corruption surveille ou fait surveiller les communications. Le signalement de rôdeurs chez Vince a provoqué l'envoi immédiat d'un observateur sur place. Cet homme nous a reconnus… Il en a déduit que tu connaissais la cachette du dossier et que tu venais le récupérer. L'occasion était trop belle de se débarrasser à la fois de témoins gênants et de preuves compromettantes !

— Mais Ethan n'était pas avec nous, et c'est lui qui a assisté au meurtre de Vince !

— Nos adversaires pouvaient ignorer qu'il ne nous avait pas accompagnés.

N'ayant rien découvert de suspect sous la voiture, Blake

se releva. Il ouvrit le capot, chercha des yeux un fil qui aurait été coupé… Tout paraissait normal.

Le mugissement des sirènes était maintenant assourdissant. Il fallait se dépêcher de partir, mais une dernière vérification s'imposait avant de laisser Amanda monter dans la voiture.

— Recule-toi ! lui ordonna Blake.

Il se mit au volant, tourna la clé dans le contact… Le moteur ronronna. Blake appuya sur l'accélérateur, puis sur la pédale de frein… Rien ne se produisit. Aucun des éléments du véhicule n'avait été trafiqué.

— Tu peux venir ! dit-il à Amanda.

Voyant dans son rétroviseur une voiture de pompiers passer devant l'entrée de la ruelle, il se pencha pour ouvrir la portière côté passager. Chaque minute comptait, maintenant…

Amanda s'installa près de lui. Elle avait l'air si anxieuse qu'il se sentit obligé de la rassurer :

— On va retourner à l'avion, regagner le ranch de Logan et mettre au point une nouvelle stratégie.

— Pourquoi « nouvelle » ?

— Parce que tu n'es plus la seule personne en fuite, désormais : en frappant un agent de la force publique dans l'exercice de ses fonctions, je me suis rendu coupable d'un délit passible d'emprisonnement.

10

Aux sirènes des pompiers s'ajoutèrent soudain celles de plusieurs véhicules de police. Désormais, suite à l'agression de Glenn, Blake ne serait plus seulement pourchassé par la fraction corrompue de ses anciens collègues mais aussi par tout ce que le Texas comptait de représentants de la loi.

Que faire dans l'immédiat ? Sortir de la ruelle en marche avant ou en marche arrière ?

Et si la police en barrait les deux extrémités, ils étaient coincés…

— Baisse-toi ! ordonna-t-il à sa passagère.

Des gyrophares projetèrent leurs lumières clignotantes dans son rétroviseur, un deuxième camion de pompiers passa comme une flèche devant l'entrée de la ruelle, suivi d'une ambulance, mais aucun de ces véhicules ne ralentit. Tous fonçaient visiblement vers les lieux de l'explosion.

Blake attendit encore une trentaine de secondes, le pied droit prêt à enfoncer la pédale d'accélérateur, avant d'expulser l'air bloqué dans ses poumons.

— Tu peux te redresser, Amanda ! Personne ne nous a remarqués, et l'incendie va tous les occuper pendant un bon moment !

Il roula ensuite lentement vers la sortie de la ruelle et, arrivé au bout, tourna dans la direction opposée à celle du sinistre.

Le répit temporaire qu'il venait de gagner lui permit de

repenser à ce qu'il avait vu dans la maison de Vince, et ce qu'il n'avait *pas* vu le poussa à déclarer :

— Ma question va te paraître bizarre, mais tu es certaine que ton frère est mort ?

— Evidemment ! Il était allongé dans une mare de sang, avec le regard vitreux et un trou à l'endroit du cœur... Tu crois que je serais partie, si je n'avais pas été absolument sûre de ne plus rien pouvoir faire pour lui ?

— D'accord, d'accord, excuse-moi ! C'est juste que je ne m'explique pas la disparition du corps. Pourquoi l'enlever, et aller jusqu'à effacer les traces de sang, alors qu'il aurait été possible de te désigner comme suspecte et de lancer un mandat d'arrêt contre toi ? C'était plus simple que d'envoyer des hommes te kidnapper !

— Ces mêmes hommes, ou leur chef, m'auraient alors eue sous la main, tu veux dire ?

— Oui.

Après avoir pianoté pensivement sur le volant, Blake marmonna :

— Ils ne devaient pas s'attendre à ce que Vince les trahisse... Il y a sûrement eu un énorme cafouillage... Ils se sont affolés et cherchent depuis à sauver les meubles... Je m'en veux d'avoir informé Glenn de la mort de Vince ! Il va poser des questions et, sans le savoir, prendre ainsi de très gros risques.

Blake appela ensuite Logan et lui annonça sans préambule :

— On a des ennuis.

— Tu ne m'apprends rien : je suis en train d'écouter les communications radio de la police d'Austin. Qu'as-tu fait exactement ?

— J'ai frappé et mis en danger un flic honnête, entre autres choses.

— Comment s'appelle-t-il ?

— Glenn Romero. Je lui ai appris la mort de Vince, et

s'il se montre trop curieux, il pourrait bien subir le même sort que moi.

— Je tâcherai de me renseigner sur ce qu'il devient, et je te tiendrai au courant. Dans l'immédiat, dépêche-toi de rejoindre Richard ! Les aérodromes des alentours d'Austin ne vont pas tarder à recevoir la visite de la police.

— Je suis en route.

— Et réfléchis bien à ce que tu vas faire maintenant, parce que tu n'es pas loin de perdre sur tous les tableaux !

— Ne t'inquiète pas pour ça !

Blake raccrocha et se tourna vers Amanda.

— Nous ne sommes plus seuls en cause dans cette affaire, désormais : nous y avons entraîné un autre innocent. Il est plus que jamais urgent de démasquer les membres du réseau de corruption qui gangrène la police d'Austin.

— Oui, mais comment ? Les preuves que Vince avait réunies contre eux viennent de disparaître dans l'incendie de sa maison !

— Je trouverai un autre moyen de livrer ces crapules à la justice, je te le promets !

Amanda secoua la tête, l'air sceptique, et se plongea dans la contemplation du paysage. L'idée qu'elle ne croie plus en lui, qu'elle renonce à se battre à ses côtés, déchira le cœur de Blake.

— On n'a pas forcément besoin du dossier de Vince pour agir, reprit-il. Je vais retourner chez moi et y recueillir des indices — douilles, traces de pneus, fragments d'ADN... — qui permettront d'identifier les hommes qui nous ont attaqués. En s'aventurant sur *mon* territoire, ils ont commis une grave erreur.

— Peut-être, mais ma priorité à moi, c'est la sécurité d'Ethan. Je ne me vois pas rester les bras croisés pendant des jours et des jours, dans la hantise d'une nouvelle agression...

— Ne te décourage pas, Amanda, je t'en prie ! Fuir

est la pire des solutions. La seule manière efficace de se débarrasser de la peur, c'est d'en éradiquer la cause.

Amanda garda le silence, ce qui inquiéta Blake. Il savait par Vince que la vie ne lui avait pas fait de cadeaux, et que son histoire la portait à n'avoir confiance ni en elle-même ni dans les autres. Elle avait pourtant un allié, maintenant : Blake n'aurait de cesse qu'il n'ait mis hors d'état de nuire leurs ennemis communs.

Après la disparition probable des preuves réunies par Vince, cependant, il devait repartir de zéro, et avec très peu de temps pour réussir avant de se retrouver derrière les barreaux… ou six pieds sous terre.

La nuit était tombée quand le Piper Lance se posa sur la piste du Triple C. Amanda s'en aperçut en entrouvrant furtivement les paupières — pour mieux réfléchir, elle avait feint de dormir pendant tout le vol de retour.

L'incendie du pavillon de Vince avait tout changé. L'espace de quelques heures, Blake lui avait fait espérer qu'une vie normale était encore possible pour Ethan et pour elle… La destruction des preuves qui auraient permis de confondre leurs adversaires avait brisé cet espoir. Il existait peut-être une copie du dossier, mais où ? Impossible de le savoir.

Non, Blake avait beau dire que fuir était la pire des solutions, elle n'en avait pas d'autre. La décision à laquelle ses réflexions l'avaient amenée ne plairait pas à Blake, mais elle n'avait pas le choix… Tout ce qu'elle faisait, c'était pour son fils, et lui qui avait perdu le sien, il devrait le comprendre.

Quand l'avion s'immobilisa, elle fit semblant de se réveiller, et Blake lui demanda aussitôt :

— Ça va ? Je te trouve mauvaise mine… Ta blessure s'est rappelée à ton bon souvenir ?

Elle s'obligea à croiser son regard. Il lui aurait été facile de mentir, d'attribuer à un problème physique une pâleur due en fait à l'anxiété, mais Blake aurait alors insisté pour examiner de nouveau la plaie, et elle ne pouvait plus se permettre de dépendre de lui. Sur aucun plan. Il lui fallait désormais compter sur ses seules ressources pour sauver sa propre vie et celle d'Ethan.

— Ça va, répondit-elle. Je suis juste déçue de l'échec de notre expédition.

— Moi aussi, mais rien n'est perdu, tu verras !

Un 4x4 conduit par Logan s'arrêta alors à quelques mètres de l'avion. Le pilote aida Amanda à en descendre. Blake la suivit et lui prit la main avant de se diriger vers la voiture.

Pour ne pas éveiller ses soupçons, et bien que ce geste de tendresse affaiblisse des défenses dont elle avait absolument besoin pour exécuter son plan, elle l'accepta. Elle ne dégagea sa main qu'au moment de se glisser sur la banquette arrière du 4x4, mais sans doute le fit-elle un peu brusquement, car Blake lui jeta un regard scrutateur avant de s'installer sur le siège du passager.

Si elle voulait réussir, il fallait rester calme. Observateur et perspicace comme il l'était, Blake serait difficile à mystifier.

— Quelles sont les dernières nouvelles ? demanda-t-il à Logan.

— Le plan de vol du Piper a permis à la police d'Austin de savoir que vous étiez partis d'ici et que vous y reviendriez. La cavalerie ne devrait pas tarder à charger !

— Désolé de t'occasionner autant de problèmes !

— J'ai connu pire, et c'est vous, en l'occurrence, qui serez en première ligne si vous vous attardez ici !

Ces mots renforcèrent Amanda dans sa décision. Ni Blake ni Logan ne méritaient les ennuis qu'elle leur causait. Mieux valait pour tout le monde qu'elle sorte de leur existence.

Quand le 4x4 se fut arrêté devant la maison et qu'ils en furent tous les trois descendus, Blake se tourna vers Amanda.

— Va chercher Ethan, pendant que nous nous concertons, Logan et moi ! On partira juste après.

Dans d'autres circonstances, elle n'aurait pas du tout apprécié son ton autoritaire, et elle le lui aurait fait savoir. Là, c'était sans importance : quel que soit le plan élaboré par les deux hommes, c'était le sien qu'elle appliquerait.

Son absence de réaction dut surprendre Blake, car il se sentit obligé de demander :

— Tu es d'accord, n'est-ce pas ? Tu as confiance en moi ?

A cette dernière question au moins, elle pouvait répondre sans mentir...

— Plus qu'en qui que ce soit d'autre. Où est Ethan, Logan ?

— A l'intérieur. Il ne lâche pas Nancy — la mère de Blake — d'une semelle !

Ne voulant pas que son fils la voie armée, Amanda rendit le Glock à Blake avant de se diriger vers l'escalier extérieur. Elle entendit Blake parler au détective privé à voix basse mais sur un ton pressant. Il était courageux, sensible et déterminé, prêt à prendre tous les risques pour Ethan et pour elle... C'était même sans doute l'homme de sa vie, et pourtant elle allait se séparer de lui pour toujours ; elle n'avait pas le droit de l'entraîner plus avant dans une aventure aussi périlleuse.

Le cœur lourd, Amanda gravit les marches et entra dans la maison. Un son merveilleux l'y accueillit : le rire d'Ethan, qu'elle n'avait pas entendu depuis des jours... mais que l'angoisse d'une nouvelle fuite allait malheureusement faire taire pour longtemps.

Il la guida jusqu'à une cuisine où, juché sur un tabouret, Leo à ses pieds, le petit garçon remuait dans une jatte ce qui ressemblait à de la pâte à biscuits. Nancy Redmond le regardait opérer d'un air attendri tandis que le shérif adjoint Parris, tout près d'elle, la couvait des yeux.

Ce tableau rendit sincère le sourire qu'Amanda avait plaqué sur ses lèvres. Quand Parris s'aperçut de sa présence, il rougit et s'écarta vivement de Nancy. Il était visiblement amoureux d'elle...

Blake le savait-il ? se demanda-t-elle, amusée.

— Maman ! s'écria Ethan. Tu es revenue !

— Oui, mon cœur.

— Il paraît que les choses ne se sont pas bien passées ? déclara Parris.

— C'est le moins qu'on puisse dire !

— Je vais parler à Blake.

Parris quitta la pièce, et Ethan annonça fièrement :

— On fait des cookies au beurre de cacahuète, la maman de Blake et moi !

— C'est sûrement délicieux, dit Amanda, mais viens te laver les mains à l'évier… Et la figure, aussi : tu as de la farine sur les joues !

Ethan descendit du tabouret et déclara gaiement pendant que sa mère le débarbouillait :

— J'aime bien faire des cookies !

— Je vois ça, mais je suis sûre que tu aimes encore plus les manger !

Un hochement de tête vigoureux accompagna cette remarque, et le sourire qui le ponctua réchauffa le cœur d'Amanda. Elle retrouvait l'enfant insouciant et joyeux qu'Ethan n'aurait jamais dû cesser d'être. Il fallait espérer que le temps lui permettrait d'oublier le drame qu'il avait vécu.

Nancy préleva deux biscuits d'une fournée précédente en train de refroidir sur une assiette.

— Tu peux aller donner ce cookie au shérif adjoint Parris ? lui demanda-t-elle.

— Mais il y en a deux !

— Le deuxième est pour mon assistant.

— Moi ?

— Oui, toi ! File, maintenant, mais je garde ta maman : je vais lui confier mon truc pour faire les meilleurs cookies au beurre de cacahuète du monde.

Le petit garçon sortit en courant de la cuisine, Leo sur ses talons, et Nancy se tourna alors vers Amanda.

— Que se passe-t-il ? Et n'essayez pas de me mentir ! Parris ne veut rien me dire, mais il est évident que quelque chose de grave est en train de se produire.

Son regard perçant mit Amanda mal à l'aise.

— Merci de vous être si bien occupée d'Ethan, déclara-t-elle. Il y avait longtemps que je ne l'avais pas vu aussi enjoué.

— C'est un gentil petit bonhomme, mais vous n'avez pas répondu à ma question... Il y avait longtemps, moi, que je n'avais pas vu mon fils aussi tendu, et ça ne me plaît pas du tout !

L'intéressé surgit à ce moment-là dans la pièce, portant Ethan, en larmes, dans ses bras, et suivi de Leo.

— La cavalerie annoncée par Logan est devant la grille du ranch, Amanda ! Il faut partir immédiatement.

— C'est quoi, cette histoire de cavalerie ? s'exclama Nancy avant de rejoindre Blake en courant et de le saisir par le bras.

— Parris te mettra au courant, et je t'appellerai, je te le promets, mais il y a une affaire que je dois absolument régler. Pour Joey.

Blake frictionna doucement le dos d'Ethan, dont les pleurs se calmèrent un peu. Quand Amanda tenta de le prendre, il se cramponna au cou de Blake. Elle le comprenait, mais n'en éprouva pas moins un douloureux pincement au cœur.

L'angoisse qui se lisait sur le visage de Nancy était la réplique exacte de la sienne : celle d'une mère inquiète pour son fils.

Logan fit alors irruption dans la cuisine et lança un trousseau de clés à Blake.

— La voiture est à l'arrière. Rien ne la relie ni à moi ni à Carder. Il y a de l'argent dans la boîte à gants. Quitte le ranch en coupant à travers champs ! J'espère te revoir un jour !

— Tu risques de ne pas revenir, Blake ? s'exclama Nancy.

Bouleversée, Amanda tendit la main à Blake.

— Donne-moi ces clés ! Je vais disparaître avec Ethan. Tu n'as pas besoin de moi pour continuer ton enquête.

— Je vais la poursuivre, en effet, mais je ne cesserai pas de veiller sur vous deux. Ce que je n'ai pas pu faire pour Kathy et Joey, je le ferai pour vous, coûte que coûte !

Des sirènes hurlèrent, dehors. Blake attrapa Amanda par la main et l'entraîna vers la porte de la cuisine. Un 4x4 était garé en contrebas de la terrasse.

— Monte à l'arrière ! ordonna Blake une fois l'escalier descendu.

Des éclats de voix se firent entendre, provenant de l'autre côté de la maison. Logan s'opposait bruyamment à l'entrée de la police chez lui… Pour gagner du temps, de toute évidence.

Lorsque Amanda se fut installée dans le 4x4, Blake posa Ethan sur ses genoux et poussa pratiquement Leo à l'intérieur avant de claquer la portière et de se mettre au volant. Le petit garçon ne pleurait plus, mais il tremblait de tous ses membres. Amanda le serra contre elle et lui caressa les cheveux tandis que Blake démarrait en trombe.

Quelques secondes plus tard, le véhicule avait franchi une petite colline qui le rendait invisible depuis la maison. Amanda se retourna. Pas de faisceaux de phares, derrière eux… Personne ne les suivait.

Une clôture se présenta au bout de cinq ou six cents mètres. Blake arrêta le 4x4 et en descendit pour ouvrir la barrière qui la perçait. Une fois de l'autre côté, il alla la refermer, puis il remonta dans la voiture, et leur fuite se poursuivit sur une série de chemins de terre.

— La présence de la police dans les parages m'oblige à éviter les routes goudronnées, expliqua Blake. Désolé pour les cahots !

— Ce n'est pas grave… Où va-t-on ?

— On retourne chez les Maddox.

Le temps qu'ils arrivent à destination, Amanda s'était demandé des dizaines de fois comme elle allait faire pour fausser compagnie à Blake. Il était résolu à les protéger, Ethan et elle — coûte que coûte, avait-il précisé —, mais elle n'avait pas le droit de le laisser risquer sa vie pour eux. L'idée que Nancy Redmond, après avoir enterré son petit-fils et son mari, perde maintenant son fils lui était insupportable.

— Attendez-moi dans la voiture ! déclara Blake une fois le 4x4 garé derrière la maison.

Il reparut quelques instants plus tard et ouvrit la portière à ses passagers en disant :

— Rien à signaler !

Leo bondit du véhicule… Ethan, lui, ne bougea pas.

— Tu descends, bonhomme ? lui demanda Blake.

— Les méchants vont revenir ?

— Non. On est en sécurité, ici. Allez, Leo t'attend !

Comme pour le confirmer, le chien aboya.

— D'accord, murmura Ethan.

Il sortit de la voiture mais se tourna ensuite aussitôt vers Amanda.

— Tu viens, maman ?

— Bien sûr ! répondit-elle sur un ton qui se voulait dégagé.

Ethan s'agrippa à la main qu'elle lui tendit à peine la portière refermée.

— Et si je faisais du chili con carne pour le dîner ? leur suggéra Blake lorsqu'ils furent à l'intérieur.

— Oui, j'aime bien ça, dit Ethan sans lever les yeux de ses chaussures.

— Mais pas trop épicé, j'imagine ?

— Si, très.

— Vraiment ?

— Oui, intervint Amanda. A deux ans, si j'avais le dos tourné, il avalait déjà des piments verts comme si c'était des bonbons.

— Alors je ne lésinerai pas sur les épices !

— Mais maman, elle, préfère quand c'est pas trop fort, indiqua Ethan d'un air soucieux.

— Tu as raison de me prévenir : je mettrai une part de côté avant d'assaisonner le chili à notre goût à nous, les hommes !

Cette plaisanterie, qui aurait normalement ravi Ethan, ne lui arracha même pas un sourire.

Pourquoi la vie était-elle aussi injuste ? songea Amanda. Pourquoi un petit garçon ne pouvait-il passer son enfance à l'abri du monde cruel et compliqué des adultes ?

Une fois dans la cuisine, Blake sortit de la viande hachée du congélateur, mit des oignons à dorer dans une cocotte en fonte et confia à Ethan la tâche de trouver une boîte de haricots rouges dans le placard à provisions des Maddox. Il souleva ensuite le petit garçon et l'assit sur le plan de travail.

— Tu veux bien m'aider à cuisiner ? C'était quelque chose que Joey aimait faire avec moi.

Ethan ne répondit pas, mais il versa précautionneusement dans la cocotte les cuillerées à café de chili en poudre et de cumin que Blake lui tendit tour à tour avant d'observer :

— Ce qui se passe depuis quelques jours fait peur, n'est-ce pas ?

Le petit garçon hocha la tête et jeta un coup d'œil à sa mère. Le sourire tremblant qu'elle lui adressa bouleversa Blake. Sa volonté de les aider était toujours aussi forte, mais le moyen d'identifier leurs adversaires dont il avait parlé à Amanda avait peu de chances de donner des résultats : les hommes qui avaient attaqué son ranch étaient des policiers, et ils savaient mieux que personne comment supprimer les indices susceptibles de les trahir.

Les espoirs de Blake s'étaient maintenant reportés sur Ethan. Si Vince les avait envoyés à Carder, sa mère et lui, juste avant de mourir, ce n'était sûrement pas dans le seul but de les éloigner d'Austin : il devait avoir dit à son neveu quelque chose qui permettrait de confondre son ou ses meurtriers.

Le petit garçon détenait donc sans le savoir une information capitale… Il fallait juste l'aider à s'en souvenir. Blake répugnait à le brusquer, mais il n'avait pas le choix. Ils ne pouvaient pas se cacher indéfiniment chez les Maddox : quelqu'un finirait forcément par les y localiser.

— Ta maman m'a expliqué que ton oncle Vince t'avait sauvé la vie, déclara-t-il à Ethan tout en lui montrant comment bien mélanger les épices et les oignons avec une cuillère en bois. Tu veux bien me raconter ce qui s'est passé exactement ?

— Arrête, Blake ! protesta aussitôt Amanda. Il vaut mieux qu'il oublie.

— Non ! Il est assez courageux pour nous aider s'il le peut.

— Tonton Vince m'a dit d'être courageux, annonça le petit garçon avant d'enfoncer son pouce dans sa bouche.

Blake sortit du micro-ondes la viande hachée qu'il y avait mise à décongeler et la versa dans la cocotte.

— Si tu veux continuer à cuisiner avec moi, il faut que tu arrêtes de sucer ton pouce, et que tu ailles te laver les mains. Va dans la salle de bains du couloir, d'accord ?

Sans attendre la réponse, Blake descendit Ethan du plan de travail et le poussa doucement vers la porte.

— Je comprends ton désir de le protéger, dit-il à Amanda dès qu'ils furent seuls, mais il a vu Vince mourir. Il est maintenant important de le convaincre qu'il y a une justice, que le ou les assassins de son oncle seront punis. Il sait qui a commis ce crime, et je pense qu'il a envie de me le dire, mais qu'il a peur. Il faut découvrir pourquoi. Son avenir et le tien en dépendent.

Amanda secoua la tête, l'air indécis. Blake la rejoignit et prit ses mains dans les siennes.

— Je te promets d'employer la douceur dans toute la

mesure du possible, mais j'ai absolument besoin de son témoignage.

— Bon, d'accord…

Ethan revint juste à ce moment-là, et Blake lui lança sur un ton faussement badin :

— Ah ! Revoilà mon aide-cuisinier !

Il le jucha ensuite de nouveau sur le plan de travail, lui tendit la cuillère en bois et le laissa mélanger tranquillement les ingrédients dans la cocotte pendant un moment avant de lui déclarer :

— Tu as été très courageux, le soir où ton oncle est mort… J'ai besoin que tu le sois encore maintenant. Tu en es capable, n'est-ce pas ? Tu peux nous aider ?

Les yeux du petit garçon se remplirent de larmes, et il secoua violemment la tête. Amanda s'élança vers lui, mais Blake leva la main pour l'arrêter. Il alla se placer en face d'Ethan et reprit :

— Je vous protégerai, ta maman et toi. Il ne vous arrivera rien, même si nous devons pour ça partir vivre très loin d'ici.

— Tu les empêcheras de faire du mal à maman ?

— Qui a menacé de faire du mal à ta maman ?

— Un monsieur avec des drôles de bottes. Et il a dit à tonton Vince que ceux qui parlaient mouraient.

La voix d'Ethan tremblait, et ce fut dans un murmure qu'il ajouta :

— Quand on parle, on meurt.

Amanda poussa un cri étouffé, tandis que Blake s'efforçait de contenir la colère qui bouillonnait en lui.

— Tu me crois capable de vous protéger ? demanda-t-il au petit garçon.

Ce dernier réfléchit, puis il déclara gravement :

— Oui, parce que grâce à toi on a pu échapper aux méchants, maman et moi… Et tu m'as sauvé, quand j'étais sur le tracteur.

— Alors, même si tu as peur, tu peux me dire la vérité : tu sais qui a tué ton oncle ?

— Le monsieur avec les drôles de bottes. Tonton Vince a dit que c'était un policier.

— Il t'a donné son nom ?

— Non. Il a juste dit qu'on devait aller chez toi, maman et moi.

— Rien d'autre ?

— Si : que Joey était dans les nuages.

Joey… Le cœur de Blake se serra, comme à chaque fois qu'il entendait ce prénom, mais pourquoi Vince avait-il mentionné Joey ? Pour qu'Ethan en parle à Blake, et que le rappel de la mort de son fils le convainque de tout mettre en œuvre pour sauver un autre petit garçon et sa mère…

— Qu'est-ce qu'elles avaient de spécial, les bottes du monsieur ? demanda-t-il.

— Il y avait des dragons dessus, comme dans les livres que maman me lit.

— Ce sont donc des bottes fabriquées sur commande… Merci, mon grand ! Tu m'as bien aidé, et j'arrêterai les méchants, je te le promets !

— Il faut pas les laisser faire du mal à maman.

Blake considéra tour à tour le petit visage anxieux d'Ethan et celui, pâle et tourmenté, d'Amanda…

— Tant qu'il me restera un souffle de vie, déclara-t-il, personne ne fera de mal à ta maman, et à toi non plus.

11

Le lieutenant se renversa dans son fauteuil de cuir et posa les talons de ses bottes décorées de dragons sur le devant de la cheminée, où un feu crépitait gaiement. Il avait fait faire ces chaussures par un artisan de Dallas. Même si cela comportait des risques, jamais il n'aurait acheté des bottes ailleurs qu'au Texas.

La voix de Johnson, dans l'écouteur de son portable, le ramena à la réalité :

— Vous êtes toujours là, patron ?

— Oui. Continue…

— Ils ne sont pas au ranch Triple C, mais Logan sait quelque chose.

— Il faut absolument l'obliger à parler ! Demande à nos amis du ministère de la Sécurité publique d'éplucher son dossier : licence de détective privé, activités annexes, impôts… Il doit y avoir moyen de faire pression sur lui. En falsifiant des documents, au besoin.

— Ça va prendre du temps.

— Débrouille-toi pour accélérer les choses !

Le lieutenant avait les yeux fixés sur le tableau original de Frederic Remington, le « peintre du Far West », accroché au mur de sa bibliothèque.

Pour expliquer cet achat et les coûteux travaux de rénovation de sa maison, il avait raconté que son père avait gagné beaucoup d'argent en jouant à la Bourse. Toutes les personnes dont l'appui et la confiance lui étaient nécessaires pour s'enrichir en toute impunité croyaient à son histoire.

— Et la mère de Blake ? reprit-il.

— On est allés chez elle, et il semble qu'elle en soit partie précipitamment : il y avait un petit déjeuner entamé sur la table de la cuisine, et la porte de derrière n'était pas fermée à clé.

— Surveillez son domicile, et secouez-la un peu si elle y revient ! Blake doit savoir que nous ne plaisantons pas... Maintenant, qui a eu la brillante idée d'envoyer quelqu'un faire sauter la maison de Vince avec Blake et Amanda Hawthorne à l'intérieur ?

Silence, au bout du fil. Le lieutenant sourit. Rien de tel que la peur et l'incertitude pour rendre les gens dociles.

— Alors ? insista-t-il.

— Personne n'est mort, finalement, et...

— Tu refuses de me répondre ? Bon, laisse-moi deviner... Ce ne serait pas Farraday, par hasard, qui aurait donné cet ordre ? Parce qu'il aime les feux d'artifice et ignore le sens du mot « subtil »... Tu vas lui dire que je passe l'éponge, pour cette fois, mais que je lui déconseille de commettre une autre erreur.

Johnson toussota avant de déclarer d'une voix mal assurée :

— Je trouve que la situation est en train de devenir incontrôlable...

— Je te paie pour réfléchir ?

— Euh... non.

L'image de Johnson, pâle et tremblant, fit de nouveau sourire le lieutenant. Quelle mauviette ! Farraday était peut-être une brute épaisse, mais lui, au moins, il avait du cran et ne s'encombrait pas de stupides scrupules.

— Bon, autre chose... Notre expert en informatique a détecté des traces d'intrusion dans *mon* ordinateur... Nous avons donc une taupe... Vous n'auriez pas une idée de son identité, Farraday et toi ?

— N... non.

Le sourire du lieutenant s'effaça brusquement, chassé par une bouffée de colère.

— Je veux savoir qui m'a trahi ! hurla-t-il. Et je veux que Blake, Amanda et le môme restent entiers pour le moment, c'est bien clair ? Alors tâche d'empêcher Farraday de prendre de fâcheuses initiatives ! N'oublie pas que vous êtes coéquipiers... Ce qui arrive à l'un arrive à l'autre.

— Mais...

— Tais-toi ! Changement de plan : je vais m'occuper personnellement de nos trois gêneurs. On devrait les avoir localisés d'ici demain soir, et quand il a affaire à des fugitifs, un policier est parfois obligé de faire usage de son arme. Et de deux choses l'une : soit j'aurai obtenu d'eux toutes les informations dont j'ai besoin, soit s'ils refusent de me les fournir spontanément, la menace de couper un doigt ou deux au gosse devrait convaincre Blake de parler.

Une fois Ethan couché, Amanda attendit qu'il s'endorme, Leo à son côté, pour quitter son chevet. Le chien allait lui manquer... Peut-être, en prendrait-elle un quand ils se seraient fixés quelque part.

Dans l'immédiat, mieux valait ne pas tirer des plans sur la comète, se dit-elle en refermant doucement la porte de la chambre.

— Il dort ?

La voix de Blake la fit sursauter, mais elle répondit avec un hochement de tête :

— Oui. Il a eu une longue journée.

— Je viens de mettre le 4x4 au garage et d'appeler Logan. Il va explorer la piste des bottes qu'Ethan nous a décrites. Le fait qu'elles aient été fabriquées sur commande constitue un indice précieux.

Cette fois, Amanda garda le silence. Elle avait besoin de

réfléchir à la façon d'annoncer ses intentions à Blake. Cela provoquerait inévitablement un clash, mais elle préférait être franche avec lui.

Après avoir enfilé son manteau, elle sortit sur la terrasse. Comme elle s'y attendait, Blake lui emboîta le pas et s'arrêta près d'elle. Il était si proche que la chaleur de son corps la protégeait en partie du froid de la nuit et elle dut se rendre à l'évidence : les frissons qui la parcouraient étaient moins dus à la température extérieure qu'à un trouble sensuel.

Tout allait si vite… En une soirée, son existence tout entière avait été bouleversée, et maintenant, elle devait se séparer de celui qui — elle en était de plus en plus sûre — était l'homme de sa vie.

Jugeant préférable, en définitive, d'aller droit au but, elle déclara :

— Je vais partir avec Ethan demain matin.

— Je me doutais bien que tu mijotais quelque chose : tu étais trop silencieuse, dans l'avion… Mais tu aurais tort de te précipiter : nous tenons une nouvelle piste.

— Oui, mais je ne peux pas me permettre d'attendre de savoir si elle donnera ou non des résultats. Ethan court un grave danger, dont je dois à tout prix l'éloigner.

— Tu as vraiment envie de vivre jusqu'à la fin de tes jours dans la hantise que le passé ne te rattrape ?

— Si je suis suffisamment maligne et vigilante, ça n'arrivera pas.

— Mais tu seras seule, dans l'impossibilité de faire confiance à qui que ce soit…

— Je suis seule depuis déjà très longtemps.

— Non, tu ne l'es plus.

Blake prit Amanda par les épaules, la tourna vers lui et demanda sans la lâcher :

— Tu es vraiment décidée à partir ?

— Oui.

— Alors je t'accompagne. Je refuse de vous quitter des

yeux, Ethan et toi, tant que ces hommes n'auront pas été neutralisés.

— Non, tu ne peux pas ! Ta vie est ici ! Les habitants de Carder ont besoin de toi… *Ta mère* a besoin de toi…

— J'ai perdu mon fils à cause de ces crapules… Je ne laisserai pas la même chose t'arriver. Et je ne te demande pas ton avis, de toute façon ! Pars sans moi si tu veux, mais je te retrouverai.

Amanda tenta de se dégager, mais Blake l'en empêcha en la poussant contre la balustrade de la terrasse.

— Tu ne réussiras pas à te débarrasser de moi, lui murmura-t-il à l'oreille.

L'odeur de pin de son eau de toilette et la caresse de son souffle tiède sur sa peau achevèrent alors de la troubler.

— Ton offre est généreuse, mais trop lourde de conséquences pour toi, protesta-t-elle. Ethan est mon fils ; c'est à moi de veiller sur lui.

— Cela valait aussi pour moi et Joey, et je n'aurais reculé devant rien pour le sauver. J'aurais même accepté de l'aide, alors je t'en prie, accepte la mienne !

— Pourquoi fais-tu ça ? Je ne comprends pas… Tu pourrais te désintéresser de nous, reprendre le cours normal de ton existence…

— J'ai assommé un policier, tu te rappelles ? J'étais là quand la maison de Vince a explosé, et je me suis ensuite enfui comme un coupable…

— Si on t'arrête, tu n'auras qu'à dire que je t'ai forcé à m'accompagner chez Vince, que tu as agi sous la menace.

Blake éclata de rire.

— Tu penses vraiment que quelqu'un croira qu'un petit bout de femme comme toi a été capable de me forcer à faire quoi que ce soit ?

— Non, tu as raison, mais j'essaie de trouver la solution la moins mauvaise pour tout le monde.

— Je sais, mais il ne faut pas baisser les bras : les choses peuvent encore s'arranger. Notre enquête est plus près d'aboutir qu'elle ne l'a jamais été… Tu m'as fait confiance, jusqu'ici… Le regretterais-tu ?

— Bien sûr que non !

Le regard que Blake posait sur Amanda était de plus en plus ardent, et elle, de son côté, sentait la vague d'un désir grandissant monter en elle.

Quand Blake l'attira dans ses bras, elle ne résista donc pas. Sa chaleur l'enveloppa, sa force la rassura et, même si ce n'était que pour quelques heures, pourquoi ne pas laisser l'ivresse du plaisir conjurer sa peur ?

— Aide-moi à oublier, chuchota-t-elle.

Puis elle tendit à Blake des lèvres dont il s'empara avidement. Elle se pressa contre lui, et la puissante érection qu'elle sentit à travers l'épaisseur de leurs vêtements la galvanisa.

— Cette fois, je vais avoir du mal à en rester là, déclara-t-il après un long et brûlant baiser.

— Qui a dit que nous allions en rester là ?

— Ah ! Dans ce cas…

Blake souleva Amanda dans ses bras et rentra dans la maison. Elle posa la tête sur sa poitrine, à l'endroit du cœur, et put ainsi constater qu'il battait aussi fort que le sien.

Elle ne se rappelait avoir inspiré une telle passion à aucun homme.

Ni en avoir éprouvé une aussi vive en retour.

Une fois dans la chambre où elle avait brièvement dormi, Blake la remit sur ses pieds et plongea ses yeux dans les siens, comme s'il voulait lui offrir une dernière chance de changer d'avis.

Mais elle n'en avait nullement l'intention, et il finit par le comprendre, car il écarta les pans de son manteau et glissa une main sous son sweat-shirt.

— Tu as la peau douce comme du satin, murmura-t-il.

Amanda sentit les pointes de ses seins se dresser et, comme s'il l'avait deviné, Blake les agaça l'une après l'autre de l'intérieur du pouce. Cette délicieuse torture augmenta encore la fièvre de ses sens et, quand Blake s'arrêta, son corps tout entier palpitait de désir.

Elle laissa Blake lui ôter son manteau et son sweat-shirt, puis l'entraîner vers le lit. Elle s'y allongea mais, au lieu de la rejoindre, il se pencha vers le bandage qui lui entourait le torse et tâta par petites touches l'endroit de sa blessure.

— Ça te fait encore mal ?

— A peine. C'est en voie de guérison.

Les lèvres de Blake se refermèrent alors sur un mamelon durci. Ce fut cette fois sa langue qui entra en action — et avec un tel art qu'Amanda ne put contenir des gémissements de plaisir.

C'était merveilleux, mais encore insuffisant pour la satisfaire pleinement, si bien qu'elle finit par repousser doucement Blake.

— Enlève tes vêtements, lui dit-elle. Je rêve depuis longtemps de voir et de toucher ce qui se cache dessous.

Ces derniers mots le firent sourire, mais il obéit. Il acheva ensuite de la déshabiller, et chacun se mit à explorer le corps de l'autre avec une fébrilité croissante.

Lorsque leur désir fut à son comble, Blake s'écarta d'Amanda le temps d'enfiler le préservatif qu'il avait sorti de la poche arrière de son jean avant de le retirer. Après l'avoir rejointe, il se souleva sur les coudes, et elle s'aperçut alors qu'il tremblait. Le fait qu'il ne cherche pas à dissimuler son émotion la toucha infiniment : beaucoup d'hommes, à la place de Blake, auraient répugné à se dévoiler ainsi.

— Maintenant ! murmura-t-elle. S'il te plaît !

Sans la quitter des yeux, il la pénétra d'une vigoureuse poussée, et elle éprouva pour la première fois de sa vie un sentiment de plénitude absolue. Ils ne faisaient plus qu'un, et plus jamais elle ne serait la même.

Ses jambes se nouèrent autour de la taille de Blake, et elle cambra les reins pour mieux s'offrir à lui. Un violent frisson le parcourut, puis il commença de bouger en elle, et elle s'abandonna aux sensations de plus en plus intenses qu'il lui procurait.

Ils atteignirent le paroxysme du plaisir en même temps — lui dans un grognement rauque, elle dans un cri venu des profondeurs de son être.

Elle aurait voulu qu'il se laisse ensuite aller dans ses bras, pour que leurs corps demeurent soudés le plus longtemps possible. Pourtant, sans doute de peur de lui faire mal en appuyant sur sa blessure, Blake roula tout de suite sur le côté. Il l'attira juste après contre lui, et ils communièrent pendant un long moment en silence dans la douce euphorie de la passion assouvie.

— Tu es merveilleuse…, finit par chuchoter Blake.

Dans un éclair de lucidité, Amanda comprit alors qu'en cédant à ses pulsions elle avait aggravé la situation, car elle venait de donner à Blake plus que son corps : son cœur et une partie de son âme lui appartenaient désormais, et cela rendait plus douloureuse encore la perspective de le quitter.

Il le fallait pourtant : elle tenait trop à lui pour risquer de le voir mourir en tentant de la protéger.

Elle n'avait pu jusqu'ici qu'imaginer le bonheur de faire l'amour avec Blake… Maintenant qu'elle l'avait connu, le regret d'en être privée la poursuivrait toute sa vie.

Mais pour ne pas qu'il devine le tour qu'avaient pris ses pensées, elle se tut et fit semblant de dormir.

Quand les premières lueurs de l'aube filtrèrent à travers les persiennes, Blake n'avait pas encore réussi à trouver le sommeil. Amanda, près de lui, avait, pendant de longues minutes, fait semblant de dormir, et il avait feint d'y croire, mais elle avait fini par s'assoupir vraiment.

Chacun de ses baisers, chacune de ses caresses avait fait vibrer en lui une corde qu'il pensait définitivement cassée.

L'espace d'un moment magique, Amanda lui avait tout donné. Jamais il n'avait eu de partenaire aussi généreuse.

Et puis, inexplicablement, cette merveilleuse amante s'était repliée sur elle-même…

Blake n'avait pas fermé l'œil depuis, et les mouvements pourtant légers que fit soudain Amanda pour sortir du lit ne lui échappèrent donc pas.

— Tu comptes t'enfuir comme une voleuse ? demanda-t-il.

Assise au bord du matelas, elle était en train de ramasser ses vêtements, et Blake vit les muscles de ses épaules se contracter.

— Je vais juste dans la chambre d'Ethan, répondit-elle sans se retourner. Il aura besoin d'être rassuré, en se réveillant dans une maison inconnue.

Elle enfila ensuite rapidement son sweat-shirt — pour lui cacher sa nudité, devina Blake.

Cela aurait dû le laisser indifférent… Il en fut au contraire profondément affecté.

Ce fut pourtant avec des gestes doux qu'il la tira vers lui et l'obligea à se recoucher à son côté.

— Tu ne ruminerais pas de nouveau ton projet de disparaître avec ton fils, par hasard ?

Les boucles auburn d'Amanda cachaient en partie son visage. Blake les écarta, mais elle se détourna pour éviter de le regarder en face. L'érection qu'il prit alors un malin plaisir à presser contre sa hanche attira en revanche son attention. Elle ouvrit de grands yeux, et Blake souligna :

— Oui, j'ai envie de refaire l'amour avec toi, mais dis-moi d'abord ce que tu as en tête.

L'ombre d'un sourire flotta sur les lèvres d'Amanda, et Blake la sentit se détendre. Son désir était donc partagé, mais il ne pouvait se contenter de cela.

Ce qu'il voulait, c'était une femme qui lui fasse entièrement confiance, une femme disposée à admettre qu'elle avait besoin de lui autant que lui d'elle.

Blake comprit alors qu'il était en train de tomber amoureux d'Amanda.

Effrayé par cette découverte, il jugea préférable de l'ignorer dans l'immédiat.

— Dis-moi ce que tu as en tête, répéta-t-il, et nous en discuterons.

— Je songe en effet de nouveau à partir avec Ethan, parce que j'ai réfléchi, cette nuit : je ne supporterais pas qu'il t'arrive malheur à cause de moi. Et si tu m'accompagnais dans ma fuite, comme tu me l'as proposé, le jour viendrait forcément où tu m'en voudrais du bouleversement que cela aurait provoqué dans ta vie.

— J'en doute, mais plutôt que de me laisser poursuivre seul notre enquête, tu ne préférerais pas m'aider à la mener à bien ? Vince était ton frère... Tu le connaissais mieux que personne, ce qui peut se révéler précieux, et ne t'ai-je pas déjà prouvé ma capacité à vous protéger, Ethan et toi ?

Amanda garda le silence pendant si longtemps que Blake douta de l'avoir convaincue. Enfin, elle finit par déclarer gravement :

— Entendu, je reste, mais si j'accepte de te faire confiance, je veux que ce soit réciproque. Alors, plus de conciliabules derrière mon dos avec Logan ou qui que ce soit d'autre, plus de décisions prises sans me consulter... Tu ne me caches plus rien, d'accord ?

— D'accord... à condition que tu me fasses la même promesse.

— Marché conclu !

— Parfait ! Et si nous scellions ce pacte par un baiser... pour commencer ?

Au moment où leurs lèvres allaient s'unir, la voix d'Ethan s'éleva, derrière la porte :

— Maman ! Tu es là ?

— Oui, mon cœur ! s'écria Amanda. J'arrive !

Pendant qu'elle achevait de s'habiller, Blake se leva et commença d'enfiler ses vêtements.

— Je vais aller à l'écurie voir si les chevaux des Maddox n'ont besoin de rien, annonça-t-il. Prépare un petit déjeuner pour Ethan, pendant ce temps… Et, Amanda… ?

— Oui ?

— Merci de croire en moi. Je sais que ça t'a demandé un effort mais, ensemble, nous réussirons à démasquer ceux qui ont tué ton frère, Joey et Kathy.

Le silence qui accueillit ces paroles semblait refléter un doute. Blake en fut blessé, mais le sourire qu'Amanda esquissa juste après dissipa cette désagréable impression.

— Oui, maintenant que nous sommes *vraiment* associés, nous ferons triompher la justice, dit-elle avant d'ouvrir la porte.

— J'ai faim, maman ! s'exclama Ethan. Pourquoi tu as mis si longtemps à te lever ?

Les pas d'Amanda et du petit garçon s'éloignèrent en direction de la cuisine tandis que Blake enfilait ses bottes. Cela lui rappela celles du meurtrier de Vince. Le motif de dragons constituait une piste qu'il fallait privilégier.

Après avoir mis sa parka et allumé le portable fourni par Logan, il se dirigea vers l'écurie. Un texto de Logan s'afficha soudain sur l'écran de l'appareil :

Appelle-moi.

— Tout va bien ? demanda le détective privé dès que Blake l'eut en ligne.

— Pour l'instant.

— Tant mieux, mais je te préviens : ces types ne plaisantent pas, et ils ont le bras long ! Je suis l'objet de toutes sortes de menaces, et ils vous cherchent partout… Parris a emmené ta mère dans un endroit secret. Il a même jugé préférable de ne pas me dire où.

— Mais elle est en sécurité ?

— Autant qu'elle peut l'être avec Parris comme chevalier servant ! répondit Logan en riant.

— Comment ça ?

— Eh bien, disons que passe entre eux le même type de courant qu'entre toi et la jolie Amanda Hawthorne.

— Tu te fais des idées !

— Non, je ne crois pas : je sais repérer les symptômes… mais les signes de danger aussi.

— Ne t'inquiète pas pour moi ! Autre chose ?

— Oui. J'ai reçu un message de Shaun O'Connor, de l'Inspection générale de la police. Il veut te parler.

— Je le connais, et je l'ai toujours considéré comme un flic honnête, mais je pensais la même chose de Vince…

— Il dit qu'il a des informations à te communiquer.

Le cœur de Blake bondit dans sa poitrine. Et si son enquête allait prendre grâce à cela un tournant décisif ?

— O'Connor est réglo, à ton avis ? demanda-t-il.

— Oui, d'après mes sources. Mais ceux qui me renseignent ne savent pas tout. Ils ignorent notamment l'identité du chef du réseau de corruption.

Blake réfléchit. Il ne voulait pas donner de faux espoirs à Amanda. Plutôt que de risquer de lui causer une déception, mieux valait donc commencer par étudier le potentiel de cette piste.

— Le portable que tu m'as fourni est vraiment sûr, Logan ?

— Mon expert en téléphonie me l'a garanti.

— Et ce type est totalement fiable ?

— Je ne l'aurais pas engagé, sinon !

— Alors donne-moi le numéro de O'Connor. Je vais lui fixer un rendez-vous.

12

Alors qu'Amanda était en train de mettre des toasts à griller, Ethan la tira par la manche.

— Il va où, le shérif Blake ?

— A l'écurie, mais il n'est pas question que tu le suives : il fait froid, dehors, et tu es pieds nus.

— Leo a pas de chaussures, et ça l'empêche pas de sortir même quand il fait froid !

— Non, mais son pelage le protège. File t'habiller, maintenant ! Le temps que tu reviennes, le petit déjeuner sera prêt.

— Et je pourrai aller chercher le shérif Blake ?

— Ce ne sera pas la peine. La faim finira bien par le ramener !

Ethan parti, Amanda ouvrit le congélateur et y trouva un paquet de tranches de bacon. Elle les mit à cuire dans une poêle mais, s'ils devaient passer dans cette maison ne serait-ce qu'un jour de plus, il leur faudrait faire des courses rapidement.

Elle s'approcha ensuite de la fenêtre et écarta les rideaux. Bien que Blake n'ait pas complètement refermé la porte de l'écurie, elle ne le vit pas. Il était allé vérifier si les chevaux des Maddox n'avaient besoin de rien, mais s'il leur donnait à manger, le voisin chargé de s'occuper d'eux le remarquerait…

Comment Blake, si soucieux de ne pas attirer l'attention, pouvait-il ne pas y avoir pensé ?

Au moment où Amanda était presque décidée à le rejoindre

pour l'inciter à la prudence, son fils reparut, habillé et affamé. Elle prit le petit déjeuner avec lui, puis retourna à la fenêtre.

— Je peux sortir, maintenant ? demanda Ethan.

— Non, je préfère que tu restes à l'intérieur... Tiens, j'ai une idée : et si tu retournais jouer avec Leo sous la tente que le shérif Blake t'a construite hier ?

— D'accord, mais tu m'accompagnes !

— Si tu veux.

Quelques instants plus tard, le petit garçon et le chien étaient installés sous la tente improvisée. A la demande d'Ethan, Amanda alla chercher une serviette, et elle le regarda l'attacher autour du cou du brave animal pour le transformer en super-héros : la tente était devenue une forteresse à défendre contre les méchants.

— Bon, je vous laisse, dit-elle. Je serai dans le séjour si tu as besoin de moi, Ethan, mais tu dois d'abord me promettre de ne pas sortir de la maison.

— Promis, juré !

Amanda quitta la pièce et commença par se diriger vers la cuisine pour se servir une tasse de café. En passant devant une porte ouverte, elle vit un ordinateur posé sur un bureau. Cela lui rappela la question de Blake au sujet des e-mails que son frère lui avait envoyés... Se pouvait-il que l'un d'entre eux révèle sur le fameux dossier des informations qu'elle n'aurait pas su décrypter ?

C'était peu probable, mais ça ne coûtait rien de relire ces e-mails. Maintenant que Blake et elle étaient associés, elle devait se rendre utile. Et elle lui communiquerait le résultat de ses recherches dès qu'il daignerait revenir de l'écurie.

Amanda alla donc s'asseoir devant l'ordinateur, l'alluma, puis suivit la procédure pour accéder à son courrier électronique.

Des dizaines de publicités étaient arrivées dans sa boîte de réception depuis sa dernière connexion, constata-t-elle un instant plus tard. Elle entra le nom de son frère dans la

fenêtre des expéditeurs, et l'image de Vince baignant dans
son sang s'imposa alors brusquement à son esprit. Elle
ferma un instant les yeux et, quand elle les rouvrit, la liste
des messages qu'elle avait reçus de son frère s'était affichée
par ordre chronologique.

Un cri étouffé s'échappa de ses lèvres : l'e-mail le plus
récent n'avait pas été lu. Elle regarda la date d'envoi… La
veille du jour où Vince était mort.

Le cœur battant, elle cliqua sur le message.

Je t'aime, petite sœur. Dis à Blake de me pardonner.

Il y avait un lien, sous ces deux phrases et Amanda
l'activa. Une fenêtre de dialogue apparut, demandant un
mot de passe. Elle composa le seul qu'elle avait : celui de
son compte électronique.

Un message d'avertissement lui sauta alors au visage :

Mot de passe incorrect. Après trois essais, ce dossier
sera détruit.

Amanda fronça les sourcils. Comme elle n'y connaissait
rien en informatique, c'était Vince qui lui avait ouvert ce
compte, et il l'avait même guidée dans le choix de son mot
de passe, alors pourquoi n'avait-il pas utilisé celui-là, pour
lui permettre d'accéder facilement au dossier en question ?
Et elle avait gâché un essai… Blake lui en voudrait de ne
pas l'avoir attendu pour creuser la piste des e-mails de son
frère…

Après s'être assurée qu'Ethan jouait tranquillement avec
Leo, Amanda mit son manteau et se dirigea dans un froid
glacial vers l'écurie. Quand elle se glissa dans l'ouverture
de la porte, Blake lui apparut, mais de dos. Il était au téléphone, et elle l'entendit demander :

— Si je ramène la mère et le fils à Austin, quelles
garanties aurai-je ?

Ces mots lui firent l'effet d'un coup de poing au creux

de l'estomac. Blake avait l'intention de la livrer à la police en échange de sa propre immunité ? Elle l'avait cru loyal, dévoué à sa cause… Elle s'était donnée à lui…

Partagée entre la douleur et la colère, elle courut le rejoindre, lui arracha l'appareil des mains et coupa la communication.

— Qu'est-ce que tu manigances ? lui lança-t-elle. Où est passé notre accord d'association ?

— Attends, je vais t'expliquer…

Du sentiment de trahison qu'éprouvait Amanda naquit soudain un sombre désespoir qui lui coupa bras et jambes. Elle se laissa tomber sur une botte de foin et murmura :

— Je pensais pouvoir me fier entièrement à toi… Tu étais censé ne plus prendre aucune décision sans me consulter…

Elle mit le portable dans sa poche et enchaîna d'une voix raffermie :

— Avec qui étais-tu en ligne ?

— Shaun O'Connor, un membre de l'Inspection générale de la police. Il m'a fait savoir par Logan qu'il voulait me parler.

— Continue ! déclara Amanda, comprenant qu'elle s'était peut-être méprise.

— Il enquête sur la corruption au sein des forces de l'ordre d'Austin depuis bientôt un an.

— Ses investigations ont donc commencé avant les tiennes !

— Oui, et ça a suffi pour éveiller mon intérêt, comme tu peux l'imaginer !

— Mais tu es sûr qu'il est fiable ? Qu'en te poussant à lui téléphoner, il ne cherchait pas juste à nous localiser ?

— Tu crois vraiment que je l'aurais appelé si cela avait présenté le moindre risque ?

Blake tapa son Stetson contre sa cuisse dans un geste d'agacement avant de reprendre :

— O'Connor dit qu'il est près d'identifier le chef du réseau de corruption. Il sollicite notre aide et propose, pour assurer ta protection, de te placer en détention provisoire. Tu serais ainsi en sécurité pendant que je poursuivrais notre enquête, et le concours de Shaun O'Connor augmenterait nos chances de réussite.

— Pas s'il est de mèche avec nos adversaires !

Le bourdonnement caractéristique de pales de rotor interrompit brusquement la conversation. Blake se précipita dehors. Amanda le suivit, leva les yeux vers le ciel et vit avec stupeur un hélicoptère s'approcher. Blake la poussa à l'intérieur de l'écurie, prit la carabine de chasse accrochée au mur et la chargea.

— Comment ont-ils fait pour nous retrouver ? s'écria Amanda. Et j'ai laissé Ethan dans la maison ! Non, ce n'est pas possible ! Ça ne va pas recommencer !

— Ecoute-moi ! Il s'agit d'un appareil civil, et ça signifie que la verrière du cockpit n'est pas à l'épreuve des balles. A condition de bien viser, je peux avec une simple 22 long rifle toucher le tableau de bord et obliger ainsi le pilote à se poser. Ensuite, on l'interrogera… On va ressortir, maintenant, mais reste derrière moi !

Une fois dehors, Blake épaula la carabine et marmonna :

— Allez, viens par ici !

Comme pour lui obéir, l'hélicoptère, qui s'était mis à décrire des cercles au-dessus de la maison, se dirigea alors vers l'écurie. Amanda vit deux hommes assis dans le cockpit, puis Blake braqua son arme sur l'appareil, et elle retint son souffle.

Le coup de feu claqua dans l'air froid du matin juste au moment où l'hélicoptère amorçait un virage serré, et ce fut le pilote que la balle atteignit. Il s'écroula, et son passager tenta désespérément de prendre les commandes, mais l'appareil piquait déjà du nez… Quelques secondes plus tard, il s'écrasait au sol et s'embrasait.

Blake poussa une bordée de jurons et courut vers l'hélicoptère en feu, mais il n'y avait plus rien à faire : aucun de ses deux occupants n'avait pu survivre à la catastrophe.

— Va chercher Ethan ! ordonna-t-il à Amanda. On a été repérés. Il faut partir. Mais avant, redonne-moi le portable !

Elle le sortit de sa poche et le tendit à Blake, qui le lança dans les flammes en disant :

— C'est la dernière fois que je fais confiance à un policier !

Amanda regarda par la vitre du 4x4 Blake entrer dans le bureau de la réception du motel de second ordre qui allait leur servir de refuge temporaire. Assis sur le plancher, à l'arrière du véhicule, Ethan avait appuyé sa joue contre la tête de Leo, posée sur ses genoux.

Blake revint au bout de quelques minutes et se remit au volant.

— Chambre 8, annonça-t-il.

— Ce motel est en si piteux état qu'il doit suffire d'un coup d'épaule pour enfoncer la porte des chambres, observa Amanda.

— Oui, mais j'ai pu payer en liquide et sans présenter de pièce d'identité. Dans l'immédiat, c'est l'essentiel.

Située de l'autre côté du bâtiment, la chambre 8 était invisible depuis la route. Quand, tenant son fils par la main, Amanda y entra à la suite de Blake, elle découvrit une pièce un peu miteuse — mais propre, c'était déjà ça !

Il n'y avait cependant qu'un lit…

— Je vais aller voir si on peut nous fournir un lit d'appoint, déclara Blake.

Lorsqu'il fut parti, Amanda se dirigea vers le radiateur. C'était un modèle ancien, mais elle avait utilisé des appareils du même type dans les appartements vétustes où elle avait vécu pendant son mariage. Il ne lui fallut donc pas plus d'une minute pour comprendre le fonctionnement de celui-ci. Il était si peu efficace que la pièce avait à peine gagné quelques degrés quand Blake revint, une pile de draps et de couvertures dans les bras.

— Impossible d'avoir un lit d'appoint, indiqua-t-il, mais ce n'est pas grave : je dormirai par terre.

Amanda prit la couverture placée en haut de la pile, enveloppa Ethan dedans, puis elle se laissa tomber sur le matelas et se frictionna les bras.

— Comment ont-ils fait pour nous retrouver, à ton avis ? demanda-t-elle à Blake.

— Grâce à mon coup de téléphone à O'Connor. Le portable fourni par Logan était censé n'être traçable que par lui et ses hommes, mais O'Connor doit bénéficier des services d'un spécialiste particulièrement doué… Je ne vois pas d'autre explication.

La consultation de ses e-mails revint à la mémoire d'Amanda, et son estomac se noua.

— Je… j'ai utilisé l'ordinateur des Maddox pour aller sur Internet.

— Quoi ? Et on peut savoir pourquoi ?

— J'avais envie de me rendre utile.

— Quand t'es-tu connectée ?

— Après le petit déjeuner.

— Tu es restée en ligne pendant combien de temps ?

— Un quart d'heure environ.

— Alors c'est ça qui a permis à nos adversaires de nous localiser ! Qu'est-ce que tu as dans la tête, Amanda ?

Ethan sauta sur ses pieds et alla se planter devant Blake.

— Arrête de crier après maman !

— Oui, tu as raison, mon grand… Désolé !

Le petit garçon fixa Blake d'un air sévère avant de retourner s'asseoir près de Leo.

— Pourquoi as-tu fait ça ? demanda Blake sur un ton radouci. Que cherchais-tu ?

— Je voulais relire les derniers messages que j'avais

reçus de Vince, pour voir s'il n'y avait pas dedans une information importante qui m'aurait échappé.

— Et ?

— J'ai découvert que Vince m'en avait envoyé un la veille de sa mort. Juste quelques mots, suivis d'un lien que je n'ai pas pu ouvrir faute de connaître le mot de passe exigé.

Amanda répéta à Blake ce que disait le message d'avertissement.

— Le dossier en question est de toute évidence celui dans lequel ton frère dénonce les policiers corrompus d'Austin, observa-t-il ensuite.

— Oui, mais sans le mot de passe qui permet d'y accéder, nous ne sommes pas tellement plus avancés.

— Et il ne nous reste plus que deux essais… Je vais acheter un portable prépayé et appeler Logan. Il a sûrement parmi ses employés un expert en informatique capable de nous aider.

Blake frotta son menton recouvert d'une barbe naissante et ajouta :

— Peut-être O'Connor est-il fiable, finalement…

— On ne peut pas prendre le risque d'associer un policier à notre enquête ! protesta aussitôt Amanda. Ne rappelle pas O'Connor, je t'en prie ! Tu n'aurais même pas dû le contacter sans me prévenir ! Tu avais promis de ne plus rien me cacher, non ?

— Si, mais c'était un engagement mutuel, et tu ne m'as pas consulté avant de te connecter à Internet, permets-moi de le souligner ! Alors un point partout, balle au centre, et nous respecterons désormais tous les deux notre pacte ?

— D'accord !

— Bon, je vais m'occuper d'acheter ce portable… Ne bouge pas d'ici !

Quand la porte se fut refermée derrière Blake, Amanda eut l'impression qu'il faisait soudain très froid dans la pièce. Et ce n'était pas parce que le radiateur marchait mal…

Comment en était-elle arrivée à dépendre de cet homme — non seulement de sa force et de sa détermination, mais aussi de son être tout entier — au point de se sentir malheureuse et perdue en son absence ?

— Pourquoi le shérif Blake était en colère, maman ? demanda Ethan.

Puis, sans attendre la réponse et comme s'il devinait qu'elle avait besoin de réconfort, il vint la rejoindre.

Elle l'assit sur ses genoux et lui expliqua :

— Blake n'était pas vraiment en colère.

— Pourquoi il criait, alors ?

— Nous discutions, c'est tout. Il essaie d'attraper les méchants, et moi, j'essaie de l'aider.

— Mais ils nous retrouvent tout le temps, alors on devrait chercher une bonne cachette, comme quand on joue à cache-cache.

— Ce motel en est une, mon cœur. On y est en sécurité.

Amanda n'en était cependant pas sûre, et la pensée des fuites successives auxquelles leurs poursuivants les avaient contraints lui fit prendre conscience d'une vérité terrifiante : les tueurs étant parvenus à chaque fois à les localiser avec une facilité et une rapidité déconcertantes, jamais son projet de disparaître n'aurait réussi. Elle préférait ne pas imaginer ce qui leur serait arrivé, à Ethan et à elle, si Blake ne l'avait pas empêchée de partir seule avec son fils.

— Le shérif va tout arranger, maman ! déclara ce dernier. Il est grand et fort. Il m'a sauvé, quand j'étais sur le tracteur, tu te souviens ?

Après avoir embrassé sa mère sur la joue, le petit garçon descendit de ses genoux et alla faire rouler le camion de pompiers sur le dos de Leo qui, stoïque, ne broncha pas.

Si seulement elle avait eu le temps de relire les e-mails de Vince ! songea Amanda. L'un d'eux contenait peut-être un indice qui permettrait de trouver le mot de passe donnant accès au dossier secret… Peut-être Ethan aurait-il alors une chance de retrouver définitivement l'insouciance de son âge ?

Les yeux fixés sur lui, Amanda resta plongée dans ses sombres pensées jusqu'au retour de Blake.

— J'ai acheté trois portables prépayés, annonça-t-il en enlevant sa parka et son Stetson. Et par précaution, chacun d'eux ne servira qu'une fois.

Amanda considéra l'homme qui l'avait fait crier de plaisir, la veille au soir… L'amant était redevenu un guerrier, qui ne reculerait devant rien pour les protéger, Ethan et elle, mais serait-ce suffisant ?

— J'ai réfléchi, dit-elle à voix basse.

— A quoi ?

— A l'avenir, et notamment à ce qui se passera une fois nos adversaires arrêtés… Ethan devra-t-il témoigner contre eux ?

— Si nous parvenons à récupérer les preuves rassemblées par Vince, et si elles sont suffisamment concluantes, peut-être pas, mais je ne peux pas te le garantir.

— Je veux qu'il ait une vie normale.

— Il l'aura.

— Je ne me sens pas tranquille, Blake… Nous sommes dans un motel, à la merci d'une descente de police, et sans ordinateur pour accéder aux courriels de Vince… Si les choses tournent mal, promets-moi de sauver Ethan en premier.

— Ça ne se produira pas.

— Promets quand même !

Les yeux de Blake se posèrent sur le petit garçon, toujours occupé à jouer avec Leo.

— Ethan en premier, déclara-t-il.

C'était visiblement à contrecœur qu'il prenait cet engagement, mais la gravité de son visage dit à Amanda qu'il tiendrait parole, et elle poussa un soupir de soulagement avant de demander :

— Bon, que fait-on, maintenant ?

— On appelle Logan.

Blake sortit l'un des portables prépayés de sa poche et entraîna Amanda vers la salle de bains. Elle jeta un coup d'œil à son fils, mais il ne leur prêtait aucune attention.

— On va à côté, mon cœur ! lui indiqua-t-elle malgré tout.

— D'accord…, murmura-t-il sans même lever les yeux vers elle.

Une fois la porte de la salle de bains refermée derrière eux, Blake brancha le haut-parleur de l'appareil et composa le numéro de son ami.

— Carmichael !

Le détective privé avait presque crié son nom. Il semblait très tendu, et Amanda lança un regard inquiet à Blake. Il fronçait les sourcils, l'air désagréablement surpris, lui aussi, par le ton de son correspondant.

— C'est moi, Blake, dit-il.

Le juron qui sortit du haut-parleur fit sursauter Amanda.

— Que se passe-t-il, Logan ? demanda Blake.

— Il se passe que tes anciens collègues d'Austin essaient, grâce à des documents falsifiés, d'enclencher contre moi une procédure de saisie portant sur tous mes biens, y compris mon ranch !

Une vague de culpabilité submergea Amanda : c'était elle la cause des ennuis qui s'abattaient sur le détective privé.

— Je suis désolé, Logan ! s'exclama Blake.

— Mais pas autant que ces misérables le seront quand j'en aurai terminé avec eux ! Ils ne savent pas à qui ils ont affaire, et je te jure qu'une fois démasqués, ils regretteront de s'en être pris à moi !

Un sourire se dessina sur les lèvres de Blake. Il semblait sûr de la capacité de son ami à exercer de sévères représailles contre leurs ennemis communs. Se pouvait-il que Logan Carmichael soit « plus » qu'un détective privé ?

En tout cas, c'était de toute évidence un homme qu'il valait mieux ne pas s'aliéner !

— On est sur la même longueur d'onde, lui dit Blake.

— Je m'en doute… Pourquoi tu m'appelles ?

— Parce que Vince a envoyé par Internet à sa sœur un dossier protégé par un mot de passe inconnu. Tu as sous la main un bon spécialiste en informatique ?

— Le meilleur ! Il faut juste qu'Amanda me donne les informations nécessaires pour accéder à sa boîte aux lettres électronique.

Quand la jeune femme se fut exécutée, Blake souligna :

— C'est en se connectant à Internet qu'Amanda a permis à nos adversaires de nous localiser. Un hélicoptère est en train de brûler dans la cour des Maddox. Le pilote a changé brusquement de direction au moment où je visais le tableau de bord pour l'obliger à se poser, et c'est lui que la balle a atteint. L'appareil s'est écrasé au sol, et il a aussitôt pris feu. Je n'ai rien pu faire pour ses deux occupants.

— Les pompiers sont déjà sur place. Tu as eu des nouvelles de ta mère ?

— Aucune. J'ai dû me débarrasser de ton portable… Mais tu n'en as pas eu toi non plus, si je comprends bien ?

— Non. Je vais essayer de découvrir où Parris l'a emmenée, mais discrètement, pour éviter que cette information ne vienne aux oreilles des mauvaises personnes. Le risque de fuite est très élevé, dans une affaire où il est impossible de savoir qui est fiable et qui ne l'est pas.

Blake se frotta la nuque.

— Je suis en manque de bonnes nouvelles, Logan ! Dis-moi que la piste des bottes à motif de dragons a donné quelque chose !

— Oui. Elles ont été fabriquées sur commande par un artisan de Dallas. Mais le client a payé en liquide et n'a pas décliné son identité.

— Procure-toi les photos de tous les policiers d'Austin, et montre-les à cet artisan pour qu'il identifie son client… Je te rappelle dans une heure, et tâche d'ici là de t'assurer que ma mère va bien. Je m'inquiète pour elle : pour prendre autant de risques, ces types ont de plus en plus peur, ce qui les rend de plus en plus dangereux.

— Ça marche !

Dès que Blake eut raccroché, Amanda tenta de le rassurer :

— Parris saura protéger ta mère. Tu as beaucoup d'estime pour lui, tu me l'as dit toi-même.

— C'est un excellent shérif adjoint, mais nous sommes face à des criminels qui disposent de moyens techniques dont il ignore tout.

Amanda se rapprocha de Blake et posa les deux mains sur ses épaules.

— Il doit être parti se cacher avec ta mère dans un endroit si improbable que personne ne songera à les y chercher. Et il pourrait bien s'y connaître en nouvelles technologies mieux que tu ne le penses : s'il ne donne plus de signe de vie, c'est peut-être parce qu'il sait tout sur la géolocalisation.

Blake sourit et l'attira dans ses bras.

— Je suis navrée de vous avoir attiré autant d'ennuis, à Logan et à toi…, murmura-t-elle.

— Tu n'as rien à te reprocher. Les coupables, ce sont les policiers d'Austin qui ont basculé dans la criminalité.

— Jusqu'à ce que j'arrive à Carder, tu menais une existence paisible.

— Non, j'étais une sorte de zombie. Quelque chose s'était brisé en moi, et tu l'as réparé. Tu m'as ramené à la vie.

— Une vie où j'ai semé le chaos : ton ranch a été attaqué, ta mère a disparu, ton ami Logan est menacé de saisie…

— Tout s'arrangera quand le meurtrier de Vince sera sous les verrous, dit Blake en caressant la joue d'Amanda.

Elle appuya la tête contre sa paume et déclara d'une voix lasse :

— J'envie ton optimisme. Moi, j'ai envie de partir loin, très loin, et d'oublier tout ça. Les événements ne cessent de franchir de nouveaux paliers dans la violence, et je ne vois pas le bout du tunnel.

— Chut ! Je sais que tu as peur, mais tu n'es plus seule, et jamais je ne te laisserai tomber.

— Pourquoi ?

— Parce que je te veux encore à mes côtés quand cette affaire sera terminée.

Les yeux de Blake brillaient de désir. Il poussa les hanches d'Amanda vers lui pour qu'elle sente son érection, et le feu qui couvait en eux depuis un moment éclata : ils s'étreignirent passionnément, échangeant baisers et caresses avec une sorte de frénésie, un sentiment d'urgence dû au danger qu'ils couraient.

Si Ethan n'avait pas été dans la pièce voisine, songea vaguement Amanda, ils auraient fait l'amour ici, dans cette salle de bains au linoléum défraîchi et à la baignoire écaillée !

Les lèvres et les mains d'Amanda finirent par amener Blake à un tel degré d'excitation qu'il se demanda comment il allait pouvoir se contrôler.

La sonnerie du téléphone suffit pourtant à produire sur lui à peu près les mêmes effets qu'une douche glacée. Il s'écarta d'Amanda et décrocha.

— Comment as-tu obtenu ce numéro ? s'écria-t-il. Je l'avais masqué !

Amanda referma les doigts sur son poignet, le tira vers elle et pressa la touche du haut-parleur. Il soupira et posa l'appareil entre eux.

— Tu avais masqué le numéro, et alors ? déclara Logan en riant.

— Si tu as pu vaincre cet obstacle, quelqu'un d'autre…

— Re-bonjour, Amanda ! coupa Logan. Je t'explique, Blake : mon expert en téléphonie est le meilleur du pays. Ceci dit, n'appelle personne d'autre avec ce portable : pour avoir réussi à vous localiser grâce à une connexion Internet, vos poursuivants sont très bons, technologiquement parlant.

— Je sais.

— J'en viens maintenant à la raison de mon coup de fil…

— Ton informaticien a réussi à ouvrir le dossier de Vince ?

— Je te le passe. Il s'appelle Zane, incidemment.

— Shérif Redmond ? demanda une voix bourrue, dans le haut-parleur.

— Oui.

— J'ai un problème. Ce Vince Hawthorne… Il était très fort en informatique ?

Blake lança un regard interrogateur à Amanda, et ce fut elle qui répondit.

— Oui, il disait toujours que, s'il n'était pas entré dans la police, il aurait travaillé chez Bill Gates.

— C'est bien ce que je craignais… Je vais vous épargner le jargon technique, mais je n'arrive pas à casser le code du lien. Vince a stocké le message quelque part dans le nuage informatique et sans le mot de passe, impossible d'y accéder !

— Après deux essais erronés, le dossier s'autodétruira dans les cinq secondes ?

— Quelque chose comme ça.

Un petit cri de déception s'échappa des lèvres d'Amanda. Blake avait lui-même envie de donner un coup de poing dans le mur, mais il n'était pas question de laisser voir sa frustration à la jeune femme : cela aurait achevé de la démoraliser.

— On n'a donc pas le choix : il faut trouver ce mot de passe ! décréta-t-il. Vous avez des idées, Zane ?

— Ça peut être n'importe quoi : des lettres, des chiffres, des symboles, un mélange des trois… Vince ne vous a fourni aucun indice ?

— Il est mort le lendemain de l'envoi de cet e-mail à sa sœur, et sans avoir rien pu dire à personne — sauf, peut-être, à son neveu. Je n'ai pas d'ordinateur sous la main, Zane, alors vous voulez bien lire *tous* les messages qu'Amanda a reçus de son frère, pour voir si l'un d'eux ne contient pas quelque chose qui pourrait nous guider ?

— D'accord.

— Merci. Vous pouvez me repasser Logan, maintenant ?

Quand ce dernier fut de nouveau en ligne, Blake déclara :

— Amanda et son fils vont avoir besoin de faux papiers d'identité. Si aucune de nos pistes ne débouche rapidement sur des résultats concrets, ils devront quitter le pays. Ce n'est qu'en dehors des Etats-Unis qu'ils seront vraiment hors d'atteinte.

C'était un scénario que l'aveu d'échec de Zane, associé à l'aggravation constante de la menace, l'obligeait désormais à envisager. Se séparer d'Amanda lui briserait le cœur, mais si cela devait la sauver, il l'accepterait. Perdre de nouveau quelqu'un qu'il aimait lui serait infiniment plus douloureux.

Il pouvait aussi l'accompagner dans son exil, mais il devrait alors renoncer définitivement à démasquer les meurtriers de son fils…

Restait à espérer que leur enquête allait vite aboutir, ce qui lui éviterait d'avoir à trancher ce terrible dilemme.

13

Au visage consterné d'Amanda, Blake comprit que l'idée de partir s'installer sans lui à l'étranger la plongeait elle aussi dans la désolation.

Un coup frappé à la porte les ramena au présent, puis la voix d'Ethan s'éleva :

— Maman, j'ai faim !

— J'arrive, mon cœur !

Blake raccrocha, et Amanda lui déclara alors, les yeux brillants de larmes :

— Tu commences à perdre courage ?

— Non. Je pense juste qu'il faut préparer un plan B, au cas où.

Pour rassurer Amanda, Blake enchaîna avec plus d'assurance qu'il n'en ressentait vraiment :

— Il ne nous manque plus qu'un mot de passe pour accéder au dossier secret de Vince, et Logan a déjà réussi à retrouver le fabricant des bottes à motif de dragons. Nous approchons du but.

— Maman, j'ai faim ! répéta Ethan avec autorité.

— Oui, on va aller chercher à manger, mon cœur ! Allume la télévision pour te distraire, en attendant !

Le temps qu'Amanda et Blake réparent le désordre de leurs vêtements et regagnent la chambre, Ethan était installé devant un dessin animé. La course effrénée d'un chat lancé à la poursuite d'une souris le faisait sourire. Blake aurait préféré l'entendre rire, mais il ne fallait pas trop en demander…

— Tu pourrais les attraper tous les deux, toi, hein ? murmura le petit garçon au chien couché près de lui.

— Je crois que Leo s'est trouvé un nouveau maître, chuchota Blake à l'oreille d'Amanda.

— Maman, maman ! cria soudain Ethan. Regarde, c'est toi, à la télé !

La photo de sa mère venait en effet d'apparaître sur l'écran, et un présentateur annonça juste après :

— Nous interrompons nos programmes pour un flash spécial. Un mandat d'arrêt a été lancé à l'encontre de cette jeune femme, Amanda Hawthorne. Elle est impliquée dans le meurtre de son frère, Vince Hawthorne, qui appartenait à la police d'Austin. Elle s'est également rendue coupable de vol de voiture et de voie de fait contre un agent de la force publique. Elle est en fuite avec son fils de cinq ans et Blake Redmond, shérif de la ville texane de Carder.

Une photo de Blake s'afficha à côté de celle d'Amanda, et le présentateur poursuivit :

— Le shérif Redmond, qui a démissionné dans d'étranges circonstances de ses fonctions au commissariat d'Austin, est lui aussi recherché. Ils sont tous les deux armés et considérés comme extrêmement dangereux. Si vous les voyez, ne vous approchez pas d'eux ! Prévenez immédiatement les autorités locales.

— La situation devient critique, déclara Blake à voix basse. Tous les habitants du Texas sont maintenant en mesure de nous reconnaître...

L'apparition du présentateur avait heureusement découragé Ethan d'écouter : il s'était remis à jouer avec Leo sans plus s'occuper de la télévision.

— Qu'allons-nous faire ? dit Amanda, l'air plus morte que vive.

— Attendre ici le résultat des recherches de Logan, et tenter dans l'intervalle de trouver le mot de passe choisi par ton frère.

— J'ai très, très faim, maman ! intervint Ethan.

Blake remit sa parka, coiffa son Stetson et en rabattit le bord sur ses yeux avant d'aller s'accroupir devant le petit garçon.

— Je vais acheter des hamburgers, et quand je reviendrai, il faudra qu'on parle, tous les deux… Tu veux bien être mon adjoint, m'aider à attraper les méchants ?

— Oui…, répondit Ethan — non sans une certaine méfiance.

— Tout ira bien, mon grand, je te le promets !

Quand Blake se dirigea vers la porte, Amanda le suivit et lui murmura :

— Ce n'est pas trop risqué de sortir, après ce flash d'informations ?

— Il vient juste d'être diffusé, et je veillerai à ne pas me faire remarquer. On n'a pas le choix, de toute façon : il faut bien manger ! J'emporte le Glock, mais je te laisse le Colt de mon grand-père, au cas où.

Après avoir posé le pistolet sur l'étagère de la penderie située à gauche de la porte, Blake ressortit dans l'air froid de novembre.

Leurs adversaires venaient de frapper un grand coup… Il devenait de plus en plus urgent de les neutraliser.

Assis en tailleur devant la télévision, Ethan caressait Leo d'une main distraite. Amanda avait essayé de le faire parler du soir où Vince était mort, mais il avait secoué la tête et serré les lèvres.

Sans Blake, il ne se sentait pas en sécurité.

Amanda non plus.

Sa nervosité l'empêchait de se poser quelque part. Elle marchait de long en large et regardait sa montre toutes les deux minutes.

Alors qu'elle commençait à se demander pourquoi Blake

mettait si longtemps à revenir, plusieurs coups frappés à la porte lui firent traverser la pièce comme une flèche pour aller ouvrir.

— Je croyais que tu avais pris la clé, dit-elle en tirant le verrou de sûreté.

Le battant fut alors poussé de l'extérieur avec une telle force qu'elle fut projetée contre le mur. Sa tempe heurta violemment la paroi, et il lui sembla que son crâne explosait.

Deux hommes cagoulés se ruèrent dans la pièce.

— Sauve-toi, Ethan ! hurla Amanda.

Mais le plus petit des deux malfaiteurs s'était déjà emparé d'Ethan. Leo poussa un grognement féroce, bondit, et ses crocs s'enfoncèrent dans le bras de l'homme. L'autre donna au chien un coup de pied qui l'obligea à lâcher prise, puis un deuxième, qui l'envoya se cogner la tête à l'angle de la commode. Le pauvre animal retomba sur le sol avec un bruit sourd et ne bougea plus.

Le Colt… Il fallait récupérer le Colt…

Amanda se précipita vers la penderie, mais le plus grand des deux hommes la ceintura juste au moment où elle ouvrait la porte du placard. Il la fit ensuite pivoter sur elle-même et la jeta sur le lit.

— Faites pas de mal à ma maman ! cria Ethan.

Il se débattait dans les bras de son agresseur, dont le pull-over s'ornait aux coudes d'une pièce en forme de trèfle à quatre feuilles. Amanda se releva d'un bond, lui sauta sur le dos et agrippa ses doigts pour tenter de lui faire lâcher le petit garçon, mais de grosses mains la tirèrent presque aussitôt en arrière — le deuxième homme était venu secourir son complice.

Désespérée, Amanda se retourna d'un bloc, arracha sa cagoule au malfaiteur et lui griffa la joue. Il poussa une sorte de rugissement, mais la riposte ne se fit pas attendre : il plaqua la jeune femme contre le mur et la gifla violemment.

— Va mettre le gosse dans le coffre de la voiture !

ordonna-t-il à son acolyte. Moi, j'ai un petit compte à régler avec madame…

— Non, je vous en prie, ne me prenez pas mon fils ! implora Amanda.

Le petit garçon l'appelait en pleurant et, l'espace d'un instant, elle crut que leurs supplications allaient apitoyer le ravisseur : il s'immobilisa et se tourna vers elle, l'air hésitant… Mais Ethan se mit alors à crier à pleins poumons, et l'homme, craignant de toute évidence l'irruption d'une personne alertée par ses hurlements, lui plaqua une main sur la bouche et se dépêcha de sortir de la pièce.

La porte se referma sur lui…

Amanda était désormais seule avec celui des deux malfaiteurs qui semblait le plus dangereux. Ce qu'il comptait lui faire l'inquiétait cependant moins que l'enlèvement d'Ethan. Elle devait absolument échapper à son agresseur et tenter de délivrer son fils.

— Tu m'as bousillé un genou, amoché un bras et griffé la joue ! gronda-t-il en portant la main à son visage ensanglanté. Tu vas me le payer !

Son geste lui avait fait relâcher son étreinte, et Amanda en profita pour se dégager et courir vers la porte. Il la rattrapa cependant avant qu'elle ait eu le temps de tourner la poignée, lui enroula un bras autour de la taille et l'entraîna vers le lit.

En passant devant la porte ouverte de la penderie, elle fit un effort désespéré pour se libérer et tenter d'attraper le Colt, mais l'homme se mit à rire.

— J'ai vu le pistolet, et je peux te garantir que tu n'auras pas l'occasion de t'en servir : je ne te laisserai pas me filer entre les doigts une deuxième fois !

Puis il la jeta brutalement sur le matelas, s'assit sur ses jambes et lui attacha les poignets au cadre du lit avec des menottes en plastique.

— Tu vas attendre ici qu'on t'appelle sur la ligne de la chambre, déclara-t-il. On te fixera un rendez-vous pour que tu nous remettes le dossier de ton frère, et si tu n'obéis pas, tu ne reverras jamais ton gosse ! Mais dans l'immédiat…

Le malfaiteur sortit un couteau de sa poche et s'amusa à en promener la lame devant les yeux terrifiés d'Amanda.

— Tu as de la chance que le patron te veuille en vie et en relativement bon état, reprit-il. Ça m'empêche de me venger comme j'aimerais le faire, mais ce n'est que partie remise !

La lame du couteau s'abaissa. Amanda en sentit la pointe se poser sur son cou…

Cet homme était un malade, un sadique, alors ses pulsions n'allaient-elles pas le pousser, quoi qu'il en dise, à la tuer ici et maintenant ?

Blake avait parcouru plusieurs kilomètres sans trouver de fast-food. Il avait finalement acheté des sandwichs dans une supérette — et une casquette de base-ball pour remplacer son Stetson, trop voyant.

De retour au motel, il se gara devant la chambre 8 et se rendit compte que la porte était entrouverte.

Son cœur s'arrêta de battre. Il bondit du 4x4, se précipita dans la pièce…

Amanda était allongée sur le lit, les poignets menottés au cadre métallique et les paupières closes. Elle avait une joue tuméfiée, une grosse bosse à la tempe, et du sang séché entourait une entaille, en travers de son cou. Elle ne bougeait pas, et Leo, couché sur le flanc dans un angle de la pièce, non plus.

La peur au ventre, Blake courut vers le lit et posa la main sur l'épaule d'Amanda. Elle eut un mouvement de recul et poussa un gémissement… Elle était vivante !

— C'est moi, Blake ! dit-il, soulagé au point d'en avoir les jambes molles. Je vais te détacher.

Il coupa les liens en plastique avec son canif, puis ramena doucement les bras d'Amanda le long de son corps. Elle ouvrit alors les yeux, et le désespoir que Blake y lut lui déchira le cœur.

— Ethan..., chuchota-t-elle. Ils ont enlevé Ethan... Retrouve-le, je t'en prie !

Blake ressortit en trombe de la pièce, mais ne vit sur le parking aucun véhicule suspect. Rien d'étonnant à cela : s'il y en avait eu un, il l'aurait remarqué en arrivant. Il prit le sac des sandwichs abandonné dans son 4x4, regagna la chambre et poussa le verrou.

— Combien étaient-ils ? demanda-t-il en allant s'asseoir près du lit.

— Deux. Ils portaient des cagoules, mais j'ai arraché la sienne à l'un d'eux, et je lui ai griffé la joue. C'est celui-là qui m'a menottée, et entaillé ensuite le cou avec un couteau... J'ai d'abord cru qu'il allait me tuer... Ce n'était pas l'envie qui lui en manquait, et après son départ, quand j'ai entendu des pas, j'ai pensé que c'était lui qui revenait pour m'achever.

— Je suis désolé, Amanda ! Je n'aurais jamais dû te laisser seule...

Rongé de remords, Blake se leva et alla dans la salle de bains imbiber d'eau froide deux gants de toilette. Apaiser les douleurs physiques que son absence avait values à Amanda était dans l'immédiat la seule chose qu'il pouvait faire pour elle.

Revenu à son chevet, il posa un gant de toilette sur la bosse de sa tempe et nettoya avec l'autre son cou taché de sang.

— Tu as enlevé sa cagoule à l'un de ces deux hommes... Tu l'as reconnu ?

— Non, je ne l'avais encore jamais vu mais, d'après ce qu'il m'a dit, c'est lui qui m'avait agressée devant la maison de Vince, le soir de sa mort... C'est également lui qu'une de mes balles a touché, pendant l'attaque de ton ranch.

— Que t'a-t-il dit d'autre ?

— Il a parlé de son « patron », qui me voulait en vie... Et d'un coup de téléphone que j'allais recevoir sur la ligne de cette chambre. Mon correspondant me fixera un rendez-vous, où je devrai aller avec le dossier de Vince, et si je n'obéis pas, ils tueront Ethan.

La voix d'Amanda s'étrangla. Elle enfonça ses ongles dans les bras de Blake et reprit, au bord de la panique :

— Mais, ce dossier, je ne l'ai pas ! Qu'est-ce qu'on va faire ? Il faut sauver Ethan, mais comment ?

— Calme-toi ! Je retrouverai ton fils, je te le promets, mais la bosse que tu as à la tempe ne me dit rien de bon. Tu souffres peut-être d'un traumatisme crânien… Il faut que je t'emmène à l'hôpital.

— Non ! Je me suis juste cognée au mur quand ces hommes ont fait irruption dans la pièce. J'ai mal à la tête, mais ce n'est pas grave, et je dois rester ici, de toute façon, pour attendre l'appel des ravisseurs. Sans compter que la diffusion de nos photos à la télévision nous interdit d'aller dans un endroit aussi grouillant de monde qu'un hôpital.

— D'accord, d'accord ! Mais si ta migraine empire, ou si tu as des nausées, des troubles de la vision, tu me le diras, n'est-ce pas ? On devra alors foncer aux urgences, et tant pis si quelqu'un nous reconnaît !

— L'entaille que j'ai au cou est profonde ?

— Non, et elle n'a pas beaucoup saigné. Il faudra la nettoyer régulièrement, mais elle cicatrisera vite, et sans laisser de trace.

Un gémissement se fit soudain entendre, derrière Blake. Il se retourna et vit Leo en train de lécher une de ses pattes, visiblement cassée. Il alla le rejoindre et lui caressa doucement la tête.

— Tu as essayé de protéger ton petit maître, n'est-ce pas ? Tu as besoin d'un vétérinaire, et moi, d'assistance !

Alors qu'il s'apprêtait à utiliser le deuxième de ses trois portables prépayés pour appeler Logan, Blake réfléchit. L'enlèvement d'Ethan s'était produit peu de temps après le coup de fil passé à son ami depuis ce motel…

Y aurait-il une taupe parmi les employés du détective privé ?

Ce ne fut donc pas le numéro du ranch Triple C qu'il composa.

Une sonnerie, deux sonneries…

— Allez, maman, décroche ! marmonna-t-il.

— Non, ne mêle pas ta mère à cette histoire ! protesta Amanda en se redressant. C'est trop dangereux !

— Parris est avec elle, et je voudrais juste qu'ils transmettent un message à Logan.

— Lequel ?

— Il faut l'avertir de la présence probable d'une taupe dans son personnel.

— C'est la rapidité avec laquelle nos adversaires nous ont de nouveau localisés qui te fait penser ça ?

— Oui.

— Et si c'était Logan lui-même qui avait informé la police ? Menacé de perdre jusqu'à son ranch s'il ne coopérait pas avec elle, il a peut-être décidé de…

— Impossible ! Jamais il ne mettrait une femme et un enfant en danger.

— Tu en es sûr ?

— Certain ! affirma Blake. Je comprends tes doutes, mais tu n'en aurais aucun si tu connaissais Logan aussi bien que moi.

Le répondeur de sa mère s'était entre-temps enclenché. Il composa de nouveau le numéro. Et obtint le même résultat.

Cette fois, il n'avait pas le choix… Il appela Logan.

— Carmichael…

— C'est moi, Blake… Rappelle ce numéro depuis un endroit sûr !

— Comment ça ?

— Fais ce que je te dis ! C'est important !

Blake se hâta ensuite de raccrocher. Il n'avait pas entendu

le petit déclic révélateur d'une mise sur écoute de la communication, mais mieux valait être trop prudent que pas assez.

Deux minutes plus tard, la sonnerie du portable retentit, et Amanda dut deviner qu'il voulait la tenir à l'écart de la conversation, car elle lui ordonna :

— Branche le haut-parleur !

Il s'exécuta en soupirant, puis il annonça :

— Ethan a été kidnappé, et sa mère brutalisée.

— Où êtes-vous ?

— Dans un motel.

— Comment vous y a-t-on retrouvés ?

— Il est possible que ce soit grâce à notre première conversation téléphonique, et c'est pour ça que je t'ai demandé de me rappeler d'un endroit sûr. Il y a peut-être une taupe dans ton entreprise.

— Je vais enquêter… Et vous, dépêchez-vous de quitter ce motel !

— On ne peut pas. Les ravisseurs vont appeler sur la ligne de la chambre. Ils donneront des instructions pour la remise du dossier de Vince, le problème étant que…

— Coupe le haut-parleur !

Amanda eut beau froncer les sourcils, Blake obtempéra.

— Logan veut pouvoir parler librement, lui expliqua-t-il.

— Il pense qu'Ethan est mort…, murmura-t-elle d'une voix douloureuse.

— Pas moi. S'ils l'ont enlevé, c'est qu'ils le croient utile.

Avant de porter le téléphone à son oreille, Blake prit la main d'Amanda et la serra fort dans la sienne.

— Voilà, j'ai coupé le haut-parleur, déclara-t-il ensuite à son ami.

— Le gamin est peut-être déjà mort.

— Je ne suis pas de cet avis. A la place de nos adversaires, je chercherais à savoir ce qu'il sait, et à qui il l'a dit. Maintenant, j'ai besoin que tu me procures du matériel et des armes, pour que je puisse au moins me préparer en attendant l'appel de ces crapules.

— Je veux relire les e-mails de Vince ! intervint Amanda. L'un d'eux contient peut-être un indice concernant le mot de passe.

— Il me faut aussi un ordinateur et un accès à Internet, ajouta Blake dans le microphone.

— Entendu ! Autre chose ?

— J'ai essayé d'appeler ma mère. Elle ne répond pas.

— On n'a pas encore réussi à la localiser, mais Parris n'est pas né de la dernière pluie, et il connaît le pays comme sa poche. Il doit avoir trouvé une excellente cachette.

— Continue quand même à chercher, parce que je commence vraiment à m'inquiéter… Et Zane ? Il avance ?

— Non. Je ne l'ai jamais vu sécher de cette façon sur un problème informatique !

— Il y a moyen d'augmenter le nombre de saisies du mot de passe sans destruction du dossier ?

— Zane dit que non.

— Le courriel contenant le lien date de la veille de la mort de Vince… Il me semble possible que, faute de pouvoir communiquer le mot de passe à sa sœur, il l'ait révélé à la dernière personne capable de relayer l'information : son neveu. Mais Ethan se renferme en lui-même dès qu'on lui parle de cette soirée.

La seule mention de son fils fit monter des larmes aux yeux d'Amanda, et les remords de Blake revinrent en force : il aurait dû être là pour les défendre, Ethan et elle, contre leurs agresseurs.

— Je vais t'envoyer quelqu'un en renfort, déclara Logan.

— En qui as-tu une confiance absolue ?

— Rafe.

Le fait que son ami ait répondu sans la moindre hésitation convainquit Blake de la totale fiabilité de cet homme.

— D'accord ! Voici l'adresse : Shady Rest Motel, chambre 8.

— Cet endroit est un vrai trou à rats !

— Oui, mais il fait partie des rares établissements qui ne demandent pas de pièce d'identité à leurs clients.

— Je comprends. Rafe y sera dans une heure, avec le matériel. Il a perdu l'œil gauche en Afghanistan et porte un bandeau qui le rend bien reconnaissable.

— Merci, Logan.

— De rien !

Après avoir raccroché et mis l'appareil dans sa poche, Blake voulut aller récupérer le Colt dans la penderie... Il n'y était plus.

— Ces misérables ont emporté le pistolet de mon grand-père ! s'écria-t-il.

— J'ai ouvert la porte du placard pour le prendre quand ils sont arrivés, mais je n'en ai pas eu le temps. Mon agresseur l'a vu et l'a pris en partant... Je suis désolée !

— Tu n'as pas à t'excuser : si je l'avais mis là, c'était pour que tu t'en serves en cas de besoin.

— Dans combien de temps vont-ils appeler, à ton avis ?

— Pas avant un bon moment. Ils vont nous faire mariner, jouer avec nos nerfs...

— Je ne crois pas pouvoir être encore plus tendue que je ne le suis déjà !

— Moi non plus... J'aimerais examiner ton ancienne blessure, à présent !

Amanda acquiesça, et Blake souleva son sweat-shirt.

— L'inflammation a bien diminué, indiqua-t-il une fois la plaie découverte. Il n'y a plus à craindre que ça s'infecte.

N'ayant pas de quoi changer le pansement, il le replaça après avoir nettoyé la blessure à l'eau tiède.

— On dirait que je passe mon temps à essayer de te déshabiller, observa-t-il sur un ton faussement badin. Ça ne me dérange pas, remarque !

Cette tentative pour détendre l'atmosphère échoua lamentablement : ils n'avaient ni l'un ni l'autre le cœur à rire.

Blake posa ensuite une couverture sur Amanda et s'allongea près d'elle, son Glock à portée de la main.

— Essaie de te reposer, déclara-t-il.

— Je n'y arriverai pas. Je n'arrête pas de voir cet homme emmener Ethan... Il l'a enfermé dans le coffre d'une voiture, Blake, et mon bébé a peur du noir !

Les larmes qu'Amanda avait jusque-là retenues se mirent alors à couler. Blake la prit dans ses bras, lui caressa les cheveux... Il ne pouvait rien faire d'autre que la réconforter, et attendre. Rafe. L'appel des ravisseurs.

Le portable sur lequel il avait téléphoné à Logan la deuxième fois sonna soudain. Il le sortit de sa poche et décrocha.

— Les chambres du Shady Rest Motel sont équipées d'un téléviseur ? lui demanda son ami.

— Bien sûr !

— Alors branche-toi sur la chaîne d'information continue... Je suis désolé, vieux ! Tellement désolé !

Le cœur battant, Blake descendit du lit, ramassa la télécommande abandonnée par Ethan sur le sol et zappa jusqu'à tomber sur la bonne chaîne.

Une vue du quartier de sa mère lui apparut, avec un commentaire en voix off :

— ... corps calciné vient d'être découvert dans les décombres fumants d'une maison de la petite ville texane de Carder. D'après les pompiers, cette maison appartenait à la mère du shérif du coin, Blake Redmond, lequel est actuellement recherché par la police d'Austin.

— Ce qui reste de la victime permet juste de dire que c'est une femme, précisa Logan, mais il s'agit bien de la maison de ta mère... Je suis de tout cœur avec toi, Blake !

14

Nancy Redmond était morte ?

L'espace d'un instant, le choc de cette nouvelle paralysa Amanda. Elle n'arrivait plus à bouger, ni à parler, ni à réfléchir.

Non, ce n'était pas possible ! Il devait y avoir une erreur…

La capacité de réagir lui revint quand Blake éteignit la télévision. Elle se leva et s'approcha de lui. Il était toujours au téléphone, et la voix de son correspondant résonna dans l'écouteur — assez forte pour qu'Amanda la reconnaisse et comprenne ce qu'elle disait :

— Tu es toujours là, Blake ?

— Oui. Tu peux essayer d'en savoir plus ?

— D'accord.

— Et Parris, qu'est-il devenu ? Il était censé protéger ma mère… Il faut tirer cette affaire au clair !

Le ton froid de Blake et la dureté de son expression avaient quelque chose d'effrayant. Amanda lui posa une main sur l'épaule, mais il se dégagea. C'était ce qu'elle craignait : il allait se replier sur lui-même, refuser toute forme de compassion.

— Blake…, commença Logan.

— Non, épargne-moi ta pitié ! Je veux juste savoir ce qui s'est passé.

— Je vais faire de mon mieux.

— Rafe sera bientôt là ?

— Il est en route.

— Tu lui as tout expliqué ?

— Oui.

Blake raccrocha, puis resta immobile, le regard perdu dans le vague. Amanda souffrait pour lui. C'était l'homme le plus sensible qu'elle ait jamais connu. Il s'était inquiété pour sa mère, et maintenant...

Les yeux d'Amanda se remplirent de larmes... Non, Nancy ne pouvait pas être morte !

— Et si la victime n'était pas...

— Arrête ! coupa Blake.

Puis il se mit à tourner dans la pièce comme un ours en cage. Amanda l'avait déjà vu irrité, frustré, mais il n'y avait aucune commune mesure entre la rage qu'elle sentait gronder en ce moment en lui et un simple sentiment de colère.

Il finit par s'immobiliser près de Leo et serra les poings. Amanda n'aurait pas été surprise s'il s'était mis à frapper le mur — et peut-être cela lui aurait-il fait du bien —, mais il se contenta d'inspirer à fond plusieurs fois.

— Il faut que je sorte, dit-il ensuite à voix basse. Je ne suis pas de bonne compagnie, dans l'immédiat.

— Ne me repousse pas, Blake, je t'en prie ! Je ne peux pas faire grand-chose pour toi, mais laisse-moi au moins te témoigner mon soutien !

— J'ai manqué de jugement... J'aurais dû envoyer ma mère très loin de Carder à l'instant même où tu m'as appris que Kathy et Joey avaient été assassinés.

— Tu ne pouvais pas deviner ce qui allait se passer.

— Le jour de mes dix-huit ans, j'ai promis à mon père de veiller sur ma mère à sa place en cas de besoin... J'ai manqué à ma parole... Ces misérables étaient capables de tout, y compris de s'attaquer à mes proches, je le savais. Et toi aussi, j'aurais dû t'éloigner. Je suis responsable de ce qui vous est arrivé à toutes les deux.

— Quand je me suis accusée de vous avoir attiré des ennuis, à Logan et à toi, tu m'as dit que je n'avais rien à me reprocher, que les seuls coupables, c'étaient les policiers corrompus d'Austin… Tu avais raison, et la même logique s'applique à toi aujourd'hui.

Ces mots semblèrent, sinon convaincre Blake, du moins l'ébranler. Amanda en profita pour le rejoindre et l'enlacer. Il l'attira contre lui et enfouit son visage dans ses cheveux. Elle le sentait trembler et, plutôt que de se répandre en paroles creuses, elle le berça comme un enfant.

Au bout d'un long moment, il leva la tête et déclara d'une voix tranchante :

— Ils ne l'emporteront pas au paradis ! Une fois que nous aurons délivré Ethan, ils regretteront de s'en être pris à toi et à ma famille !

Les dragons gravés sur les bottes de son chef donnèrent la chair de poule à Johnson, comme à chaque fois.

— Vous avez tué la mère de Blake ? hurla le lieutenant. Et en mettant le feu à sa maison ?

Terrifié, Johnson se tut. Il avait envie de rentrer sous terre. Farraday, lui, ne semblait nullement impressionné par la colère de l'homme qui les avait recrutés. Les bras croisés dans une attitude de défi, il répliqua :

— Ça servira de leçon à Blake !

— Espèce d'abruti ! lui lança le lieutenant en le saisissant au collet. C'est encore toi qui as eu cette brillante idée, évidemment !

Il repoussa ensuite Farraday sans douceur et enchaîna :

— J'avais un plan ! Un plan extrêmement ingénieux ! On poursuivait l'assassin d'un des nôtres — Amanda Hawthorne — et le shérif qui l'avait aidée à s'enfuir, un ancien collègue dont nous pouvions enfin prouver qu'il avait commis des malversations. Ils mouraient dans la fusillade qui se produisait lors de leur arrestation et, par malheur, une balle perdue blessait mortellement le gamin de la meurtrière… C'était parfait ! Mais il a fallu que tu t'en mêles, que tu fasses de nouveau preuve d'un zèle intempestif !

— Je ne vois pas en quoi la mort de la mère de Blake…

— Non, bien sûr ! coupa le lieutenant. Tu es trop stupide pour te rendre compte que trop, c'est trop ! L'adjoint de Blake dans le coma, l'incendie du pavillon de Vince, une attaque par hélicoptère, et maintenant, la mort de Nancy Redmond dans un autre incendie… L'enquête de Shaun O'Connor avance, et je ne peux plus lui mettre des bâtons dans les roues sans éveiller les soupçons… Des soupçons que la mise en œuvre de mon plan d'origine risque à présent de faire naître de toute façon !

Le lieutenant prit le Colt que Farraday avait volé dans la chambre du motel. Il le soupesa d'un air résolu, et le sang de Johnson se figea dans ses veines. Cette expression, il la connaissait : il l'avait vue sur le visage de son chef quand ce dernier avait découvert que Vince travaillait pour Shaun O'Connor.

— Johnson m'a dit que tu avais brutalisé Amanda Hawthorne, déclara le lieutenant à Farraday.

— Oui, un peu, mais pas autant qu'elle l'aurait mérité. Johnson n'est qu'une mauviette : il suffit d'un rien pour émouvoir son petit cœur sensible.

— C'est vrai, mais lui, au moins, il est assez intelligent pour avoir peur, en cet instant précis… J'ai besoin d'Amanda pour mettre la main sur les preuves réunies par Vince, et tout ce que tu as réussi à faire, c'est rendre son chevalier servant fou de colère ! Tu es un vrai boulet !

Dans un même mouvement, le lieutenant arma le pistolet, le pointa sur la tête de Farraday et pressa la détente. Du sang gicla sur les murs tandis que Farraday s'écroulait comme une masse.

— Je déteste les gens bêtes, dit le lieutenant. Laisse les choses en l'état, Johnson ! On mettra cette mort sur le dos de Blake. Dans ma grande bonté, je ne te ferai pas subir le même sort que cet imbécile, mais ne t'avise pas de contre-carrer de nouveau mes plans, sinon…

Un gémissement s'éleva, en provenance du fond de la pièce.

— Et fais taire ce môme ! ajouta le lieutenant. J'ai un coup de fil à passer.

Il partit ensuite, laissant Johnson seul avec le cadavre de son coéquipier et un petit garçon terrorisé. Johnson prit une canette de soda, une barre chocolatée, et les apporta à Ethan. Mais ce dernier secoua négativement la tête avant de poser le front sur ses genoux repliés et de se balancer d'avant en arrière en murmurant :

— Aller chez Blake… Aller chez Blake…

Le cœur de Johnson se serra. Tuer des vieilles dames et des enfants le révoltait. L'argent qu'il gagnait en travaillant pour le lieutenant était destiné à financer les études supérieures de sa progéniture, mais la fin justifiait-elle toujours les moyens ?

Peu importait la réponse à cette question, en fait, car s'il ne voulait pas que son épouse devienne veuve, et ses enfants orphelins, il n'avait d'autre choix que d'obéir aux ordres de son chef.

Blake rongeait son frein. Il brûlait de partir à la recherche d'Ethan. D'aller enquêter lui-même sur ce qui s'était passé chez sa mère. De partir avec Amanda loin de cette chambre d'hôtel miteuse.

Il ne pouvait rien faire de tout cela. Il était condamné à attendre que les meurtriers de son fils, de son ex-femme et de sa mère se manifestent.

Chaque fois que les remords revenaient le tourmenter, il s'obligeait à se rappeler les paroles d'Amanda.

Chaque fois qu'il se demandait s'il aurait pu sauver sa mère en faisant d'autres choix — l'emmener dans sa fuite au lieu de la laisser sous la protection de Parris, par exemple —, il s'obligeait à tourner ses pensées vers Ethan. Il devait tout mettre en œuvre pour le délivrer. C'était ce que sa mère aurait voulu, et il avait besoin pour cela de rester concentré sur cet objectif.

— Pourquoi ne me parles-tu pas ? finit par questionner Amanda. Ça te ferait du bien.

— Rien de ce que je pourrais dire ne me ferait du bien, et à toi non plus ! Ethan a été enlevé, ma mère est morte, Parris l'est aussi sans doute, et Smithson est dans le coma…

— Ce n'est pas ta faute !

— J'essaie de m'en persuader, déclara Blake.

Malgré la dureté de l'épreuve qu'elle était elle-même en train de vivre, Amanda n'avait pas eu un mot de reproche contre lui. S'il avait été là, pourtant, Ethan n'aurait sans doute pas été kidnappé… Mais, loin de le critiquer, elle s'efforçait de le réconforter… Il n'en revenait pas !

Quelqu'un frappa soudain à la porte. Blake quitta le fauteuil dans lequel il avait fini par s'asseoir et ordonna à Amanda :

— Va t'enfermer dans la salle de bains ! Ce doit être Rafe, mais deux précautions valent mieux qu'une.

Son Glock à la main, il alla ensuite entrebâiller la porte. L'homme qui se tenait derrière avait un bandeau sur l'œil gauche et portait à l'épaule un sac de paquetage qui semblait lourd… C'était bien l'envoyé de Logan. Blake le fit entrer, puis il appela Amanda.

— Je veux que vous l'emmeniez dans un endroit sûr, indiqua-t-il ensuite à Rafe. Tout de suite.

— Non ! protesta l'intéressée. Il n'est pas question que j'aille me terrer quelque part alors que mon fils est en danger !

— Logan m'a dit de vous prêter main-forte pendant un rendez-vous avec les ravisseurs de ce petit garçon, intervint Rafe. Y aller seul, c'est du suicide !

— Sans compter que c'est avec moi qu'ils veulent traiter !
renchérit Amanda.

Comprenant qu'il n'aurait pas gain de cause, Blake
renonça à discuter.

— Bon, je m'incline… Vous nous avez apporté un
ordinateur, Rafe ?

— Oui, et l'accès à Internet que Zane a installé est
parfaitement sécurisé. Amanda va pouvoir relire les e-mails
de son frère en toute sécurité, et elle arrivera peut-être à
accéder au dossier protégé…

Avec un nombre quasiment infini de mots de passe
possibles et deux essais seulement avant la destruction
des données, Blake n'y croyait pas une seconde, mais il se
força à déclarer :

— Ce n'est pas impossible.

Une lueur d'espoir s'alluma dans les yeux d'Amanda.
Blake croisa le regard de Rafe et vit que l'ancien militaire
ne se berçait pas d'illusions, lui non plus. Mais la lecture
des messages de Vince aurait au moins le mérite d'occuper
la jeune femme.

Rafe posa son sac sur le lit et en sortit, outre un ordinateur portable, plusieurs appareils électroniques — dont un
qu'il brancha sur le téléphone de la chambre en expliquant :

— Il va enregistrer les conversations et nous fournir le
numéro de l'appelant et ses coordonnées. A condition que
le signal ne soit pas brouillé, bien sûr…

Le sac contenait également des armes et des munitions.
Pendant que Blake mettait dans sa poche deux chargeurs
pour son Glock, Rafe lui demanda :

— Vous tenez le coup ?

— Oui. Pourquoi ?

— Logan m'a dit ce qui était arrivé à votre mère… Vous
voulez que je prenne la direction des opérations ?

— Vous la laisseriez à quelqu'un d'autre, à ma place ?

— D'accord. Compris.

L'ancien militaire se tut et alla gratter Leo derrière les oreilles, puis il palpa délicatement sa patte blessée. L'animal gémit, mais lui lécha la main.

— J'adore les chiens, déclara Rafe. Quand on connaîtra le programme des réjouissances, je tâcherai de trouver un moyen d'emmener celui-ci chez le vétérinaire.

— Ne vous attachez pas trop à lui ! plaisanta Blake. Il appartient à Ethan.

Les doigts d'Amanda s'immobilisèrent sur le clavier. Blake lui posa une main sur l'épaule et la pressa légèrement, ce qui lui valut un pâle sourire.

Il se mit alors à arpenter la chambre jusqu'à ce que le téléphone sonne enfin. Amanda se raidit et l'interrogea du regard.

— Je vais répondre, annonça-t-il.

Sous l'œil attentif de ses deux compagnons, il se dirigea vers la table de chevet et décrocha le combiné.

— Redmond…

— On a le môme. Apportez-nous le dossier de Vince Hawthorne si vous voulez le retrouver en vie. Si vous essayez de nous rouler, il mourra.

— Comment peut-on savoir qu'il va bien ?

— Vous ne le pouvez pas. On reprendra contact avec vous.

— Dites-moi au moins…

Le signal de fin de communication retentit dans l'écouteur.

— Tu as eu Ethan au bout du fil ? demanda Amanda à Blake lorsqu'il eut raccroché.

— Non.

— Et l'appel a été trop court pour permettre de recueillir la moindre information, annonça Rafe après avoir enlevé le casque grâce auquel il avait écouté la conversation. Je suis désolé, Amanda ! Du nouveau, de votre côté ?

— Non. J'ai eu beau chercher dans les courriels de mon frère quelque chose qui ressemblerait à un message codé, je n'ai rien trouvé qui sorte de l'ordinaire… Qu'allons-nous faire ?

— Je vais appeler Zane. Il a peut-être avancé.

Pendant que Rafe composait le numéro de l'informaticien, Blake tenta de réconforter Amanda.

— Quand les ravisseurs reprendront contact avec nous, je ferai durer la communication. Et même si je n'y arrive pas, nous aurons au moins l'heure et le lieu du rendez-vous. Nous en saurons donc plus que maintenant, ce qui nous permettra d'établir un plan d'action.

L'expression douloureuse d'Amanda lui serra le cœur. Elle était visiblement tiraillée entre l'envie et la peur de s'autoriser à espérer.

Rafe posa alors son téléphone portable sur le lit, et la voix de Zane en sortit :

— Oui, Rafe ?

— Les ravisseurs ont appelé. Ils veulent échanger le dossier contre le petit… Le temps presse !

— Mes recherches sont au point mort. Si j'avais une semaine, peut-être…

— Il y a moyen de savoir combien de caractères composent le mot de passe ? demanda Blake.

Un cliquetis de touches de clavier, suivi d'un silence, puis d'un chapelet de jurons…

— Il peut avoir entre quatre et vingt-quatre caractères, indiqua l'informaticien.

— Sans autre précision, nous n'avons aucune chance de le trouver, conclut Amanda d'une voix brisée par l'émotion.

— Non, déclara Rafe. Même Zane est de cet avis.

La nouvelle bordée de jurons que poussa son correspondant confirma ce diagnostic.

— Rappelle-nous si tu as du nouveau, dit Rafe avant de couper la communication.

— J'ai une idée ! annonça Blake. Ces crapules veulent un dossier ? Eh bien, on va leur donner satisfaction !

— Comment ça ? s'écria Amanda.

Rafe sourit largement.

— Reçu cinq sur cinq, bien joué shérif !

Amanda s'était mise à marcher de long en large dans la pièce. En passant près de la table de chevet, elle fixa le téléphone comme pour l'obliger à sonner. Cette attente lui était insupportable. Elle jeta un coup d'œil à Blake. Il avait glissé un couteau dans une de ses bottes et s'exerçait à le sortir rapidement.

Le calme qu'il affichait ne la trompait pas : il était démenti par le tic qui contractait légèrement mais régulièrement sa mâchoire. Et Blake était aussi trop silencieux. Non qu'il soit d'un naturel loquace, mais là son mutisme était révélateur d'une tension qui la rendait de plus en plus nerveuse.

Et peut-être aurait-elle fini par aller se blottir dans ses bras, pour y chercher du réconfort autant que pour en donner, si quelqu'un n'avait alors frappé à la porte.

Blake empoigna son Glock avant d'aller ouvrir, mais ce n'était que Rafe qui revenait, un sac portant le logo d'un magasin de fournitures de bureau à la main.

— Vous avez trouvé un vétérinaire ? lui demanda aussitôt Blake.

— Oui. Leo a bien la patte cassée, mais il ne souffre d'aucune lésion interne. Il pourra très vite jouer de nouveau avec son petit maître.

Rafe sortit du sac une chemise cartonnée, une liasse de documents, des feuilles de papier blanc, des stylos, des effaceurs et une clé USB.

— C'est la version électronique de pièces relatives à l'une de ses anciennes enquêtes que Logan nous a envoyée, expliqua-t-il en étalant le tout sur le lit. J'en ai fait un tirage papier, qu'on va pouvoir adapter à nos besoins. Il s'agit d'une affaire de trafic d'armes, de blanchiment d'argent et de pots-de-vin qui n'est pas sans rappeler les magouilles de vos flics d'Austin.

— Vous pensez vraiment qu'ils ne se rendront pas compte de la supercherie ? questionna Amanda.

— Ils s'en apercevront, répondit Blake, mais pas tout de suite et, une fois Rafe en position, quelques minutes nous suffiront pour les neutraliser et délivrer Ethan.

— C'est tout de même très risqué !

— Nous avons été formés pour affronter ce genre de situation, Rafe et moi. Et nous n'avons pas le choix, de toute façon… sauf si tu te rappelles quelque chose que ton fils aurait dit et qui nous aiderait à trouver le mot de passe ?

— Non, rien, reconnut Amanda. Je peux vous donner un coup de main ?

Rafe lui tendit une feuille manuscrite.

— C'est la liste des personnes impliquées dans le volet « blanchiment d'argent » de cette vieille affaire, avec le montant de chaque transaction… Recopiez ça, en actualisant les dates, pendant que nous falsifions d'autres documents, Blake et moi.

Amanda s'installa à l'unique table de la pièce et se mit au travail.

— J'espère que le cerveau de la bande sera là, entendit-elle l'ancien militaire observer au bout d'un moment. Je ne serais pas mécontent de contribuer à faire tomber un homme qui bafoue la loi en toute impunité depuis si longtemps.

— Et moi donc ! renchérit Blake. Mais s'il n'est pas là, ce ne sera pas trop grave : quand on ramènera Ethan à sa mère, il sera sans doute en mesure d'identifier un nombre de ripoux suffisant pour que l'un d'eux accepte de livrer son chef en échange d'une remise de peine.

Le stylo d'Amanda s'immobilisa.

— Vous comptez me laisser ici ? s'écria-t-elle en sautant sur ses pieds. Il n'en est pas question !

— C'est trop dangereux, déclara Blake.

— Peu importe ! Ethan est mon fils ! Je vous accompagnerai !

— Non ! Tu ne ferais que nous gêner. La nécessité de veiller sur toi m'empêcherait de me concentrer sur la libération d'Ethan.

— Et si les choses tournent mal ? Vous ne serez que deux…

— Je te répète que nous sommes des professionnels, Rafe et moi. L'un de nous te ramènera ton fils dès la fin de l'opération, je te le promets.

— J'ai un mauvais pressentiment… On ignore combien ils seront, sur le lieu du rendez-vous, alors mieux vaut y aller à trois qu'à deux ! Et je t'ai prouvé que je savais me servir d'un pistolet, non ?

Le téléphone de la chambre sonna. Rafe courut allumer l'appareil électronique branché dessus, remit le casque sur sa tête et fit signe à Blake de décrocher.

— Redmond…

— C'est à la mère du môme que je veux parler.

Blake tendit le combiné à Amanda, puis il prit l'écouteur et l'appuya contre son oreille.

— Vous avez le dossier ? questionna une voix d'homme teintée d'accent du Sud.

— O… oui.

— Où était-il ?

— Vince m'avait envoyé un e-mail, avec un lien qui donne accès au document.

— Vous l'avez imprimé ?

— Oui.

— Bon ! Vous allez m'apporter cette copie papier et tous les supports — clé USB ou autres — qui contiennent une version électronique du dossier. Vous me direz aussi comment y accéder directement : il y a un mot de passe, j'imagine… Et pas d'entourloupes, sinon votre fils meurt !

Blake attrapa le combiné et demanda :

— Où devons-nous nous rencontrer ?

— Je ne veux pas de vous, Redmond ! La sœur de Vince doit venir seule. Et je vous préviens : au moindre signe de la présence de renforts ou du FBI, son gosse meurt.

— Je peux vous apporter le dossier aussi bien qu'elle, et je m'engage à venir seul.

— Non, je ne vous crois pas. On vous surveille, Redmond ! On sait que quelqu'un vous a rejoint… Je veux voir Amanda Hawthorne à l'angle de la grand-rue et de la Troisième Rue de Carder dans une heure. Seule. Si elle ne suit pas mes instructions à la lettre, son gamin mourra.

La communication fut coupée, et Blake reposa sans douceur le combiné, puis l'écouteur, sur leurs supports respectifs. Rafe enleva son casque et déclara, le visage sombre :

— Ils m'ont repéré. On ne peut donc plus compter sur l'effet de surprise. Il va falloir trouver un moyen de tromper leur vigilance et de…

— Non ! protesta Amanda. J'irai seule à ce rendez-vous. *Vraiment* seule.

— Tu es la femme la plus courageuse que je connaisse, dit Blake, mais…

— C'est la vie de mon fils qui est en jeu. Je n'ai pas le droit de la mettre en danger encore plus qu'elle ne l'est déjà.

Un coup frappé à la porte interrompit la conversation. Blake traversa la pièce à pas de loup, pistolet au poing, et Rafe le suivit après avoir fait signe à Amanda de reculer jusqu'à l'entrée de la salle de bains. Il alla ensuite se placer, en position de tir, à droite d'une porte que Blake ouvrit alors d'un coup sec.

Un homme se tenait sur le seuil, les mains levées, paumes tournées vers Blake.

— Johnson ? s'exclama ce dernier.

Le fait qu'il connaisse leur visiteur rassura un peu Amanda. Elle s'avança dans la pièce et étudia son visage. C'était un policier, elle en aurait mis sa tête à couper…

— Ne tirez pas ! déclara-t-il. Je suis là pour vous aider.

Blake le plaqua néanmoins contre le battant de la porte, le fouilla et tendit à Rafe le résultat de ses recherches : un pistolet et un couteau.

— Comment savais-tu que nous étions ici ? demanda-t-il ensuite à Johnson.

Les vêtements du nouveau venu attirèrent soudain l'attention d'Amanda. Il lui semblait les avoir déjà vus… Et ce n'était pas juste une impression, comprit-elle en repérant sur les manches du pull-over de l'homme des pièces en forme de trèfle à quatre feuilles.

— Où est mon fils ? cria-t-elle.

Puis elle s'élança vers lui, prête à le frapper si nécessaire pour lui faire dire où il avait emmené Ethan. Blake la retint par le bras, mais elle se débattit.

— C'est lui qui a kidnappé Ethan, qui l'a enfermé dans le coffre d'une voiture !

— C'est vrai, admit Johnson, mais je n'ai pas beaucoup de temps… Laisse-moi entrer, Blake, et je t'expliquerai. Nous avons effectué ensemble une mission d'infiltration, tu te rappelles ? Tu avais confiance en moi, à cette époque…

— Oui, mais j'avais peut-être tort !

— Je suis venu vous proposer mon aide pour sauver le petit Ethan.

— Je te donne deux minutes ! lança Blake à son ancien collègue avant de le pousser à l'intérieur et de refermer la porte d'un coup de talon.

— Je voudrais d'abord m'excuser, dit Johnson à Amanda. Jamais je n'aurais pensé en arriver un jour à enlever un enfant.

— Ce ne sont pas vos excuses qui vont me rendre mon fils ! répliqua-t-elle, les bras croisés, en le fusillant du regard.

— Non, bien sûr, mais je me suis laissé manipuler par un homme qui m'a recruté en me faisant croire à une sorte de croisade pour punir les malfaiteurs qui avaient échappé à la justice. Et une fois la ligne blanche franchie, on est à sa merci.

— Il est toujours possible de rentrer dans le droit chemin ! s'écria Amanda sur un ton méprisant.

Blake leva la main, et elle comprit le message : l'heure n'était pas aux leçons de morale, ils devaient recueillir le maximum d'informations sur leurs adversaires.

— Combien de personnes font partie de cette organisation, Johnson ? demanda-t-il.

— Je ne sais pas exactement, parce qu'elle est très cloisonnée. Moi, je dirigeais l'équipe des opérations… musclées avec Farraday.

— Farraday, cette brute épaisse ? Ça ne me surprend pas, en fait : je l'ai toujours soupçonné de toucher des pots-de-vin.

— Et tu avais raison, mais il est mort. Le patron l'a tué.

— C'est pour ça que tu es là ?

— En partie seulement. Je suis devenu un criminel, j'en ai conscience, mais les choses sont allées trop loin.

Johnson se tourna vers Amanda et reprit :

— Vous voulez délivrer votre fils ?

— Evidemment ! Je suis prête à tout pour le sauver !

— D'accord, mais si vous vous laissez dicter les règles du jeu, vous mourrez tous. Il y a peut-être un moyen de changer la donne.

— On t'écoute, déclara Blake — mais d'une voix encore empreinte de suspicion.

— Je pars d'ici avec Amanda, et je l'emmène directement à l'endroit où son fils est retenu — un entrepôt désaffecté situé un peu en retrait de la Neuvième Rue de Carder. Je dis à mon chef que, n'ayant plus confiance en toi, elle est allée en avance au rendez-vous avec les documents demandés, et que je l'ai interceptée. Comme vous savez maintenant où doit se passer la phase finale des opérations, vous pourrez alors intervenir sans que personne, sauf moi, ne l'ait prévu.

— Il n'en est pas question ! s'écria Blake.

Amanda lui posa une main sur le bras pour l'inciter au calme et observa attentivement Johnson.

— Pourquoi avoir kidnappé mon fils, tout à l'heure, et proposer maintenant de nous aider à le délivrer ?

— Parce que je refuse d'être le complice du meurtre d'un autre enfant.

Il n'en fallut pas plus à Amanda pour annoncer à Blake :

— Je pars avec lui.

— Non, il faut au moins commencer par réfléchir à…

— Désolé, coupa Johnson, mais une décision rapide s'impose. Si mon chef découvre que je suis ici, je suis un homme mort !

Un coup d'œil nerveux aux pistolets que Blake et Rafe pointaient toujours sur lui, puis il enchaîna :

— Je vais sortir quelque chose de ma poche. Il ne s'agit pas d'une arme, alors ne pressez pas trop vite la détente !

— D'accord, mais pas de gestes brusques ! dit Blake. Et la discussion n'est pas terminée : je ne suis pas encore prêt à te laisser emmener Amanda.

— Comme tu voudras ! Le choix est le suivant : suivre mon plan ou mourir dans cet entrepôt après avoir subi les pires tortures… Mon chef est devenu fou : sa cruauté et sa mégalomanie ne connaissent plus de limites.

Sur ces mots, Johnson sortit de sa poche des menottes en plastique et se dirigea vers Amanda.

— Si vous voulez avoir une chance de sauver votre fils, lui déclara-t-il, donnez-moi vos poignets !

— Non, Amanda, c'est trop risqué ! objecta Blake.

— C'est effectivement risqué, répliqua-t-elle, mais pas « trop », puisque c'est notre seul espoir de sortir tous vivants de cette aventure.

Amanda rejoignit ensuite Johnson, bras tendus.

— Allez-y ! dit-elle.

15

Les yeux fixés sur Amanda, que Johnson s'apprêtait à menotter, Blake se demanda comment les choses en étaient arrivées là. Tout ce qu'il avait voulu, c'était la protéger...

— Je pense comme vous que cette solution n'a rien d'idéal, lui indiqua Rafe, mais il faut l'appliquer : c'est la moins mauvaise que nous ayons.

— Non, il doit y en avoir une meilleure ! Je ne peux pas me résoudre à livrer Amanda, pieds et poings liés, à un meurtrier !

— Tu ne la laisseras pas aller seule au rendez-vous, de toute façon, et mon chef le sait, souligna Johnson. Il y aura donc de nombreux hommes armés dans l'entrepôt. Et, sans l'effet de surprise, vous serez rapidement neutralisés, ton collègue et toi.

— Ma décision est prise, Blake ! dit Amanda. Tu as peur pour moi, et je le comprends, mais je dois tout faire pour sauver mon fils. Et tu interviendras à temps pour que les choses finissent bien !

— Je m'efforcerai de les protéger, Blake, je te le promets ! déclara Johnson.

Plus encore que l'insistance de Rafe et de son ancien collègue, ce fut sa capacité à se mettre à la place d'Amanda qui persuada finalement Blake de la laisser partir. S'il avait eu la moindre chance de sauver Joey, ne l'aurait-il pas tentée, au mépris du danger ?

Sans compter qu'une idée commençait à germer dans son cerveau…

— D'accord, dit-il, mais écoute-moi bien ! Règle numéro un : ne prends aucun risque inutile ! Règle numéro deux : essaie de gagner le plus de temps possible.

Amanda vint alors le rejoindre, se haussa sur la pointe des pieds et lui chuchota à l'oreille :

— J'ai deux motivations pour vouloir rester en vie : mon fils, et toi. Parce que je t'aime Blake. Depuis toujours.

Une brève étreinte, puis elle alla de nouveau tendre ses poignets à Johnson.

— Je suis prête.

— Où est le dossier ? demanda-t-il après l'avoir menottée.

Encore secoué par la déclaration d'amour d'Amanda, Blake laissa Rafe mettre les faux documents dans une chemise cartonnée qu'il tendit ensuite à Johnson avec la clé USB.

Avant de quitter la pièce, elle se retourna, lui sourit, et la confiance qu'il lut dans ses yeux le galvanisa. Il devait s'en montrer digne, refuser de nourrir le moindre doute sur sa capacité à sauver cette femme, aussi belle que courageuse, qui l'aimait… et dont il partageait les sentiments.

— Les informations que Johnson nous a fournies nous donnent un avantage sur nos adversaires, déclara-t-il à Rafe. Amanda va remplir son rôle… A nous de jouer le nôtre !

Johnson poussa sans douceur Amanda à l'intérieur de l'entrepôt, mais elle ne lui en voulut pas : il devait donner le change.

Un homme les attendait. L'air calme et détendu, il s'amusait à faire tourner le Colt du grand-père de Blake autour du doigt qu'il avait glissé dans le pontet.

— Tu as le dossier ? déclara-t-il à Johnson.

Ce dernier lui remit la chemise cartonnée et la clé USB.

— Où est Blake ? questionna alors l'homme qui, de toute évidence, était son chef.

— J'ai été obligé de le tuer. Désolé… Il s'est jeté sur moi. Je n'ai pas eu le choix.

— Prie pour que ce dossier me donne satisfaction ! Tu sais ce qui arrive à ceux dont je ne suis pas content…

Johnson pâlit et garda le silence. Son chef rapprocha son visage de celui d'Amanda, et elle croisa, terrifiée, le regard de l'assassin de Vince et de la famille de Blake.

— Il existe d'autres copies du dossier ? demanda-t-il.

— N… non.

— Inutile d'avoir peur : une fois que je serai sûr d'avoir ce que je voulais, je vous libérerai.

Il mentait, Amanda le savait. Il n'avait pas l'intention de les épargner Ethan et elle. Il fallait gagner du temps, comme Blake le lui avait conseillé.

— Je veux voir mon fils ! décréta-t-elle.

— Yancy, viens là !

Un autre homme apparut, un ordinateur portable sous le bras. Son chef lui tendit la chemise cartonnée et la clé USB en disant :

— Examine tout ça !

— Où est mon fils ? lui lança Amanda. Le dossier en échange d'Ethan, c'était le marché !

— Tu me tiens tête ? susurra-t-il en lui caressant la joue. C'est quelque chose que ton frère n'a pas eu le courage de faire… J'aurais bien voulu avoir quelqu'un comme toi dans mon organisation… Dommage !

Un frisson de dégoût parcourut Amanda, mais elle refusa de reculer.

— Mon fils ! insista-t-elle.

— Tu as du cran, décidément ! Ça me plaît !

L'homme alla ouvrir une porte, tout au fond du local. Elle donnait sur une pièce au milieu de laquelle Amanda aperçut Ethan, ligoté sur une chaise.

Il était vivant !

Vivant, mais en avisant la terreur peinte sur son petit visage, une violente colère succéda au soulagement d'Amanda.

Et puis Ethan la vit…

— Maman ! cria-t-il en se tortillant pour tenter de se libérer. Maman !

— Détachez-le ! ordonna-t-elle.

— Sa mère devrait arriver à le calmer, dit Johnson à son chef.

— Bon d'accord, débarrasse-la de ses menottes, et qu'elle aille le chercher ! Je peux me permettre d'être généreux.

Amanda courut défaire les liens du petit garçon, puis elle le serra dans ses bras. La « générosité » du malfaiteur confirmait malheureusement ses craintes : si Blake tardait trop à intervenir, son fils et elle allaient mourir.

— Reviens ici ! lui commanda l'homme.

— Regarde les bottes du monsieur, maman…, murmura Ethan à l'oreille d'Amanda lorsqu'ils eurent regagné la pièce principale de l'entrepôt. C'est lui qui a tiré sur tonton Vince.

S'il avait été assez malin pour parler à voix basse, il n'avait pu s'empêcher de pointer le doigt vers les bottes en question, et le visage de leur propriétaire se durcit aussitôt.

— Tu m'as donc vu, sale môme ! Ça ne change rien, remarque…

Cherchant toujours à gagner du temps, Amanda entreprit de parlementer :

— Je suis sûre que ce n'était pas votre intention, au départ, mais laissez-nous partir, je vous en prie ! On disparaîtra, promis ! Et on ne dira rien ! Comment pourrais-je vous dénoncer, d'ailleurs ? Je ne sais même pas qui vous êtes !

— Hé, patron ! cria alors le dénommé Yancy. On a un problème : le dossier contenu dans la clé USB n'est pas le bon, et les documents papier ont été falsifiés.

*
* *

L'œil collé à un interstice dans le mur en tôle ondulée de l'entrepôt, Blake poussa un juron étouffé.

— Ça y est, ils ont découvert la supercherie, chuchota-t-il à Rafe. On va être obligés d'intervenir plus tôt que prévu.

Le lieutenant Paul Irving, de l'Inspection générale de la police, se précipita vers Amanda et pointa le Colt sur Ethan.

— J'avais dit : pas d'arnaque ! hurla-t-il.

Blake fit le tour de l'entrepôt en courant, Rafe sur ses talons, et se rua à l'intérieur.

— Arrête ! cria-t-il. Je sais où est le vrai dossier !

Plusieurs hommes l'avaient suivi, et Irving leur ordonna :

— Mettez en joue ces deux idiots !

Puis il dirigea le canon de son arme sur Johnson.

— C'est toi qui les as informés du lieu du rendez-vous, n'est-ce pas ? Tu voulais sauver le môme… Je t'avais pourtant prévenu !

Le coup partit, et Johnson s'écroula.

— Voilà une bonne chose de faite ! déclara Irving avec un sourire satisfait. Passons à la suivante… Tu avais à peine été nommé lieutenant que tu commençais à jouer les trouble-fête, Redmond… Il ne m'a heureusement pas été trop difficile de me débarrasser de toi.

— En tuant mon fils et mon ex-femme ?

— Oui, mais ce n'était qu'un début… Quelques pétards peuvent transformer un cheval en arme mortelle… Farraday n'avait pas que des mauvaises idées.

Une fureur noire s'empara de Blake. Son père, Smithson… Il devait garder son calme. L'heure était à la discussion. Les représailles viendraient plus tard.

— Tu nous tiens à ta merci, Irving, mais j'ai quelque chose à t'offrir en échange de la libération d'Amanda et de son fils : je peux te donner accès au vrai dossier. Laisse-moi juste utiliser l'ordinateur.

Blake fit mine de se diriger vers la table sur laquelle Yancy avait travaillé, mais Irving leva la main et décréta :

— C'est Amanda qui va se mettre au clavier ! Seule.

— Non, Ethan reste avec moi ! protesta la jeune femme. Je ne me séparerai plus jamais de lui !

Rouge de colère, Irving l'attrapa par le bras et la tira jusqu'à une chaise que Yancy se hâta de libérer. Elle posa le petit garçon sur le sol mais, une fois assise, elle lui passa un bras protecteur autour de la taille et le serra contre elle.

— Dépêche-toi de te connecter à ta boîte mail, Amanda ! s'écria Blake. On a déjà perdu assez de temps comme ça !

Comprendrait-elle que, sous couvert de lui reprocher de leur faire perdre du temps, il lui demandait de l'aider à en gagner ?

Elle se retourna et répliqua en le foudroyant du regard :

— Je n'ai pas d'ordres à recevoir de toi ! En me donnant de faux documents à la place des vrais, tu nous as trahis, Ethan et moi ! Jamais je ne l'aurais cru, mais tu ne vaux pas mieux que cet Irving, finalement !

Cette longue diatribe rassura Blake : Amanda avait visiblement compris que chaque seconde comptait.

— Arrêtez, tous les deux ! s'exclama Irving. Je veux voir le dossier, tout de suite !

Amanda lâcha Ethan, ouvrit le navigateur, puis elle demanda au lieutenant :

— Qu'est-ce qui me dit que vous nous libérerez, ensuite ?

— Rien, mais si je n'ai pas ce dossier sous les yeux dans deux minutes, j'abats le môme !

Irving referma son bras libre sur le cou du petit garçon et pointa le Colt sur sa tempe. Blake jura intérieurement. Le fait qu'Amanda ait refusé de se séparer de son fils allait compliquer les choses.

— Ne le serrez pas si fort ! s'écria-t-elle.

La pression du bras du misérable sur la gorge d'Ethan s'accentua, et ce fut au prix d'un effort quasi surhumain que Blake parvint à se retenir d'intervenir. Mais il fallait être patient. Ne prendre aucun risque.

Bien qu'Amanda ait compris la nécessité de gagner du temps, la menace d'Irving lui parut — à juste titre — suffisamment sérieuse pour la convaincre de se montrer docile. Elle ouvrit le dernier e-mail envoyé par son frère et annonça :

— C'est ce lien qui permet d'accéder au dossier.

— Clique dessus ! ordonna Irving.

La fenêtre de dialogue demandant le mot de passe apparut sur l'écran.

— On ne connaît pas ce mot de passe, fut alors contraint d'avouer Blake.

Irving poussa un chapelet de jurons, et un gémissement de terreur s'échappa des lèvres d'Ethan.

— Lâchez-le ! dit Amanda en sautant sur ses pieds.

— J'ai besoin de lire ce dossier ! Je veux savoir qui m'a trahi, parce que Vince seul ne pouvait pas avoir assez d'informations pour me relier à tout ce qui se passait.

— Tu aurais dû être plus malin, lui lança Blake sur un ton narquois, ne pas tuer Vince avant qu'il ait pu transmettre le mot de passe… Maintenant, après deux essais erronés, le dossier sera détruit !

Malin, Irving le fut malheureusement assez pour tenir le même raisonnement que lui, car il se pencha vers Ethan et lui déclara :

— Tu m'as vu abattre ton oncle, hein ? Eh bien, je vais faire la même chose à ta mère si tu ne me donnes pas le mot de passe.

Ethan secoua frénétiquement la tête et se mit à pleurer.

— Il n'a que cinq ans ! s'écria Blake. Il ne sait pas ce qu'est un mot de passe !

— Débrouille-toi pour qu'il me le communique, ou je vous tue les uns après les autres, en commençant par ta copine !

Soulagé d'avoir une excuse pour s'approcher d'Amanda et de son fils, Blake traversa le local. Il serait ainsi assez près d'eux pour les protéger de son corps en cas de fusillade.

Il alla s'agenouiller devant Ethan, qui tremblait de tous ses membres et dont les joues ruisselaient de larmes.

— Lâche-le, Irving ! ordonna-t-il. Tu lui fais tellement peur qu'il est incapable de prononcer un mot !

Le lieutenant obéit, et Blake demanda au petit garçon :

— Que t'a dit ton tonton Vince avant de mourir, bonhomme ?

Pas de réponse.

— Tu as confiance en moi, mon grand ? reprit Blake d'une voix douce.

— Joey est dans les nuages, murmura Ethan.

— Qui est Joey ? déclara Irving.

— Tu ne te souviens pas ? C'était mon fils. Il avait quatre ans, et tu l'as tué.

Une dizaine de policiers s'engouffrèrent alors dans l'entrepôt. Blake passa un de ses bras autour de la taille d'Ethan, et l'autre, autour de celle d'Amanda. Il les força tous les deux à se coucher sur le sol et, avant de s'allonger sur eux, fit tomber d'une manchette le Colt que tenait le lieutenant.

Des coups de feu claquèrent. La première surprise passée, les sbires d'Irving réagissaient à l'assaut... Blake se redressa le temps de ramasser le Colt. Une vive douleur lui transperça soudain l'épaule, mais il l'ignora. Irving s'élança vers lui, armé de son propre pistolet... Blake leva le Colt de son grand-père, visa le misérable entre les deux yeux et pressa la détente.

Le corps d'Irving tomba si près d'eux qu'Amanda couvrit de ses mains le visage d'Ethan pour lui épargner cet horrible spectacle.

Des pas et des voix d'hommes résonnaient dans l'entrepôt, mais la fusillade s'était tue. Blake était toujours allongé sur elle, rassurant et protecteur, mais très lourd...

— Il n'y a plus de danger ? questionna-t-elle.

— Je ne sais pas trop...

Elle voulut se relever. Il poussa un grognement et roula sur le côté.

— Qu'y a-t-il ? demanda-t-elle.

— Rien.

— Regarde, maman ! dit Ethan en lui montrant sa main. Du sang…

— Tu es blessé, mon cœur ?

— Non, pas moi : le shérif Blake. Il a reçu une balle, comme tonton Vince…

Amanda vit alors, horrifiée, une tache rouge s'élargir, sur le pull-over de Blake. Ethan se remit à pleurer, mais Blake s'empressa de le tranquilliser :

— C'est juste une égratignure… Et toi, bonhomme, tu n'as rien ?

— Je me suis fait mal au coude en tombant.

Un secouriste arriva alors en courant. Il s'agenouilla, jeta un coup d'œil à l'épaule de Blake…

— Non, le petit d'abord ! déclara ce dernier sur un ton qui n'admettait pas de réplique.

L'homme ne discuta pas. Après avoir soigné le coude écorché d'Ethan, il nettoya la blessure de Blake et la recouvrit d'un pansement.

— Ce n'est que provisoire, indiqua-t-il. Vous avez besoin de points de suture.

— Plus tard ! J'ai des affaires plus importantes à régler.

Le corps d'Irving avait entre-temps été emporté, ainsi que plusieurs autres. Les sbires du malfaiteur qui avaient survécu à l'assaut avaient été menottés et alignés contre un mur.

Voyant qu'il y avait parmi leurs sauveteurs un nombre égal de policiers en uniforme et en civil, Amanda murmura à Blake :

— On peut être sûrs qu'aucun de ces hommes ne travaillait pour Irving ?

— Non. Sa mort laisse beaucoup de questions sans réponse.

— Alors nous sommes toujours en danger ?

— Peut-être… Rafe est là, heureusement, et je lui fais entièrement confiance.

— Tu as été plus fort que le méchant monsieur avec les drôles de bottes ! dit Ethan en levant vers Blake un regard admiratif.

— Et toi, tu as été très courageux !

L'expression de fierté qui éclaira le visage du petit garçon réjouit le cœur d'Amanda, même si un sentiment d'incertitude commençait de la gagner : qu'allait-il se passer maintenant ? Pendant combien de temps encore leur faudrait-il vivre dans la peur, son fils et elle ? Blake voudrait-il partager leur existence, alors que sa mère était morte à cause d'eux ?

Cette dernière question, que jamais Amanda n'aurait osé formuler, Ethan la posa avec l'ingénuité de ses cinq ans :

— Tu vas rester avec nous, Blake ?

— Je ne sais pas, mon grand. L'avenir dépendra de ce que ta maman décidera.

En entendant ces mots, Amanda se prit à espérer que la vie lui apporte enfin un bonheur qui lui avait jusque-là été refusé : celui d'être aimée d'un homme sur qui elle savait pouvoir compter en toutes circonstances.

Mais, avant qu'elle ait eu le temps d'ouvrir la bouche, Ethan demanda à Blake :

— Tu es bien sûr que Joey m'en voudra pas de garder son camion de pompiers ?

— Non. Là où il est, je suis certain qu'il est au contraire…

Blake s'interrompit et regarda Amanda.

— Tu te rappelles ce qu'a dit Zane à propos du nuage ?

— Attends… Quelque chose comme : « Vince a mis le message dans le nuage informatique. »

— C'est ça ! Et Joey est dans les nuages !

Malgré sa blessure, Blake courut vers le policier en uniforme qui venait de récupérer l'ordinateur portable.

— Donnez-le-moi ! déclara-t-il.

— Non, c'est une pièce à conviction !

— Je n'en ai que pour une minute.

Comme d'habitude, son autorité naturelle permit à Blake d'avoir gain de cause. Il reposa l'ordinateur sur la table et n'eut même pas à le rallumer : il lui suffit de toucher le pavé tactile pour faire apparaître la fenêtre de dialogue.

Il tapa « J-O-E-Y » sur le clavier…

Un petit bourdonnement, puis le dossier s'ouvrit.

— J'aurais dû y penser avant ! marmonna Blake.

Amanda se pencha par-dessus son épaule.

Si tu lis ce message, Blake, c'est que je n'ai pas été assez prudent et que je suis mort. Je regrette de ne pas avoir pu te dire que j'avais été chargé par Shaun O'Connor d'infiltrer le réseau de corruption dont tu as découvert l'existence. Tu croyais que j'en faisais vraiment partie, et c'est ce que j'ai trouvé le plus dur, dans toute cette affaire.

Je regrette bien sûr encore plus de ne pas avoir pu sauver Kathy et Joey. Ces crapules ont également tué ton père. Leur chef devient de plus en plus dangereux, et si je t'ai poussé à quitter Austin, c'est pour te protéger, car tes investigations mettaient ta vie en danger.

Veille sur Ethan et Amanda, je t'en prie, puisque je ne serai plus là pour le faire quand tu liras ces lignes.

Le cerveau de l'organisation est le lieutenant Paul Irving, de l'Inspection générale de la police. Jusqu'à récemment, je n'avais contre lui que des preuves indirectes, mais il a commis des erreurs, et ça m'a permis de mettre la main sur des documents, comme des relevés de compte bancaire, qui l'accablent. Tu les trouveras en pièces jointes, ainsi que la liste de tous les policiers qu'il a recrutés. L'un d'eux m'a fourni de nombreuses informations sur les branches du réseau auxquelles je n'avais pas accès. Il s'appelle Marquez. Essaie de le contacter : il t'aidera. Mais fais en sorte, le jour où tout ce beau monde sera arrêté, qu'il bénéficie d'un traitement de faveur.

Dis à ma sœur et à mon neveu qu'ils étaient ce que j'avais de plus cher au monde.

Ton ami. Pour toujours.

Vince.

Amanda avait du mal à retenir ses larmes, même si le fait de n'avoir jamais douté de la probité de son frère la consolait un peu.

Blake, la gorge nouée, s'éclaircit la voix avant de crier à la cantonade :

— Il y a un certain Marquez, ici ?

— C'est moi, répondit l'un des hommes qui l'avaient tenu en joue.

— Qu'on le relâche ! ordonna Blake.

— Pourquoi ? demanda Shaun O'Connor, qui venait d'arriver.

— On a les preuves que Vince avait réunies.

Blake ouvrit l'une des pièces jointes, puis s'écarta pour permettre à son interlocuteur de la lire. Il s'agissait de la liste de noms, et O'Connor, après l'avoir étudiée, murmura quelque chose à l'un de ses subordonnés.

Une minute plus tard, deux des policiers en civil étaient menottés et allaient rejoindre leurs acolytes contre le mur, pendant que Rafe s'éclipsait discrètement.

— Tu ne risques plus rien, à présent, indiqua Blake à Amanda. Et tu avais raison sur toute la ligne : Vince était un héros.

— Oui… Maintenant, Blake, pour répondre à ta remarque à propos de l'avenir…

— Non, ne dis rien ! Ces derniers jours ont été très durs… Tu m'as fait un aveu dans la chambre du motel, mais il va peut-être au-delà de ce que tu éprouves réellement pour moi.

— Mais…

— Même si les mots que tu as prononcés tout à l'heure ne correspondent pas à tes véritables sentiments, permets-moi de rester à tes côtés, donne-moi une chance de conquérir ton cœur… Mes parents s'aimaient tellement ! J'ai toujours rêvé de connaître le même bonheur.

Emue par la tristesse qui s'était soudain invitée dans la voix de Blake, Amanda se serra contre lui.

— Tu n'as rien à conquérir, Blake ! Ce que je t'ai déclaré tout à l'heure était la stricte vérité : je t'aime, et depuis toujours… Mais, toi, que ressens-tu pour moi ? Tu ne me l'as jamais dit.

— Je t'aime, Amanda ! Je rêve de passer le restant de mes jours avec toi et Ethan… Tu veux bien ?

— Je ne peux pas accepter…

— Pourquoi ? s'écria Blake en pâlissant.

— Tu ne m'as pas laissé terminer ma phrase… Je ne peux pas accepter, donc, avant d'avoir obtenu l'accord d'Ethan.

Blake s'accroupit devant le petit garçon.

— Je voudrais que vous veniez vivre avec moi, ta maman et toi… Qu'en penses-tu ?

Ethan pencha la tête et fronça les sourcils, l'air de réfléchir intensément.

— Tu as un tracteur ? finit-il par demander.

— Oui.

— J'aurai le droit de monter dessus ?

— Non ! s'écria Amanda.

— Oui, répondit Blake au même moment.

— Blake…

— Mais à condition qu'il y ait quelqu'un avec toi.

— Et Leo sera à moi ?

— J'ai l'impression qu'il t'a déjà choisi comme nouveau maître !

— Alors c'est d'accord. On peut s'en aller, maintenant ? J'ai envie de jouer avec mon chien !

Amanda se mit à rire, puis elle se pencha et murmura à l'oreille de Blake :

— Jusqu'ici, je ne croyais pas aux contes de fées, mais grâce à toi je viens de comprendre que j'avais tort !

Epilogue

— Blake Redmond !

Alertée par un grondement de moteur, Amanda était sortie de la maison et regardait Ethan lui faire de grands signes depuis le siège du tracteur. Leo, qui n'était jamais loin de son petit maître, courait à côté du véhicule en aboyant joyeusement.

— On était convenus de ne pas le laisser conduire ce tracteur avant ses dix ans ! rappela-t-elle, courroucée, à son mari lorsqu'il l'eut rejointe.

— Il roule pratiquement au pas, et il est assis sur les genoux de Parris, qui se tient prêt à prendre les commandes en cas de besoin.

Les yeux verts de Blake brillaient de malice. Amanda se tourna vers lui aussi vivement que son gros ventre le lui permettait et s'exclama :

— Tu devrais savoir qu'il ne faut pas contrarier une femme enceinte ! Je suis en colère, et ce n'est bon ni pour moi ni pour mon bébé !

— *Notre* bébé, rectifia Blake en l'enlaçant. Et je t'assure qu'Ethan ne risque rien. Parris le surveille comme si c'était du lait sur le feu.

Comme toujours quand il la prenait dans ses bras, Amanda se sentit fondre. Il lui mordilla l'oreille, chercha ensuite sa bouche…

— Un peu de tenue, les tourtereaux !

La voix de Nancy, derrière eux, les fit sursauter et ils se

retournèrent. Elle se tenait sur le seuil, un sourire taquin sur les lèvres et une alliance flambant neuve à l'annulaire gauche.

Blake alla embrasser sa mère. Chaque fois qu'il la voyait lui revenait le terrible souvenir des quelques jours pendant lesquels il l'avait crue morte, Amanda le savait.

Pour protéger Nancy, Parris l'avait emmenée dans sa cabane de pêcheur, située dans un endroit tellement perdu que les communications par téléphone portable ne passaient pas.

Quand ils avaient redonné signe de vie, Amanda avait vu Blake pleurer pour la première fois. La deuxième, c'était quand elle lui avait annoncé sa grossesse.

L'histoire ne s'était malheureusement pas bien terminée pour tout le monde : la femme morte dans l'incendie de la maison de Nancy était son amie Donna, la standardiste des bureaux du shérif.

Smithson, lui, était sorti du coma et avait repris ses fonctions d'adjoint. Et au grand soulagement de Blake et de sa mère, le vétérinaire n'avait pas jugé nécessaire d'euthanasier Sugar : l'alezan était redevenu calme et docile, comme s'il avait compris que les criminels avaient payé pour leurs forfaits.

Aujourd'hui, presque un an plus tard, Amanda pouvait dire qu'elle n'avait jamais été aussi heureuse de toute sa vie. Ethan avait trouvé en Blake le meilleur des pères de substitution, et elle, le meilleur des maris. Il était bien un peu trop autoritaire à son goût, par moments, mais elle savait qu'il serait toujours là pour elle et leurs enfants.

Les frictions qui se produisaient parfois entre eux étaient d'ailleurs le plus souvent suivies de séances de réconciliation des plus agréables, songea-t-elle en posant la main sur son ventre rebondi.

Blake la reprit dans ses bras, et elle s'y blottit, les yeux fixés sur les petits nuages roses qui striaient le bleu du ciel, à l'horizon.

Il l'embrassa sur la tempe et lui demanda :

— Tu crois toujours aux contes de fées ?

— Plus que jamais ! répondit-elle en lui passant les bras autour du cou.

C.J. MILLER

Ressemblance à haut risque

BLACK ROSE

HARLEQUIN

Titre original : CAPTURING THE HUNTSMAN

Traduction française de CHRISTINE MAZAUD

1

Balayer les feuilles qui jonchaient les sentiers de Trail's Edge, son camping, représentait un travail à plein-temps. Malheureusement pour elle, Autumn Reed disposait de beaucoup de temps libre. Et de très peu d'argent. Cela faisait des semaines qu'elle n'avait pas loué un seul de ses chalets. Et pour cause. Telle une traînée de poudre, la nouvelle s'était répandue partout : un tueur en série sévissait dans les monts des Appalaches. Il s'attaquait aux femmes en promenade dans le Trail, le sentier de grande randonnée. Comble de malchance, Autumn correspondait au profil des victimes. De quoi trembler de peur.

Toute la journée, elle avait repoussé la corvée de balayage et, maintenant que le soleil déclinait, allongeant des ombres inquiétantes sur le camping, elle regrettait de ne pas être sortie plus tôt. Une fois le soleil couché, il faisait très sombre dans le sentier et mieux valait ne pas s'y aventurer seule.

Elle siffla son chien. Avec Thor, elle aurait moins peur. Il était très lourd, au moins dix kilos de plus qu'elle, et très puissant, de quoi intimider celui qui aurait la mauvaise idée de voir en elle sa prochaine victime. Son chien était la seule créature fidèle qu'elle avait encore dans la vie. Elle pouvait toujours compter sur lui.

Thor, qui se trouvait à quelque six mètres d'elle, la regarda mais ne bougea pas. Le vent soufflait, balayant les feuilles mortes qui crissaient sur le sol. D'habitude, elle aimait entendre le froissement des feuilles poussées par les bourrasques mais, ce soir, elle craignait qu'il ne masque le bruit de pas. Apeurée, elle regarda partout autour d'elle. Thor et elle étaient seuls.

De nouveau, elle le siffla. Cela ne lui ressemblait pas de ne pas obéir mais, s'il avait surpris un écureuil ou un lapin, il ne devait penser qu'à le pourchasser.

— Thor, appela-t-elle. Ici.

Le ton était autoritaire. Il fallait qu'il comprenne qu'elle ne plaisantait pas.

Thor ne bougea pas. Arc-bouté sur ses quatre pattes, le poil dressé et le dos rond, il fixait la forêt. Qu'avait-il bien pu voir ? Un randonneur ? Cela faisait des semaines qu'elle n'avait plus vu passer personne. Peut-être un ours, alors ? C'était rare qu'ils descendent de la montagne et s'aventurent si bas mais, si c'en était un, Thor avait intérêt à se méfier. D'un coup de griffes, le plantigrade l'enverrait valser à plusieurs mètres.

Encore une fois, elle l'appela. Puis, scrutant les bois, elle avança vers lui. Le sol était boueux et elle glissa.

— Alors, Thor ? Qu'est-ce qui te prend ?

Arrivée près de lui, elle l'entendit grogner. Cela non plus ne lui ressemblait pas. Il avait beau être grand et fort, il n'était pas agressif. Il avait sûrement vu ou senti quelque chose qui ne lui plaisait pas.

Elle fouilla le bois des yeux, essayant de voir, dans la forêt de troncs, ce qui pouvait contrarier Thor à ce point.

— Oh ! s'exclama-t-elle, plaquant la main sur sa bouche.

Le spectacle était horrible. Pendue à un arbre, une forme se balançait dans le vent. Elle était entourée de lierre. Etait-ce des chaussures de randonnée, sales, qu'elle voyait ? Etait-ce des flèches ? Et pourquoi cette odeur de brûlé qui imprégnait l'air ?

Prise d'une nausée irrépressible, elle se pencha et vomit. L'horreur cédant très vite la place à la terreur, elle empoigna Thor par le collier et le traîna vers son chalet. A plusieurs reprises, elle glissa dans la boue mais se rétablit vite sans jamais lâcher son chien.

Une fois chez elle, elle s'enferma à double tour et, tremblant comme une feuille, prit son téléphone par satellite.

— Allô, police secours.

Elle avait la gorge tellement nouée qu'elle était à peine audible.

— Police secours, répéta-t-elle. Venez vite. Je viens de trouver un corps.

Nathan Bradshaw capta l'appel lancé par l'antenne de police. Un cadavre venait d'être découvert près du sentier de grande randonnée des Appalaches, l'Appalachian Trail, près du camping Trail's Edge. C'était une femme qui avait alerté la police. Enfin un témoin ? s'interrogea-t-il. En plus du peu de moyens qu'il avait à sa disposition, l'absence de témoin ne facilitait pas l'enquête. Aucune des victimes n'avait survécu. On ne disposait donc pas du portrait du tueur en série. Tout ce que l'on savait, c'est que l'homme (ou la femme) attaquait les femmes sur le Trail. Si quelqu'un avait vu ou savait quelque chose, il évitait soigneusement de se manifester.

Après une rapide recherche sur Internet, Nathan trouva sans mal l'adresse du camping et l'entra dans son GPS. Le corps était un peu plus éloigné du Trail que d'habitude. Le tueur avait-il changé son mode opératoire ou ce crime n'avait-il rien à voir avec les autres affaires ?

La seule façon de le savoir était de se rendre sur les lieux : Smithsburg, dans le Maryland.

Nathan était aux trousses du prédateur depuis des semaines. Depuis Boiling Springs, en Pennsylvanie. Le tueur était logique et Nathan commençait à cerner sa psychologie. Encore un peu, et il pourrait prévoir ses déplacements. Selon lui, le coincer n'était plus qu'une question de temps.

De toute façon, il n'arrêterait pas tant que justice n'aurait pas été rendue à sa sœur. Sa mère, son beau-frère, sa nièce et son neveu comptaient sur lui pour attraper l'assassin de Colleen.

Trente minutes plus tard, Nathan arrivait sur les lieux qui bruissaient déjà d'activité. Des agents du FBI ratissaient la zone en hurlant des ordres aux rangers appelés en renfort. La police locale se trouvait là aussi. Cherchant à repérer s'il connaissait des policiers présents sur la scène de crime, Nathan aperçut l'agent spécial chargé de l'affaire, Roger Ford. Aïe, justement le seul qu'il ne voulait pas voir ! Il parlait avec une femme grande et mince. Sans doute le témoin, se dit-il.

Roger Ford, son ancien beau-frère, n'aurait lui non plus aucune envie de le savoir là. Ford était un bon agent, mais il était psychorigide. Il avait dix ans de métier de plus que lui, et usait de toute son influence pour l'évincer du dossier, soit pour le punir de ce qu'il s'était passé entre sa sœur et lui, soit parce qu'il doutait de son objectivité dans cette affaire. Mais, peu importe, il ne parviendrait pas à ses fins.

Nathan vit tout de suite quand Ford l'avait détecté car son visage changea. Ils ne s'étaient jamais bien entendus et Ford n'avait jamais fait assaut d'amabilité envers lui.

Voyant le regard de son interlocuteur se durcir, la femme avec laquelle il parlait se retourna.

Nathan ne l'avait encore jamais vue, mais elle lui fit tout de suite une forte impression. C'était une belle brune, avec une longue queue-de-cheval. Vêtue d'un pantalon et d'un coupe-vent, comme la plupart des randonneurs avec qui il avait parlé depuis le début de l'enquête, elle croisait les bras sur sa poitrine.

Pris d'une envie irrépressible de bavarder avec elle, il s'approcha de Ford. Mauvaise idée.

— Qu'est-ce que tu fous là ? Je ne veux pas te voir sur

mes scènes de crime, aboya l'agent. Bon Dieu, je te l'ai déjà dit ! T'es encore pire que les pisseurs de copie.

— Tu sais très bien pourquoi je suis là, répliqua Nathan, subjugué par la beauté de la femme qui se tenait à côté de Ford.

Quand le FBI lui avait refusé le droit de s'occuper de l'affaire, invoquant l'impossibilité dans laquelle il serait de rester objectif à cause de sa parenté avec une des victimes, Nathan n'avait pas hésité : il s'était mis en disponibilité du bureau pour mener sa propre enquête. Le tueur avait démontré qu'il était assez malin pour éviter les pièges du FBI. S'ils voulaient mettre la main sur lui, ils avaient intérêt à être plus malins que lui. Mais le FBI n'autorisait aucun dérapage. La ligne blanche était la ligne blanche. Interdiction de la franchir. Nathan, lui, n'hésiterait pas à la franchir. Il était prêt à tout pour venger sa sœur.

Il s'avança vers la jeune femme.

— Agent spécial Nathan Bradshaw, se présenta-t-il. Je…

— Arrête, le coupa sèchement Ford. Le témoin va croire que tu travailles sur le dossier.

Intriguée par la passe d'armes entre les deux agents, la jolie brune écarquilla les yeux.

— Autumn Reed, répondit-elle, ignorant la remarque de Ford. Je suis la propriétaire du camping. C'est moi qui ai trouvé le corps.

Il serra la main qu'elle lui tendait.

— Tu ferais mieux de profiter de tes vacances pour buller au lieu de me tourner dans les pattes, lança Ford, furieux. Ou retourne au bureau, il y a des affaires en suspens là-bas.

Nathan sourit. Abandonner cette affaire ? Il n'en était pas question. L'assassin de Colleen paierait. Nathan devait cela à sa sœur et à sa famille.

— Tu sais que je ne lâcherai jamais ce dossier.

Le visage de Ford se crispa encore plus. Il y avait un

règlement. Point. Pas question d'y déroger. Point. Et Nathan lui lançait en pleine figure qu'il ne le respecterait pas.

— Tu m'ennuies, Bradshaw. Si tu ne dégages pas, je vais te faire partir de force. Ne m'oblige pas à en arriver là.

Nathan enfonça ses poings dans ses poches.

— Je ne suis pas là pour t'ennuyer, rétorqua-t-il. Je suis là pour débusquer un tueur.

Autumn se frotta les tempes. La migraine n'était pas loin. Un quart d'heure après avoir appelé les secours, les rangers, la police locale et les techniciens de la police scientifique avaient déboulé au camping. Puis, un peu plus tard, le FBI.

Le dernier arrivé s'était précipité vers elle. Le sérieux de son visage et l'intensité de son regard l'avaient tout de suite intriguée. Pourquoi était-il là ? Elle l'ignorait, mais sa présence lui plaisait. Bien qu'il n'ait pas souri, elle avait aimé la force et l'énergie qu'il dégageait. En général, elle cernait bien les gens et, d'emblée, ce Bradshaw lui avait semblé une personne bien, quelqu'un qu'elle aimerait avoir comme ami.

Il était beau. Peut-être trop. Compte tenu des circonstances, ce genre de pensées lui parut déplacé mais comment ne pas le remarquer ? Il avait une tignasse brune, coiffée à la va comme je te pousse, ce qui n'était pas pour lui déplaire. Des épaules larges et un buste en V qui plongeait vers des hanches minces. Athlétique, donc. La veste qu'il portait, étoffe souple et belle coupe, sentait son grand faiseur. L'homme ne devait pas manquer d'argent. Ce n'était pas à proprement parler la veste idéale pour une randonnée mais qu'importe, il la portait si bien…

Tout à son dossier, l'agent spécial Ford continuait de parler de l'enquête.

— Le shérif m'a dit que vous vivez ici avec votre frère. Où est-il ?

L'évocation de son frère la pétrifia. La scène macabre qu'elle avait découverte dans la forêt était l'œuvre du Chasseur — c'est ainsi que la presse avait surnommé le tueur —, cela ne faisait aucun doute pour elle, même si personne ne l'avait encore dit. Que le nom de son frère soit cité lui fit froid dans le dos.

— Blaine ? Il est parti en randonnée.

— Le shérif m'a dit qu'il a eu des ennuis, par ici.

Le shérif ! Son ex-fiancé et l'ex-meilleur ami de Blaine. Qu'avait-il pu raconter ?

— Cela fait des semaines que je n'ai pas de nouvelles.

Très exactement, depuis que la presse avait parlé des crimes commis sur le Trail, ce qui n'avait pas manqué de décupler son inquiétude.

— C'est dans ses habitudes, ce… silence ? demanda Ford.

Blaine était un électron libre. Autumn craignait qu'un jour ou l'autre il ne lui arrive des bricoles.

— De sa part, rien n'est inhabituel. Mais il est peut-être en danger.

La peur ne la quittait pas. Tant qu'il ne serait pas là, elle ne dormirait que d'un œil.

— A priori, le tueur chasse les femmes, pas les hommes, rétorqua l'agent spécial Ford.

Elle frissonna. Les femmes ? Peut-être serait-elle la prochaine sur la liste.

— Si tu la lâchais un peu ? dit Nathan Bradshaw. On arrive, on envahit son camping, et toi, tu lui fais peur.

Elle eut envie de lui sauter au cou pour le remercier d'avoir volé à son secours.

— Y a pas de *on*, Bradshaw, reprit Ford. Retourne à ton hôtel, oublie le nouveau cadavre. Et demain matin, rentre chez toi.

Le rival de Ford ne bougea pas. Autumn avait déjà vu des chats défendre leur territoire. Ces deux-là se disputaient comme des chats.

— La situation est difficile pour vous, je comprends.

La chaleur du ton de Nathan Bradshaw la surprit. C'était la première marque de sympathie qu'on lui témoignait ce soir.

— Je suis seul responsable de cette scène de crime. File, Bradshaw. Personne ne doit polluer les lieux, déclara Ford.

Autumn regarda les deux hommes l'un après l'autre.

— Je dois partir, moi aussi ?

Elle n'avait pas envisagé qu'on lui demande de s'en aller, mais si le FBI avait des relevés à effectuer… Où pourrait-elle aller ? Bien sûr, en ville elle avait des amis mais, depuis la mort de son père, elle ne les avait guère fréquentés. Et Thor ? Que ferait-elle de lui si elle devait partir ?

— Votre chalet ne fait pas partie de la scène de crime, dit Ford en s'approchant d'elle.

Le soulagement l'envahit. Sa maison. Son havre. L'endroit au monde où elle se sentait le plus en sécurité. Si seulement son frère avait pu être là. Et son père. Quelqu'un avec qui partager sa solitude et ce sentiment d'abandon que la peur amplifiait encore. Autrefois, on était heureux à Trail's Edge. C'était un lieu de vacances pour amoureux de la nature, et elle y travaillait avec plaisir. Ce souvenir n'était pas vieux et, pourtant, tout ce bonheur lui semblait si lointain…

— Les autres chalets font-ils partie de la scène de crime ? interrogea Nathan.

Ford fulminait, cela se voyait dans ses yeux.

— Pas pour l'instant, bougonna-t-il.

Nathan recula un peu et s'adressa à elle.

— J'aimerais vous louer un chalet pour quelques jours. Qu'en dites-vous ?

Ne sachant que répondre pour ne froisser personne, Autumn commença par regarder ailleurs, le temps de réfléchir. C'était compliqué. D'un côté, elle avait besoin d'argent — cette location tomberait à pic —, d'un autre, il n'était pas question de se mettre l'agent spécial Ford à dos. Il pourrait lui rendre la vie impossible, soit en l'obligeant à quitter Trail's Edge pendant un long moment, soit en faisant fuiter auprès de la presse la survenue d'un crime au camping. La menace que représentait le Chasseur avait déjà beaucoup ralenti ses affaires, si les touristes apprenaient qu'un meurtre avait été commis juste à côté, sa petite entreprise ne s'en remettrait jamais. Elle pourrait fermer boutique. Que ferait-elle, alors ? Le choix était limité.

— J'ai des chalets disponibles, dit-elle. Mais si M. Ford et son équipe en ont besoin, je leur donne la priorité.

Et voilà. Elle n'avait pas menti à Nathan Bradshaw et avait privilégié Ford, même si cet homme lui était peu sympathique.

— Nous avons retenu dans un motel en ville, déclara Ford. Notre unité mobile ne viendra pas jusqu'ici. Nous ne considérons pas cette zone comme cruciale.

Le FBI pouvait penser ce qu'il voulait, la situation n'était pas rassurante. Comment pourrait-elle dorénavant se sentir en sécurité ici avec la peur et l'impression d'avoir été violée qui ne la quittaient pas depuis que Thor et elle avaient découvert le corps ?

— Qu'est-ce qui vous dit qu'il ne reviendra pas ?

L'agent spécial Ford fit la moue, comme si la question était incongrue.

— Nous connaissons son profil. Nous savons comment il se comporte. Maintenant, si vous le voulez bien, j'ai quelques questions à vous poser en privé.

— Je me sentirais plus à l'aise si M. Bradshaw restait avec moi.

Bon sang ! Elle avait pensé à voix haute !

Aussi estomaqués l'un que l'autre, Nathan et Ford la dévisagèrent. Si c'était pour lui poser des questions sur Blaine, elle voulait quelqu'un pour faire tampon. Elle se savait capable d'agressivité si on s'attaquait à son frère et aurait du mal à cacher son animosité envers le shérif Daniel.

— Si tu permets, je reste. Tu sais que je lui poserais les mêmes questions que toi, dit Nathan.

Ford serra les dents.

— Mademoiselle Reed, commença-t-il, pouvez-vous me dire ce que vous faisiez avant de découvrir le corps ?

Nathan s'approcha d'elle, ce qui la rassura. Il y avait dans son attitude quelque chose de chaleureux, de protecteur même.

Elle répondit en donnant le plus de détails possible, mais elle n'avait eu qu'une vision fugitive de la victime.

Comme elle vivait là, elle avait fini par tisser des liens avec des habitués du Trail. La victime était peut-être l'un d'entre eux ? Elle avait lu tous les articles sur le tueur et ses victimes. Jusqu'à présent, elles avaient toutes été identifiées. Toujours des femmes. N'empêche, savoir Blaine dans la forêt n'était pas rassurant.

— Savez-vous qui est la victime ? demanda-t-elle.

Ford hocha la tête.

— Nous ne ferons aucune déclaration tant que le corps n'aura pas été formellement identifié et la famille prévenue.

Puis, d'un ton sec, il reprit :

— Vous promenez régulièrement votre chien dans le Trail ?

Régulièrement ? Non. Souvent ? Oui.

— Parfois. Vous savez, je ne…

Il ne la laissa pas finir sa phrase.

— Avez-vous lu ou entendu dire que c'est dangereux de se promener dans ce sentier ? Avez-vous parlé avec votre frère du Chasseur ? Faites-vous attention ?

Que cherchait-il au juste en la bousculant avec toutes ces questions ? A la déstabiliser ? A ce qu'elle se contredise ? Pensait-il qu'elle avait un lien avec ce crime ?

Ford la fouilla du regard comme si les réponses se cachaient au fond de ses yeux. Ne pouvait-il lui laisser le temps de reprendre ses esprits ?

— J'ai lu des reportages sur le Chasseur et, le soir, je ne sors pas sans mon chien. C'est mon garde du corps.

C'était un chien de sauvetage, mi-labrador mi-autre chose, elle ne savait pas quoi au juste mais, une chose était sûre, il était doux comme un agneau, ce qu'elle évita de préciser.

— Pourquoi aviez-vous emmené votre chien là-bas ?

Les questions de l'agent spécial Ford commençaient à tourner en rond. Faisait-il exprès de poser toujours les mêmes mais en les formulant différemment, dans l'espoir qu'elle se trahisse ? Cela devenait horripilant.

Elle posa la main sur son estomac, qui gargouillait.

— Je ne sais pas. Quand je sors, je pars au hasard.

— Et ?

L'envie de l'envoyer paître commença à la démanger.

— Et rien. Qu'est-ce que vous voulez que je vous dise ?

— Ça va, Ford ! intervint Nathan. Elle a eu une soirée éprouvante. Elle t'a dit ce qu'elle sait. Si elle pense à autre chose, elle t'appellera. Laisse-la aller se coucher. On reprendra ça demain.

De nouveau, elle faillit sauter au cou de cet étranger pour le remercier de la sortir des griffes de son collègue, ce sadique qui se fichait pas mal qu'elle soit fatiguée ou pas.

— Je vous téléphonerai demain matin, mademoiselle Reed. Quant à toi, Nathan, rentre chez toi. Je ne veux plus te voir.

Raide comme la justice, Ford repartit vers la scène de crime. Aussitôt Autumn se détendit. Elle était tellement crispée qu'elle ne s'était pas rendu compte qu'elle avait les orteils recroquevillés dans ses chaussures !

Elle releva le col de sa veste pour bloquer le vent.

— Si vous voulez bien me suivre, monsieur Bradshaw, je vais vous enregistrer.

— Appelez-moi Nathan.

Posant la main sur son dos, il partit avec elle vers le chalet éclairé. En temps normal, elle aurait trouvé ce geste déplacé mais, compte tenu des circonstances, ce contact était plutôt rassurant. Après ce qu'elle avait vu dans le bois, elle avait peur de rester seule et, si elle pouvait nouer un lien d'amitié avec cet inconnu, elle se sentirait plus à l'aise.

Quand son frère avait annoncé son intention de partir en randonnée, Autumn n'avait pas mesuré à quel point sa solitude allait lui peser. C'était la première fois qu'elle restait aussi longtemps sans clients à Trail's Edge. Son camping n'était pas très éloigné de la ville mais ce qui était proche le jour semblait très lointain la nuit quand on n'entendait aucun bruit en provenance du dehors et que rien ne bougeait. Alors, oui, elle se sentait vraiment isolée. Et, maintenant, avec le crime qui avait eu lieu quasiment sur sa propriété, elle avait doublement peur.

Bien que les circonstances s'y prêtent mal, elle prit son ton le plus enjoué.

— Nathan, je vous souhaite la bienvenue à Trail's Edge. Bien sûr, j'aurais préféré vous recevoir pour d'autres raisons. Vous verrez, mon camping est génial. La vue est magnifique et, d'habitude, tout est calme et agréable.

— Moi aussi, je préférerais être ici pour d'autres raisons, dit-il avec un sourire qu'elle ne sut décrypter mais qui lui fit battre le cœur.

Elle ouvrit la porte de son chalet et Thor accourut. Elle l'attrapa aussitôt par le collier pour l'empêcher de sortir. Elle détestait l'enfermer, mais ce n'était pas le moment qu'il gambade partout. Il risquait de déranger les enquêteurs techniques, qui lui feraient peut-être alors du mal…

— Voilà Thor, déclara-t-elle en caressant la tête du chien. On était ensemble quand j'ai trouvé le corps. En fait, c'est lui qui l'a découvert. Hélas, je ne pense pas qu'il fasse un bon témoin.

Elle l'écarta de la porte pour laisser passer Nathan et ferma derrière lui. La chaleur qui régnait dans la maison la saisit. Elle n'avait pas réalisé combien il faisait froid dehors.

— Je suis ennuyé de ce qui vous arrive, dit Nathan.

Elle battit des paupières. Elle était si fatiguée que ses yeux piquaient. Elle s'assit, ouvrit son registre devant elle. Les pages étaient vierges, et pour cause ! Cela faisait des lustres qu'elle n'avait pas vu un client.

— Pourquoi a-t-il fait ça ici, dans mon camping ? interrogea-t-elle dans un soupir.

L'Appalachian Trail faisait près de quatre cents kilomètres. Lorsqu'elle avait lu les articles sur *l'affaire*, trois semaines plus tôt, elle n'avait pas imaginé que le tueur pourrait frapper de nouveau et si près de chez elle. Depuis toujours, Trail's Edge était son refuge. L'endroit où rien de ce qui se passait dans le monde ne pouvait l'atteindre.

— Je ne sais toujours pas ce qui le pousse à choisir un endroit plutôt qu'un autre, une victime plutôt qu'une autre, ni ce qui l'incite à passer d'un lieu à un autre, dit Nathan, prenant un siège en face d'elle.

— Vous voulez dire qu'il pourrait revenir ? M. Ford ne semble pas partager cet avis.

Nathan posa son regard sur elle puis sur le chien.

— Je pense que le tueur n'a pas eu le temps de finir sa besogne. Vous avez parlé à Ford d'une odeur de brûlé, or on n'a pas vu de feu. Partout ailleurs, il a brûlé le corps de ses victimes. Thor et vous avez dû l'interrompre dans son œuvre macabre.

Horrifiée, elle ferma les yeux.

— Je n'ai rien lu sur le feu dans les journaux.

— C'est un élément que le FBI n'a pas voulu ébruiter.

— Dites-moi, pourquoi cette affaire vous intéresse-t-elle ? M. Ford a insisté, il ne veut pas de vous dans son enquête.

Nathan se crispa, une ombre passa dans ses yeux.

— Ma sœur jumelle est la troisième victime du tueur. Voilà pourquoi je m'en mêle. Pour elle et pour notre famille.

Il y avait dans sa voix une grande tristesse. De la colère, aussi.

— Pardon, Nathan. Je suis désolée.

Que pouvait-elle dire d'autre ? Face à un drame pareil, les mots étaient d'une platitude navrante. Elle se souvenait, en effet, d'articles dans la presse sur ce troisième meurtre. Un ranger avait retrouvé le corps à trois cents mètres du Trail. C'était une odeur de feu qui l'avait attiré dans le bois, et là…

— Je veux retrouver l'assassin de ma sœur, vous comprenez ? Je ne dormirai bien que lorsqu'il sera sous les verrous.

— Vous ne faites pas confiance à Ford pour cela ?

— Non, dit-il sans autre explication.

Paralysée par ces yeux qui ne la quittaient pas, elle ne réagit pas. Aucun homme ne lui avait jamais fait pareil effet. Sans doute payait-elle pour le stress de la soirée, la découverte du cadavre, la peur, la fatigue… Si on ajoutait à cette accumulation d'émotions sa solitude, son père qui lui manquait et l'absence de Blaine, plus que jamais elle avait besoin de quelqu'un, d'un ami et, pour l'heure, elle n'avait que Nathan.

Ce dernier carra les épaules en arrière, comme s'il sortait d'un songe qui l'avait ramené un siècle en arrière.

— Je sais que vous êtes fatiguée, mais j'aimerais tout de même vous poser quelques questions.

Elle ôta l'élastique de sa queue-de-cheval et se massa les tempes pour tenter d'apaiser sa migraine.

— Vous n'avez pas l'intention de faire ce que demande M. Ford, alors ?

Quand elle vit son agacement, elle se dit que Ford avait raison de lui interdire de s'impliquer dans l'affaire.

— Je ne lâcherai jamais ce dossier, vous m'entendez ? Il faut empêcher que ce monstre tue encore.

2

Le Chasseur se déplaçait et tuait au rythme d'une ou deux victimes par semaine. Sept en tout pour l'instant. Toujours des femmes, des joggeuses ou des campeuses installées près de l'Appalachian Trail. Des femmes sans histoires, adorées de leur famille et de leurs amis. Pour Nathan, il ne s'agissait pas de crimes d'opportunité mais d'assassinats dûment planifiés et exécutés. Toujours le même type de femmes, le même mode opératoire — le lion qui attend l'instant où sa proie, soigneusement repérée, est vulnérable pour se jeter sur elle.

Nathan estimait avoir une semaine devant lui, tout au plus, avant qu'on ne découvre un nouveau cadavre. Bien qu'il y ait peu de promeneurs actuellement, si le prédateur chassait dans le coin, il fallait faire vite. Pour être efficace, Nathan avait besoin de quelqu'un qui connaisse parfaitement les lieux, les refuges et les spots de camping préférés des randonneurs.

— Vous êtes du coin ? demanda-t-il à Autumn.

Il travaillait sur ce dossier depuis le décès de Colleen et avait remarqué que les locaux n'hésitaient pas à collaborer. L'enquête exigeait qu'il passe du temps dans le secteur du Trail. Si Autumn pouvait lui apporter son aide, il aurait plus de chances de retrouver vite le tueur.

Autumn s'agita sur son siège et rejeta ses cheveux en arrière.

— J'ai toujours vécu ici. Je connais tout ce qui existe comme sentiers, plantes, animaux de la région.

La réponse qu'il espérait.

— J'aimerais vous engager pour m'aider.

— Vous aider ? Mais comment ? Je ne tiens pas à me retrouver nez à nez avec le tueur.

Il se pencha vers elle.

— Je voudrais en savoir plus sur cette portion du Trail. Je vous décris le genre d'endroits où le tueur frappe, vous me dites si vous voyez des coins qui correspondent.

Autumn hocha la tête. Ses cheveux balayèrent ses épaules.

— Je suis désolée mais je ne peux pas vous aider. Je comprends que ce soit difficile pour vous mais c'est trop dangereux pour moi.

— S'il vous plaît, insista-t-il. Avec moi, vous n'aurez rien à craindre.

Il avait donné sa parole à sa mère. Il avait promis que le meurtre de Colleen ne resterait pas impuni. Il ne retournerait pas dans sa famille tant que sa promesse ne serait pas tenue.

Voyant Autumn faire la moue, il abattit sa carte maîtresse.

— Je connais Ford, je sais comment il opère. Il lui faut un coupable. Votre frère ferait bien son affaire.

— Mon frère n'est pour rien dans tout ça. Je me moque de ce que pense Ford et de ce que le shérif lui a dit sur Blaine.

— En ce cas, coopérez… pour le prouver.

Elle hésita un instant.

— Je peux vous montrer les endroits les plus fréquentés.

Ouf ! Elle n'avait pas dit « non ».

— Merci, Autumn. J'apprécie ce que vous faites.

Les coudes posés sur la table, elle se massa les tempes.

— Je vois que vous avez mal, dit-il en prenant sa main.

Surprise, elle leva les yeux et, voyant son regard posé sur elle, détourna aussitôt la tête.

La migraine n'altérait pas sa beauté mais l'heure n'était pas aux fantasmes. Les sentiments n'avaient pas leur place dans une enquête policière. Tenté, malgré tout, de caresser le creux de son poignet, il lâcha sa main. Sa peau était très douce à cet endroit et il y aurait pris beaucoup de plaisir.

— Je sais que vous vous faites du souci pour votre frère. Ne vous inquiétez pas. Le FBI a des agents sur le Trail, ils mettent en garde les randonneurs.

Autumn replia son bras sur sa poitrine.

— Oui, mais mon frère a parfois de drôles d'idées. De plus, il ne reste pas forcément sur le Trail.

— Le Trail fait des centaines de kilomètres. Les chances que votre frère croise le tueur sont infimes, dit-il pour la rassurer. Par ailleurs, ses cibles ne sont pas des hommes.

— *Le* tueur ? Vous êtes certain que c'est un homme ?

— Je ne peux rien affirmer tant qu'on ne l'aura pas trouvé, mais mon expérience en criminologie me pousse à croire qu'il s'agit d'un homme. Agé de cinquante-cinq/soixante ans, sans travail actuellement. Un solitaire.

Autumn se leva et alla poser une bouilloire sur le poêle.

— Je n'ai aucune envie de quitter ma maison, mais je ne veux pas prendre de risques, je ne suis pas folle. A votre avis, je peux rester ici ou pas ?

En s'éloignant du Trail, elle s'éloignerait du tueur, c'était certain, songea-t-il.

— A vous de voir, se borna-t-il à répondre pour ne pas l'effrayer.

— Les tueurs en série observent-ils toujours le même mode opératoire ?

Il hésita avant d'avouer :

— C'est la première fois qu'on découvre un corps si près d'un endroit aussi exposé.

Elle frissonna.

— Et il a fallu que ce soit à Trail's Edge, chez moi ! Si je comprends bien, il a changé de mode opératoire. Ou alors, il n'en a pas… Très bien, prononça-t-elle dans un soupir.

Il ne me chassera pas de chez moi. Je ne me laisserai pas terroriser. Je reste et, s'il vient, gare à lui !

Autumn ne supportait pas l'idée de quitter Trail's Edge. Même pour faire ses courses, elle se dépêchait. En dix ans, elle pouvait compter sur les doigts d'une main les nuits qu'elle n'avait pas passées chez elle. Les risques que le tueur revienne sur la scène de crime alors que les agents du FBI ratissaient la zone étaient minimes. Elle n'avait donc pas de motif de partir, se persuada-t-elle.

L'affaire avait complètement chamboulé sa vie. Plus aucune réservation. Les inscriptions des enfants aux activités de plein air avaient été annulées, et elle vivait avec la peur permanente qu'il arrive malheur à Blaine.

La bouilloire siffla. Elle sortit deux grandes tasses, désassorties. L'une représentait un ours dressé sur les pattes de derrière, l'autre le logo de Trail's Edge. Un chocolat chaud. Rien ne la calmerait aussi bien qu'un chocolat chaud.

— Je vous en fais une tasse ? dit-elle en brandissant la boîte de cacao.

— Merci oui. Je veux bien.

Autumn s'affaira alors à la préparation des boissons.

— Très bon, votre chocolat, commenta Nathan peu après. Pour vous remercier de votre concours, je vous invite à dîner en ville. Ça vous dit ?

D'émotion, Autumn faillit s'étouffer. Il lui proposait vraiment une sortie ? Elle devait avoir mal compris. Il était là pour traquer un tueur, pas pour lui faire la cour.

Il lui sourit et, de nouveau, elle trouva son sourire… ambigu. Quand il souriait, tout son visage changeait. La gravité s'envolait, seul restait le charme. Il devenait alors beaucoup plus accessible. Prise d'une envie subite de lui caresser la joue, elle serra sa tasse très fort pour s'occuper les doigts. Seigneur ! Comme ses lèvres étaient appétissantes, elle les aurait volontiers touchées, rien que pour voir si elles étaient aussi moelleuses qu'elles en avaient l'air. Elle aurait bien fait d'autres choses encore. Les embrasser, pour connaître leur goût. Se serrer contre lui, aussi, et onduler pour sentir ses muscles, ses formes, toutes ses formes. Oh là là, mais elle devenait folle ! Tout cela parce qu'il lui avait souri !

Oui, mais ce n'était pas n'importe quel sourire, se dit-elle.

Elle qui s'était juré, après ses fiançailles rompues avec Daniel, de ne plus laisser un garçon l'approcher, voilà qu'elle n'était plus aussi sûre d'elle tout d'un coup.

— Vous me direz où les gens du pays sortent le week-end, lança Nathan en reposant sa tasse. En y allant, on pourra peut-être glaner des infos.

C'était bien ça. Son imagination l'avait égarée. C'était un rendez-vous de travail qu'il lui proposait. Pourquoi était-elle déçue ? Deux heures avaient suffi à la faire passer par toutes sortes de sentiments et elle se retrouvait totalement désorientée. Il y avait eu la peur, l'effroi. L'excitation. Le désir — eh oui, le désir ! Et au bout du compte, la perplexité.

— Si l'on va en ville, ce n'est pas pour parler du Trail, riposta-t-elle.

— Avec le nombre de véhicules de police qui circulent, la rumeur a dû aller bon train. Les gens sont sûrement au courant, ils voudront parler avec vous.

Autumn soupira. Elle évitait d'aller en ville pour un tas de raisons. La première étant qu'elle détestait les ragots et la foule. Avec la découverte d'un cadavre près de Trail's Edge, elle avait une raison supplémentaire de vouloir fuir la ville et les bavards.

— Je ne veux pas parler du meurtre, dit-elle.

— C'est moi qui répondrai aux curieux. Vous n'aurez rien à dire.

Peut-être mais elle n'était pas sourde. Elle entendrait. Les ragots. Les sous-entendus. Elle préférait rester à Trail's Edge.

— Je vais vous montrer votre chalet. Ensuite je vous

donnerai la liste des restaurants sympas avec leurs adresses pour que vous trouviez facilement.

Déçu, il hocha la tête.

— Je ne saurai pas à qui poser mes questions et les locaux ne parleront pas à un inconnu comme moi. J'ai besoin de vous, Autumn. Vous serez le miel qui attire les abeilles.

Il avait la voix suave du crooner. Les mots semblaient rouler sur sa langue avec une incroyable force de persuasion. Ce n'était pas ce qu'il disait qui était convaincant mais sa façon de le dire.

Le regard au loin, elle réfléchit. Peut-être se montait-elle la tête pour rien ? Pour une fois, elle pouvait descendre en ville et leur montrer à tous qu'elle allait bien malgré sa rupture avec Daniel et le crime commis à Trail's Edge.

Evidemment, se montrer en ville avec un étranger, beau comme un dieu de surcroît, allait faire jaser et lui attirer des jalousies. Nathan dégageait un air d'autorité et avait fière allure. Des qualités qui ne devraient plus l'impressionner, songea Autumn. Daniel était comme lui. Charmeur, adorable... mais lâche. Quand il lui avait fallu s'engager pour de bon, il n'avait pas pu.

Oui, elle allait affronter les commérages, remettre les choses et les mauvaises langues à leur place et garder la tête haute. Faire face, quoi !

— Bon, d'accord pour un dîner en ville, finit-elle par dire. Dans l'immédiat, venez, je vais vous montrer votre chalet.

Elle posa sa tasse et prit la clé du chalet en question. Elle enregistrerait son locataire plus tard.

Ils sortirent. Le vent avait forci et la température baissé. Souvent le soir, jusque tard dans la nuit, elle s'asseyait dans un rocking-chair sur la terrasse. C'était des moments délicieux de calme et de fraîcheur qu'elle savourait particulièrement. Mais ce soir, pour la première fois depuis des années, les bois et le noir lui faisaient peur. La pénombre apaisante et tranquille qu'elle affectionnait d'habitude lui semblait un repaire idéal pour un prédateur à l'affût.

Essayant d'ignorer l'agitation qui régnait dans le camping du fait de la présence des policiers, elle conduisit Nathan vers un petit chalet.

— Vous avez déjà campé ? demanda-t-elle, histoire de meubler le silence.

Seule, elle aurait coupé par la forêt, mais elle exigeait de ses hôtes qu'ils suivent les sentiers balisés. Autrement, la forêt qui bordait le sentier des deux côtés étant immense, ils risquaient de s'égarer.

— Avec cette affaire, j'ai passé un certain nombre de nuits à la belle étoile, mais camper, ce n'est pas trop mon truc.

— J'ai balisé tous les sentiers qui traversent le camping. Je vous recommande de ne pas vous en écarter.

— Oui, madame, dit-il du ton le plus sérieux.

S'il voulait bien suivre son conseil, elle n'aurait pas à passer la nuit dehors à sa recherche.

Brusquement envahie par une bouffée de désir, elle oublia la peur que lui inspirait la nuit. Partir à la recherche de Nathan Bradshaw, dans le noir, ne serait peut-être pas dépourvu d'intérêt...

— Je veux un guide de toute confiance si je m'aventure sur le Trail, reprit-il.

Elle s'arrêta brutalement et se planta devant lui. Il n'allait quand même pas s'imaginer qu'elle serait à sa disposition.

— Je vous ai dit que je vous aiderais, mais mon aide sera limitée. Je suis désolée de vous décevoir.

Mieux valait l'avertir tout de suite et qu'il ait une surprise agréable si elle décidait de se montrer plus coopérative.

Nathan toucha son bras, ce qui la fit frissonner.

— Vous m'avez déjà beaucoup aidé, vous savez. Et j'ai confiance en votre expérience de la nature.

— Les gens en général pensent que les randonnées ce n'est pas pour moi, répliqua-t-elle avec un sourire ironique.

— Et pourquoi donc ?

— Parce que je suis une femme et qu'une femme, ça ne sait pas vivre à la dure, ça se plaint toujours, soit parce que c'est trop spartiate et qu'elle ne peut pas se laver les cheveux, soit, comme disait mon père, parce que les filles c'est maigrichon.

Elle sourit, avant de reprendre :

— Je ne suis pas très musclée mais j'ai de l'endurance et, pour la randonnée, c'est important.

Elle monta les marches du chalet et, arrivée sur la terrasse, aperçut Ford qui les observait.

— Je ne vois pas pourquoi vous ne seriez pas faite pour la randonnée. En revanche, je pense que vous devriez être plus prudente.

Il était si près d'elle qu'elle sentait son souffle sur son cou.

— Je vais veiller sur vous, poursuivit-il. Je ne voudrais pas qu'il vous arrive quelque chose.

Sa remarque lui alla droit au cœur. Se souciait-il tellement d'elle qu'il veuille la protéger ?

Comme si ses mains étaient déconnectées de son cerveau, elle ne réussit pas à mettre la clé dans la serrure. Nathan la rendait nerveuse. Elle se sentait aussi stupide qu'une adolescente qui bêtifie devant un garçon.

— A vous… non plus, bégaya-t-elle.

La voyant si gauche, il lui prit la clé des mains.

— Je vais essayer.

Il ouvrit sans difficulté, poussa la porte et entra.

Elle lui emboîta le pas. Il dégageait une chaleur communicative. C'était troublant, et une invite à se rapprocher davantage encore. Mais cela aurait été déplacé. Elle savait se tenir. D'habitude ! Nathan allait penser qu'elle avait le même comportement avec tous les hommes qu'elle recevait.

— C'est joli, dit-il, apparemment sincère. J'ai déjà séjourné dans des motels nettement moins accueillants.

L'idée de rénover les chalets venait d'elle. Elle n'avait pas hésité à les équiper d'appareils ménagers modernes, cafetière électrique, grille-pain, micro-ondes, minifour. Elle avait renouvelé le linge ainsi que les rideaux. Le résultat était très réussi. C'était cosy. On s'y sentait « comme chez soi ». C'était elle qui faisait le ménage au départ des locataires. Les menues réparations aussi. Les chalets avaient beau être petits, elle avait réussi à y créer de petits espaces chaleureux, un coin repas, un coin salon et, dans l'alcôve, le coin chambre avec un lit double. Les lieux pouvaient accueillir un couple avec deux enfants car elle avait acheté deux fauteuils-lits. Le poêle placé au milieu de la pièce chauffait tout le chalet en hiver. En été, les arbres procuraient assez d'ombre pour assurer une agréable fraîcheur.

Autumn s'approcha de la fenêtre, d'où la vue sur la forêt était magnifique.

— Ce chalet est mon préféré, dit-elle. C'est le premier que nous avons rénové, mon frère et moi.

Elle écarta les rideaux qui occultaient les baies vitrées. Elle n'aimait pas ne pas voir ce qui se passait dehors. Peut-être l'épiait-on ?

— Demain matin, vous verrez sans doute des daims. Il y a aussi des renards, je pense qu'ils ont un terrier pas loin. Je vais vous apporter du petit bois et des bûches pour faire un feu.

— Ne vous donnez pas ce mal, dit-il. J'irai en chercher moi-même si j'en ai besoin.

De grave et chaude, sa voix était devenue rauque, comme enrouée. C'était bizarre. Quelque chose avait changé, il y avait comme de l'électricité dans l'air.

Submergée de désir, elle se sentait à fleur de peau. Cela faisait six mois, presque sept, qu'elle n'avait pas eu de relation avec un homme. Beaucoup trop longtemps. Avec Daniel, son dernier amoureux, l'histoire avait mal tourné. Il ne s'était pas volatilisé, comme le font certains hommes courageux, mais elle avait découvert qu'il la trompait. Elle avait décidé de passer l'éponge et de continuer comme avant, mais cela n'avait pas duré une semaine.

— Si vous ne trouvez pas de bois sec ou n'avez pas le temps d'en ramasser, servez-vous dans l'appentis derrière mon chalet. Le poêle tient toute la nuit, c'est appréciable car il fait souvent froid au petit matin. Dans le bidon près de la cheminée, il y a du pétrole.

Elle parlait beaucoup, comme chaque fois qu'elle tentait de tromper son trouble, car elle ne voulait pas qu'il se rende compte qu'il la mettait mal à l'aise. Ce n'était pourtant qu'un locataire comme un autre, se répéta-t-elle pour s'en persuader.

Comme il changeait de position, elle vit qu'il était armé. Et qu'il la dévorait du regard. Cet homme était dangereux. A plus d'un titre.

Etait-ce son imagination qui lui jouait encore un tour en lui faisant voir des braises dans ses yeux là où il n'y avait que de la gentillesse ? En lui faisant croire qu'il partageait, à cet instant, les mêmes sentiments qu'elle à son égard ?

Le lit qu'elle voyait, à trois ou quatre mètres d'elle, était tentant. Elle savait que les draps étaient tout frais et que le poids de Nathan sur elle l'enverrait au paradis. Manquant d'air, elle inspira à fond. Non, non et non, elle ne se ridiculiserait pas une nouvelle fois à cause d'un homme.

Nathan envoyait des signaux très lisibles. Il avait perdu sa sœur, il la suppliait de l'aider à retrouver le tueur et il avait peu de temps devant lui. Elle devait se contenter d'une relation strictement professionnelle. Si le tueur s'éloignait, Nathan en ferait autant. Adieu les illusions...

Il valait mieux qu'elle sorte prendre l'air, car elle se sentait prête à dire ou à faire une bêtise.

— Si vous désirez quelque chose, dites-le-moi, lança-t-elle d'un ton faussement dégagé.

Elle se mordit aussitôt la lèvre. N'allait-il pas interpréter sa déclaration comme une invitation à la rejoindre dans son lit ?

Il la prit par le bras et le serra très fort.

— Demain soir, 19 heures, un verre et un dîner.

Elle fit alors l'erreur qu'elle s'était juré de ne plus jamais commettre : elle le regarda, droit dans les yeux. Comment refuser quelque chose à cet homme dont le visage était vibrant d'espoir ?

— OK, 19 heures mais je ne resterai pas tard.

— A demain, dit-il en lâchant son bras.

Elle fit un petit signe de tête et s'éclipsa.

Nathan avait très mal dormi. Il y avait eu du bruit — le FBI et les rangers n'avaient fini de ratisser la scène de crime que vers 10 heures ce matin, et le médecin légiste venait de partir lui aussi. Il y avait aussi la jolie brune qui dormait dans un chalet voisin, et surtout la certitude qu'il était à deux doigts d'appréhender le tueur. Excité à cette idée et plus déterminé que jamais, il n'avait pas réussi à fermer l'œil.

Il se passa la main dans les cheveux tout en relisant ses notes. Manque de sommeil, abus de café, tous les ingrédients étaient réunis pour le mettre sur les nerfs et réduire sa concentration. Sa lecture était entrecoupée d'images d'Autumn Reed. Pas de chance, le seul témoin de l'affaire était d'une beauté rare. Comme tous les hommes, Nathan aimait la compagnie des jolies femmes mais, en l'occurrence, une fille quelconque aurait été préférable. Elle ne l'aurait pas distrait de sa mission. Il fallait qu'il se concentre. Il n'avait déjà que trop d'éléments contre lui.

Nathan tourna les feuilles de son carnet et jeta sur une page blanche quelques notes sur Autumn, son frère Blaine et Trail's Edge. Mieux valait noter au fur et à mesure, quand ses souvenirs étaient encore vifs. Et puis, peut-être qu'en écrivant il évacuerait Autumn de son esprit. Peut-être…

Absorbé par son travail, il découvrit qu'il était 17 h 30 quand il consulta sa montre. Il planchait sur le dossier depuis

6 heures du matin. Bientôt douze heures qu'il analysait photos, dessins, graphiques et notes, il avait bien mérité un break.

Il se doucha et se changea. Pour se fondre dans la population de Smithsburg, ce soir, au dîner, il allait jouer les amoureux. S'il déclarait qu'il était là pour enquêter sur le meurtre, ce serait motus et bouches cousues. En revanche, sortir avec une femme, une belle femme, délierait les langues, il en était sûr.

A 19 heures précises, il frappa à la porte d'Autumn Reed. Elle ouvrit aussitôt. Le guettait-elle derrière son carreau pour répondre aussi vite ? Bien que cette idée lui plaise, il la refoula. Il était là pour rendre justice à sa sœur, pas pour vivre une aventure avec une belle écolo.

Toutefois, il ne put s'empêcher de la détailler. Elle avait les cheveux sur les épaules, portait un pantalon cigarette noir et un haut vert moulant. Bien que simple, sa tenue allait attirer sur elle tous les regards.

Agacé d'avance, il se racla la gorge. Mais qu'est-ce qu'il lui prenait ? Il n'avait aucun droit sur elle. S'il lui avait proposé ce dîner, c'était seulement pour glaner des infos. Une sortie strictement professionnelle. Oui mais, à la voir là, jolie comme un cœur et infiniment désirable, il sentait bien que l'intérêt qu'il lui portait dépassait largement le cadre du boulot…

Il essaya de se ressaisir. *Pense à ta sœur, rien qu'à ta sœur,* se dit-il. *Autumn n'est qu'un moyen de rencontrer des personnes qui savent peut-être des choses.* Le reste, look, beauté, ne devait pas interférer dans leur relation.

Se rendant compte qu'il la dévisageait, il ne chercha pas à mentir.

— Vous êtes superbe, dit-il.

De sa main gauche, elle caressa la pointe de ses cheveux.

— Merci. Vous n'êtes pas mal non plus. Peut-être un peu habillé pour le Wild Berry.

— Je suis plus à l'aise en costume qu'en survêtement.

Elle sortit sur la terrasse et tira la porte derrière elle sans même lui proposer d'entrer. Tant pis ! C'était normal, après tout. Il était là pour trouver l'assassin de Colleen, pas pour lui conter fleurette.

Comme elle passait devant lui, elle l'effleura de l'épaule. Elle s'était parfumée et sentait bon l'essence de pin et les épices. Une fragrance délicieusement féminine.

La descente de la montagne leur prit vingt minutes, il leur en fallut cinq de plus pour se rendre au Wild Berry. Nathan se gara entre un pick-up rouillé et une berline avec un singe aux yeux clignotants posé sur la plage arrière. Il ôta les clés du contact et se tourna vers Autumn.

— Faisons comme si on était un couple.

— Ça ne me semble pas une bonne idée, rétorqua-t-elle en triturant la bandoulière de son sac.

Il posa la main sur son bras et lui sourit.

— Je ne suis pas d'ici. Si les gens croient que je suis avec vous, ils parleront.

— Moi, je pense que les gens se fichent de ce qu'on est l'un pour l'autre. Ils parleront s'ils en ont envie.

— Peut-être, mais votre présence facilitera les confidences.

Décidé à la convaincre, il s'empressa de lui ouvrir sa portière.

— A quoi jouez-vous ? lui demanda-t-elle.

— Je joue les amoureux transis, dit-il en lui prenant le bras.

Elle ne répondit pas mais le laissa la conduire jusqu'à l'entrée du restaurant. A l'intérieur, un groupe jouait de la musique country. C'était assourdissant. Nathan balaya la salle du regard. Quelques clients levèrent les yeux de leur bière, mais la majorité ne les remarqua pas. Avisant une table libre près d'une baie vitrée, ils s'y installèrent. Une charmante serveuse apparut aussitôt avec la carte. Elle avait de beaux cheveux blonds qui lui arrivaient à la taille.

— Salut, Autumn, tu ne me présentes pas ton copain ?

— Si, bien sûr, répondit Autumn, visiblement ennuyée. C'est Nathan Bradshaw. Nathan, je te présente Francine.

Elle l'avait tutoyé, c'était gagné, elle jouait le jeu.

— Bonjour, Nathan. Qu'est-ce que je vous sers ?

— Pour moi, un thé glacé, répondit Autumn, crispée, en posant les mains sur ses genoux.

Francine, volubile, semblait très amicale. Autumn, carrément renfrognée. Les relations entre les deux femmes ne devaient pas être simples, se dit Nathan.

— Et pour vous ? lui demanda Francine, avec un sourire qui avait dû lui valoir quelques invitations à dîner.

— La même chose, merci, déclara-t-il.

Francine remit son bloc dans la poche de son tablier.

— Il paraît qu'il y a eu du grabuge là-haut au camping.

— Non, pas au camping, répondit-il calmement en réponse au regard implorant qu'Autumn lui lançait.

— Ah bon ? On dit pourtant qu'on a trouvé un cadavre dans un chalet.

Nathan se mit à rire.

— C'est faux. Les gens racontent n'importe quoi ou déforment ce qu'on leur dit. C'est ça, la rumeur.

Francine ouvrait la bouche pour poursuivre mais il l'arrêta d'un geste. Il voulait bien satisfaire sa curiosité, mais pas au prix du confort d'Autumn. Or, cette dernière semblait tétanisée.

— On viendra prendre un verre au bar tout à l'heure et on vous racontera, ajouta-t-il.

— D'accord, je reviens tout de suite avec votre commande.

Elle pivota sur ses baskets et s'éloigna.

Nathan se rapprocha de la table.

— Vous vous entendez bien toutes les deux ?

— Nous étions au lycée ensemble, répondit Autumn en se tortillant sur sa chaise. Elle a été la reine du bal de fin d'études. Moi, je n'y suis pas allée...

— On va lui laisser le temps de raconter à tout le monde

qu'elle va avoir des infos de première main sur ce qui s'est passé à Trail's Edge. On n'aura plus qu'à écouter ce qui se dit.

Autumn le regarda, perplexe.

— Je ne tiens pas à ce qu'on parle de moi, murmura-t-elle.

— Ils ne parleront pas de toi. Ils parleront du prédateur.

— Je n'ai qu'une source de revenus, insista-t-elle. C'est mon camping. Tu ne trouves pas que ce qui s'est passé est suffisant ? Tu crois qu'il faut prêter le flanc aux ragots ?

— Je ne cherche pas à te causer des problèmes, je veux des infos, c'est tout.

— Je ne tiens pas à ce que Trail's Edge ou ma famille soient mêlés à ce drame.

Elle protégeait les siens. C'était un bon point.

— Vous êtes proches, Blaine et toi ?

Haussement d'épaules.

— Je n'ai que lui, il n'a que moi. On est seuls tous les deux depuis que notre père est mort, il y a un an.

Nathan avait eu sa part de douleur, dernièrement. Famille était un mot qui résonnait profondément en lui.

— Je suis triste pour toi. Ça doit être doublement difficile de te retrouver seule actuellement.

— Je ne suis pas vraiment seule, dit-elle, baissant la tête. J'ai Thor.

Un petit rire nerveux lui échappa.

— Je sais, ça a quelque chose de pathétique, mais c'est comme ça. Pour tout te dire, je préfère rester au camping avec mon chien que descendre en ville.

Elle se tortillait les doigts nerveusement.

— Pourquoi ça ? demanda-t-il.

Pensive, elle regarda au loin.

— Je croyais que tu étais venu enquêter sur le tueur… Pas sur moi, murmura-t-elle comme si elle craignait qu'on ne l'entende malgré la puissance de la sono.

— Bien sûr, mais j'ai aussi envie de te connaître.

A peine la phrase prononcée, il la regretta. Elle avait

l'air si méfiant subitement. Pourquoi doutait-elle tellement de lui ? Que s'était-il passé dans sa vie pour qu'elle soit pareillement sur ses gardes ? Certaines personnes avaient des problèmes avec l'autorité. Etait-ce parce qu'il travaillait avec le FBI qu'elle se défiait de lui ? Ou les hommes en général lui faisaient-ils peur ?

Elle s'éclaircit la voix et regarda autour d'elle.

— Tu ne resteras pas longtemps ici, ne perds pas ton temps à essayer de me connaître.

Sous prétexte de mieux l'entendre, il se rapprocha encore. Posa la main sur son bras. Elle semblait mal à l'aise.

— Tu veux partir ? On peut rentrer, si tu préfères.

Tiens, depuis quand faisait-il passer son travail au second plan ?

Elle leva la tête, surprise. Elle avait les yeux brillants. De fièvre ? De désir ? De défiance ? Leurs regards se rencontrèrent. Il sentit son corps réagir. En d'autres temps, il n'aurait pas hésité. Il l'aurait étreinte, embrassée, dévorée, et l'aurait enlevée pour lui faire l'amour.

Il reprit ses esprits en voyant Francine arriver avec leurs thés glacés.

— Vous avez fait votre choix ? demanda-t-elle.

Ils n'avaient pas ouvert la carte.

— Pour moi ce sera un sandwich jambon, fromage, oignons, mayonnaise, tomate et des frites.

Autumn commanda une assiette de viande froide et salade.

— C'est comme si c'était fait, dit Francine en reprenant la carte.

En partant, elle effleura, l'air de rien, son épaule sous le regard outré d'Autumn.

— Quel aplomb ! Le fait qu'on soit ensemble ne la gêne même pas. Elle est bien décidée à te faire comprendre qu'elle t'aura quand elle voudra.

— Bien qu'elle soit charmante, elle peut toujours courir !

Autumn se recroquevilla comme si elle voulait disparaître.

— Il paraît qu'elle sort avec mon ex en ce moment. Daniel, le shérif.

— Le shérif ? Ton ex ? Il est ici ?

Autumn jeta un coup d'œil alentour.

— Je ne le vois pas.

— Pourquoi a-t-il dit à Ford que ton frère avait eu des ennuis, par ici ?

Elle haussa les épaules.

— Rien à voir avec l'affaire.

Le ton était sec, elle ne voulait pas de questions sur sa vie privée. Qu'à cela ne tienne, il allait changer de sujet.

— J'aimerais bien parler à quelqu'un qui connaît les ragots.

Faire la part du vrai et du faux dans les rumeurs n'était pas facile, mais elles l'avaient déjà conduit sur de bonnes pistes.

— Voyons, quelqu'un qui aime les ragots ? reprit-elle. Eh bien, la moitié de la ville ! C'est petit, ici. Il ne se passe pas grand-chose à Smithsburg, alors, quand quelque chose arrive, tout le monde en parle.

Quand les clients venus seulement dîner seraient repartis et qu'il ne resterait que les soiffards, ils iraient au bar et, là, il orienterait la conversation vers le tueur. Bières et autres alcools aidant, les langues se délieraient. C'était classique.

Un morceau qu'il connaissait, sirupeux à souhait, s'échappait des haut-parleurs.

— Si on dansait ?

Autumn regarda autour d'elle.

— Pardon ? Ici ?

— Non, là, rétorqua Nathan en lui montrant la piste.

— Ça ne va pas faire avancer l'enquête.

— Tu as raison mais ça va te détendre.

— Pas du tout. Au contraire.

— Allez, viens, dit-il en lui tendant la main.

En louvoyant entre les tables, ils gagnèrent la piste. Il prit sa main et la serra contre sa poitrine. Mécontente de s'être laissé faire, elle se tenait raide, presque cambrée, pour être le plus loin possible de lui.

— Relax, lui souffla-t-il à l'oreille. Tout va bien.

Elle avait la taille idéale pour danser avec lui, songea-t-il. Ses lèvres étaient près de son cou, ses cheveux lui chatouillaient la joue. Il aurait adoré qu'elle l'embrasse.

Une image d'elle, nue dans son lit, passa devant ses yeux. Leurs corps étaient faits l'un pour l'autre. Il voyait ses courbes épousant les siennes et ses longues jambes autour des siennes. Aussi vite que cette image était venue, un sentiment de honte la balaya. Il avait autre chose à faire que fantasmer. Le tueur courait toujours.

— Tu comprends maintenant pourquoi je ne suis pas allée au bal de fin d'études ? lui susurra-t-elle à l'oreille comme elle venait de lui écraser le pied.

— Cela ne nous empêche pas de danser.

— Mais nous sommes les seuls sur la piste.

Il se moquait de ne pas faire comme tout le monde.

— Ne t'occupe pas des autres. Maintenant, si cela te gêne, ferme les yeux, je te guide, tu ne te cogneras pas.

Elle obéit et il continua à tourner, la serrant contre lui. Ses cheveux sentaient bon le pin, le genièvre, les épices… Ce parfum — le genièvre surtout, frais, pur, revigorant — lui allait bien.

Autumn détestait les potins. Manque de chance, elle se trouvait dans les bras d'un étranger et on parlait d'elle à voix basse. Sa rupture avec Daniel remontait à six mois. Ils s'étaient arrangés pour ne pas faire de vagues. Depuis, il fréquentait Francine. Le lendemain même de leur rupture il avait, semble-t-il, sauté dans le lit de la serveuse. Peut-être faisait-elle même partie des filles avec lesquelles il avait eu une liaison alors qu'ils étaient fiancés ? Elle préférait ne pas savoir.

Qu'on la voie danser avec le bel inconnu allait faire couler de la salive. Elle le savait. Bien que cette idée lui déplaise, elle n'arrivait pas à se détacher de Nathan. Il l'attirait comme un aimant. Mais ce n'était pas qu'une attirance sexuelle, il y avait aussi le pouvoir des mots quand il lui parlait.

Il lui remit une mèche derrière l'oreille.

— On est servis, dit-il. Francine vient d'apporter notre commande.

Elle s'écarta de lui à regret et, ressentant une impression de vide, se dirigea vers leur table.

— Autumn, toi en ville ? Quel bon vent t'amène ?

La voix était joyeuse, amicale. Hilde Sinclair habitait près du Trail et gérait un des refuges qui jalonnaient le sentier. Hilde l'avait plusieurs fois invitée à déjeuner dans les premiers mois qui avaient suivi la disparition de son père, se rappela Autumn.

— Je dîne avec un ami, répondit-elle sans présenter Nathan.

Hilde sourit.

— Je peux venir te dire bonjour un de ces jours ?

— Bonne idée. Viens quand tu veux.

La porte du restaurant s'ouvrit brusquement et Roger Ford entra. Il survola la clientèle des yeux et vint tout droit vers eux.

— Ça marche entre vous deux, on dirait, lança-t-il d'un ton sarcastique en toisant Nathan.

Pourquoi Ford était-il aussi agressif envers ce dernier ?

— Qu'est-ce que tu veux, Ford ?

— Que tu décampes de cette ville, Bradshaw.

— Compte là-dessus ! rétorqua Nathan.

Ford glissa les pouces dans les passants de sa ceinture.

— T'as peut-être convaincu Mlle Reed de t'accorder du temps, mais elle ne sait sûrement pas qui tu es, ni ce que t'as fait.

Le ton était méchant. Autumn jeta un coup d'œil à Nathan.

— Elle sait ce qu'il faut qu'elle sache, répliqua ce dernier.

— C'est-à-dire ? intervint-elle.

Ford prit une chaise et s'installa à leur table.

— Bradshaw et moi, on se connaît depuis longtemps. Tu racontes ou je continue ?

— Vas-y, t'en crèves d'envie.

— Bradshaw et ma sœur se sont rencontrés dans une fête de charité. Six mois plus tard, ils étaient mariés. Et puis, il l'a quittée.

Nathan resta impassible. Seuls ses yeux exprimaient une violente colère.

— T'as fini de laver mon linge sale en public ?

— Voilà, c'est fait.

Ford se leva en leur souhaitant bon appétit et sortit.

— Tu as le droit de me poser des questions, dit Nathan.

Estimant que sa vie privée ne la regardait pas, elle ne demanda rien. Nathan et sa femme ne s'entendaient plus, ils s'étaient séparés, la belle affaire ! songea-t-elle.

Autumn et Nathan passèrent devant le belvédère perché au sommet d'une falaise d'où la vue sur les Appalaches était vertigineuse. Des sommets enneigés surplombaient des pentes couvertes de sapins. Au fond, dans la vallée, une rivière cascadait sur d'énormes rochers. C'était pour ce point de vue que son grand-père avait décidé d'implanter là son camping, se rappela Autumn. Ici, la nature changeait au fil des heures et des saisons, passant d'un vert sombre presque noir quand l'orage menaçait à un riant vert clair au printemps. Qu'il soit sombre et inquiétant ou lumineux et joyeux, le paysage était toujours somptueux. Nathan tourna dans Trail's Edge plongé dans le noir. Elle avait oublié d'allumer la terrasse en partant. Elle avait enfermé Thor dans le chalet, ce qu'elle ne faisait jamais d'habitude, préférant le laisser gambader dehors. Mais, avec un tueur en liberté, elle ne voulait pas prendre de risque. Elle tenait trop à lui.

Nathan se gara et se tourna vers elle. Il avait les yeux brillants comme des billes de verre.

— Merci de m'avoir accompagné, dit-il. Mais pardon de te ramener si tard.

Il abaissa ses manches de chemise avant de prendre sa veste sur le siège arrière. Un geste qu'elle n'avait pas souvent vu faire. Son père et son frère ne portaient jamais de costume sauf pour les enterrements. Nathan portait le sien avec une grande aisance. En général, costume et cravate la laissaient indifférente. Elle aimait les hommes qui vivaient comme elle, simplement, au grand air, en symbiose avec la nature. Alors pourquoi, ce soir, un tel émoi ?

Bien, je fais comment maintenant ? songea-t-elle. *Je pars en courant ou je l'embrasse sur la joue ?*

— Je dois donner sa pâtée à Thor et le sortir, dit-elle. Le pauvre... Enfermé toute la soirée...

Pourquoi toutes ces explications quand il ne lui demandait rien ?

— Je viens avec toi, décréta Nathan.

Elle défit sa ceinture de sécurité et descendit de voiture. L'air frais lui fit tout de suite du bien. L'atmosphère était étouffante dans ce restaurant.

— Pas d'obligation, dit-elle. Je peux tout faire toute seule.

Si ce n'est que se promener seule, la nuit, dans le camping, après ce qui s'était passé, n'était guère rassurant.

— Je sais, mais ça me fait plaisir, déclara Nathan.

La porte à peine ouverte, Thor bondit sur elle et se précipita vers son écuelle vide.

— Désolée, mon toutou. Tu dînes tard ce soir.

Elle alla chercher les croquettes dans la réserve et en versa dans la gamelle de Thor, qui se jeta dessus.

— Il avait faim, dit Nathan.

— Il a toujours faim. J'achète beaucoup plus à manger pour lui que pour moi.

— Pendant qu'il mange, tu n'aurais pas des cartes à me prêter ? reprit Nathan. Je voudrais une vue aérienne de la région.

— J'ai celles que je donne aux campeurs.

Elle alla vers son bureau, ouvrit un tiroir et en sortit une carte, que Nathan déplia en grand sur la table de cuisine.

— Tu peux me montrer les endroits qui ne sont fréquentés que par les gens du cru ?

Elle s'assit et, serrée contre lui, regarda la carte. Depuis le temps qu'elle la montrait à ses visiteurs, elle la connaissait par cœur. Elle-même ne s'en servait plus, la forêt n'ayant plus aucun secret pour elle. Depuis leur plus tendre enfance, Blaine et elle avaient exploré les bois qui bordaient le Trail et repéré de nombreux endroits, loin des sentiers battus, réservés aux marcheurs intrépides et qui offraient des points de vue magnifiques sur la vallée.

— Des endroits où ne vont que les locaux ? Il y en a plein, dit-elle. Je connais beaucoup de sentiers qui ne sont pas indiqués, avec des espaces épatants pour pique-niquer ou faire des fêtes.

— Et des endroits difficiles d'accès ? Des endroits réservés aux très bons marcheurs ?

Elle prit un crayon, dessina un grand cercle et quelques croix à l'intérieur. Se penchant pour mieux voir, Nathan se trouva tout près d'elle. Elle sentit les battements de son cœur redoubler et dut faire un effort pour se concentrer de nouveau. Si, par mégarde, elle tournait la tête vers lui, ses lèvres frôleraient les siennes. Peut-être même les effleureraient-elles ? Comment ferait-elle alors pour ne pas l'embrasser ?

— Tes croix ne sont pas toutes près d'un sentier, remarqua Nathan.

— J'ai l'habitude de la forêt, je me repère très bien. Les randonneurs lambda ne connaissent pas ces endroits-là.

— J'ai de la chance de t'avoir comme guide, alors.

La perspective d'être seule avec lui pendant des heures, peut-être des jours, commença à la rendre nerveuse. Elle s'imaginait dans ses bras puissants en train de l'embrasser. C'était magique mais inquiétant, car elle ne se sentait pas prête pour une nouvelle aventure.

Alors qu'elle fantasmait, les propos de Ford lui revinrent en mémoire. Nathan avait quitté sa femme. Pourquoi ? Cela n'avait sans doute rien à voir, mais peut-être n'avait-il pas de parole ? Tout ce qu'elle savait à son sujet, c'est qu'il voulait retrouver l'assassin de sa sœur et était prêt à tout pour réussir. Y compris lui mentir ? Faire semblant de s'intéresser à elle ?

Thor vint frotter son museau contre sa main.

— Il est prêt pour la promenade.

Autumn prit la laisse et l'attacha au collier du chien. Et se munit ensuite d'une lampe de poche.

Dix minutes plus tard, Thor gambadait devant eux. Il courait d'un côté à l'autre, s'arrêtait pour renifler sous les buissons. Les feuilles mortes crissaient sous leurs pas.

— Comme c'est calme, dit-elle, repensant à l'agitation qui avait régné la veille.

— Oui, c'est tranquille.

Avec un peu de chance, le prédateur avait continué sa route. Peut-être allait-il décider, l'hiver venant, de rester au chaud pour ne reprendre sa besogne qu'au retour du printemps. C'est en tout cas ce qu'Autumn espérait — à défaut de le voir arrêté, bien sûr.

— Je me demande si le FBI a identifié la dernière victime, dit-elle.

— On le verra dans la presse. Ford est avare d'infos. Il a tellement peur que je le gêne.

Puis, comme elle se taisait, il ajouta :

— On a travaillé ensemble, il y a des années. Il applique

le règlement à la lettre ; moi, j'ai tendance à considérer l'esprit des lois et, s'il faut franchir la ligne blanche, je n'hésite pas. A condition que ce soit pour le bien de l'enquête, évidemment. Comme, en plus, j'ai divorcé de sa sœur…

Entraînée par Thor, Autumn accéléra le pas. Le chien tirait sur sa laisse et elle avait du mal à le retenir. Il voulait retourner là où ils avaient découvert le corps. La zone, entourée d'un ruban jaune et noir, était évidemment interdite.

— Laisse-le faire, déclara Nathan. On l'empêchera de courir partout, mais ça me permettra de voir les lieux. A moins que tu ne préfères rentrer au chalet, auquel cas je m'occupe de lui.

Il scruta son visage, l'air soucieux, ce qui la toucha. Cela faisait si longtemps que personne n'avait pris soin d'elle.

Elle ne voulait pas rester seule. Pas plus dans son chalet qu'ici. De plus, une petite voix lui disait de rester avec Nathan.

— Tu ne verras pas grand-chose dans le noir, dit-elle pour le convaincre de rentrer. La lampe ne porte pas très loin.

— Tu dormiras mieux si tu sais que tu n'as pas de raison de t'inquiéter. Le FBI a nettoyé la zone, les pièces à conviction ont été photographiées, mises dans des pochettes et collectées.

Oui, peut-être que retourner sur les lieux lui permettrait d'évacuer la vision d'horreur qu'elle avait eue, se dit-elle.

Le vent agitait les branches et des feuilles tombaient. Autumn balaya la scène de crime du faisceau de sa lampe, puis le tronc de l'arbre qui avait servi de potence. Le corps avait été emporté.

Surprise par un froissement de feuilles mortes, elle braqua sa torche sur le pied de l'arbre.

Une ombre s'y trouvait tapie, un homme apparemment. Thor se mit à aboyer en tirant de plus belle sur sa laisse. Nathan prit la lampe et la braqua sur la silhouette qui s'enfuyait. L'individu passa sous le cordon jaune et noir et, louvoyant entre les buissons, s'enfonça dans la forêt, ombre parmi les ombres, impossible à suivre.

Nathan dégaina et arma.

— Police ! Halte ! cria-t-il avant de s'élancer à la poursuite du fuyard.

La lampe qu'il tenait toujours à la main éclairait tantôt les cimes tantôt les fougères, selon qu'il courait ou sautait par-dessus les branches tombées au sol. Les sous-bois avaient pris des airs fantomatiques. C'était beau mais terrifiant.

Etranglée par la peur, Autumn attira Thor contre elle. Elle tremblait et ses tremblements gagnaient son chien.

Elle était seule dans les bois, dans le noir. Nathan poursuivait un fou. Se sentait-elle assez de courage pour regagner son chalet et appeler à l'aide ?

Le camping, qu'elle avait toujours considéré comme son chez-elle, n'était plus qu'un endroit menaçant, et le froid la pétrifiait.

Le prédateur était revenu. Peut-être cherchait-il une nouvelle victime, peut-être voulait-il terminer son rituel en mettant le feu ? La silhouette pouvait aussi être celle d'un adolescent qui avait fait un pari, pensa Nathan. Ou celle d'un paparazzi à l'affût.

La nuit devenait de plus en plus sombre et Nathan y voyait de moins en moins bien. La forêt était dense, il était facile de se cacher derrière le mur que formaient les troncs.

Il s'arrêta et balaya la zone du faisceau de sa lampe.

Rien, il ne voyait rien.

Autumn ! Bon sang, il les avait laissés tout seuls, Thor et elle. Le prédateur avait très bien pu faire le tour et être revenu l'attaquer. Elle correspondait totalement au profil type des femmes qu'il agressait.

S'était-il beaucoup éloigné ? Combien de temps était-il parti ?

Il se retourna et appela.

— Autumn !

Le visage de sa sœur passa devant ses yeux. Colleen était morte dans les mains de ce sauvage. Il ne le laisserait pas s'attaquer à une autre femme, encore moins à une femme qui représentait, inexplicablement, déjà beaucoup pour lui.

Il accéléra le pas.

— Autumn !

Thor aboya. Mais c'était Autumn qu'il voulait entendre. Allait-il arriver trop tard ? Avait-il commis une erreur irréparable en la laissant seule ?

Il appela de nouveau et, cette fois, elle répondit. Il se dirigea alors au son de sa voix et, quand il l'aperçut, soupira de soulagement. Elle était recroquevillée par terre, cramponnée à son chien.

Il la prit dans ses bras et la serra contre lui. Thor grogna comme pour lui reprocher son inconséquence.

— Ça va ? lui demanda-t-il, le nez dans ses cheveux.

— C'était le Chasseur ? Tu l'as vu ? bégaya-t-elle, terrifiée.

— Je pense que c'était lui, oui.

— Il faut appeler Ford, déclara Autumn.

Une branche craqua. Un animal ? Ou le Chasseur qui les épiait ?

— Rentrons d'abord au camping, dit Nathan.

Il ne voulait pas l'affoler davantage, mais, à cet endroit, ils se trouvaient sur le terrain de chasse du tueur et, il lui fallait le reconnaître, il n'était pas en position de force.

Nathan prit les clés des mains d'Autumn et ouvrit le chalet. Glacée de froid et d'effroi, elle entra. Elle était tendue, ses mains tremblaient. Il alla avec elle dans le salon et la fit asseoir sur le canapé.

— Je te prépare quelque chose à boire ?

Presque machinalement, elle fit oui de la tête.

— Je vais téléphoner à Ford, dit-il après lui avoir donné un verre d'eau.

Bien que l'idée d'appeler le FBI en renfort lui déplaise, il sentait que c'était plus sage. Des enquêteurs viendraient avec leur matériel et passeraient à nouveau la scène de crime au peigne fin. La police scientifique avait des moyens pour relever des empreintes de toutes sortes, certaines invisibles à l'œil nu, et une technique bien rodée pour trouver des pièces à conviction. S'il s'agissait bien du prédateur et qu'il ait été surpris par leur apparition, il avait peut-être laissé des preuves derrière lui.

Nathan prit le plaid sur le dossier du canapé et en enveloppa Autumn. Puis il ranima le feu dans le poêle avant de composer le numéro de Ford. Ce dernier décrocha tout de suite. Après un rapide exposé de la situation, Nathan coupa la communication sans attendre les commentaires que Ford allait sans nul doute aboyer !

Thor, qui aimait son confort, s'allongea devant le poêle. Les jambes repliées contre sa poitrine, Autumn ne tremblait plus, mais elle avait les yeux dans le vague. Nathan vint s'asseoir tout près d'elle.

Tout était calme quand un coup sur la porte les fit sursauter. Autumn se leva aussitôt, mais Nathan l'arrêta.

— Il faut se méfier, dit-il en se dirigeant vers l'entrée. On ne sait jamais.

Il regarda par le judas puis ouvrit.

L'homme, un ranger, ôta son chapeau en entrant. Il avait des cheveux blonds décolorés et une barbichette foncée bien taillée.

— J'ai reçu un appel de l'agent spécial Roger Ford. Il m'a demandé de passer voir si tout allait bien.

Autumn s'approcha et le serra dans ses bras.

— Merci, Ben. Je suis désolée qu'on t'ait dérangé si tard.

Nathan fronça les sourcils. Quelles étaient les relations de ces deux-là ? Ils avaient l'air proches. Etaient-ils amis ?

Plus ? Un peu plus tôt, ce soir, quand il avait demandé à Autumn de faire semblant d'être en couple avec lui, elle ne lui avait rien dit qui laisse supposer qu'elle avait quelqu'un dans sa vie.

Refoulant ce petit accès de jalousie, Nathan s'effaça pour laisser passer le ranger.

— Je suis avec deux de mes collègues, on va patrouiller dans le coin. Le FBI ne va plus tarder. Si les reporters se pointent, je tâcherai de les tenir à l'écart.

Nathan haussa les sourcils.

— Vous pensez que la presse est déjà au courant ? Je ne vois pas comment c'est possible.

Ben haussa les épaules.

— Si le shérif et les fédéraux branchent sirènes et gyrophares pour attaquer la montagne, il sera difficile de ne pas les remarquer ! Il n'y a rien d'autre que le camping ici, les gens sont curieux, ils vont se demander ce qu'il se passe.

Le problème des petites villes. Tous les endroits où il était passé dernièrement étaient des patelins où chacun surveillait l'autre.

Autumn n'avait sûrement pas envie de voir des journalistes traîner dans le coin. Cela risquait d'ajouter aux rumeurs qui couraient déjà sur elle et son camping, et de lui donner envie de s'isoler davantage. Bien qu'elle ne lui ait pas dit pourquoi elle tenait tant à sa solitude, elle semblait y être attachée. Etait-ce une incapacité à affronter le monde, ou autre chose ?

— Faut que j'y aille, dit le ranger. Y a qu'à fermer le chalet pour empêcher les fédéraux d'entrer.

Sur ces mots, il partit rejoindre ses collègues.

— Tu vas y aller aussi ? demanda Autumn.

Elle avait l'air apeurée. Nathan passa le bras autour de ses épaules. Il avait pourtant envie d'être dehors et d'écouter ce qui se disait. Ce que dirait Ford. Ce dernier ne serait pas là avant une demi-heure, cela lui laissait un peu de temps.

— Je vais rester encore un peu avec toi, si tu préfères.

Il la poussa doucement vers le canapé et, après l'avoir fait asseoir, se mit à lui masser les pieds.

— Détends-toi, tu ne crains rien, ici.

— Ford n'avait pas l'intention de revenir, déclara-t-elle.

Si l'ombre qu'il avait poursuivie était bien celle du prédateur, c'est qu'il avait encore modifié ses habitudes, se dit Nathan. En devenant imprévisible, il devenait encore plus dangereux.

— Le Chasseur n'a jamais tué deux fois au même endroit, répondit-il néanmoins pour ne pas davantage inquiéter Autumn.

— Ce n'est pas plus rassurant pour cela, murmura-t-elle.

— Et on n'a aucune raison de croire qu'il revient à Trail's Edge pour tuer.

Autumn lui lança un regard en coin.

— Je ne sais pas comment tu fais pour rester aussi calme. Pour faire ce métier… Traquer des assassins.

Sa sœur lui posait souvent la même question. Colleen était dentiste, elle avait deux enfants qui comptaient plus que tout dans sa vie et elle espérait que Nathan suivrait le même chemin qu'elle — une vraie vie avec de beaux enfants —, au lieu de continuer à pourchasser les tueurs.

Son métier lui avait coûté son mariage. Son ex-femme ne comprenait ni ce qu'il faisait ni pourquoi c'était si important pour lui. Comme il ne pouvait pas lui parler des horreurs qu'il voyait, peu à peu, il n'y avait plus eu de communication entre eux.

— Je ne laisserai pas ce fou tuer encore.

Au moment où Autumn semblait enfin quelque peu s'apaiser, les agents fédéraux arrivèrent, sirènes hurlantes, gyrophares en action. La discrétion n'était pas leur fort, en effet.

Autumn sortit une main de sous le plaid et la posa sur

la sienne. Nathan sentit son corps réagir aussitôt. Ce n'était pourtant ni le moment ni l'endroit.

— Tu penses qu'il est encore là ? Qu'il me guette ?

Elle se leva — le plaid tomba par terre — et s'approcha de la fenêtre, puis d'une autre. Elle fit ainsi le tour du chalet, vérifiant chaque fermeture, tirant les rideaux.

— D'ici peu, il y aura des fédéraux partout, dit Nathan, soulagé qu'Autumn se soit un peu éloignée. A moins de vouloir se faire cueillir, le Chasseur est parti.

— Loin ?

Nathan aurait bien aimé le savoir. A cet instant, un coup sur la porte le fit sursauter.

— J'y vais, dit-il en allant ouvrir.

Roger Ford se tenait sur le seuil, raide et, visiblement, en colère.

— Je savais qu'avec toi on n'aurait que des ennuis.

Nathan écarta les jambes pour lui barrer le passage.

— En quoi ma présence t'empêche-t-elle de retrouver le tueur ? Et c'est comme ça que tu me remercies de t'avoir appelé en premier ?

Ford se passa la main sur la figure.

— Cette affaire te concerne trop. Laisse-nous gérer. Dis-moi ce que tu sais et va te mettre au vert.

C'était toujours le même couplet. Chaque fois qu'il voyait un fédéral, il y avait droit.

— Je ne vois pas en quoi j'interfère.

— Tu entraves mon enquête, fulmina Ford. Faudra que je te parle. A Mlle Reed aussi, mais séparément. Je veux savoir ce que vous avez vu et entendu.

L'air ironique, Nathan haussa les épaules.

— Quand tu voudras, en ce qui me concerne. Mais Autumn a eu une journée pénible et…

Nathan sentit soudain une main se poser sur son épaule, il n'avait pas vu la jeune femme s'approcher.

— On peut parler maintenant si vous voulez, monsieur

Ford, intervint-elle. Ou plus tard. De toute manière, je vais avoir du mal à dormir.

— Parfait, à vous l'honneur alors, répondit Ford en s'adressant à Autumn. Pas de problème si on va dehors ?

— Aucun.

Autumn sortit sur la terrasse et descendit les marches derrière Ford. Nathan les observa depuis la fenêtre. Les bras croisés, l'air grave, la jeune femme n'arrêtait pas de regarder derrière elle. Les agents fédéraux, agités comme des fourmis, s'affairaient autour de projecteurs destinés à éclairer les lieux. Penché vers elle, Ford posait des questions et opinait en écoutant les réponses.

Après une dizaine de minutes, il raccompagna Autumn au pied des marches.

Sans attendre, Nathan le rejoignit dehors. Avec un luxe de détails, il raconta ce qui s'était passé depuis le moment où Autumn et lui avaient quitté le Wild Berry. La jeune femme, qui l'avait remplacé derrière la vitre, ne le quittait pas des yeux, il sentait son regard posé sur lui.

— Parle-moi de ta relation avec Reed, demanda Ford.

— Je lui loue un de ses chalets, c'est tout, répondit-il platement.

Ford ferma à demi les yeux, l'air dubitatif.

— Je vous ai vus ensemble. On ne me la fait pas ! Tu fais plus que lui louer un chalet.

— Elle connaît bien la région. C'est précieux.

— Tu n'as pas à mêler une civile à l'enquête ! vociféra Ford.

— Je me porte garant de sa sécurité.

L'agent spécial bascula en arrière sur ses talons.

— Tu devrais retourner au bureau et prendre une autre affaire, reprit-il en plissant les yeux. T'es un bon enquêteur et ils ont besoin de toi. En plus, ça te changerait les idées.

— C'est ce dossier qui m'intéresse, rétorqua Nathan.

Des hommes encore plus manipulateurs et persuasifs

que Ford avaient déjà essayé de lui faire lâcher prise, mais il n'avait rien concédé. Il était corps et âme dédié à cette affaire. Il poursuivrait le Chasseur jusqu'au bout. Rien ni personne ne l'en empêcherait.

— Ils te fileront autre chose où tu pourras donner toute la mesure de ton talent, insista Ford.

— La mesure de mon talent ? J'ai bien l'intention de la donner ici et maintenant.

Furieux qu'on lui tienne tête, Ford haussa les épaules.

— Ça suffit comme ça, j'ai du travail. Tout ce que je veux, c'est ne pas t'avoir dans les pattes.

Nathan regarda son collègue s'éloigner. Contrarier Ford en allant maintenant sur la scène de crime ne l'avancerait à rien. Il attendrait le départ du FBI pour l'examiner à son tour. Il retourna dans le chalet, où Autumn lui demanda aussitôt comment s'était passé leur entretien.

— Ford ne nous apprendra rien de ce que nous voulons savoir. A nous de nous débrouiller.

— Je ne comprends pas. Pourquoi le tueur serait-il revenu ? Qu'est-ce qu'il veut ?

— Il a peut-être oublié quelque chose ? Un détail important pour lui. A moins qu'il n'ait pas fini son travail et soit revenu pour aller jusqu'au bout de son rituel.

Oui, plus il y songeait et plus Nathan se disait que le Chasseur était revenu pour voir si le corps était toujours là.

— Pourquoi les randonneurs accrochent-ils des sacs dans les arbres ? demanda-t-il soudain.

Autumn lui lança un regard intrigué.

— Tu veux parler des sacs de vivres ? On en laisse toujours au cas où quelqu'un se perdrait et aurait faim ou soif et on les accroche aux branches pour éviter que ce ne soit les animaux qui les dévorent. Si un marcheur manque de nourriture, il sait qu'il peut se servir. C'est comme cela qu'on fonctionne sur l'Appalachian Trail.

Elle marqua un temps d'arrêt avant de reprendre :

— Pourquoi ? Tu penses qu'il y a un lien entre les sacs accrochés aux branches et ce que fait le tueur aux victimes ?

— Je n'en sais rien pour l'instant, répondit Nathan. C'est peut-être une piste à creuser.

Elle se frotta les bras, ce qui donna à Nathan envie de la serrer contre lui pour la rassurer. Mais comment pouvait-il la convaincre qu'elle ne craignait rien quand lui-même n'en était pas convaincu ? Comment, surtout, la toucher et ne pas flancher avec ce désir qui le dévorait ?

— A quoi penses-tu ? demanda-t-elle.

Il ne pouvait pas lui avouer qu'il fantasmait sur elle.

— A cette affaire, prétendit-il.

— Tu avais l'air très absorbé.

— C'est la situation qui le veut.

Menteur ! Ce n'était pas le meurtre qui l'obsédait. C'était elle. Mais, franchement, était-ce le moment de penser caresses et baisers ?

— Je ne comprends pas ce que cherche ce type, dit-elle.

— Il agit peut-être sous l'effet de pulsions, répondit-il, mal à l'aise à la pensée qu'il jugulait si mal les siennes.

Par ailleurs, était-il sûr de pouvoir garantir la sécurité d'Autumn, ainsi qu'il le prétendait ? Le tueur avait déjà frappé ici. Mais personne ne pouvait dire s'il reviendrait ou pas.

C'était la première fois qu'il était seul sur un crime — sur tous ses dossiers précédents, il avait travaillé en binôme, assisté de surcroît par une équipe de professionnels entraînés à élucider ce genre d'affaires.

Autumn connaissait par cœur l'Appalachian Trail. Indiscutablement, il avait besoin de son aide puisqu'il ne pouvait disposer de celle du FBI. Mais ne risquait-il pas, en l'entraînant dans cette aventure, de lui faire courir un danger fatal ?

3

En voyant surgir le véhicule de Daniel, Autumn sentit son estomac se nouer. Cette arrivée n'annonçait rien de bon. Ils ne s'étaient pas reparlé depuis leur rupture. Que lui voulait-il ? Elle sortit à sa rencontre.

Il descendit de voiture et vint droit vers elle. Il s'était laissé pousser la barbe, ce qu'il avait déjà fait une fois. Il n'était pas très grand, mais gardait la forme. Il s'entretenait en salle de sport. Il fréquentait aussi le stand de tir.

— Comme par hasard, chaque fois qu'il y a un problème, il y a un Reed dans le coup, lui déclara-t-il de but en blanc.

Elle n'allait pas mordre à l'hameçon. Trop facile.

— Où est ton frère ? reprit-il, les yeux plissés.

Etait-elle obligée de lui répondre ? Daniel ne travaillait pas sur l'affaire. Il était en uniforme, mais Autumn l'avait déjà vu revêtir sa tenue de shérif sur son temps de congé quand cela lui rendait service.

— Je ne sais pas.

— Evidemment !

Malgré son envie de l'insulter, elle garda son calme.

— Excuse-moi maintenant, je suis fatiguée.

Il voulut lui saisir le bras, mais Nathan, qui était sorti à son tour, s'interposa.

— Elle vient de dire qu'elle est fatiguée.

— Qui êtes-vous ? Son ange gardien ? lança Daniel, montant sur ses ergots.

— Un ami, ça suffira, rétorqua Nathan.

Daniel les toisa l'un après l'autre, Nathan et elle, et ricana.

— De toute manière, je m'en balance. Tous ceux qui approchent les Reed s'en mordent les doigts. Bonne chance ! ajouta-t-il à l'attention de Nathan.

Autumn le regarda partir, abattue et écœurée. Comment osait-il lui parler de la sorte ? Son allusion à sa famille était indigne. Il aurait dû avoir honte.

Elle rentra dans son chalet avec Nathan et referma derrière eux. Les endroits où elle se sentait bien et en sécurité se faisaient rares. Qu'allait-il se passer à présent ? Un autre intrus allait-il surgir et lui chercher des noises ?

Une heure après la scène avec Daniel, Autumn était toujours à fleur de peau. Le feu dans le poêle soufflait de l'air chaud mais pas assez pour la réchauffer. Elle attrapa le plaid et le déplia sur ses jambes.

Le FBI et les rangers fouillaient encore la forêt. Ils ne trouveraient jamais l'individu que Nathan et elle avaient aperçu. Il était parti depuis trop longtemps, ce qui voulait dire qu'il chassait toujours mais ailleurs, à l'affût d'une nouvelle proie.

— Que peut-on faire maintenant ? demanda-t-elle.

Elle avait vu Daniel penché à l'oreille de Ford. Il devait lui dire : « Ne fatigue pas, mec. C'est Blaine le coupable ». Et comme Ford ne demandait pas mieux que de mettre son frère en tête de liste des suspects…

Nathan, assis sur le canapé, rejeta la tête en arrière.

— On regardera les empreintes demain matin. Le FBI va sûrement passer la nuit sur place.

L'agent spécial Ford ne leur communiquerait aucune information. Ils allaient devoir chercher de leur côté. Recueillir des indices prouvant que Blaine ne pouvait être le tueur.

— Il faut absolument qu'on sache ce qu'ils ont trouvé, s'écria-t-elle.

— Oui, mais comment ? demanda Nathan.

— J'ai peut-être une idée. Une de mes amies travaille avec le coroner. Elle adore papoter. Essayons de la voir.

Autumn fut la première surprise de sa proposition. Elle n'avait pas de raison de s'impliquer puisqu'elle était certaine de l'innocence de son frère. Mais elle ignorait l'identité de la victime et, tant qu'elle l'ignorerait, elle serait inquiète.

— Puisque tu as un contact, profitons-en, dit Nathan. Mais pourquoi risquerait-elle son job ?

Natalie était une amie, mais c'était surtout une commère. Flattée d'être interrogée, elle livrerait sans doute des détails intéressants. Les médias risquant de s'en mêler, elle avait des chances d'être interviewée. Se trouver au premier plan et briller, être enfin une vedette... Son rêve serait exaucé.

— Elle sera ravie de parler à un bel homme. Du FBI, en plus.

— Je vais devoir lui faire du charme ?

— Pourquoi pas ? répliqua-t-elle, riant jaune.

— Tout le monde nous a vus ensemble, toi et moi, ce soir, au bar. Si je flirte avec elle maintenant, je ne serai pas crédible. Elle n'est sûrement pas naïve à ce point.

Autumn haussa les épaules.

— Dis-lui la vérité. Que je collabore avec toi pour élucider cette affaire.

L'air coquin, il se pencha vers elle.

— C'est tout ? Quelle déception !

Surprise, Autumn sentit son cœur s'affoler. Bien sûr qu'il y avait autre chose, une attirance, un magnétisme... Pourtant, quelque chose la retint.

— Oui, pourquoi ? Ce n'est pas ça ? dit-elle innocemment.

Elle le vit se rembrunir. *Je vais lui dire qu'il me plaît*, songea-t-elle, honteuse de lui avoir menti.

C'est alors qu'il se leva.

— Bien. Je retourne dans mon chalet. J'ai des notes à

prendre et des coups de fil à passer. Avec un peu de chance, j'aurai peut-être du nouveau.

— Tu t'en vas ? s'écria-t-elle en se levant à son tour.

— Ça te pose un problème ? demanda-t-il.

Elle pâlit. Elle ne voulait pas rester seule. Thor était un gentil compagnon, mais elle avait besoin de quelqu'un d'autre, ce soir. Quelqu'un de fort qui puisse la défendre au cas où…

— Tu ne pourrais pas rester ? Je n'ai pas envie d'être seule.

Il inspira, les yeux au loin, comme s'il pesait le pour et le contre. Puis il la regarda.

— Bon, d'accord.

Mais le chalet était petit. Où allait-elle le faire dormir ? Elle embrassa la pièce des yeux.

— Tu n'auras qu'à prendre le lit, je dormirai sur le canapé.

— Non, protesta-t-il. Je ne vais pas te chasser de ton lit. Ça m'est égal de dormir sur le canapé. J'en ai vu d'autres.

Avec sa carrure d'athlète et ses longues jambes, il allait déborder du canapé.

— Je t'assure que tu ne seras pas bien, dit-elle.

— Je te répète que le canapé me va très bien. Je vais aller prendre des affaires dans mon chalet et je reviens.

Autumn ferma à double tour derrière lui. Elle avait beau entendre les voix des agents du FBI et des rangers qui examinaient les lieux à la lumière des projecteurs, elle ne se sentait pas tranquille.

Elle prit des draps dans le placard, une couverture et les disposa sur le canapé. Elle ajouta ensuite des serviettes dans la salle de bains.

Ce que je fais est idiot, se dit-elle. *Qu'il dorme ici ou à vingt mètres dans son chalet, quelle différence ? Il va penser que je fais un caprice.*

Nathan, en sortant du chalet d'Autumn, fut rattrapé par Daniel.

— Elle n'est pas commode, hein ? lança ce dernier.

Pas d'humeur à entendre les commentaires de l'ex-fiancé d'Autumn, Nathan le toisa.

— Que voulez-vous, shérif ?

— Faudrait peut-être que vous sachiez où vous mettez les pieds.

Autumn s'était montrée très claire. Leur relation se situait sur un plan strictement professionnel. Et c'était mieux ainsi. Les limites étant posées, il savait qu'il n'avait rien à espérer et pourrait concentrer toute son attention sur le dossier Colleen.

— La seule chose qui m'importe, c'est qu'elle connaît bien les environs.

Les yeux plissés, Daniel le fixa.

— Vous êtes au courant pour son frère ? Et pour son oncle ?

— Elle m'a parlé de son frère.

Elle lui en avait même parlé à plusieurs reprises.

— Vous savez qu'il ne tourne pas rond ? Il est dangereux. Il tient de son oncle.

— Pourquoi ? Qu'est-ce qui ne va pas avec son oncle ?

Il détestait l'idée de parler d'Autumn en son absence. Elle lui avait déjà fait comprendre que sa vie privée ne regardait personne. S'il écoutait Daniel, il aurait l'impression de la trahir.

— C'était un vieux fou. Il disparaissait souvent dans les bois. On n'entendait plus parler de lui pendant des jours avant qu'il ne réapparaisse, sale et sentant mauvais, et il racontait des histoires à dormir debout sur les ours et les loups. Et puis il est parti faire la guerre et, quand il est revenu, il était encore plus fou qu'avant. Il adorait les armes, les couteaux. La dernière fois qu'il est parti, on ne l'a plus jamais revu. Le pire, c'est que Blaine l'admirait. Il trouvait qu'il avait une collection d'armes géniale.

Famille originale, certes. Mais de là à conclure que Blaine était le tueur...

— Bref, vous avez intérêt à vous méfier, souligna Daniel.

— Pourquoi me racontez-vous tout ça ? Si vous étiez ami avec Autumn, ne l'étiez-vous pas aussi avec son frère ?

— On l'était. Mais Blaine est trop dingue pour moi. Quand les premiers meurtres ont eu lieu dans le Trail, j'ai tout de suite pensé que c'était lui.

— Vous l'avez dit à Autumn ?

— Sûrement pas. De toute manière, elle n'écoute pas. Ça s'est mal passé entre nous quand on s'est séparés, vous savez. Et quand il s'agit de sa famille, c'est « pas touche ». Elle ne veut rien entendre.

— Je m'en souviendrai, dit Nathan.

Autumn s'était montrée assez évasive sur sa famille. Avait-elle des choses à cacher sur son frère ?

Nathan frappa à la porte de la jeune femme pour s'annoncer.

— Autumn, c'est moi.

Elle déverrouilla et ouvrit. Il revenait avec un sac à dos et un attaché-case débordant de documents.

— Ça ne te gênera pas si je travaille ?

Il ne voulait pas se laisser influencer par les propos de Daniel, mais ce dernier était tout de même officier de police. S'il le soupçonnait de ne pas se montrer très objectif vis-à-vis d'Autumn du fait de leur rupture, le shérif était peut-être par ailleurs un bon flic, avec du flair. Et si tout, effectivement, n'était pas net chez les Reed ?

— Non, ça ne me gênera pas.

— Joli, dit-il en avisant le pyjama en pilou qu'elle tenait à la main.

Elle lui lança un regard noir.

— J'ai dit quelque chose qui t'a contrariée ?

Il prit doucement son menton dans sa main et lui releva la tête. C'était le moment de lire dans ses pensées, d'essayer de savoir si elle cachait quelque chose sur son frère.

— Tu te moques de moi ? Les femmes que tu fréquentes portent sûrement des dessous en dentelle.

Il éclata de rire.

— Peu de femmes dorment chez moi, tu sais. Je n'ai qu'une maîtresse : mon boulot.

Mais comment pourrait-il penser à autre chose maintenant qu'à ce pyjama qu'il aimerait la voir porter ? Décidément, elle avait le chic pour le distraire du seul sujet qui aurait dû le préoccuper.

Une heure plus tard, Nathan était étendu sur le canapé, dans le lit de fortune qu'elle lui avait préparé. Il avait rejeté la couverture à ses pieds, car la chaleur était intenable. Mais le poêle n'était pas seul en cause. La présence d'Autumn faisait aussi grimper la température dans le chalet.

Il se tourna pour tenter de trouver une bonne position. Vu sa taille, il était obligé de dormir en chien de fusil, c'était inconfortable, mais il avait vécu pire. Il avait déjà planqué toute une nuit assis dans une voiture, dormi dans des motels plus faits pour les souris que pour les humains et, ces derniers mois, à même le sol, dans le froid, et sans couverture de survie.

Ici, c'était nettement plus douillet. Il avait un toit, c'était propre, et le contact du drap sur sa peau était agréable.

Il entendit la porte de la salle de bains s'ouvrir puis le *clic* de l'interrupteur et des pas dans le noir. Autumn traversait le chalet sur la pointe des pieds mais le plancher craquait quand même.

— Tu n'arrives pas à dormir ? murmura-t-il.

— Non.

Elle vint s'agenouiller près du canapé et, ce faisant, lui caressa sans le vouloir le visage de ses cheveux.

— Je n'arrête pas d'y penser, dit-elle.

— C'est fini. Il est parti.

Il faillit ajouter qu'il ne reviendrait pas, mais préféra se taire. Il s'était déjà trompé une fois.

Le temps n'avait pas encore effacé le souvenir de ce qu'elle avait vu. Ces traumatismes étaient difficiles à surmonter, Nathan en savait quelque chose. Parfois, des semaines après un crime, des visions épouvantables revenaient le hanter sans raison apparente.

La sentant effrayée, il prit ses mains pour la rassurer. Elles étaient chaudes et très douces. Les flammes qui se tordaient dans le poêle éclairaient son visage par intermittence. Comme elle changeait de position, le haut de son peignoir s'entrouvrit, laissant deviner ce qu'elle portait en dessous. Un top léger, avec ces bretelles fines qui glissent et que les femmes remontent d'un geste souvent lascif ou qu'elles laissent glisser, invitant d'autres mains à les remonter à leur place... ou à les abaisser totalement.

Une invite qu'il ne déclinerait pas si elle se présentait.

Assez ! se dit-il.

Il était là pour retrouver l'assassin de Colleen. Point. Il avait promis à sa famille de le faire. Autumn était son équipière, quelqu'un dont il avait sollicité les compétences pour l'aider à résoudre l'affaire. Rien d'autre. Il ne devait pas flirter avec elle — cela nuirait à la poursuite de l'enquête. Nathan avait de plus des questions à lui poser sur sa famille.

Comme si elle craignait qu'il n'enlève sa main, Autumn avait posé sa joue sur leurs doigts joints.

— Je n'ai pas l'impression que c'est fini, dit-elle. Le tueur va continuer.

Puis, d'une toute petite voix, elle reprit :

— J'ai envie qu'on me tienne fort. Juste quelques minutes.

Nathan n'hésita pas. La prenant par la taille, il l'attira à lui, poitrine contre poitrine. Son peignoir s'ouvrit plus largement. Il ne s'était pas trompé. Son haut de pyjama avait de fines bretelles qui ne demandaient qu'à glisser le long de ses bras minces. Excité, il la serra encore plus fort.

Elle s'humecta les lèvres. Fasciné par sa bouche entrouverte, il fit alors ce qu'il était impossible de ne pas faire, il la happa.

C'était ce qu'Autumn attendait, apparemment, car elle répondit à son baiser avec une ardeur aussi violente que le désir de la posséder qui le tenaillait depuis l'instant où il l'avait vue. Elle gémit, planta les ongles dans ses épaules, gémit encore. Elle disait oui. Tout son corps disait oui.

C'était le moment. Il lâcha sa bouche et scruta son visage. Son regard était voilé. Triste.

— Dis-moi à quoi tu penses, murmura-t-il.

— Je repensais à ce que Ford a dit sur ta femme.

L'allusion à son ex-femme le glaça. Son désir retomba sur-le-champ.

— Tu veux qu'on parle de mon ex maintenant ?

— Est-ce vrai que tu l'as abandonnée ?

— Oui.

— Pourquoi ? demanda-t-elle.

— Parce qu'on n'était pas faits l'un pour l'autre. Elle était exigeante, capricieuse, et moi je n'étais pas prêt à sacrifier ma carrière. Plus on en parlait, plus on se disputait, et plus je m'éloignais d'elle. A la fin, j'ai compris que cela ne collerait jamais, alors je l'ai quittée.

Autumn se leva et croisa les bras devant elle.

— Je vois.

Il y avait du reproche dans sa voix.

— Vraiment ? Les relations humaines sont complexes, on ne les comprend pas toujours, répliqua-t-il.

— Que veux-tu dire ?

— Et si tu me parlais de ton frère et de ton oncle ? fit-il à la place.

— Pourquoi cette curiosité ?

Honteux de se servir de ce que lui avait confié Daniel, il hésita. Alors, elle enchaîna.

— Où veux-tu en venir ?

— A ton avis… ton frère… Pourrait-il être impliqué dans ce qui se passe sur le Trail ?

Outrée, elle se rebiffa.

— Sors de mon chalet.

Il ne voulait pas se battre avec elle. Il n'était pas son ennemi.

— Pourquoi éludes-tu la question ?

Le fusillant du regard, elle serra les poings.

— Va-t'en. Je te dis de t'en aller, tu m'entends ? Tout de suite.

Cette colère brutale qui succédait à un baiser brûlant tombait à point nommé, songea-t-il. Au moins il était assuré que les choses n'iraient pas plus loin entre eux.

Comme elle approchait de la scène de crime en compagnie de son chien, Autumn s'arrêta net, un peu comme un cheval qui refuse l'obstacle. Les lieux avaient été nettoyés pourtant, aucune trace macabre ne devait subsister.

Les dernières quarante-huit heures avaient été marquées par deux événements, sans lien entre eux mais aussi intenses l'un que l'autre. Sa peur quand elle avait découvert le cadavre et son excitation quand Nathan l'avait embrassée. Mais elle n'allait pas passer la journée à les ressasser. Elle avait bien d'autres sujets de préoccupation. Son frère, d'abord. Allait-il bien ? Pourquoi n'avait-il pas appelé ? D'habitude, il ne la laissait pas si longtemps sans nouvelles. Venait ensuite sa propre sécurité.

— Bonjour !

Reconnaissant la voix de Nathan, elle hésita à rebrousser chemin.

— Salut.

Elle lui en voulait encore d'avoir insinué que Blaine était le prédateur ou un complice. C'était odieux de sa part. Mais aussi pourquoi montait-elle toujours sur ses grands chevaux dès qu'on parlait de sa famille ? Elle pouvait prendre la défense de son frère sans se mettre dans des états pareils, non ?

— Je te demande pardon, déclara-t-il d'emblée. Je n'aurais pas dû dire ce que j'ai dit sur Blaine.

Ah ! Comme ça, il voulait faire la paix !

— On ne parle pas de ma famille dans ce dossier, compris ?

Le ton était sec. Pas question de discuter.

— OK.

Elle regarda devant elle. Seuls le ruban jaune et noir qui délimitait la scène de crime et les nombreuses empreintes de pas signalaient qu'il s'était passé quelque chose mais, d'ici peu, les feuilles mortes auraient tout recouvert. La forêt retrouverait sa sérénité.

— J'ai l'intention d'aller sur le Trail aujourd'hui, dit-elle.

Elle lui aurait bien annoncé qu'elle ne souhaitait plus lui apporter son concours, mais il en aurait conclu que Blaine était coupable. En plus, elle se serait retrouvée seule.

— Je vais te suivre, dit-il. Ça ne te gêne pas ?

Elle fit non de la tête en le regardant. Il portait des chaussures et des vêtements de randonnée. Même en tenue de sport, il était élégant.

Puis elle scruta le ciel. Le temps sur le Trail était changeant. Une pluie de grêlons gros comme des balles de golf pouvait succéder à des flocons de neige. Ce matin, le ciel était sombre à l'est et un brouillard bas, presque au ras du sol, empêchait de voir à plus de dix mètres.

— Je ne serais pas étonnée qu'on ait un orage vers midi. Mieux vaut partir tout de suite. Mais je vais d'abord ramener Thor au chalet, ajouta-t-elle. J'ai peur qu'il n'obéisse pas si jamais il se passe quelque chose.

— On sait par où le Chasseur s'est sauvé, dit Nathan après qu'ils eurent rejoint la scène de crime. Allons voir de ce côté-là.

S'ils avaient pu examiner le sol avant l'arrivée du FBI, leur tâche aurait été plus facile, songeait Autumn.

— Tu es toujours aussi silencieuse quand tu marches ? lui demanda Nathan peu après, la sortant de ses pensées.

— Je cherche des empreintes, répondit-elle.

A quelques dizaines de mètres de la scène de crime, elle distingua les premières empreintes intéressantes. Ils les suivirent. Elles allaient jusqu'au croisement de l'Appalachian Trail avec le camping et s'arrêtaient là. L'intrus avait-il continué par le Trail ou s'était-il enfoncé dans le bois ? Le plus logique, se dit-elle, c'est qu'il soit reparti par le bois.

Suivant son instinct, elle partit dans cette direction. Elle n'avait pas besoin de carte. Elle connaissait tous les sentiers autour de Trail's Edge.

— Les marques blanches indiquent le chemin à suivre pour rester sur l'Appalachian Trail. Nous, nous allons nous en écarter, mais je défie quiconque ne connaît pas parfaitement la région de prendre ce risque.

Nathan leva la main.

— Je ne me lancerais sûrement pas dans cette aventure sans toi.

Sans qu'elle comprenne pourquoi, sa remarque lui donna des frissons. Etait-ce le fait qu'il soit là, tout près ? De marcher avec lui dans le sentier ? Toute sa vie avait été centrée sur la nature. Avec Daniel, c'était leur goût pour la vie au grand air qui les avait rapprochés. Tous les deux aimaient la randonnée, pêcher, cueillir airelles, myrtilles et toutes sortes de baies sauvages. Tous les deux aimaient planter des flèches dans des cibles.

Leur complicité s'était très vite arrêtée là. Leurs escapades dans la chambre à coucher s'étaient espacées. Autumn en avait eu conscience mais n'avait pas su raviver la flamme. Chaque fois qu'elle suggérait une idée, elle avait eu le senti-ment qu'il la prenait pour une oie ! Son autre grand amour avait été — Daniel en avait fait des gorges chaudes — un garçon qui avait fait son coming out juste avant le bal de fin d'études. Comme Daniel avait toutes les femmes qu'il voulait, elle en avait conclu que le problème c'était elle.

— On dirait que tu viens d'avaler du vinaigre, lui dit Nathan. Qu'y a-t-il ?

Elle ne s'était pas rendu compte qu'il l'observait.

— Raconte, insista-t-il.

Comme si c'était facile de raconter sa vie à quelqu'un qu'elle connaissait à peine. C'était un de ses défauts, il lui fallait du temps avant de donner sa confiance. Et quand elle était déçue, elle ne se fiait plus à personne. Pouvait-elle parler à Nathan de Daniel et de Ben ?

— Je pensais à mon ex et au plaisir qu'on avait à partir en balade. On était heureux.

Inutile de lui dire ce qui se passait — plus exactement, ce qui ne se passait pas — dans la chambre à coucher !

— C'est dommage que tu aies perdu ton compagnon. Avec Blaine qui n'est pas là non plus, ça doit être rude.

Rude. Triste. Et vide.

Elle n'allait pas pleurer. C'était du passé. Il fallait faire comme Daniel, passer à autre chose.

— On n'était pas faits l'un pour l'autre.

— C'est bien de s'en rendre compte à temps. Ce n'est pas plus facile pour ça. Moi, je me suis marié trop jeune et j'ai retenu la leçon.

— Quelle leçon ? De ne jamais te remarier ?

— Les relations qui démarrent sur les chapeaux de roues sont souvent un feu de paille. La passion, tu sais…

La passion. Un mot qu'elle avait rayé de son vocabulaire mais qu'elle n'avait pas oublié. C'était plus excitant que l'eau tiède, non ? Plus grisant que le réel surtout quand, comme elle, en secret, on rêvait d'excès, de folie. De feux d'artifice. Et pourquoi pas avec Nathan ? Serait-ce possible avec lui ?

Non. Nathan n'était là que pour peu de temps, elle n'allait pas s'investir dans une relation avec lui. Pour souffrir quand il partirait ?

Elle baissa la tête pour examiner le sentier. Un parfum de terre auquel se mêlait une odeur de feuilles mortes montait du sol. Elle n'avait jamais vu ce chemin aussi vide. Pas un promeneur, personne… sauf le tueur qui rôdait quelque part.

— Mon frère et moi, nous nous sommes promenés des milliers de fois sur ces sentiers. Mon père ne nous imposait qu'une chose, d'être rentrés avant la nuit.

Elle montra du doigt des baies rouges sur un buisson.

— Ça, c'est du poison, mais celles-là…

Elle montra un autre buisson.

— … celles-là, les bleues, sont bonnes à manger. Elles sont plus difficiles à cueillir, mais Blaine et moi avions pris le coup de main. On grimpait aux arbres.

— J'aurais aimé vous voir, dit Nathan.

Au souvenir de Blaine et elle jouant dans le chemin, elle sourit.

— Je ne sais pas combien de pantalons j'ai pu déchirer ! Mon père a été obligé d'apprendre à coudre, car les vêtements neufs coûtaient trop cher et les reprises chez le couturier aussi.

— C'était quelqu'un de bien, ton père, on dirait.

L'absence de son père lui serrait toujours le cœur. Surtout lorsqu'elle se le rappelait, ses lunettes sur le nez, en train de ravauder ses jeans, tard le soir.

Elle refoula les larmes qui lui montaient aux yeux et se détourna pour ne pas qu'il la voie.

— Oui, c'était quelqu'un de bien. Il nous a pourris gâtés, Blaine et moi, pour compenser le fait de nous élever en solo.

Ils n'avaient pas d'argent mais ils avaient mieux, de longues journées d'été à courir et se dépenser dans les bois. Ce n'est que lorsque Blaine avait commencé à fréquenter des élèves peu recommandables au lycée que leur père avait imposé des règles strictes et exigé qu'ils travaillent. Il pensait, ainsi, éviter que Blaine ne traîne en ville et ne fasse des bêtises.

— Mon père a vécu comme il voulait vivre. Il s'occupait de son camping et entretenait le Trail.

Longtemps, elle avait rêvé de vivre comme lui. Mais elle ne s'attendait pas à devoir gérer le camping toute seule si tôt. Elle pensait que son père, Blaine et elle, et leur oncle s'en occuperaient ensemble. Rêve d'enfant, jamais réalisé. La vie lui avait ravi ceux qu'elle aimait et, sans eux, Trail's Edge n'était plus Trail's Edge.

— Maintenant, c'est toi qui t'en occupes, dit Nathan.

— Oui mais c'était différent, avant.

Compte tenu du manque de clients, l'intérêt était moindre. Ce qu'elle aimait, c'était faire la connaissance de gens nouveaux, partager avec eux son amour de la nature, apprendre aux enfants à crapahuter sans prendre de risques, à pêcher, à grimper aux arbres.

— Cela fait plusieurs années maintenant que je m'en occupe. Même du vivant de mon père je m'y intéressais car, en prenant de l'âge, il avait perdu des forces. Mal de dos, fatigue, il avait peu à peu lâché prise. Il avait même commencé à faire des siestes l'après-midi.

La remarque fit sourire Nathan.

— Tu veux que je te dise, mon père, lui, s'endormait régulièrement devant la télévision. Il disait qu'il fermait les yeux pour les reposer, mais nous n'étions pas dupes, ma mère et moi.

Les pères et leur orgueil. Le sien refusait de se montrer affaibli et d'admettre qu'il était fatigué, surtout devant Blaine et elle. Résultat : elle s'était toujours sentie protégée, en sécurité. Et ce n'était pas les histoires que lui racontait Blaine, des histoires d'attaques d'ours ou de hurlements de loups qui l'empêchaient de s'endormir. Pour elle, dans sa tête de petite fille en admiration devant son père, celui-ci était invincible et, avec lui, elle était à l'abri de tout.

Etait-ce pour cette raison qu'elle aimait tellement avoir Nathan près d'elle ? Parce qu'il inspirait confiance et qu'elle pouvait lui voler un peu de la force qu'il dégageait et qui lui manquait tant depuis que son père n'était plus là ?

— J'ai entendu ça, moi aussi, dit-elle.

C'était agréable de marcher auprès de lui et de parler à quelqu'un, mais c'était ennuyeux de prendre goût à cette présence car il n'était pas censé rester longtemps à Trail's Edge. La solitude, alors, se refermerait sur elle.

Elle s'arrêta et montra du doigt un rocher qui dépassait d'un taillis.

— Ça, c'est un repère qui nous servira à retrouver notre route au retour.

Elle prit un chemin qui coupait le sentier principal. Elle ne l'avait pas débroussaillé depuis longtemps et cela se voyait.

— Attention où tu mets les pieds, prévint-elle. Il peut y avoir de la boue sous les feuilles et des racines.

Si elle ne voyait pas d'empreintes pouvant être celles du Chasseur, elle reviendrait sur ses pas et emprunterait un autre sentier.

— Merci de me prévenir, je ne tiens pas à me retrouver les quatre fers en l'air.

Autumn le regarda. Se troubla. Même en tenue sport, il était séduisant.

— On passe par où ? demanda Nathan, la croyant perdue.

— Je ne sais pas, je cherche des traces de passage… Pourquoi, tu es fatigué ?

Habituée aux longues randonnées en forêt, elle marchait sans doute trop vite pour lui.

— Tu veux que je ralentisse ?

Elle lui tendit sa bouteille d'eau.

— Non, ça va.

Elle s'arrêta pour le laisser boire et reprendre son souffle. Les oiseaux qui volaient d'arbre en arbre faisaient tomber les feuilles sèches. Des écureuils, toujours l'air effrayé, sautaient de noisette en noisette. Le vent sifflait dans les branches dénudées qui grinçaient les unes contre les autres.

Soudain, un détail lui sauta aux yeux.

— On dirait qu'on a marché sur les feuilles, ici.

— Tu es sûre que ce ne sont pas des empreintes d'animal ?

— J'en suis certaine. Regarde. Ce ne sont pas des traces de sabots, ni des griffe. Ce sont des pas d'homme.

Elle tourna autour pour les voir sous un autre angle.

— Quelqu'un est passé par là.

Avait-elle trouvé le chemin par lequel l'intrus était venu ?

— Il est peut-être encore dans les parages, dit Nathan en dégainant.

Elle opina. Elle ne prenait jamais de fusil pour partir en balade mais, dorénavant, elle le ferait. Ce serait plus sûr. Elle se mit à trembler.

— Il sait où nous sommes, murmura-t-elle.

— Comment le sais-tu ? Tu vois quelque chose ?

Il pivota tout doucement en regardant autour d'eux.

— Je le sens, c'est tout. Il nous épie.

— Avec moi, tu ne risques rien.

— D'accord, on continue. Tu vas voir, Rock Valley — c'est Blaine et moi qui avons baptisé cet endroit comme ça — est un immense cratère hérissé de rochers pointus. On peut descendre au fond et remonter, mais ce n'est pas pour les cœurs fragiles. Il est rempli de cachettes. En cas d'urgence, on pourra s'abriter.

Plus loin, le chemin devenait escarpé et, pour quelqu'un qui ne connaissait pas les lieux, franchir Rock Valley n'était pas une mince affaire.

— Les empreintes qu'on voit là sont récentes, reprit-elle. On va les suivre mais il faut se dépêcher car, avec les feuilles mortes, on ne verra bientôt plus rien.

Comme pour lui donner raison, une pluie de feuilles roussies s'abattit sur eux.

— A ton avis, pourquoi n'a-t-il pas cherché à dissimuler les traces de son passage ? demanda Nathan. Il n'y avait rien sur les autres scènes de crime. C'est peut-être un piège ?

Un piège ? Elle frissonna. *Pense à des choses heureuses*, se dit-elle. Le Trail au printemps, la dinde de Thanksgiving, les sapins de Noël couverts de boules. Comme elle avait envie d'être heureuse ! De connaître, de nouveau, ces heures joyeuses, toutes ces choses douces, la chaleur, la sécurité, le bonheur, mais avec le tueur en liberté c'était impossible.

Nathan lui prit le menton et l'obligea à le regarder.

— Colle-toi à moi. Fais ce que je te dis. Au moindre soupçon, pince-moi. Compris ?

D'un hochement de tête, elle acquiesça. Ils avaient eu beaucoup de chance de voir des empreintes malgré les feuilles. Ce n'était pas le moment de céder à la panique.

Ils étaient sur la piste du tueur.

4

C'était facile de se perdre en montagne, songeait Nathan. Les arbres se ressemblaient tous, sapins, ormes ou chênes, ils avaient tous à peu près le même tronc. Les rochers, les pierres et les cailloux qui jalonnaient le chemin ne présentaient pas beaucoup de différences non plus. L'odeur des résineux et de la terre conjuguée à l'air froid les engourdissaient.

Autumn marchait à sa droite, assez près pour qu'il la suive du coin de l'œil sans pour autant quitter le sentier des yeux, assez loin pour ne pas être troublé par son parfum. Une racine hors du sol, ce serait le faux pas… et la chute.

Brusquement elle s'arrêta et, un doigt sur la bouche pour lui intimer le silence, lui montra le cratère.

Sa description de Rock Valley était parfaite. Les pentes étaient hérissées de rochers, certains polis par l'érosion, d'autres acérés et dressés vers le ciel. Sur la rive opposée, une ourse noire et son petit se taquinaient devant l'entrée d'une grotte.

— Tu vois une présence humaine ? murmura Nathan, qui n'avait plus vu d'empreintes depuis la fin du sentier.

— Non mais ces bêtes me paraissent un peu agitées, dit-elle en s'accroupissant. Ce n'est pas normal si près d'hiberner.

Fasciné, Nathan les regardait. Ces animaux, il les avait toujours vus en cage.

— On a intérêt à s'en aller sans les déranger, reprit Autumn. Ne cours pas. Ne leur tourne pas le dos.

Sa voix était calme, mais Nathan la sentait tendue.

Ils se relevèrent doucement et partirent à reculons. A cinq ou six mètres du cratère, Autumn se retourna. Nathan aussi.

— Oh ! fit Autumn, plaquant la main sur son cœur.

Un deuxième ourson noir arrachait des baies rouges et les mangeait goulûment.

Entrevoyant le danger, Nathan dégaina. Ils se trouvaient coincés entre la mère et ses petits. Les oursons semblaient inoffensifs, mais la mère…

— Elle ne nous a peut-être pas vus, chuchota-t-il.

Un grognement résonna contre les parois du cratère. Maman ourse les avait vus, ou sentis puisque le vent soufflait dans sa direction. Nathan jeta un coup d'œil derrière lui. L'animal accourait en zigzaguant entre les rochers, ce qui leur laissait quelques secondes d'avance pour fuir.

Tout alla très vite. Nathan saisit le bras d'Autumn et ils s'enfoncèrent dans la forêt. Mais ils savaient tous deux qu'ils n'auraient pas l'avantage sur un ours.

— Tire un coup en l'air, dit Autumn. Ça va lui faire peur.

Sans cesser de courir, Nathan tira une balle dans les arbres. Les branches lui giflaient le visage et les bras, et il les retenait pour qu'Autumn, derrière lui, ne les reçoive pas en pleine figure.

Elle trébucha sur une racine mais il la retint. Il fallait qu'il la ramène saine et sauve. Il le lui avait promis. « Avec moi, tu ne risques rien… »

Essoufflés, ils s'arrêtèrent derrière un gros chêne pour reprendre leur respiration. Ils n'étaient plus visibles, mais l'ourse ne les avait peut-être pas oubliés.

La tête penchée de côté, Nathan risqua un œil. Pas d'ours à l'horizon. Soulagé, il inspira profondément. L'air froid lui fit du bien. Habituée aux courses en montagne, Autumn avait marché d'un pas rapide jusqu'au cratère. Lui avait besoin de se reposer.

— A quelle distance sommes-nous du refuge le plus proche ? demanda-t-il.

Elle remit une mèche de cheveux derrière son oreille.

— A des années-lumière.

— On n'a qu'à grimper à un arbre et attendre, dit-il.

— Si c'est pour te mettre à l'abri des ours, c'est pas la peine. Eux aussi grimpent aux arbres. Et même plus vite et mieux qu'un homme. On a une chance folle. Elle ne nous a pas suivis.

Elle soupira.

— C'est ma faute. J'ai été négligente. J'étais tellement focalisée sur des empreintes humaines que je n'ai pas fait attention au reste. J'aurais dû voir les traces de pattes et me méfier.

— Tu as encore la force de marcher ? demanda-t-il.

Elle sortit sa bouteille d'eau et but puis la lui tendit. Ils seraient plus tranquilles s'ils s'éloignaient davantage.

— Oui. On n'a qu'à rentrer au camping.

Elle fit un cercle avec le bras.

— On va contourner cette zone. Cela vaut mieux.

— Tu as raison. Pas besoin de retourner chatouiller ces petites bêtes.

— Non, mais il y a un problème. On a perdu notre chemin.

Elle sortit alors un compas de son sac, regarda sa montre puis le ciel.

— Par là, dit-elle en pointant un doigt sur sa gauche. C'est bizarre, j'ignorais que les ours avaient une tanière dans Rock Valley. Les empreintes qu'on a suivies ne sont peut-être pas celles du tueur, mais celles d'un ranger ou d'un braconnier.

— Ça arrive souvent, ce genre de rencontres ? s'enquit Nathan.

Elle haussa les épaules.

— Pour tout te dire, je trouve la présence de ces ours à cet endroit étrange. A cette époque de l'année, ils hibernent. Il fait assez froid actuellement pour qu'ils prennent leurs quartiers d'hiver. Nous demanderons ce qu'ils en pensent à Ben et aux autres rangers.

Il remarqua qu'elle boitait légèrement.

— Tu t'es fait mal en te prenant le pied dans la racine ?

— Je me suis tordu le genou, mais ça va, je peux marcher.

C'était sûr, elle crânait.

— Donne-moi ton sac, je vais le porter.

— Pourquoi ? Je te dis que ça va, rétorqua-t-elle en repoussant sa main. Allez, on continue.

Tout en marchant, il l'observait. Elle avait mal, cela se voyait, elle avait les yeux à moitié fermés et les lèvres pincées pour ne pas grimacer de douleur.

Vingt minutes plus tard, épuisée, elle se laissa tomber au pied d'un orme.

— Je vais me reposer une minute, dit-elle, se massant le genou.

Nathan s'accroupit.

— Laisse-moi regarder, lui intima-t-il.

Elle roula sa jambe de pantalon jusqu'à la cuisse. Il se frotta les mains pour les réchauffer avant de les poser sur son genou, qu'il fit pivoter, tout doucement, de droite à gauche et de gauche à droite. Sa peau était tiède et douce. Elle n'avait rien en apparence mais, si elle s'était froissé un tendon ou fracturé un ménisque, son genou allait enfler et elle aurait du mal à marcher.

Elle enleva son sac à dos, fouilla dedans et en sortit une sorte d'écharpe.

— Je vais mettre ce tissu autour de mon genou, dit-elle. Ça fera comme une attelle.

— Un peu souple, tu ne crois pas ?

— Ce sera mieux que rien.

Il lui prit la bande des mains.

— Donne, je vais le faire, ce sera plus facile pour moi.

Il commença sous le genou, remonta jusqu'à la cuisse

en croisant le tissu sur le devant de la jambe puis il refit la même chose, en descendant.

— Ça va comme ça ? Je ne serre pas trop ?

— Ça va, je remue mes orteils.

Sans le faire exprès elle effleura sa cuisse avec son pied, ce qu'il trouva excitant mais il fit celui qui n'avait rien senti et prit un air dégagé.

— Tu me donneras mon diplôme d'infirmier, alors.

La bande de tissu complètement enroulée, il la fixa tant bien que mal et rabattit la jambe de pantalon.

— Ça devrait aller mieux, dit-il. Maintenant, appuie-toi sur moi. Fais comme si j'étais une béquille.

— On a plusieurs kilomètres à faire. Si je m'appuie sur toi, je vais t'arracher le bras.

— Mais non. En revanche, si je dois te porter, plus les sacs, jusqu'à Trail's Edge, je ne suis pas sûr d'y arriver.

Elle regarda le ciel.

— J'espère que le temps ne va pas se gâter. Parce que rentrer en plus sous l'orage ça ne sera pas la fête.

Il prit sa main et la caressa. Elle avait les doigts froids. Il commençait à la réchauffer quand un coup de tonnerre ébranla l'air. L'orage qui menaçait était là. Une pluie fine et glacée se mit à tomber. On aurait dit des aiguilles qui piquaient les feuilles des arbres. Ils étaient un peu abrités pour l'instant mais, si la pluie durait, ils seraient bientôt trempés et en danger d'hypothermie.

Autumn sortit de son sac deux ponchos, qu'ils passèrent. Ainsi couverts, ils se remirent en marche, bas de pantalons et chaussures traînant dans la boue.

Une heure plus tard, ils trouvaient enfin une marque blanche sur un arbre. Pour se récompenser, ils s'offrirent deux des Mars qu'Autumn avait apportés. Les bras autour du tronc d'un chêne, elle se mit à tourner en fixant la cime.

— Je suis déjà venue ici, dit-elle. Encore vingt minutes et nous serons au camping. Mais il faut accélérer !

Gentleman jusqu'au bout des ongles, il ne dit pas ce qu'il pensait tout bas, que c'était elle qui ralentissait la marche. Apparemment, l'attelle de fortune remplissait assez bien sa fonction, même si Autumn boitait.

— Le sentier est-il toujours aussi désert en hiver ? demanda-t-il.

— Le temps n'incite guère à la randonnée. Entre le tueur et le froid, les promeneurs privilégient des coins plus plaisants.

Elle essayait de sourire mais son visage restait triste.

— On va l'attraper et tout redeviendra comme avant, dit-il, tapotant la main qu'elle avait glissée sous son bras.

Elle lui lança un coup d'œil en coin puis regarda devant elle.

— Qu'y a-t-il ?

— Je me disais que je n'ai pas envie que les choses redeviennent *comme avant*. Je préférerais qu'elles soient… mieux.

Elle venait d'en dire trop. Il fallait qu'elle poursuive. Il avait tellement envie de comprendre qui elle était, ce qui la motivait, ce qu'elle considérait comme important.

— Que voudrais-tu changer ?

Sa vie se cantonnait au Trail et au camping qu'elle ne quittait que lorsqu'elle ne pouvait pas faire autrement. Etait-ce cette vie-là qu'elle voulait changer ? Voulait-elle sortir de sa coquille ? Connaître autre chose ? S'épanouir autrement ?

— Je voudrais pouvoir retrouver mon frère, dit-elle. Nous étions très proches avant le décès de mon père. Nos chemins se sont séparés depuis. Il a cessé de s'investir au camping et son départ sur le Trail me semble être une fuite en avant.

Son explication le déçut. Il espérait qu'elle lui dise qu'elle souhaitait dorénavant être moins isolée. La savoir seule à Trail's Edge allait l'inquiéter.

— Et si tu essayais de reprendre contact avec ton frère ? S'il sait que tu es triste, il reviendra peut-être. Il faut que tu le lui dises.

Elle haussa les épaules.

— Encore faudrait-il que je le puisse !

*
* *

— Il faut mettre de la glace sur ton genou, déclara Nathan en l'aidant à monter les marches de son chalet.

La porte à peine ouverte, Thor lui fit la fête.

— Assieds-toi, je vais chercher ce qu'il faut, dit Nathan.

Elle prit son mobile et, en boitillant, alla s'installer sur le canapé. Elle releva sa jambe de pantalon et posa le pied sur une chaise. Le bandage avait tenu. Elle le défit et se frotta le genou. La blessure ne devait pas être grave, car elle n'aurait pas pu avancer. Si cela n'allait pas mieux à la fin de la semaine, elle consulterait un médecin. Mais elle savait, par expérience, qu'il fallait laisser le temps au temps et que les foulures ou entorses guérissaient généralement toutes seules.

Heureux d'avoir retrouvé sa maîtresse, Thor se roula en boule à ses pieds. Nathan avait sorti les glaçons du bac et les enfermait dans un torchon propre. Le poêle était éteint, mais il faisait quand même bon dans la pièce. Soulagée d'être revenue à bon port, elle ferma les yeux et se relaxa. Nathan s'était montré très attentionné bien qu'elle lui ait fait courir un risque en négligeant les règles élémentaires de survie en montagne.

Son oncle était champion pour traquer les bêtes. Il lui avait appris à identifier certains détails, les chemins piétinés, les traces de pattes et même les excréments. D'ici quelques semaines, quand elle serait certaine de ne plus croiser d'ours puisqu'ils seraient en hibernation, elle partirait en montagne pour exercer ses talents de chasseuse. Des talents qui n'étaient pas comparables, évidemment, à ceux de son oncle.

Elle adressa un texto à Ben pour avoir son avis sur la présence des ours. Il répondit aussitôt que c'était anormal et qu'il ne comprenait pas non plus…

Nathan vint s'asseoir en face d'elle, ce qui lui donna des frissons. Avec la boue sur son pantalon et la poussière sur ses joues, il lui faisait penser à un mannequin posant pour un parfum sauvage mais raffiné.

Elle soupira. Elle avait des messages. Sans doute encore des annulations. Elle n'avait aucune envie de les écouter. Son livre de réservations était ouvert devant elle. Vide. Si les affaires ne reprenaient pas, elle pouvait chercher un travail ailleurs car elle avait son emprunt à rembourser. Elle n'aurait jamais dû rénover tous les chalets en même temps. Elle aurait dû attendre d'avoir l'argent et procéder par étapes. Quand le camping marchait bien, elle avait calculé qu'il lui faudrait cinq ans pour se remettre à flot. Au rythme actuel, ce serait plutôt cinquante.

Finalement, elle se décida à consulter sa messagerie. Lors des deux premiers coups de fil, on avait raccroché sans rien dire. Le troisième message, c'était Roger Ford qui demandait à Nathan de le rappeler le plus vite possible. A son ton, elle comprit que c'était urgent. Elle tendit son mobile à Nathan. Un appel de Ford, cela n'annonçait rien de bon.

D'un seul coup, ses problèmes d'argent passèrent au second plan. Une fois le tueur sous les verrous, les clients reviendraient et les affaires refleuriraient. Elle s'y emploierait.

— Ford ? Tu as essayé de me joindre ?

— …

— Ah… Oh… Oui… Non… Bon.

Et Nathan raccrocha.

— La victime a été identifiée, fit-il. Une certaine Sandra Corvaldi, la trentaine. Dès que la famille aura été prévenue, ils balanceront son nom aux médias.

Sandra Corvaldi ? Autumn la connaissait un peu. Fallait-il dire à Nathan que les Reed avaient un lien avec elle ? Elle pouvait faire confiance à Nathan, non ? De toute manière, une fois le nom divulgué, Daniel ne se priverait pas de raconter à tout le monde que Blaine avait eu une histoire avec elle.

— Sandra sortait avec Blaine au lycée, déclara-t-elle.

Le FBI n'allait pas tarder à apprendre leur romance et risquait d'y voir une nouvelle preuve contre Blaine.

Nathan se passa la main dans les cheveux.

— Tu peux me dire à quoi ressemblait leur relation ?

Elle ressentit comme un coup de poignard dans la tête.

— A ton avis, à quoi ressemblent les relations entre lycéens ? Beaucoup de drames, des hauts et des bas, des larmes.

C'est ce que diraient les parents et les amis de Sandra au FBI quand ils seraient interrogés.

— T'a-t-il dit autre chose ? demanda Autumn. Est-ce qu'un mandat d'arrêt a été lancé contre Blaine ?

— Non. Mais Ford veut revenir à Trail's Edge pour parler avec toi.

Avant de parler avec lui, il fallait qu'elle trouve quelque chose, n'importe quoi pour disculper Blaine. Elle ne lui mentirait pas, mais elle voulait qu'on cesse de désigner son frère comme le coupable. C'était trop facile.

— Allons voir Natalie au bureau du coroner ce soir.

— Ce soir, tu te reposes, dit Nathan en regardant son genou. Nous irons demain.

Elle secoua la tête de droite à gauche.

— Non. Son bureau est fermé du vendredi au lundi. Je ne veux pas attendre.

Bon sang ! Pourquoi Blaine n'avait-il pas téléphoné ? Elle ne pouvait pas deviner à quel endroit du Trail il se trouvait. Il avait très bien pu faire un détour ou avancer très vite, sans s'arrêter. Comment savoir ? Avec lui, tout était possible.

Elle balança les jambes sur le côté, se leva et, en sautillant, alla prendre une genouillère dans le placard.

— Tu n'avais qu'à me demander, dit Nathan.

— Je n'aime pas me faire servir.

Elle se rassit, ajusta la genouillère sur sa jambe.

— Tu sais, j'ai l'habitude de me débrouiller seule.

Elle ne voulait pas se reposer sur Nathan. Bientôt il s'en

irait et elle se retrouverait sans personne. Comme avant. C'était les cartes qu'elle avait dans son jeu et mieux valait ne pas se faire d'illusions. Elle ne pouvait pas abandonner Trail's Edge car elle avait un emprunt à rembourser et n'avait pas d'autres cordes à son arc.

— Il vaut mieux d'ailleurs, précisa-t-elle, car, en général, je n'ai personne à qui demander. Thor est adorable mais, à part baver, il ne sait pas faire grand-chose.

Une plaisanterie pour faire semblant de prendre sa solitude à la légère, mais il ne fut pas dupe.

— Tu ne reçois jamais de visites, ici ? En dehors des clients, évidemment.

Elle fit glisser sa jambe de pantalon sur la genouillère. Cela allait lui paraître pathétique, c'était pourtant comme ça, elle voyait très peu d'amis et n'était sortie avec personne depuis Daniel.

— Je suis occupée, tu sais. J'ai beaucoup à faire.

Il ne répondit rien mais son silence valait tous les commentaires.

— Je sais ce que tu penses, dit-elle en se levant. Que je vis en ermite, mais c'est faux. Je vois des gens. L'autre soir, par exemple, on a dîné ensemble.

— Je n'ai jamais pensé que tu vivais en ermite. La preuve, tout à l'heure, tu ne pensais qu'à rentrer. Tu étais impatiente de retrouver Trail's Edge, dit-il en riant.

Il se moquait, gentiment mais franchement. C'était vrai, elle avait hésité à sortir avec lui mais, une fois dehors, elle avait aimé. Et elle le lui dit.

— Heureux de l'entendre, répondit-il.

— Dis-moi, comment vois-tu cette visite au bureau du coroner ? demanda-t-elle.

Elle lui avait suggéré de faire la cour à Natalie, mais cette idée lui souriait moins maintenant. Natalie avait du charme et Nathan risquait d'y être sensible.

— On va y aller ensemble, dit-il. Je me fais fort de réussir à la convaincre de nous parler.

Il s'approcha d'elle, et elle vit à ses yeux qu'il voulait l'embrasser. Elle ne se trompait pas. Loin de le repousser, elle empoigna sa chemise et se serra contre lui. Il embrassait comme un dieu, alternant douceur et fougue. Elle sentit l'homme qui avait de l'expérience, ce qui ne lui plut qu'à moitié.

Quand il recula pour reprendre son souffle, elle garda les yeux fermés pour savourer plus longtemps la magie du monde dans lequel il l'avait transportée. C'est son téléphone qui rompit le charme.

— Trail's Edge, bonjour.

— Allô, Autumn ?

Une voix qui ne lui était pas inconnue. Espérant sans trop y croire qu'elle se trompait, elle demanda :

— Qui est à l'appareil ?

— C'est maman. Je suis dehors. Je peux entrer ?

Sa mère ! Elle ne s'était même pas déplacée pour l'enterrement de leur père, elle avait juste téléphoné et présenté ses condoléances. Avant cela, un ou deux coups de téléphone par an pour s'assurer que son fils et sa fille étaient toujours vivants, et c'était tout. Ces détails lui revenant d'un coup, Autumn ne put dominer sa rage.

— Que veux-tu ?

— J'ai appris au journal télévisé le crime qui a eu lieu au camping. Je voulais être sûre que Blaine et toi vous alliez bien.

Vraiment ? Leur mère ne s'était pour ainsi dire jamais occupée d'eux. Pourquoi ce revirement ? Il y avait certainement un truc, pensa Autumn, mais, pour l'instant, la motivation de sa mère lui échappait.

Il y eut un coup à la porte.

— Veux-tu que je réponde ? demanda Nathan, posant machinalement la main sur son revolver.

— Je ne sais pas.

— Autumn ? reprit sa mère au téléphone. Il fait froid dehors, il pleut, et j'ai failli me tuer cent fois en montant ici tellement la route est glissante. Je peux entrer ?

Nathan lui prit le téléphone des mains.

— Qui êtes-vous ?

— …

— Je ne suis pas certain qu'elle veuille vous voir.

— …

— Vous n'aviez qu'à y penser avant de venir. Attendez dehors. Je vous ouvrirai si elle veut.

Nathan raccrocha.

— Autumn, ça va ? J'ignore ce qu'il y a entre ta mère et toi mais, si tu veux que je lui demande de partir, je le ferai. Tu n'es pas obligée de la voir si tu n'en as pas envie.

La bouche sèche, l'esprit embrumé, Autumn était désemparée. Sa mère. Que de fois elle avait eu envie de la voir. Que de nuits passées à prier pour que sa maman reprenne sa place dans leur vie et qu'ils reforment une famille. Comme avant. Ces rêves, elle ne les avait plus faits depuis longtemps.

— Qu'elle entre, déclara-t-elle dans un soupir.

Elle. Cette femme qui lui avait donné naissance mais n'avait pas cru important de s'occuper d'elle ensuite.

Nathan ouvrit la porte et sa mère entra. Refusant de montrer son émotion, Autumn respira profondément. Sa mère ne lui ressemblait en rien. Même avec les cheveux mouillés — le temps de courir de la voiture à la terrasse —, elle était magnifique. D'une beauté étourdissante, explosive. Les cheveux aux épaules, un maquillage généreux, une veste et un pantalon moulants, elle n'était pas vulgaire — pas une seconde —, elle était belle, désirable, et ressemblait aux quelques photos qu'Autumn avait d'elle, en plus âgée et surtout en plus heureuse.

Elle avait beau en vouloir à sa mère et être très en colère, Autumn se sentait toute petite devant elle. Toute petite et pas sûre d'elle-même. Sa mère semblait plus heureuse parce qu'elle ne s'était pas embarrassée de ses enfants. Elle s'était construit une autre vie ailleurs, sans les siens. La blessure, pourtant ancienne, n'avait jamais cicatrisé. Autumn souffrait toujours.

— Autumn, comme tu es belle, ma petite fille.

Autumn resta de marbre. Personne ne le lui disait jamais, hormis son père qui avait toujours semblé convaincu que sa fille était une beauté.

— Après tout ce temps, c'est tout ce que tu trouves à me dire ?

Impossible de contenir sa rage. Sa mère aurait beau lui servir des mots aimables, elle les prendrait mal.

— Je viens de te le dire, je suis venue voir comment vous alliez Blaine et toi, prononça-t-elle en triturant le bout du ravissant foulard de soie noué autour de son cou.

Furieuse et amère, Autumn haussa les épaules.

— N'essaie pas de me faire croire qu'on t'intéresse, Blaine et moi ! Tu n'es même pas capable de nous téléphoner ! Papa est mort et ça ne t'a fait ni chaud ni froid. T'es-tu inquiétée de savoir si Blaine et moi on a été malheureux après ton départ ? Si on ne pleurait pas toutes les nuits ? Ça t'était bien égal, hein ? Alors, aujourd'hui, c'est trop tard pour te réveiller.

Elle avait les larmes au bord des yeux mais elle n'allait pas pleurer. Pas devant cette quasi-inconnue.

— Je sais que je ne mérite pas d'être ta mère, dit cette dernière en se redressant de toute sa hauteur. Mais j'ai des excuses.

Des excuses ? Elle s'était inventé de bonnes raisons de faire ce qu'elle avait fait ?

— Je ne veux pas les connaître, lui répondit Autumn.

Elle mentait. Elle voulait entendre de la bouche de sa mère le motif qui l'avait fait les abandonner. Ensuite, mais ensuite seulement, elle verrait si c'était acceptable.

— Très bien. J'attendrai que tu sois dans de meilleures dispositions d'esprit pour t'expliquer. J'espère que ce jour-là tu voudras bien m'écouter. Sache quand même que j'ai toujours voulu garder le contact avec vous, même si, au début, j'ai pensé que ce serait plus facile pour vous si je ne vous tournais pas autour. Finalement, je me suis dit que c'était idiot d'agir comme ça, mais c'était trop tard. Vous deviez déjà me haïr, Blaine et toi.

Haïr. C'était exactement cela. Ils l'avaient même maudite.

— Pas très convaincant comme explication, rétorqua Autumn.

— Tu ne sais pas tout, insista sa mère. Il s'est passé des choses dans le passé, un jour tu comprendras.

— Pas besoin de discours sur ce que je dois ou ne dois pas comprendre.

— Quand j'ai lu les articles sur le crime, je me suis dit qu'il fallait que je vienne. J'ai interprété ça comme un signe.

Autumn ricana. Près d'elle, Nathan écoutait sans rien dire. Malgré son silence, elle se sentait soutenue, plus forte. Il ne prenait pas parti et ne lui demandait pas non plus de se calmer.

— Je ne crois pas à ces histoires de signes. Je crois ce que je vois, un point c'est tout. Les conduites passées préfigurent les conduites futures, c'est mon credo. Je ne redonne jamais ma confiance à quelqu'un qui m'a trahie.

— Je suis triste d'entendre ça, répliqua sa mère.

Elles se turent. C'est sa mère qui rompit le silence.

— Où est Blaine ?

Autumn serra les dents pour ne pas mentir.

— Il est en rando dans le Trail.

— Maintenant ? Alors que le tueur rôde ?

— Il l'ignorait quand il est parti. Je suis bien consciente du danger. J'ai essayé de le joindre, en vain. Ce qui me rassure, c'est qu'il ne correspond pas au profil des victimes.

Sa mère sembla brusquement s'aviser de la présence d'un tiers.

— Blythe Ferguson, dit-elle à Nathan, qui se présenta à son tour.

Autumn nota que sa mère donnait son nom de jeune fille et que Nathan ne précisait ni la raison de sa présence ici, ni qu'il était agent du FBI.

— Tu tombes mal, reprit Autumn. Nathan et moi, on doit partir.

— Que dirais-tu de petit-déjeuner ou déjeuner ensemble, demain ?

Autumn avait besoin de plus de temps pour digérer l'irruption de sa mère.

— Je vais voir, répondit-elle, évasive.

Sa mère fouilla dans son sac et en sortit une carte.

— Tiens. Appelle-moi, s'il te plaît. On a beaucoup de choses à se dire.

Autumn jeta la carte sur le comptoir.

— Je verrai si j'ai le temps.

Blythe hocha la tête, l'air peiné. Bien que le plus fort de sa colère soit passé, Autumn ne regrettait pas de ne pas l'avoir accueillie à bras ouverts. Sa mère les avait abandonnés, Blaine et elle. Que venait-elle faire maintenant ? Estimant qu'elle avait toute raison d'avoir des doutes quant à l'objectif de cette visite, sûrement dictée par l'égoïsme et l'intérêt, Autumn se dirigea vers la porte.

Nathan prit sa voiture pour descendre en ville. Avant leur visite au bureau du coroner, il souhaitait prendre le pouls de ce qui se disait dans les rues. Autumn, pour ménager son genou, resta à l'attendre dans le véhicule.

Après avoir erré dans Main Street, il entra dans un magasin de sport appelé The Out House et alla droit au comptoir.

Une femme feuilletait un magazine. Dès qu'elle l'aperçut, elle se redressa et sourit.

— Qu'est-ce qui vous amène ? demanda-t-elle.

— Je campe à Trail's Edge. J'ai besoin de m'équiper pour faire le Trail, prétexta-t-il.

Etonnée, la femme plissa les yeux.

— Vous avez l'intention de faire une rando dans le Trail ?

— Oui.

— Mais vous avez écouté les infos ? Il y a un tueur. Ils ont retrouvé un corps.

— Oui, je sais.

— Si j'étais vous, je choisirais un autre sentier. Celui-là est dangereux.

— C'est aussi ce que dit Autumn Reed.

— Elle est bien placée pour le savoir.

La commerçante fit le tour du comptoir.

— On ne la voit jamais ici, ajouta-t-elle d'un ton confidentiel. Enfin, presque jamais sauf quand elle a besoin de faire des courses mais, autrement, elle vit en ermite.

— Ah bon ? Qu'est-ce qui vous fait dire ça ?

Bien qu'ils soient seuls dans la boutique, la femme — Linda, c'était écrit sur son badge — se pencha vers lui.

— Vous savez, sa mère l'a abandonnée quand elle était petite. Blythe ne supportait plus de vivre avec son mari et son beau-frère. Quand le père d'Autumn est mort, le frère de la petite s'est mis à avoir la bougeotte. Elle se retrouve souvent seule, la pauvre gosse !

— Elle n'a pas l'air d'aller mal, pourtant.

— C'est ça qui est bizarre. Les gens qui séjournent chez eux disent tous qu'ils sont gentils et serviables et tout et tout. Moi, je dis qu'ils sont tous fous là-haut.

Autumn lui semblait tout ce qu'il y avait de plus normal. Que voulait dire cette Linda par « fous » ?

— Le shérif aussi dit qu'Autumn est toquée, elle sortait

avec lui. Elle ne se lie avec personne. Elle vit toute seule et ne veut pas qu'on l'approche.

Cette femme semblait en savoir beaucoup sur les Reed. Sur Autumn, en particulier.

— C'est votre amie ?

Linda agita la main.

— J'étais une classe au-dessus de la sienne. Mais c'est ce qui se racontait au lycée.

La rumeur. Encore et toujours la rumeur. Nathan savait les dégâts que pouvaient faire les ragots. Il savait aussi qu'Autumn faisait de son mieux pour tenir bon. Si le quart de ce que racontait Linda était vrai, Autumn avait du mérite d'être toujours saine d'esprit. Et elle se retrouvait aujourd'hui seule face à un tueur en série qui s'attaquait aux randonneuses fréquentant le Trail.

Nathan gara sa voiture dans le parking gravillonné du centre médico-légal. A côté de lui, Autumn était songeuse. Il avait l'impression de l'entendre penser à sa mère.

Avant d'entrer dans le cabinet du médecin légiste, il fallait qu'ils se mettent d'accord sur la démarche à adopter.

— Attends, dit-il, comme Autumn s'apprêtait à ouvrir sa portière. Tu es sûre que ça va ? Tu n'as pas dit grand-chose depuis que ta mère est partie.

Les yeux noyés de larmes, elle détourna le regard.

— Non, rien ne va. Je n'arrive même pas à réaliser qu'elle est venue. Oui, c'est ça, c'est irréel.

— Il m'a semblé qu'elle voulait te demander pardon. Elle ne savait pas comment s'y prendre mais elle a essayé.

— Ce qu'elle a fait est inexcusable, d'accord ? I-nex-cu-sable.

— Il n'est pas question d'excuses, mais peut-être de tourner la page, suggéra-t-il.

Elle soupira.

— Je croyais que tu étais de mon côté.

— Je suis de ton côté, ce n'est pas la question. Mais ce que je souhaite surtout, c'est que tu cesses de souffrir. Que tu ne ressasses plus des événements qui remontent à des années. Que tu sois heureuse. Ma sœur et moi aussi avons eu notre part de problèmes. Quand elle est morte, elle sortait de sa troisième cure de désintoxication. Je regrette de ne pas avoir été plus patient avec elle. Je regrette de ne pas lui avoir dit plus souvent que je l'aimais. Au lieu de ça, je me suis souvent bagarré avec elle à cause de sa dépendance à l'alcool et je m'en veux.

Autumn leva la main pour lui caresser la joue. Cette marque de tendresse lui alla droit au cœur. Elle était merveilleuse, elle comprenait.

— C'est triste tout ça, dit-elle. Je te plains beaucoup.

Nathan n'aimait pas s'étendre sur ce sujet. C'était trop douloureux. S'il était parti en guerre contre le prédateur, ce n'était pas seulement pour que justice soit rendue à sa sœur, c'était aussi pour se racheter, faire la paix avec lui-même, et tourner, lui aussi, la page.

— Je te raconte cela pour que tu n'aies pas de remords si tu n'entends plus jamais parler de ta mère.

— J'y penserai. Mais plus tard. Pour l'instant, je n'ai pas le courage de m'occuper aussi d'un éventuel drame maternel.

— Très bien. Mais tu sais que nous faisons équipe. Que je serai toujours là pour te soutenir.

— Pour l'instant… Jusqu'à ce que l'on trouve un nouveau cadavre, plus loin sur le Trail. Alors tu repartiras.

Que répondre ? Il sentait que le tueur était maintenant à leur portée et se reprochait de l'avoir laissé filer l'autre soir.

Il prit son visage dans ses mains et caressa ses lèvres.

— L'étau se resserre. Allons voir Natalie et que la magie opère !

* * *

Quand Autumn entra dans le hall d'accueil, Natalie leva le nez de son bureau et lui sourit. Mais, dès qu'elle vit Nathan, son visage s'illumina.

Nathan avait cet effet sur les femmes et, bien qu'elle n'ait aucun droit sur lui, Autumn était agacée de le constater. De toute manière personne n'avait aucun droit sur personne, se dit-elle pour s'encourager, si ce n'est que, connaissant Natalie et sa réputation de dragueuse, elle était bien capable de ne faire qu'une bouchée de Nathan.

Les présentations terminées, Natalie se leva pour venir serrer la main de Nathan.

— Ravie de vous rencontrer, dit-elle. J'imagine ce qui vous amène. Hélas, je ne peux rien vous dire sur la malheureuse dont on a retrouvé le corps. Même si cela a eu lieu près du camping.

Nathan ne manifesta pas la moindre contrariété.

— Nous savons que vous devez protéger les victimes. Si nous sommes là, c'est uniquement pour que vous rassuriez Autumn. Elle connaissait bien Sandra et voudrait être sûre qu'elle n'a pas souffert.

— Comment connaissez-vous l'identité de la victime ? Elle n'a pas été divulguée, dit Natalie, visiblement soupçonneuse.

— Nous travaillons sur l'affaire. Roger Ford nous a communiqué l'information.

Nathan se pencha vers Natalie qui, machinalement, déboutonna le col de sa blouse.

— Vous travaillez sur ce dossier avec le FBI ? Vous êtes agent spécial ?

Autumn regarda son amie qui battait des paupières, incrédule. A sa décharge, la petite ville de Smithsburg n'avait pas souvent l'occasion d'accueillir des fédéraux.

— Oui, je suis un agent spécial du FBI, déclara Nathan.

— Ah bien. Hélas, je suis incapable de vous dire si elle a souffert, décréta Natalie en retournant s'asseoir.

Nathan attendait, tout sourire. Natalie semblait en extase.

— Vous permettez que je jette un coup d'œil sur le dossier que je vois sur votre bureau ? Je suis à l'aise avec le jargon médical.

Natalie lui tendit des feuilles.

— Prenez, dit-elle.

— Merci. Je vous revaudrai ça.

— Quand vous voudrez, je suis libre ce week-end.

— Je suis un peu coincé en ce moment à cause de cette affaire mais, dès que j'entrevois une possibilité, je vous fais signe.

Après un dernier échange d'amabilités, ils prirent congé.

— Ça tombe comme à Gravelotte, maugréa Autumn à peine dehors.

— Pardon ?

— Elles tombent toujours toutes comme des mouches, avec toi ? Les femmes, je veux dire.

Nathan s'esclaffa.

— Elle n'est pas tombée comme une mouche, elle voulait juste nous rendre service.

— Je suis étonnée qu'elle t'ait remis ces documents.

— Les gens sont sensibles aux titres. On leur apprend à écouter et à obéir à l'autorité. Cette affaire bouleverse toute la ville. Les habitants n'ont qu'un souhait, qu'on attrape le tueur et, pour cela, ils sont prêts à aider.

Ils montèrent en voiture. Nathan démarra.

— Lis le rapport. A voix haute, s'il te plaît.

Le document ne comptait que deux feuillets, numérotés 1 de 50 et 2 de 50. C'était en fait un résumé.

— Il nous manque plein d'informations, dit Autumn, dépitée. Elle ne nous a donné que deux pages sur cinquante.

Elle hésita, avant de reprendre :

— Tant mieux. Ça me fera moins à lire !

Sandra avait été tuée, puis pendue et enrubannée de lierre. Le décès était dû à des flèches en pleine poitrine.

— A ton avis, la mort est survenue rapidement ? demanda Autumn. Le rapport ne dit rien à ce sujet.

— Je pense que oui.

Disait-il cela pour la rassurer ou le pensait-il vraiment ? C'était difficile à dire. De toute manière, elle préférait ne pas savoir. Elle avait été trop choquée par ce qu'elle avait vu quand elle avait découvert le corps et préférait ne pas rajouter d'horreurs à l'horreur.

— Si Sandra était déjà morte, pourquoi l'a-t-il pendue ? demanda-t-elle en tournant la page. Dans quel but ?

Nathan quitta la route principale pour s'engager dans le chemin qui menait à Trail's Edge.

— Le tueur a sa raison. Ce qu'il faut, c'est essayer d'entrer dans sa tête pour comprendre sa logique. De cette façon, nous trouverons peut-être une piste. Il est en phase avec son environnement et a une relation... disons particulière avec l'Appalachian Trail ou la nature en général. C'est sans doute quelqu'un qui a vécu longtemps en plein air.

— Et le lierre ? Pourquoi entoure-t-il le corps de ses victimes de lierre ? Qu'est-ce que ça t'inspire ?

— C'est sa signature. Pour lui, ça signifie quelque chose.

Nathan avait l'air songeur. Il essayait sans doute d'imaginer quelle folie animait le tueur quand il agissait ainsi.

Un peu de neige commença à tomber. Dans ces régions, des petits flocons avaient vite fait de se transformer en tempête de neige.

— C'est la première chute de neige de la saison, dit-elle.

— Tu penses que ça va prendre ?

Elle regarda le ciel. De gros nuages noirs se rapprochaient.

— La tempête peut aussi bien passer à côté sans s'arrêter, répondit-elle, que déposer trente centimètres de neige en quelques heures. J'ai déjà vu les deux cas.

Dix minutes plus tard, Nathan se garait devant chez elle d'où, la porte à peine ouverte, Thor jaillit telle une bombe en aboyant.

Nathan entra et alla s'asseoir avec les deux feuillets que Natalie leur avait remis. Autumn donna sa pâtée au chien qui, brusquement, releva la tête en grognant.

— Tu attends quelqu'un ? demanda Nathan en se levant.

Autumn secoua la tête. Peut-être était-ce sa mère qui faisait une tentative pour revenir lui parler ?

— J'y vais, dit-il en se dirigeant vers la porte, arme au poing.

Autumn sentit son cœur se mettre à battre la chamade. Mais, non, le Chasseur ne prendrait pas la peine de frapper. Il était beaucoup plus sournois que cela. Mais si c'était un des enquêteurs, pourquoi n'avait-il pas téléphoné avant ?

Elle entendit des voix juvéniles, puis la porte qu'on refermait.

— Ce sont de jeunes randonneurs qui cherchent un endroit pour la nuit avant que le temps ne se gâte, expliqua Nathan en revenant.

Bizarre, bizarre. D'où venaient ces marcheurs ? Avec tous les reportages sur le tueur qui sévissait dans la région, qui pouvait encore ignorer le danger ? Qui osait encore s'aventurer ici ?

Des fous comme Blaine qui se croient invincibles, songea-t-elle.

Si Nathan estimait qu'ils n'avaient rien de suspect, elle allait leur louer un de ses chalets. Dans les mêmes circonstances, elle n'aurait pas aimé qu'un parano quelconque refuse un gîte à son frère. Comme chez les motards et chez les marins, il existait une communauté du Trail. Plus qu'un état d'esprit, offrir l'hospitalité aux randonneurs en détresse allait de soi pour elle.

Nathan haussa les épaules.

— Ils ont dix-sept ans et des papiers d'identité en bonne et due forme. A toi de voir si tu acceptes de leur louer un chalet pour la nuit.

Puisqu'elle avait une douzaine de chalets vides, elle n'allait pas refuser. C'était trop beau, ses premiers clients depuis des semaines ! Comme elle se pressait pour les accueillir, ravie à la perspective d'une rentrée d'argent, son genou se rappela à elle.

Elle accompagna ses hôtes dans un des chalets.

— Super, dit l'un d'eux en découvrant l'intérieur du gîte.

— Une bonne douche et un lit chaud, ça va être cool, déclara l'autre.

Quel randonneur, même le plus endurci, n'aurait pas été sensible au confort, même sommaire, d'un chalet par une température rendue glaciale par le vent ? Ces marcheurs étaient jeunes et ne devaient pas avoir beaucoup d'expérience en matière de grande randonnée.

Nathan, qui l'avait accompagnée, gardait la main sur son épaule — pour bien montrer qu'ils étaient ensemble et qu'il était inutile de chercher à l'importuner ? Feignant d'ignorer cette main, Autumn ne s'occupait que de ses hôtes. Quand Nathan la touchait, elle perdait tous ses moyens. C'était absurde. En temps normal, elle ne perdait pas la tête parce qu'un homme l'effleurait.

Après avoir montré aux garçons le fonctionnement du poêle, elle les laissa. Il ne leur restait qu'à dormir en attendant que le temps se lève. La neige tombait dru. Le sol était blanc. Les branches s'affaissaient déjà sous le poids de la glace.

— Je devrais peut-être préparer d'autres chalets au cas où nous aurions d'autres visiteurs, dit-elle.

S'il y avait des randonneurs sur le Trail et que la neige continue de tomber à gros flocons, tous, sauf des survivalistes, chercheraient un refuge.

— Tu as raison, lui répondit Nathan. Je vais t'aider.

Autumn prit des vivres — elle en mettait toujours à la disposition de ses hôtes dans les chalets, des flocons d'avoine, des barres chocolatées, des boîtes de chili con carne — et partit vers le chalet 12. Si personne ne venait, elle reviendrait récupérer ces réserves demain matin. Mais, dans le cas contraire, un marcheur apprécierait sûrement de trouver de quoi se restaurer en arrivant, et elle n'aurait pas à revenir le lendemain, en s'enfonçant dans la neige jusqu'aux genoux.

Elle tira le loquet de la porte et alluma la lumière. Il devait faire cinq degrés dans le chalet. Moins glacial que dehors, certes, mais tout de même un froid mordant. Dès qu'elle franchit le seuil, Autumn avisa des traces de boue par terre, ce qui l'agaça. Avant de partir, Blaine aurait pu faire un minimum de ménage ! Elle était en train de pester quand soudain elle réalisa son erreur.

Blaine n'avait pas mis les pieds ici depuis bien longtemps, et elle avait nettoyé ce chalet en vue de la saison quelques semaines plus tôt. Son frère n'y était donc pour rien. Effrayée, elle en laissa tomber ses provisions.

— Il y a eu quelqu'un ici, s'écria-t-elle. Quelqu'un qui est peut-être encore là…

Prise de panique, elle ressortit sur la terrasse.

— Comment le sais-tu ? lui demanda Nathan, la suivant dehors.

— Il y a des empreintes par terre. De la boue.

Serré contre elle pour la protéger d'un éventuel agresseur, il dégaina.

— Attends là, dit-il.

Il retourna dans le chalet. Alluma toutes les lampes. Terrorisée, Autumn le regardait faire. Il inspectait chaque coin, chaque recoin, toutes les cachettes possibles.

— C'est vide. Il n'y a personne.

Elle plaqua la main sur son cœur.

— Quelquefois des ran… donneurs entrent… s'abriter, bégaya-t-elle pour se rassurer mais sans y croire.

Ce ne serait pas la première fois qu'un visiteur profite-rait d'un gîte sans payer mais, au nom des valeurs que les marcheurs partageaient sur le Trail ou sur d'autres sentiers, elle attribuait cette indélicatesse à la fatigue et au froid qui piégeaient parfois les imprudents, et elle pouvait l'excuser. Pourtant, ce soir, c'était différent, elle le sentait. Mal à l'aise, elle rejoignit Nathan, toute frissonnante.

Pas de doute, quelqu'un avait marché et laissé des empreintes. De la boue et des traces sombres... Comme du sang séché.

— Là, regarde, dit-elle, montrant les taches par terre. On dirait du sang.

— C'est peut-être un randonneur blessé, avança Nathan. J'appelle Ford. Il faut qu'il vienne, avec son équipe.

— Je suis sûre que c'est le tueur. Il faut regarder partout.

Avait-il utilisé la salle d'eau ? Dormi dans le lit ? Allumé un feu ? S'il l'avait fait, c'était un double viol, songea Autumn. De sa vie privée et de sa sécurité. C'était la preuve que sa maison, son havre, n'était plus sûre.

5

Le tueur avait séjourné tout près. Beaucoup plus près que Nathan ne l'aurait cru.

S'était-il réfugié dans le chalet après avoir tué Sandra Corvaldi ? Ce qu'on voyait par terre, était-ce de la boue ou du sang ? Si c'était du sang humain et que l'ADN corresponde avec un ADN déjà dans le fichier, ils auraient une piste.

Les agents du FBI n'avaient pas inspecté les chalets le soir où Autumn avait découvert le corps et Nathan s'en voulait de sa négligence. Il aurait dû le faire.

Après avoir laissé un message à Ford, il recueillit un peu de sang sur un coton-tige et le mit dans une pochette stérile. Il l'enverrait à un laboratoire indépendant et…

Il releva la tête. Autumn l'observait. Elle était extrême-ment pâle et grelottait.

— Tout va bien, dit-il en la prenant dans ses bras. On est en vie.

Elle se serra contre lui.

— J'ai peur. Je ne me sens plus en sécurité. Il est entré ici, murmura-t-elle comme si la peur lui avait volé sa voix.

Depuis la découverte du corps, elle avait fait preuve d'un sang-froid incroyable, mais les traces de pas dans ce chalet étaient l'épreuve de trop. Ses nerfs la lâchaient.

Nathan la reconduisit chez elle et lui fit prendre place sur le canapé. Puis il alluma le poêle.

— Je vais te faire du thé, annonça-t-il en voyant qu'elle tremblait toujours.

Il prit le plaid sur le dossier du canapé, le déposa sur les jambes d'Autumn et partit dans la cuisine. En attendant le sifflement de la bouilloire, il réfléchit. C'était normal qu'elle craque. Le tueur s'était montré moins négligent sur les autres scènes de crime ; il n'avait rien laissé qui permette de l'identifier. Si les traces de pas dans le chalet étaient celles du prédateur, il les avait laissées intentionnellement. De même pour la dernière victime. Elle semblait avoir été pendue là pour que ce soit Autumn qui la découvre. C'était à croire que le tueur voulait lui faire comprendre qu'il était tout près.

Pourquoi ? Dans quel but ? Quel lien avait-elle avec lui ?

Une fois de plus, Nathan pensa à Blaine. Bien qu'Autumn soit convaincue de l'innocence de son frère, plus ça allait, plus les preuves s'accumulaient contre lui.

Qui d'autre pouvait-on soupçonner ? Quelqu'un avec qui Autumn avait travaillé sur le Trail ? Un visiteur ayant séjourné à Trail's Edge ?

Pensif, Nathan éteignit le feu sous la bouilloire. Il versa l'eau sur le thé et laissa infuser.

Se pouvait-il que le tueur ait déjà rencontré Autumn, lui ait même parlé en privé, pourquoi pas en public, et qu'elle ne se soit doutée de rien ? Nathan avait connu le cas. Un tueur en série avait approché ses victimes, croisées par hasard, avait bavardé avec elles et les avait mentalement marquées comme ses futures proies.

Le Chasseur attendait-il que sa victime soit seule pour l'agresser ? A cette pensée, Nathan se hérissa. Le monstre ne frapperait plus, et surtout pas Autumn, parole d'agent spécial. Il resterait auprès d'elle vingt-quatre heures sur vingt-quatre, sept jours sur sept, jusqu'à son arrestation.

Le téléphone d'Autumn qui sonnait le sortit de sa réflexion. Il le prit avant qu'elle ne décroche. C'était Ford.

— Pourquoi m'as-tu appelé ? demanda ce dernier.

— Il y a du nouveau dans l'affaire, je tenais à t'en

informer en premier, dit Nathan, qui tenait à rester courtois et professionnel malgré le différend qui l'opposait à Ford.

Ce dernier grommela quelques mots incompréhensibles que Nathan interpréta comme de l'incrédulité.

— OK mais on a un problème, ici.

Compte tenu du bruit de fond, Nathan comprit que Ford disait vrai.

— Notre pick-up a dérapé et glissé dans le fossé. Et un véhicule en panne bloque la route. Impossible de déblayer le terrain. C'est blanc partout et ça glisse.

Nathan écarta le rideau de la cuisine. La neige recouvrait la cime des arbres. Dehors, tout était sombre et l'on voyait à peine la forêt.

— Des blessés ?

— Légers. Je ne sais pas quand on arrivera. Peut-être pas avant deux, trois jours. Tâche de ne pas polluer la scène.

Ford était dépité, cela s'entendait à sa voix. Nathan ne s'en formalisa pas. Il avait d'autres sujets de préoccupation. Il était piégé en montagne pour au moins quarante-huit heures avec Autumn, des étudiants et, sans aucun doute, le tueur.

Il y eut un silence sur la ligne, puis Ford relança :

— Et toi là-haut ? Comment ça va ? Tu peux t'en sortir ou t'as besoin de raquettes ?

Des raquettes ? Il se fichait de lui ? Ou alors il était inconscient et voulait des blessés supplémentaires.

— Ça va aller. On a des munitions… de bouche !

Pas seulement de bouche. Nathan était armé et une seule balle lui suffirait pour descendre le tueur.

— On n'est pas seuls. Il y a trois autres gus avec nous. Des randonneurs qui voulaient une piaule pour la nuit.

Au loin, on entendait une sirène. Une ambulance approchait.

— Donne-moi leurs noms et dis-moi à quoi ils ressemblent. On a signalé des gars stationnés sur le Trail pendant plusieurs jours. Je veux vérifier qu'on sait qui c'est et que leur histoire tient la route.

Des crimes commis en bande organisée, cela s'était déjà vu, même si c'était plus rare, songea Nathan.

Il décrivit les randonneurs et donna les noms qu'ils avaient indiqués à Autumn en louant le chalet.

Il y eut un craquement sur la ligne.

— Faut faire vite, dit Nathan. Je sens qu'on va être coupés.

— Si tu n'as pas de nouvelles de moi dans l'heure qui suit, j'appellerai Mlle Reed sur son téléphone satellite. Je vois avec la police ou les rangers ce que je peux faire pour venir inspecter la scène, conclut Ford.

— OK, j'attends de tes nouvelles.

Nathan raccrocha et s'assit à côté d'Autumn, qui le regarda, l'air interrogateur.

— Le FBI a des difficultés pour monter à cause de l'état des routes. Ford attend que la neige cesse un peu. Il voit avec la police et les rangers s'il y a des gens dispos pour venir.

Autumn se serra contre lui et posa la tête sur son bras.

— Si le FBI n'est pas fichu de venir, je ne vois pas qui pourra.

L'odeur de ses cheveux lui inspira aussitôt des pensées qui n'étaient pas de circonstance. Ce n'était pas le moment de lui faire des avances, pas plus que celui de la paniquer avec un scénario catastrophe. Il fallait qu'Autumn reste calme et capable de réfléchir.

— On va attendre. Il y en a pour un jour ou deux, murmura-t-il.

Elle soupira et croisa les bras devant elle. Du réconfort. Elle avait besoin de réconfort. Nathan avait beau chercher des mots qui la rassurent, aucun ne lui venait. Ne sachant que dire, il passa le bras autour de ses épaules.

— Au moins, je ne risque pas de voir ma mère avant un ou deux jours ! dit-elle.

— Veux-tu l'appeler ? Ce serait peut-être bien que tu t'inquiètes d'elle ?

Autumn ferma les yeux.

— Oui, reprit-elle en soupirant. Tu as raison, il faut que je m'assure qu'elle a trouvé un endroit pour dormir. A moins qu'elle n'ait changé d'avis et soit rentrée chez elle. Elle en est capable, tu sais.

Autumn alla prendre la carte que sa mère lui avait laissée et resta près du comptoir pour passer sa communication. Curieux, Nathan écouta d'une oreille. L'échange fut de courte durée et des plus civils, apparemment.

— J'aurais dû installer des systèmes d'alarme dans tous les chalets, dit-elle en revenant vers lui.

— Tu ne pouvais pas deviner que tu en aurais besoin. Et puis, un chalet avec un système d'alarme ? Autant faire de ce camping un club de vacances cinq étoiles et oublier le côté vie sauvage qu'on vient chercher ici.

Sa remarque la fit sourire. Le coin de ses lèvres rebiquait quand elle souriait, elle était adorable.

— Mon père m'a dit la même chose, au début, quand je lui ai parlé de rénover les chalets. Il ne comprenait pas que je veuille remplacer les comptoirs pleins d'échardes par de beaux plans de travail en chêne massif verni.

Nathan n'avait pas vu l'état des chalets *avant* mais il appréciait leur état *maintenant*. Les artisans avaient fait du beau travail.

— C'est un des endroits les plus agréables où j'aie séjourné, dit-il.

Elle lui lança un regard sceptique.

— Agréable, vraiment ? Avec un tueur fou qui se promène en liberté ?

Malgré cela, oui. Avant sa mise en disponibilité, il travaillait dans la brigade crimes du FBI et nombre d'affaires qu'il avait suivies concernaient des tueurs en série.

— J'ai déjà connu des situations bien plus scabreuses, fit-il, laconique.

Il n'en dirait pas plus. Pourquoi lui raconter les crimes sordides sur lesquels il avait enquêté ?

— Je t'ai fait du thé, dit-il, se rappelant la tasse qu'il avait laissée sur le comptoir. Maintenant, bonsoir.

Prenant appui sur le bord du canapé, il se leva mais Autumn le retint par un pan de sa chemise.

— Ne pars pas. Pas tout de suite. On ne peut pas rester ensemble encore un peu ?

Il hésita et, finalement, se rassit. Aussitôt, elle se lova contre lui et, remontant les genoux sous son menton, soupira. Le feu crépitait dans le poêle, Thor ronflait. C'était les deux seuls bruits dans la pièce.

— On est piégés ici. Que va-t-on faire ? demanda-t-elle.

Il n'avait pas eu le loisir d'imaginer un plan.

— On attend que le mauvais temps passe.

— Et si le Chasseur est dehors ? Qu'il nous attend ? Il peut décider de nous attaquer avant qu'on ait reçu de l'aide.

Pour Nathan, c'était certain, le tueur n'était pas loin, mais il n'était pas invincible et il lui faudrait un refuge pour s'abriter de la tempête de neige.

— Personne ne survit dans une tempête de neige. Il fera comme les autres, il cherchera un abri.

Assis sur le canapé, ils regardaient le feu. Avec la chaleur de la pièce et la baisse d'adrénaline dans son sang, Nathan commençait à somnoler. Il avait les paupières lourdes mais il devait résister et attendre qu'Autumn s'endorme pour sortir sécuriser le périmètre du camping. Par la même occasion, il jetterait un coup d'œil dans le chalet des jeunes marcheurs.

Comme Autumn bougeait, Nathan tourna la tête vers elle. Les yeux fermés, elle respirait régulièrement. Se levant, il allongea la jeune femme sur le canapé et déplia le plaid sur elle.

Au même instant, son téléphone sonna. Il sortit pour prendre la communication, afin de ne pas déranger Autumn. C'était Ford qui confirmait que les jeunes gens étaient bien des élèves du lycée voisin et qu'ils avaient parlé au ranger dans le Trail. Le ranger avait noté qu'ils avaient dit ne pas avoir peur de la tempête de neige et qu'ils ne voyaient pas pourquoi annuler une randonnée qu'ils préparaient depuis le printemps. Ils n'avaient pas l'intention de quitter le sentier. D'autre part, puisque le Chasseur semblait ne s'attaquer qu'aux femmes, il leur semblait qu'ils ne risquaient rien.

Ils étaient jeunes et têtes brûlées, un mélange explosif, se dit Nathan. Il se rendit aussitôt dans leur chalet.

— Salut, les gars. Faites attention, un chalet a été visité.

Il les pria de rester dans leur gîte, de n'ouvrir à personne et de l'appeler s'ils remarquaient ou entendaient quelque chose d'anormal. Espérant qu'ils tiendraient compte de ses recommandations, Nathan retourna chez Autumn.

La jeune femme n'avait pas bougé, mais elle avait les yeux ouverts.

— Si je t'emmenais au lit ? dit-il, conscient que sa proposition pouvait prêter à confusion.

— Au lit ? Oui, bonne idée, répliqua-t-elle en se levant.

Elle remit le plaid sur le dossier du canapé et le suivit jusqu'au lit.

— Où vas-tu dormir ? demanda-t-elle alors.

Etait-ce une invitation ou ce feu dans ses yeux n'était-il qu'un effet de son imagination ? Dans le doute, il hésita. Voulait-elle une réponse sincère ?

— Ici. Avec toi.

De l'électricité courut dans la pièce. Rouge, troublée, elle le dévisagea, puis son regard se porta respectivement sur le lit et le canapé avant de revenir sur lui. Ses yeux pétillaient. Apparemment, elle n'avait plus sommeil.

Empoignant alors sa chemise, elle l'attira à elle et, sans un mot, happa sa bouche. Brusquement, sans savoir comment, ils tombèrent sur le lit. Enlacés. Elle ne fit pas un geste pour tenter de se relever. Nathan non plus. Seuls comptaient maintenant cette magnifique étreinte et leurs baisers ardents. Seul comptait le plaisir de la sentir sous lui.

Mais non ! Il ne devait pas. Il ne pouvait pas laisser

son désir prendre le pas sur sa raison. Pourtant, déjà, ses mains couraient sur les hanches de la jeune femme, les caressaient, les pétrissaient, descendaient plus bas, osaient le creux entre ses cuisses. Non, non, non, il ne fallait pas. Il devait ne penser qu'au Chasseur. Aller inspecter les autres chalets au cas où l'homme y aurait laissé des traces de son passage. Etre aux aguets, prêt à intervenir si quelque chose avait changé ou changeait.

En temps normal, il n'était pas possessif, mais Autumn, avec ses petites manies, son amour du Trail et son esprit libre et sauvage, lui inspirait des sentiments qu'il n'avait jamais abrités. Il avait sans cesse envie d'être avec elle, envie d'elle, envie qu'elle soit à lui, rien qu'à lui. Le temps qu'il venait de passer dans la nature lui avait révélé une facette de sa personnalité qu'il ignorait, le besoin primal de posséder.

Dehors, le désordre régnait, mais dans ses bras se trouvait une femme qui voulait faire l'amour, elle aussi. Ses caresses ne laissaient planer aucun doute sur son désir.

Il s'allongea sur elle, ce qui la fit gémir. Elle le serra contre elle comme pour ne plus faire qu'un avec lui et l'embrassa avec rage. Il passa les pouces sous l'élastique de son slip et le fit glisser, avec son pantalon, sur ses cuisses.

Elle avait la peau incroyablement douce, le ventre, les hanches, le creux du dos n'étaient que satin et tendresse. Brusquement, il empoigna ses fesses et les souleva, la serrant contre lui pour qu'elle sente combien elle l'excitait.

Elle gémit, il releva la tête et mordilla ses bouts de seins. Elle enroula les jambes autour de sa taille et pointa les hanches vers lui, une fois, deux fois, trois fois, de plus en plus violemment, de plus en plus impatiente elle aussi. Il lui ôta le reste de ses vêtements et trembla. L'avoir nue, là, devant lui, ouverte, offerte, était incroyablement excitant. Une femme l'avait-elle, un jour, autant excité ?

Incapable de supporter plus longtemps ce supplice, il

se déshabilla et se rallongea sur elle. La chaleur de leurs corps l'un sur l'autre, peau contre peau, ses mamelons qui s'enfonçaient dans sa poitrine, sa bouche qui dévorait la sienne, la torture ne pouvait pas durer. Et pourtant... ils avaient la nuit devant eux. Pourquoi se précipiter comme un adolescent qui prend sa première fille ?

Il reprit son pantalon et sortit un préservatif de sa poche.

— Nathan, le supplia-t-elle alors. Nathan s'il te plaît, viens !

Il entra alors en elle et y resta un instant, immobile.

— Nathan !

Il se mit à aller et venir, de plus en plus vite, de plus en plus profondément, et la sentit, chaude et humide, se resserrer autour de lui. Il donna un dernier coup de reins et retomba sur elle en poussant un râle de plaisir.

Dans le chalet d'Autumn, enfoui sous trente centimètres de neige, régnait l'impression étrange qu'ils étaient seuls dans la montagne. Les étudiants, sans doute terrés eux aussi dans leur gîte, ne les avaient pas importunés.

Sous le manteau de neige fraîche, la forêt respirait le calme et la sérénité. Comme les animaux qui hibernent pour l'hiver, Autumn et lui étaient enfermés dans leur chalet... au lit, réchauffés par les flammes qui dansaient dans le poêle. Il avait posé son arme à portée de main. Si le tueur se manifestait, il ne serait pas démuni. Mais les heures passaient, tranquilles, et rien, aucune visite indésirable ne semblait devoir les surprendre.

En deux jours, ils ne sortirent du lit qu'une poignée de fois, pour se nourrir, se doucher, mettre des bûches dans le feu et autres besoins... Aucun d'eux ne parla de l'affaire, ni des événements dérangeants qui avaient émaillé les journées précédentes. Sujets tacitement tabous. En discuter aurait assombri leur humeur et détruit l'harmonie de ce moment précieux. C'était la première fois de sa carrière que Nathan se laissait détourner d'une enquête. Mais il avait une excuse : il devait protéger Autumn et il n'y avait que dans ses bras qu'elle était à l'abri du danger.

Toute bonne chose ayant une fin, ils allaient devoir se lever. Dès que la neige aurait cessé de tomber et que les routes seraient de nouveau praticables, il se replongerait dans le dossier du tueur en série. Il continuerait à protéger Autumn mais en prenant ses distances. Il ne se laisserait plus distraire, car il n'était pas disposé à revivre un nouveau drame sentimental.

Autumn roula sur le dos. Ses cheveux se répandirent sur l'oreiller, caressant son épaule au passage. Elle s'était douchée quelques heures plus tôt et ses cheveux sentaient encore bon l'essence de pin, une odeur qu'il associait immédiatement à elle.

— A quoi penses-tu ? lui demanda-t-elle.

Ses pensées n'avaient guère varié depuis deux jours.

— A toi.

Elle roula sur lui, ses seins contre sa poitrine. Dans son visage auréolé de ses cheveux fous, il ne voyait que son sourire. Lumineux.

Elle se releva sur un coude.

— Tu dis ça comme tu dirais autre chose !

Elle semblait douter de son charme et de sa féminité. C'était sûrement à cause de son ex-fiancé qu'elle avait perdu confiance en elle, songea-t-il.

— Non, je ne dis pas ça comme je dirais autre chose.

A quoi d'autre voulait-elle qu'il pense ? A la tempête de neige ? Au dossier du tueur qui était en plan depuis qu'il neigeait ?

Elle pianota sur sa poitrine nue.

— Et alors ? Que penses-tu ?

Un doigt en travers de la bouche, il fit semblant de réfléchir.

— Je me disais que je n'avais pas fait tout ce que j'aimerais faire avec toi et me demandais si nous ne pourrions pas prendre une douche ensemble.

— Une douche ? reprit-elle en riant.

— Oui. Juste toi, moi et l'eau chaude.

Elle lui donna une tape sur la poitrine, repoussa drap et couverture, et sortit du lit.

— J'y serai plus vite que toi !

Comme elle l'avait annoncé, elle passa la première sous la douche, où il la rejoignit aussitôt. Qu'elle était désirable ! Sa bouche, ses hanches, ses jambes… Chaque centimètre de sa peau n'était que tentation. Elle était la beauté et la sensualité incarnées, il ne se lasserait jamais de le lui répéter.

La chaleur du poêle et celle du corps de Nathan avaient chassé le froid qui l'avait glacée jusqu'aux os. Qu'avait-elle fait ces deux derniers jours ? Rien d'autre qu'oublier le prédateur, la tempête de neige, Blaine et Sandra, et se perdre dans le plaisir. Pourquoi ? Pour se prouver qu'elle était capable d'inspirer la passion ? Nathan partirait bientôt, elle ne prenait donc aucun risque en couchant avec lui, s'était-elle dit. Si, d'aventure, leur nuit d'amour avait été un désastre, la honte n'aurait pas duré bien longtemps. Mais cela n'avait pas été un désastre. Nathan avait répondu avec ardeur à ses avances. Ils avaient fait l'amour. Encore et encore. Un amour torride. Un magnifique feu d'artifice.

Ils reprenaient leur souffle dans les bras l'un de l'autre quand un coup à la porte mit fin à cette parenthèse enchantée.

Nathan se dégagea de son emprise et changea sur-le-champ d'attitude. Il ne l'embrassa pas, ne lui effleura même pas les lèvres avant de se lever. Il ne laissa pas sa main traîner sur son corps comme il semblait aimer le faire. En quelques secondes, il n'était plus Nathan Bradshaw, amant merveilleux. Il était redevenu Nathan Bradshaw, agent du FBI enquêtant sur le dossier de l'assassin de sa sœur. Quant à elle, elle n'était plus sa maîtresse, elle était redevenue son équipière. A cette pensée, elle sentit son cœur se serrer. Au bord des larmes, elle s'empressa de penser à autre chose. Elle savait que tout changerait dès que la neige fondrait et s'était juré de ne pas en faire un drame. Elle n'avait rien à attendre de lui. Elle n'en attendait rien, d'ailleurs. Pas plus de lui que de personne.

Nathan s'habilla très vite, elle en fit autant. Tandis qu'il allait ouvrir, elle retapa le lit, dans l'espoir d'effacer toute trace de leur *activité* de ces deux derniers jours. Pour faire bonne mesure, elle jeta négligemment un coussin et une couverture sur le canapé. Convaincant, non ?

C'était Ford, elle reconnut d'emblée sa voix. Avec lui, un courant d'air froid entra dans la pièce. Depuis qu'elle avait eu une mauvaise grippe, quinze ans plus tôt, elle n'avait jamais passé autant de temps en vase clos. En général, elle avait besoin de grand air, de se promener, d'explorer les sous-bois. Elle adorait ouvrir les fenêtres au printemps et humer l'air frais. Elle aimait les balades dans les sentiers. Curieusement, ces deux jours, enfermée dans le chalet avec Nathan, ne l'avaient pas angoissée. Pas de claustrophobie. Rien. Au contraire. Elle s'était sentie libre et désinhibée, sentiment qu'elle n'éprouvait jamais qu'en randonnée.

— Autumn, Ford voudrait les clés du chalet 12, fit Nathan avec autant de charme dans la voix que s'il avait commandé un hamburger au guichet d'un drive-in.

— Bonjour, agent spécial Ford, dit-elle en s'avançant en souriant.

— Quel temps ! maugréa ce dernier. Les routes sont encore quasiment impraticables.

Sans s'émouvoir du changement d'attitude de Nathan ni du ton bourru de Ford, elle se dirigea vers le comptoir où elle avait laissé ses clés. Des tasses et des verres traînaient. *Je me fiche que Ford les voie,* pensa-t-elle.

— Vous avez quand même réussi à arriver, dit-elle en lui donnant le trousseau.

Nathan ne lui avait même pas lancé un regard en coin. Il ne lui avait pas demandé la discrétion sur leur aventure, mais elle avait compris qu'il ne tenait pas à l'ébruiter. Elle non plus d'ailleurs. Elle préférait que cette histoire reste son secret. Elle n'avait pas encore réalisé ce qu'il lui arrivait, ni mis un nom sur ce qu'elle ressentait. C'était compliqué.

Etait-ce de l'amour ? Non. On ne tombait pas amoureux aussi vite. Il est vrai qu'avec Nathan rien ne s'était passé comme avec les autres. Allait-elle avoir plus de mal à reprendre une vie normale ? Allait-elle réussir à vivre après cet intermède passionné ?

— Les étudiants occupent le chalet 7, indiqua-t-elle à Ford. Je leur ai apporté de quoi se nourrir. Ils sont contents d'être au chaud, mais ils s'ennuient.

— J'ai parlé à leurs parents. Ils s'inquiétaient. Je vais aller leur dire deux mots à ces petits malins. Il faut leur mettre un peu de plomb dans la cervelle et qu'ils rentrent chez eux.

— Je leur ai demandé d'attendre les autorités, dit Nathan.

Sur ce, il prit sa veste, l'enfila et lança « Salut ! », avant de quitter le chalet.

Autumn se pétrifia. Le ton était froid, glacial presque. Nathan s'était remis en mode flic — chaleur zéro, sentiment zéro —, tandis qu'elle en était encore à se vautrer dans le souvenir délicieux de leurs ébats.

Etait-elle donc la seule à avoir aimé ? Faire l'amour ne signifiait donc rien pour lui ? Elle ne lui avait pas demandé s'il l'aimait bien. Maintenant, la question l'obsédait. Elle voulait un signe, qu'il lui dise si elle comptait pour lui.

Elle n'était pas de ces femmes qui harcèlent un homme après avoir couché deux fois avec lui. Mais après les deux nuits torrides passées avec Nathan, après l'extase de ces étreintes, elle ne voyait pas comment elle pourrait s'en passer. Elle détestait cette idée, pourtant. Elle voulait paraître détachée, comme si cette expérience n'avait pas plus compté pour elle que faire sa lessive. Ou prendre une douche.

Une douche. Justement. Parlons-en ! se dit-elle. Dorénavant, quand elle se doucherait, plus rien ne serait comme avant. Fatalement, elle se rappellerait les mains de Nathan sur son corps, sur ses seins, sur ses hanches. Elle fermerait les yeux et repenserait à tout… quand il avait empoigné ses fesses et l'avait adossée au mur pour la prendre. Quand elle avait serré les jambes autour de ses hanches et l'avait senti glisser en elle. Mon Dieu, comme elle se sentait vide à présent. Il lui manquait. Sa fougue lui manquait, sa douceur et sa violence aussi.

Il ne lui avait rien promis pourtant, c'est elle qui rêvait de promesses… qu'il ne lui ferait jamais. Peut-être cela valait-il mieux car elle avait d'autres priorités. Le prédateur rôdait, à l'affût de sa prochaine victime ; les preuves s'accumulaient contre Blaine, le désignant comme le suspect numéro un, alors elle avait mieux à faire que s'apitoyer sur son sort : il lui fallait trouver des éléments qui disculperaient son frère.

Après avoir de nouveau rendu visite aux étudiants, Nathan ressortit dans la neige pour inspecter les autres chalets, à la recherche d'éventuelles traces du passage d'un intrus. La neige était profonde. Par endroits, poussée par des rafales de vent, elle avait formé des congères dans lesquelles il s'enfonçait jusqu'à mi-cuisses.

Le prédateur devenait de plus en plus cruel, il jouait avec les nerfs d'Autumn et des autorités, laissant ici et là des indices pour les narguer, les mettant sur la voie sans pour autant se faire prendre, juste pour leur montrer sa supériorité.

Un coup de vent glacial le fit frissonner. Le tueur l'observait-il ? Prenait-il plaisir à le voir patauger ? La neige qui tombait en rideau depuis la cime des arbres bouchait toute visibilité. Et la réflexion du soleil sur les flocons tapissant le sol était aveuglante. Il sortit ses lunettes de soleil de sa poche.

Il s'arrêta devant le chalet 12 et attendit que Ford lève les yeux du carnet sur lequel il prenait des notes.

— Il y a quelque chose entre Autumn et toi ? demanda celui-ci après avoir refermé son bloc.

Nathan serra les poings. Ce qu'Autumn et lui avaient fait ces deux derniers jours — sa vie privée, en somme — ne le regardait pas.

— Nous collaborons sur l'affaire, se borna-t-il à répondre.

Ford fit la moue.

— Tâche de ne pas polluer l'enquête.

— Je ne pollue rien du tout. J'enquête et je suis les mêmes pistes que toi… quand tu veux bien m'informer de tes avancées.

Mécontent de la pique, Ford plissa les yeux.

— Oncle Sam te remercie. Mais je te répète ce que je t'ai déjà dit, tu es trop impliqué dans ce dossier, tu ne peux pas rester objectif.

Ford ne pensait pas si bien dire ! Nathan ne raisonnait plus juste. Homme froid et logique d'habitude, il avait franchi la ligne blanche en couchant avec Autumn. Qu'avait-il fait de sa rigueur ?

— Je veux trouver ce type, dit-il en essayant de refouler les images d'Autumn qui s'imposaient devant ses yeux.

Ford lui tapa sur l'épaule.

— J'admire ta constance. Jusqu'à un certain point.

— Rien n'a changé, Ford. Je n'ai pas l'intention de baisser les bras. Je veux le trouver, ce salop. Et je l'aurai.

Quand il revint au chalet, Autumn était roulée en boule dans un fauteuil, un livre ouvert sur les genoux. Mais elle ne lisait pas, elle fixait le mur. Dès qu'elle l'entendit, elle ferma le livre.

— Ford t'a appris quelque chose ?

Elle avait les lèvres entrouvertes. A chaque inspiration, sa poitrine se soulevait, attirant immanquablement le regard. Aussitôt, l'envie de la posséder le reprit. Il s'approcha du canapé et s'assit en face d'elle pour ne pas la toucher. Il n'avait pas le droit de la bercer d'illusions. Leur relation était sans avenir.

— Ford persiste et signe. Il veut qu'on laisse tomber le dossier.

— Comment cela ? C'est nous qui lui avons parlé des empreintes dans le chalet ! On l'informe et il nous remercie en nous éliminant ? C'est n'importe quoi !

Travailler pour le FBI avait des implications politiques dont Ford devait tenir compte, Nathan le savait bien. Un faux pas, ou une action perçue comme tel, et il sautait. Avec toute son équipe. Et livrer des renseignements à des civils, sans autorisation, était considéré comme une erreur de conduite.

— Il n'a pas le choix. L'enjeu est trop important.

— Alors on fait quoi ? demanda Autumn dans un soupir.

Il n'avait rien prévu, trop occupé, ces deux derniers jours, à lui faire l'amour au lieu de réfléchir à un plan qui leur aurait permis d'anticiper les actions du tueur.

— Le Chasseur n'est pas loin, à mon avis. Il observe ce qui se passe et attend. As-tu une idée de l'endroit où il pourrait se terrer ?

— Tu penses qu'il peut se cacher dans un campement en bordure du Trail ? Ou dans un abri pas loin d'ici ?

— Je pense qu'il n'a pas fini ici, en tout cas.

Le rituel du dernier meurtre, probablement interrompu, ne pouvait pas avoir satisfait pleinement le prédateur, se répéta-t-il.

Les yeux fermés, Autumn inspira plusieurs fois puis se tourna vers lui.

— Avec cette neige, il n'a pas pu aller loin. Les sentiers de montagne sont difficiles, même par beau temps, quand on n'est pas exercé. Les grimpeurs expérimentés eux-mêmes le disent. Cela diminue le nombre d'abris possibles.

— Peux-tu me les montrer sur la carte ?

Elle hésita un moment avant de lui dire qu'elle était incapable de décrire ces endroits et que la carte n'était pas assez détaillée.

Intrigué par sa réponse, il la dévisagea longuement. Autumn était dans son élément en plein air, marcher dans la montagne était un jeu d'enfant pour elle, mais le prédateur avait démontré qu'il y était à l'aise lui aussi, qu'il était fort, rapide, et avait un don pour s'évanouir dans la nature. Autumn n'était plus en sécurité, ici. Son camping était devenu l'un des endroits les moins sûrs qui soient.

— Je crois que tu devrais rester en ville le temps qu'on mette la main sur le tueur.

— Pardon ? fit-elle, incrédule. Je ne m'en irai pas de chez moi.

Une Autumn en colère valait mieux qu'une Autumn morte, aussi insista-t-il.

— Ce serait plus sage de rester à l'écart de l'enquête.

Offusquée, elle leva les bras en l'air pour protester.

— Il y a une seconde tu me demandes de te montrer sur la carte les endroits où le tueur peut éventuellement se cacher et, maintenant, tu me dis de m'en aller ? Tu te moques de moi ou quoi ? Je ne suis pas plus en danger qu'il y a une semaine.

Elle n'avait pas raison. Des choses avaient changé. Elle n'était plus une étrangère. Elle était quelqu'un auquel il tenait. Beaucoup. Beaucoup plus qu'il ne l'aurait voulu et ne voulait bien l'admettre. Il redoutait par-dessus tout qu'il lui arrive malheur, or plus elle s'impliquait dans le dossier, plus les risques étaient grands. Lui faire l'amour avait modifié quelque chose entre eux, quelque chose d'irrévocable. Dorénavant, il tenait à elle comme à la prunelle de ses yeux.

— Je peux très bien fouiller ces lieux seul, argua-t-il.

Elle le foudroya du regard.

— Seul ? Tu veux y aller seul ? Alors que tu ne connais même pas la région ? Avec juste une carte ? Pour débusquer un tueur en série ? Mais tu plaisantes, j'espère !

Sous l'effet de la colère, elle se leva d'un bond.

— Parfait ! Puisque c'est ce que tu veux, je vais marquer des points sur la carte et je te souhaite de bien t'amuser dans les congères ! Moi, je vais continuer l'enquête de mon côté. Mon frère est quelque part sur le Trail, je ne sais pas où, il risque d'avoir besoin de moi. Je sais que Ford le considère comme un suspect. Je ne les laisserai pas l'accuser injustement quand je sais qu'il n'y est pour rien.

Que voulait-elle qu'il dise ? Qu'il tenait à elle et que l'idée qu'elle s'implique dans ce dossier l'effrayait terriblement ? Qu'il n'en vivait plus ? Qu'il voulait l'éloigner du tueur même contre son gré ? Ils n'avaient pas évoqué leur relation, n'y avaient même pas fait allusion. En fait, Nathan ne tenait pas à en parler.

Un coup à la porte le tira de sa réflexion. Il essaierait de comprendre plus tard pourquoi sa décision l'avait à ce point agacée. Il s'apprêtait à quitter son fauteuil, mais Autumn leva la main pour le stopper.

— J'y vais.

Il se frotta la nuque. Début de migraine. Il reconnut la voix de Ford.

— On a une nouvelle victime tout près d'ici. Pas loin du Trail, l'entendit-il dire.

Nathan ne fit qu'un bond vers la porte.

La pièce se mit à tourner ; Autumn vacilla.

— C'est Blaine ?

Sinon, pourquoi Ford venait-il l'informer ? Jusqu'alors, il s'était montré peu disert avec eux.

Voyant son affolement, Nathan passa un bras autour de ses épaules.

— On n'a pas encore l'identité de cette nouvelle victime, dit Ford, les mains derrière le dos. La mort remonterait à vingt-quatre heures, peut-être plus. Le médecin légiste a des difficultés à préciser l'heure du décès et les circonstances.

— Quelle couleur de cheveux ? demanda Autumn, la voix tremblante.

— Je l'ignore, répondit Ford. Le corps a été brûlé comme les autres, mais la neige a éteint les flammes avant qu'il ne soit complètement carbonisé. Une partie du visage est intacte.

Autumn sentit son cœur se mettre à battre très fort, le sang à cogner dans ses oreilles, c'était tout juste si elle entendait encore Ford.

— Vous pourriez avoir une photo ?

— J'y vais. Les rangers surveillent la scène de crime en attendant mon arrivée. Une fois là-bas, j'aurai une photo et je vous la donnerai.

A son crédit, Ford était plus aimable que d'habitude. Il n'y avait plus ni hostilité ni brusquerie dans sa voix.

— Je viens avec vous, déclara-t-elle brusquement comme sortant d'un mauvais rêve.

Attendre le retour de Ford était au-dessus de ses forces. Elle prit son sac à dos et y entassa des affaires.

— Autumn, intervint Nathan. Qui te dit que c'est Blaine ? Ça peut être n'importe qui. Et probablement pas lui, justement. Les victimes ne sont jamais des hommes.

Le regard fou de colère, elle se retourna et planta un doigt dans sa poitrine.

— Bien sûr, on voit que ce n'est pas ton frère ! fulmina-t-elle. Si c'était quelqu'un de ta famille, tu resterais là à attendre ? Je suis sûre que tu serais déjà parti te rendre compte par toi-même.

Elle pivota et continua de remplir son sac.

— Dis-moi quand tu seras prête. Je t'emmène.

Stupéfaite, elle s'arrêta et regarda derrière elle.

— Tu veux dire que tu viens avec moi ?

— Oui.

Elle se détendit. Sa colère retomba.

— Merci, Nathan.

Au moins, elle ne serait pas seule là-bas pour reconnaître le corps.

Les yeux rivés sur la montre du tableau de bord, Autumn regardait défiler les secondes. Blaine aimait marcher dans le Maryland. Se trouvait-il par hasard dans ce coin ? Si oui, pourquoi ne s'était-il pas arrêté pour lui faire un petit coucou ? Peut-être était-ce dans ses intentions, mais le tueur avait surgi avant et…

Non, elle voulait croire que son frère était toujours vivant. Blaine était un trompe-la-mort, mais il n'était pas inconscient. Sachant qu'un tueur rôdait, il n'aurait pas fait la folie de s'aventurer sur son terrain de chasse. Il avait sûrement discuté du tueur avec d'autres randonneurs et pris ses précautions.

En familier de la région, il devait d'autant plus se méfier qu'il savait combien le temps pouvait être changeant, surtout en hiver. Il s'était certainement renseigné sur la météo, était au courant de la tempête de neige, avait vu les nuages. Dans ce cas, il ne s'était sûrement pas écarté du Trail. Blaine avait un sixième sens, il sentait la nature et les dangers qu'elle pouvait réserver aux présomptueux.

N'empêche… Autumn avait beau essayer de se persuader que Blaine n'avait pas pu commettre d'imprudence, qu'un garçon aussi intelligent que lui n'avait pas pu tenter le sort, une petite voix s'ingéniait à lui susurrer le contraire.

Elle ferma les yeux et essuya les larmes qui lui échappaient. Il fallait qu'elle reste digne et forte dans l'épreuve qui l'attendait.

Nathan lâcha son volant et posa la main sur sa cuisse.

— Ça va aller, ne t'inquiète pas, je suis avec toi.

Sans Nathan, elle aurait déjà craqué, se dit-elle.

Ils s'arrêtèrent sur le parking. L'entrée du sentier était fermée au public. Seules les personnes autorisées pouvaient passer. Autumn se mit à trembler.

Le Chasseur les observait-il ? Riait-il à leurs dépens ? Pendant que Nathan et elle s'étaient enfermés dans leur chalet, le monstre se promenait en liberté et faisait une nouvelle victime. C'était… révoltant. Elle avait beau savoir qu'elle n'y pouvait rien, elle s'en voulait.

Ford, qui arrivait à son tour, se gara à côté d'eux. Il la regarda, consterné. L'espace d'un instant, elle crut même qu'il allait lui présenter ses condoléances.

Nathan prit leur équipement dans le coffre. Il enfila des gants et mit un chapeau.

— Combien de temps pour atteindre la scène de crime ?

Ford tapota l'arme qu'il avait sur la hanche.

— Une demi-heure environ. La glace et le temps n'arrangent pas nos affaires.

Autumn balança son sac à dos sur ses épaules. Le promeneur ne pouvait pas être Blaine. Ça ne pouvait pas être Blaine. Ça ne pouvait pas… A force de se le répéter, elle finit presque par y croire. Presque seulement, hélas.

— Autumn, tu es bien sûre de vouloir y aller ? lui demanda Nathan en posant la main sur son bras.

Ce geste lui redonna du courage.

— Absolument, répondit-elle avec fermeté.

Quarante minutes plus tard, en nage sous son vêtement mais les joues rouges de froid, elle attendait derrière le ruban jaune et noir qui délimitait la scène de crime. Une petite tente verte avait été dressée pour soustraire à la vue le nouveau cadavre.

Des hélicoptères survolaient la scène, dans le but sans doute de repérer le Chasseur. Mais il était malin et ne se laisserait pas prendre. Soit il était parti depuis longtemps, soit il se fondait dans le paysage et était donc indétectable d'en haut. Au sol, des agents ratissaient la zone.

— Pourquoi nous font-ils attendre ? C'est insupportable, gémit Autumn, se balançant d'avant en arrière sur ses talons pour tenter d'évacuer son trop-plein de nervosité.

— Ils ont peur qu'on pollue la scène, répliqua Nathan, très calme. Ils veulent être sûrs d'avoir bien relevé toutes les pièces à conviction.

— S'il vous plaît, madame, restez sur le sentier, dit un homme en soulevant — enfin — le ruban jaune et noir.

Autumn se précipita vers la tente. Nathan, qui l'avait suivie, posa la main sur son épaule. Le cadavre allongé par terre avait été recouvert d'une bâche noire.

— Tu es sûre de vouloir faire ça ? lui murmura-t-il à l'oreille. Tu sais, ce n'est sûrement pas beau à voir.

Une pensée lui vint alors, renforçant sa volonté de rester. Si c'était Blaine, il fallait que quelqu'un le reconnaisse. Elle ne pouvait accepter que son frère reste à jamais un randonneur sans nom agressé sur le Trail. Puisqu'elle était sa seule famille, elle devait rester l'identifier. Elle le ramènerait à la maison. Le ferait incinérer et disperserait ses cendres le long du Trail qu'il aimait tant, de sorte qu'il y demeure à jamais. Cette perspective lui serra tellement le cœur qu'elle crut qu'il s'était arrêté de battre.

Quelques inspirations, quelques expirations… Elle serait forte. Pour Blaine.

Elle empoigna les revers de la veste de Nathan et le secoua.

— Je veux savoir. Tout de suite.

Elle se retourna. Encore dix pas. La bile au bord des

lèvres, elle avança. Un pas. Puis deux et trois. La peur lui tordait l'estomac. L'angoisse lui nouait la gorge. Sur la scène, tout le monde se taisait. On l'observait.

Comment, en vingt-quatre heures, sa vie avait-elle pu basculer ainsi dans le drame ? Ce matin, elle s'était réveillée blottie contre le corps chaud et nu de Nathan. Et maintenant elle était là, penchée sur le cadavre de la dernière victime du Chasseur, malade de peur à la pensée que ce soit Blaine.

— Vous êtes prête, madame ? demanda le ranger prêt à lever un coin de la bâche.

Elle hocha la tête de haut en bas.

Des mèches brûlées, une odeur insoutenable… Autumn sentit ses muscles se raidir. Les pommettes étaient hautes et saillantes. Ce n'était pas les pommettes de Blaine. Son nez non plus. Pas non plus sa bouche. Ses nerfs lâchèrent d'un coup. Elle s'effondra contre Nathan. Soulagement indicible après un désespoir tout aussi indicible.

— Arrêtez, arrêtez, ce n'est pas lui.

Elle ne pouvait plus regarder, ne voulait pas voir les blessures que le monstre avait infligées à sa proie.

Honteuse, malgré tout, d'être ainsi soulagée, elle baissa la tête. Ce n'était pas son frère. N'empêche, une personne avait été massacrée. Une famille allait souffrir.

Submergée par la tristesse, elle laissa couler ses larmes.

Ce n'était plus des larmes, c'était un torrent qui s'échappait de ses yeux, emportant avec lui un peu des émotions éprouvantes qu'elle venait de vivre.

— Non, répéta-t-elle. Ce n'est pas lui.

Le soulagement qu'elle lut sur le visage de Nathan la surprit. Elle ne pensait pas que cette identification l'inquiétait lui aussi.

— Partons, dit-il, en lui prenant la main. Allons-nous-en d'ici.

— Ça s'est passé comme ça pour toi aussi ? demanda-t-elle.

Le voyant se raidir, elle comprit qu'il savait à quoi elle faisait allusion.

— Pire, répondit-il. Car c'était elle. Elle était seule au milieu de nulle part. Je ne comprends toujours pas ce qu'elle faisait là.

Plongé dans ses souvenirs, il ne dit plus un mot.

— Ça a dû être terrible. Je suis triste pour toi.

Il se redressa, l'air intraitable soudain.

— Tu vois pourquoi je veux le coincer ? C'est un être nuisible. Il ne faut pas qu'il fasse subir le même sort à d'autres. Tout ce qu'il fait est abject. Cette mise en scène, ce rituel de malade… Il aime ça et il n'en a jamais assez. Il n'arrêtera pas, sauf si on le prend sur le fait.

Tout en parlant, ils passèrent sous le ruban jaune et noir.

— Bradshaw !

Nathan pila sur place, lâchant sa main.

— Agent spécial Ford ! dit-il du même ton cinglant que Ford avait employé.

— A-t-elle identifié le corps ? Ça ressemble à quelqu'un que vous connaissez ? ajouta-t-il en se tournant vers elle.

Autumn fit non de la tête.

— Ce n'est pas mon frère et je ne sais pas qui c'est.

Elle crut entendre Ford jurer tout bas.

— Vous en êtes sûre ?

— Je regrette de ne pas pouvoir vous aider. En tout cas, merci de m'avoir permis de venir.

Ford se passa la main sur la joue.

— Faut le coffrer avant qu'il recommence. J'ai des gars postés tout le long du Trail. Je ne sais pas comment il fait.

Sans attendre de réponse, il leur tourna le dos et s'éloigna.

Nathan la ramena au départ du sentier, un bras passé autour de ses épaules. Malgré les circonstances, elle goûtait le plaisir de sentir, à chaque pas, sa cuisse contre la sienne.

— Que vas-tu faire ? lui demanda Autumn.

— A quel sujet ?

— A propos de ce dossier. De ce cadavre.

— Je vais collecter un maximum de pièces à conviction et de preuves. Je n'arrêterai que lorsque ce monstre sera sous les verrous.

Il se pencha et l'embrassa sur le front.

— Je le trouverai. Je passerai dix ans sur le Trail s'il le faut mais je le trouverai.

6

Nathan recula, le regard perdu au loin.

— Il y a un centre de commandement au poste des rangers, dit-il. Ce n'est pas loin. On va s'y arrêter pour voir s'ils peuvent nous donner d'autres infos.

Nathan l'avait embrassée sur le front. Essayait-il de rétablir un peu de la complicité que l'arrivée du FBI avait interrompue, ce matin ?

— Autumn ?

Ah oui. Le centre de commandement. Les rangers.

— Ford nous a demandé de ne pas nous en mêler. Qu'est-ce qui te fait croire que les rangers nous parleront ?

— Ils ne me parleront peut-être pas, répondit Nathan en souriant. Mais, toi, tu es une vieille copine. Tu as bossé avec eux dans le parc national.

Comment le savait-il ? Il s'était renseigné sur elle ?

— Quel est le ranger qui a trouvé le corps ?

— Je ne sais pas.

Autumn fit la moue.

— Si on leur a ordonné de ne pas parler, je ne peux pas leur demander de désobéir. Ils perdraient leur job.

Nathan se planta devant elle et lui prit les mains. Il avait des yeux noirs, pénétrants. C'était perturbant.

— Je ne te le demanderais pas, et à eux non plus, s'il n'était pas question de vie ou de mort.

Il dessinait de ses pouces de petits cercles dans le creux de ses poignets. Comme c'était bon !

Brusquement, elle se raidit. L'image de la dernière victime venait de passer devant ses yeux.

— Que cherches-tu à savoir au juste ? fit-elle en dégageant sa main.

— Je veux arrêter le tueur avant qu'il ne recommence. Pour cela, j'ai besoin de renseignements. Qu'ont-ils vu au juste avant de trouver le corps ? Ont-ils remarqué des choses inhabituelles dans le coin ? Se doutaient-ils qu'il y avait un cadavre avant de voir la fumée ? Ce genre de choses.

— OK.

Ils repartirent. Cherchant à chasser de son esprit le visage de la victime, Autumn se força à convoquer des images souriantes. La montagne au printemps. Le Trail bordé de fleurs sauvages. Les collines vert foncé et rousses. L'odeur entêtante de la terre. Le parfum des bourgeons. Tout, n'importe quoi pour effacer cette vision obsédante.

Ils finirent le chemin en silence et montèrent en voiture. Nathan démarra.

Le quartier général des rangers, une vieille roulotte dans laquelle on accédait par quatre marches en bois, se trouvait à dix minutes en voiture. Un panonceau au-dessus de la porte affichait « Ranger Station n° 403 ».

Autrefois, Autumn connaissait le code pour entrer. Il n'avait pas dû changer, car il n'y avait rien de valeur à l'intérieur. Une voiture banalisée — celle de Ben — et un véhicule de fonction étaient garés dans ce qui tenait lieu de parking. Ils montèrent les marches et entrèrent.

Ben et un autre ranger, qu'elle connaissait moins bien, Mark, levèrent la tête de leur bureau. Autumn soupira intérieurement. Ces deux-là n'étaient pas à cheval sur le règlement et c'était plutôt de chics types.

Ils avaient dû travailler dur car la fatigue se lisait sur leurs visages. Le QG était inhabituellement encombré de papiers et de cartons.

— Salut, Mark. Salut, Ben, dit-elle.

Les deux hommes se levèrent. Ben traversa la pièce pour l'embrasser. Avec son bouc, il lui piqua la joue.

— Qu'est-ce qui nous vaut l'honneur ? demanda-t-il.

Autumn expliqua alors qu'ils travaillaient sur l'affaire du tueur. Ben et Mark se firent un clin d'œil.

— On n'est pas censés parler du dossier sans l'autorisation de l'agent en charge, Roger Ford, déclara Ben.

Autumn n'était pas femme à baisser les bras au premier obstacle.

— Ce n'est pas ce qu'on vous demande, le rassura-t-elle en souriant. Ce qu'on veut, c'est vous exposer notre point de vue et que vous nous donniez votre opinion. Nous avons le même objectif que vous, trouver ce fou. Tout ce que vous pourrez nous dire peut être d'une importance cruciale.

Ben haussa les épaules en regardant Mark.

— Ça roule.

Restait à espérer qu'une fois lancés les deux hommes leur livreraient — sans même s'en rendre compte — des informations de premier ordre.

— Le tueur sévit dans l'Appalachian Trail et…

Autumn s'effaça pour laisser Nathan continuer.

— Au départ, j'ai éliminé l'hypothèse d'un tueur vivant dans la région, car les meurtres ont eu lieu à des endroits très éloignés les uns des autres. Et j'en suis arrivé à la conclusion que, son territoire, c'est tout l'Appalachian Trail.

Nathan s'approcha de la table et s'y appuya. Il affichait un air décontracté, sympa. Ce n'était pas gratuit, pensa Autumn.

— Le tueur considère le Trail comme sa propriété et ne tolère pas qu'on s'y promène sans respecter ses règles.

Il se gratta le menton.

— Ses victimes ne marchaient peut-être pas dans le sentier ou bien elles troublaient la tranquillité des lieux. Il s'est dit qu'il devait débarrasser le Trail des individus qui ne respectaient pas sa loi.

Nathan ne lui avait jamais fait part de cette hypothèse,

se dit Autumn, un peu vexée. Que quelqu'un puisse se sentir propriétaire du Trail lui semblait incongru. Le Trail n'appartenait à personne, évidemment.

— C'est le roi du Trail, en somme, poursuivit Nathan devant les deux hommes qui écoutaient en opinant. Si quelqu'un le gêne… Si, par exemple, on trouble l'ordre de ce qu'il considère comme son royaume, il supprime l'indésirable.

— Et il le pend pour qu'il ne salisse plus le Trail, ajouta Autumn sans même réfléchir à ce qu'elle disait.

— Je vois la chose comme ça, moi aussi, conclut Nathan.

Ben s'agita sur sa chaise et regarda par terre.

— C'est moi qui ai trouvé la malheureuse.

Il se frotta le front comme s'il cherchait ses mots et ferma les yeux un instant.

— J'ai senti une odeur de brûlé, le matin. J'ai pensé qu'un randonneur s'était perdu. J'ai appelé Mark pour lui dire où j'allais et je lui ai donné mes coordonnées GPS. Et je suis parti voir. Le corps se balançait dans le vent.

Il ferma les yeux. Une larme lui échappa.

— Je ne m'attendais pas à trouver… ça, ajouta-t-il. Je me suis dit que je n'arrivais peut-être pas trop tard. Qu'il ou elle était encore vivant.

Encore effondré par le spectacle qu'il avait découvert, il hocha la tête. Les rangers étaient rarement confrontés à des scènes de crime.

— Personne n'était venu nous dire qu'ils cherchaient un promeneur qui avait disparu.

La voix de Ben était hachée par l'émotion. Il avait du mal à s'exprimer.

— A-t-on vu une voiture dans un parking dans le coin ? interrogea Nathan.

— Non, répondit Ben. Rien.

— Comment se fait-il qu'un randonneur s'écarte du sentier malgré les mises en garde affichées partout ? A moins que ce ne soit un chercheur… un scientifique ?

Mark fit non de la tête.

— Non, aucun chercheur ne nous a appelés pour nous prévenir qu'il faisait des études dans le coin. Depuis le début des crimes, je veux dire.

Nathan posa encore quelques questions et, une fois satisfait des réponses, passa à d'autres sujets, moins stressants. Les deux rangers coopéraient volontiers mais Autumn ne voulait pas abuser. Après quelques banalités sur leurs vies et leurs familles, Nathan et elle les saluèrent et sortirent.

— Que fait-on maintenant ? demanda Autumn.

— Il faut que je réussisse à me mettre dans la tête du tueur.

— Et comment ?

— Je vais commencer par marcher dans les pas de la victime. Je veux aussi marcher dans les traces du tueur. Tu crois que tu vas pouvoir m'aider ?

— Je vais essayer.

Malgré l'envie qu'elle avait de laisser ce cauchemar derrière elle, elle n'avait d'autre choix que de coopérer.

Autumn suivit Nathan jusqu'à l'entrée du sentier et l'emmena vers un signe peint sur un tronc d'arbre. La neige avait fondu sur l'Appalachian Trail et le sol était mouillé et glissant. Par endroits, il était couvert de boue et des flaques d'eau s'étaient formées. Pour l'instant, tout était tranquille dans la forêt mais les cachettes, bien que les branches aient perdu leurs feuilles, ne manquaient pas. Il y avait notamment des rochers et des buissons bas…

— Comment veux-tu trouver des empreintes dans cette bouillasse ? marmonna Nathan.

Autumn ne cherchait pas d'empreintes. Inquiète, elle scrutait les arbres, s'attendant à voir surgir le Chasseur ou à le repérer en train de les viser. Elle s'était souvent promenée dans cette portion du Trail. Ce lieu n'était pas très éloigné de Trail's Edge, à quelques jours de marche.

— La femme qui gère le refuge le plus proche tient une sorte de livre d'or. Les randonneurs peuvent y écrire leurs impressions. Elle fait ça depuis dix ans. Elle les retranscrit sur son blog et se fait de la publicité de cette façon. Il s'agit d'Hilde Sinclair, on l'a rencontrée l'autre soir au Wild Berry, tu te souviens ?

Nathan hocha la tête.

— Le tueur a peut-être écrit quelques mots, poursuivit Autumn. Il est tellement… dérangé qu'il est capable d'avoir voulu laisser une trace de son passage. Je doute que Hilde soit venue, par ce temps, mettre un nouveau livre. Comme il y a eu peu de passage ces derniers temps, il doit rester des pages vierges à la disposition des randonneurs.

Nathan accéléra le pas.

Le refuge dont s'occupait Hilde était toujours bien tenu. Elle mettait un point d'honneur à l'entretenir correctement. A la moindre fuite dans le toit ou si une vitre était brisée, elle les faisait réparer pour éviter d'être envahie par les rongeurs. C'était une construction sommaire : des murs en chêne massif sur trois côtés, édifiés sur une base en parpaing. Le quatrième côté était à moitié ouvert. En cas de tempête, on descendait un store en toile pour bloquer le vent et la pluie.

Autumn escalada les trois marches du seuil, le cœur battant. A l'intérieur il n'y avait que des bat-flanc en bois fixés aux murs. Bien qu'il ne fasse pas très clair pour chercher quelque chose, elle repéra tout de suite ce qu'elle s'attendait à trouver : là, suspendu au plafond, avec des crayons retenus par des ficelles, le sac en cuir renfermant le livre.

Les mains gantées, elle le sortit du sac et le donna à Nathan. Ils le posèrent par terre et l'ouvrirent. Elle tourna les pages avec soin. La dernière écriture, en minuscules, des pattes de mouche, semblait celle d'un enfant.

Elle lut.

Ceci est une terre sacrée. Nos lois sont éternelles, elles doivent être respectées et honorées en tout temps, c'est un

devoir. Vous êtes prévenus, vous devez marcher dans le sentier.
Les secrets de mère nature ne sont pas accessibles à tous.
Je suis et dois rester le seul détenteur de cette chose sacrée.

Le texte n'était ni signé ni daté.

Ce n'était pas le type de message que laissaient habituellement les randonneurs. Pas de commentaire sur le temps, ni sur les animaux aperçus au cours de la balade. Pas de « bonne chance et courage pour le reste du chemin ».

— C'est lui qui a écrit ça, dit Nathan.

Comme il refermait le livre, Autumn nota une tache sombre sur la tranche. De la saleté seulement, espéra-t-elle. Après être passé, pendant tant de mois, entre les mailles des filets de la police et des rangers, le Chasseur n'avait pas pu laisser son ADN derrière lui. C'était impensable. Si c'était, comme cela en avait l'air, du sang, c'était sûrement celui d'un randonneur passé par là qui avait ouvert le journal de bord pour y écrire un message.

— C'est peut-être un canular, alors, hasarda Autumn avec l'espoir que c'en soit un.

Une blague de potache ?

— Espérons que la dernière victime n'a pas voulu faire une farce qui se sera retournée contre elle.

— Oui, dit Autumn, ce serait trop bête.

Roger Ford décrocha son téléphone et fit tout de suite entendre son mécontentement.

Nathan le laissa déverser ses récriminations habituelles. Pour l'heure il appelait le FBI à la rescousse car, n'étant pas officiellement chargé de l'enquête, il ne pouvait pas saisir directement la police scientifique pour faire analyser le livre de bord du refuge.

Dès qu'il les eut rejoints sur place, Ford les pria d'attendre à quelque dix mètres du refuge de Hilde.

— Brimade minable, murmura Nathan.

— Il ne nous a quand même pas accusés du meurtre, c'est déjà cela, commenta Autumn d'un ton sarcastique.

— Il doit rager qu'on ait trouvé plus d'indices que lui.

Autumn croisa les bras.

— Je ne sais pas comment tu fais pour absorber toute cette tension. C'était aussi stressant quand tu étais en service ?

Non, il ne travaillait pas tout le temps sur les scènes de crime. Son travail était principalement axé sur la recherche. Interroger les gens, examiner et réexaminer les pièces à conviction.

— La plupart des cas sont prenants. Celui-ci est différent toutefois. Je suis impliqué personnellement.

— Parle-moi de ta sœur. Comment était Colleen ?

Il avait encore beaucoup de mal à parler de sa sœur. Elle lui manquait énormément.

— C'était une fille bien. Mais elle avait ses démons et n'avait pas réussi à s'en débarrasser. Elle avait fait une analyse, des cures de désintoxication, elle prenait des médicaments, rien n'y a fait. Elle n'était pas heureuse. Pour tromper son mal-être, elle buvait. Les derniers temps, je me disais qu'elle allait mieux. Il me semblait qu'elle remontait la pente. Et le Chasseur est passé par là…

Un coup au cœur, comme une lame de poignard qui s'enfonce, le fit taire. Chaque fois qu'il évoquait sa sœur — le moins souvent possible —, la blessure se rouvrait. Son cœur saignait. Il mesurait alors sa fragilité, sa vulnérabilité et n'en avait même pas honte.

— Que faisait-elle sur le Trail ? demanda Autumn.

Ce chapitre de l'histoire était la facette sombre de leurs vies. Il n'aimait pas s'en souvenir.

— Colleen adorait la campagne, le grand air. Quand nous étions tous les deux au collège, notre père nous a abandonnés. Colleen l'a très mal vécu.

Elle avait fugué à plusieurs reprises mais elle était toujours rentrée saine et sauve à la maison, où l'attendait leur mère dévastée.

— Colleen nous a causé beaucoup de soucis, se borna-t-il à dire.

C'est l'amour de la nature qui l'avait à la fois sauvée et détruite.

— Elle avait besoin de sa bulle, comme elle disait. Elle affirmait qu'être dehors la guérissait de tout.

Nathan inspira profondément. Il avait mal. Mal à sa sœur.

— Elle avait projeté une randonnée avec une amie mais, à la dernière minute, l'amie s'est décommandée, elle était malade ; la grippe. Colleen a décidé d'y aller quand même.

Autumn posa la main sur le bras de Nathan. Aussitôt, il ressentit comme un soulagement, comme si une soupape avait sauté, libérant ses émotions et son chagrin. Aux obsèques de Colleen, il était resté digne, pour sa mère, pour son beau-frère, pour son neveu et pour sa nièce. Ils avaient tous besoin de lui, de sa force. Il était celui sur lequel ils devaient pouvoir s'appuyer, le pilier, solide, fort, qui ne plierait jamais. Il leur avait alors promis qu'il trouverait l'assassin. Ce n'était pas un fardeau. Il le prenait comme un honneur. Grâce à lui, sa famille retrouverait la paix. Grâce à lui, ils pourraient faire leur travail de deuil et se reconstruire.

Autumn le serra dans ses bras, la tête au creux de son épaule. Il posa la joue sur ses cheveux. Il voulait lui dire sa gratitude de le soutenir dans cette affaire, mais il ne trouvait pas ses mots, les mots justes, ni fades ni idiots, qui traduisent bien sa pensée. Il n'eut pas le temps de chercher plus longtemps : une bombe sortit. Ford.

— Je vous demande d'aller au labo de la judiciaire, aboya-t-il. Je veux vos empreintes et de la salive pour établir votre ADN.

Stupéfait, Nathan se redressa de toute sa hauteur et s'écarta d'Autumn.

— Nous n'avons rien touché sans nos gants, s'indigna-t-il.

Ford fit craquer ses articulations.

— Peu importe. Vous y allez.

Le charme était rompu. Nathan ravala les choses tendres qu'il souhaitait dire à Autumn. Mais c'était aussi bien, après tout. Se répandre en lamentations, rebattre les oreilles d'Autumn avec ses problèmes aurait fini par la lasser et n'aurait fait que compliquer les choses dans le futur.

Ils partirent donc pour le labo. En silence. Laisser leurs empreintes et de la salive sur un coton-tige leur prit très peu de temps. Vingt minutes plus tard, ils étaient de nouveau en route vers le camping.

Autumn était obsédée par le dossier, par la victime qu'elle avait vue pendue à un arbre, par le sang dans le chalet 12 et par l'autre victime aperçue ce matin. Le livre trouvé dans le refuge tenu par Hilde ne collait pas avec le mode opératoire du tueur, tel que Nathan le définissait. Le Chasseur ne laissait pas de pièce à conviction derrière lui. Les empreintes de pas dans le chalet avaient-elles été laissées délibérément ?

— Pourquoi penses-tu que le tueur — si tant est que ce soit lui — a laissé un message dans le journal de bord ? Il devait bien se douter que quelqu'un le lirait.

Sinon d'autres randonneurs, du moins Hilde.

— J'y ai repensé, dit-il. A mon avis, c'est fait exprès. Il veut qu'on trouve son message.

Nathan pianota sur son volant.

— Le site sur lequel Hilde charge les messages reçoit-il beaucoup de visites ?

— Des centaines, peut-être même des milliers de vues.

— Il a envie que son message soit publié alors.

Pourquoi ? Ses élucubrations n'avaient pas grand sens. Si Hilde les avait lues, elle avait dû décider de ne pas les publier sur son blog. Hilde ne tenait sûrement pas à effrayer les promeneurs, ni à les envoyer randonner ailleurs.

Autumn, perplexe, se frotta le front.

— Comment ce type connaissait-il l'existence du journal ?

— Je suis quasiment certain qu'il passe le plus clair de son temps dans la nature. Ce qui ne l'empêche pas d'avoir parfois accès à un ordinateur. Il a dû chercher des sites comme *Randonnée* et *Sentiers*, et tomber sur l'Appalachian Trail et le blog de Hilde.

Fatiguée, Autumn appuya la tête sur la vitre de la portière. Plus elle essayait de saisir le pourquoi et le comment de cette affaire, moins elle comprenait.

— Qu'est-ce que tu dirais de grignoter un petit quelque chose ? proposa Nathan. Ça nous ferait du bien.

Un apport de sucre dans le sang lui donnerait peut-être un coup de fouet, pensa-t-elle.

Apercevant un restaurant, Nathan mit son clignotant et entra dans le parking. C'était un des établissements les plus chics de la ville.

— Je ne suis pas assez habillée pour ce genre d'endroit, dit Autumn.

Une petite robe noire et un costume, il fallait au moins cela pour être acceptés ici.

— Je n'ai pas non plus la tenue adéquate, mais j'ai repéré cet endroit dès mon arrivée et, depuis, j'ai envie de le tester. Tu vas voir, il n'y aura pas de problème.

Quand ils entrèrent, l'hôtesse détailla Nathan de la tête aux pieds et lui sourit.

— Si vous voulez bien me suivre, monsieur.

Evidemment, avec son élégance naturelle, il passait partout et plaisait à tout le monde. Avoir confiance en soi facilitait bien des choses, songea Autumn.

L'hôtesse les emmena vers la fenêtre mais Nathan, ayant aperçu un box, demanda qu'elle les installe là. La jeune femme sourit de nouveau et se dirigea vers la table en retrait que Nathan avait désignée. Ce serait plus intime, là.

Quand l'hôtesse les laissa, Nathan aida Autumn à enlever sa veste et lui avança sa chaise.

— Comment fais-tu ? dit-elle. Tu arrives toujours à tes fins.

— Je demande, c'est tout. Si tu ne demandes pas, comment veux-tu obtenir ce que tu souhaites ?

Autumn s'assit et s'efforça de ne pas penser à sa tenue de randonneuse. Quand Nathan s'assit à son tour, elle retint son souffle. Il était naturellement beau. Comme ils étaient éloignés des autres tables, elle pouvait le regarder sans que les clients la voient le dévorer des yeux.

— Ça va ? lui demanda Nathan.

— Je ne peux pas dire que la semaine que je viens de passer a été la plus fun de ma vie.

— Je crois que Ford avait l'espoir que tu identifies le corps.

— Peut-être, dit Autumn, songeuse. Et tant pis s'il s'est servi de moi, je ne lui en veux pas.

Elle était plongée dans ses pensées quand elle vit Francine entrer au bras de Daniel. Ils s'étaient habillés pour l'occasion. Francine était moulée dans un fourreau en jersey ; Daniel, frétillant dans son uniforme.

— Su-per, marmonna-t-elle.

Après la journée qu'elle venait de passer, elle ne se sentait pas d'humeur à affronter un nouveau problème. Daniel allait-il faire comme s'il ne la voyait pas ?

Remarquant son trouble, Nathan jeta un regard vers la porte.

— Si tu dois être mal à l'aise, dit-il, allons-nous-en. Il y a d'autres restaurants en ville.

Cette apparition aurait dû la laisser indifférente. Daniel et elle, c'était fini depuis longtemps.

— Non, non, tout va bien.

Son estomac se tordit, criant le contraire. C'était la première fois qu'elle voyait Francine et Daniel ensemble. Depuis que le bruit avait couru qu'ils se fréquentaient, elle les avait vus séparément. Quoi qu'elle en dise… ça faisait mal.

— Il faudra bien que je m'y fasse, ajouta-t-elle.

— Ignore-les. Tu es la plus belle femme du restaurant, je ne me lasse pas de te regarder.

Hélas, Daniel l'avait sûrement aperçue car il s'approcha.

— Il vient vers nous, maugréa-t-elle.

Il s'arrêta devant leur table.

— Salut, Autumn. Tu sors de chez toi maintenant ? De ton camping, je veux dire. C'est nouveau. Je croyais que tu ne mettais le nez dehors qu'une fois par an.

C'était l'un des reproches qu'il lui adressait à l'époque.

Pourquoi se décomposait-elle devant lui alors qu'elle voulait apparaître sûre d'elle, conquérante, comme si leur rupture ne lui avait fait ni chaud ni froid ?

— Comme tu le vois, nous sommes venus dîner.

Daniel fit un clin d'œil à Nathan.

— Comme ça, vous sortez ensemble ?

Autumn lui lança un regard mauvais. Elle mourait d'envie de lui dire qu'elle vivait à présent une aventure torride avec un agent du FBI, le beau Nathan ici présent. Pauvre Daniel, il ne lui resterait qu'à avaler son képi de dépit !

— Vous interrompez notre tête-à-tête, si c'est ce que vous voulez savoir, dit Nathan.

Et, allongeant le bras en travers de la table, il lui prit la main en lui coulant un regard de velours.

— Allez viens, fit Francine en saisissant le bras de Daniel avec autorité. On commande. J'ai faim.

Mais Daniel n'en avait pas fini, apparemment. Se tournant vers sa nouvelle conquête, il lança :

— Tu as vu, Autumn s'est trouvé quelqu'un d'autre !

— Bien sûr que je le sais, le coupa Francine. Ils sont venus ensemble au pub, l'autre jour. On en parle encore !

Autumn se crispa. Elle détestait qu'on parle d'elle et de sa famille derrière son dos.

— Tu ne m'avais pas dit que tu les avais vus.

Agacée, Francine haussa les épaules.

— S'il fallait que je te dise tous les gens qui viennent dîner…

— On a dû faire forte impression si on parle encore de nous, intervint Nathan, moqueur.

Francine s'esclaffa.

— Un nouveau venu sexy, ça fait toujours jaser !

Autumn se surprit à sourire. Eh oui, Nathan était un beau ténébreux auréolé de mystère qui piquait la curiosité.

Elle lui serra la main pour qu'il sache qu'elle appréciait sa complicité.

— Merci, dit-elle comme le couple s'éloignait.

— De quoi ?

— D'avoir fait comme si tu étais amoureux.

— Mais tu me plais, tu sais. Je croyais que tu l'avais compris.

Il fronça les sourcils.

— Tu aimes toujours Daniel ? reprit-il.

— Sûrement pas ! protesta-t-elle. Daniel et moi, ça a été compliqué. On n'était pas encore mariés qu'il me trompait déjà. Je crois que ma vie sentimentale ne sera qu'un échec.

— Pourquoi dis-tu cela ? Parce que ça s'est mal terminé avec lui ?

Allait-elle oser lui raconter le fin fond de l'histoire ? Que toutes ses aventures sentimentales avaient été des ratages ?

— Mon premier petit copain était un camarade de lycée. Nous sommes sortis ensemble pendant un bon bout de temps. Une semaine avant le bal de fin d'études, il m'a avoué qu'il était gay.

Cette révélation l'avait démolie. Elle était en bons termes avec Ben maintenant, mais il lui avait fallu des années pour s'en remettre. Aujourd'hui encore, elle en portait les séquelles. En particulier un grand manque de confiance en elle dans les relations.

— Ça a dû être dur pour vous deux, déclara Nathan.

— Un gros choc pour moi, surtout. Je n'y étais pour rien, malgré tout je me sens…

— Je ne sais pas comment tu te sens mais ce que je

peux te dire, moi, c'est que, lorsque je te regarde, je vois une femme séduisante, éclatante, attentionnée, délicate. Et infiniment désirable.

Rougissant du compliment, elle abaissa les yeux. Quand Nathan s'était montré distant ce matin, elle avait craint qu'il n'ait pas aimé faire l'amour avec elle et qu'elle se soit méprise sur ses sentiments pour elle.

— Je suis contente que tu me dises ça.

Nathan était le premier homme à la désirer autant qu'elle le désirait. C'était le premier qui lui donnait confiance dans ses talents d'amante et d'amoureuse. Il ne l'avait pas critiquée, ne s'était pas plaint. Il prenait du plaisir avec elle, mais cela n'augurait en rien de l'avenir.

Au départ, elle s'était juré de garder ses distances. Quand il lui avait exposé ses intentions et ses priorités, elle avait même pris du recul. Enfin… mentalement. Elle ne pourrait lui reprocher de lui avoir menti. La question n'en restait pas moins épineuse et elle n'était pas pressée d'entendre la réponse. Qu'adviendrait-il d'elle lorsqu'il partirait ?

Les agents du FBI fourmillaient dans le camping. Ils prenaient des photos de Trail's Edge, fouillaient partout, en particulier le chalet 12, en quête de pièces à conviction. Après avoir été informée que c'était bien des traces de sang qui avaient été prélevées dans le chalet, Autumn s'était armée de balais et de serpillières pour entreprendre un grand ménage. Elle avait balayé, gratté, récuré, débarrassé le poêle de ses cendres. Nathan était retourné dans son chalet étudier le dossier. Désormais seule, elle avait du temps pour penser.

Bien qu'elle soit fatiguée physiquement, elle avait l'esprit en ébullition. Tout se bousculait dans sa tête. Sa crainte pour la vie de son frère. Sa tristesse pour la famille de la nouvelle victime. Sa terreur en découvrant le message du randonneur fou. Tous ces événements et les sentiments qu'ils suscitaient la déroutaient. Elle se sentait incapable de les interpréter.

L'attitude de Nathan était l'élément le plus déstabilisant. C'était deux hommes différents auxquels elle avait affaire : le Nathan au travail et le Nathan au lit.

Deux jours durant, pendant la tempête de neige, il s'était montré attentionné et tendre. C'est après le passage de Ford qu'il avait changé. Il était devenu froid et cassant. Leur relation s'en était ressentie et puis, au restaurant, de nouveau il avait fait preuve d'empressement. Il l'avait même traitée comme si elle était sa petite amie.

L'incompréhension et la fatigue aidant, elle finit par s'énerver. De quel droit se permettait-il de jouer avec ses sentiments ? Tour à tour tendre puis glacial, se rendait-il compte qu'il mettait ses nerfs à l'épreuve ?

A cran, elle essaya de se calmer mais rien n'y fit. Thor aussi l'agaçait à aboyer devant la porte pour qu'elle sorte jouer à la baballe avec lui.

Incapable de se contrôler une minute de plus, elle prit ses clés, claqua la porte derrière elle et partit en courant vers le chalet que Nathan occupait.

Tambourinement sur la porte… et Nathan apparut, visiblement surpris de la voir là. Eh oui, elle avait des choses à lui demander et il avait intérêt à écouter…

— Pourquoi fais-tu comme si on n'avait pas couché ensemble ? lança-t-elle.

— Je ne comprends pas ce que tu veux dire, répondit-il avec un calme horripilant.

— Pourquoi souffles-tu le chaud et le froid avec moi ?

Elle vit son regard se durcir. Un tic creusait sa joue toutes les deux secondes, comme une fossette. Ce qui signifiait qu'elle l'énervait.

— Excuse-moi, la journée a été un peu agitée, fit-il. Je m'échine à trouver l'assassin de ma sœur.

La froideur de son ton la glaça. Elle le provoquait pour

qu'il réagisse, elle cherchait la bagarre et, au lieu de cela, il ne bronchait pas. Prise d'une incontrôlable envie de pleurer, elle battit des paupières pour retenir ses larmes. Ah non, elle n'allait pas lui faire, en plus, le plaisir de s'effondrer devant lui. Lui montrer à quel point sa froideur l'affectait. Elle n'allait pas non plus lui expliquer qu'elle ne couchait pas avec tous les hommes de passage, ni que faire l'amour avec lui avait beaucoup compté pour elle, même si elle n'avait été qu'une passade pour lui.

Se demandant brusquement ce qu'elle était venue faire là, elle soupira. Qu'espérait-elle ? Qu'il lui confie qu'il avait toujours envie d'elle ? Qu'il avait senti le courant passer entre eux ? Il n'y avait aucune chance pour qu'il le lui dise. Et puis, à quoi bon ?

— Oh oui, désolée, bafouilla-t-elle.

Un peu plat mais elle aimait mieux battre en retraite que quémander une miette de sentiment. Ou étaler les siens.

Comme elle tournait les talons, il la rattrapa par le bras et, lui faisant faire volte-face, happa ses lèvres. Elle essaya vaguement de résister. Sans conviction. Il avait les mains sur ses reins et la plaquait contre lui.

Alors, ne cherchant plus à faire semblant, elle s'offrit. Elle entendit la porte qu'il refermait derrière elle, et sentit très vite le bord du matelas derrière ses genoux.

Il avait lâché sa bouche et ses lèvres glissaient sur son cou, il la mordillait du bout des dents, la mordait presque.

— Comment peux-tu penser un seul instant que j'oublie quelque chose quand il s'agit de toi ?

Elle bascula sur le lit, les bras derrière la tête. Il caressa ses jambes, lui ôta ses chaussures puis s'allongea sur elle.

— Dis-moi vite si tu ne veux pas, murmura-t-il.

Un instant dégrisée, elle s'immobilisa. Etait-elle sûre de vouloir faire l'amour ? Elle venait chercher des réponses et, avant même d'avoir posé les questions, elle se retrouvait dans ses bras, prête à se donner. En moins d'une minute il avait calmé sa colère et son dépit et elle n'avait qu'une idée… être à lui. C'était tellement magique de le sentir peser sur elle, bouger sur elle, glisser en elle. Dire non ? Elle s'en sentait incapable.

Elle l'enlaça.

— Cela veut dire oui ? reprit Nathan.

— Cela veut dire *s'il te plaît n'arrête pas*.

Alors, dans un grognement, il enleva sa chemise et la lança par terre. Une fois nus tous les deux, ils se serrèrent l'un contre l'autre jusqu'à ne plus faire qu'un.

Nathan la caressa, la palpa, pétrit ses seins, tout son corps. Elle gémit, ondula, supplia. Il prit alors un préservatif et, sans attendre, la pénétra.

Elle se cabra, gémit de plus belle et adopta son rythme. Il n'avait rien dit qui vienne apaiser ses angoisses mais tant pis, ce qu'elle ressentait là était indicible.

Il accéléra soudain la cadence, elle se tendit pour qu'il la pénètre encore plus profondément mais c'était impossible, ils ne faisaient déjà qu'un.

Enlacés, dans un concert de soupirs et de gémissements, ils connurent alors le bonheur suprême, ensemble. Puis, épuisés et apaisés, ils sombrèrent dans le sommeil.

Autumn se réveilla dans les bras de Nathan et regarda le réveil : 9 heures ! Ils n'avaient parlé de rien et elle se sentait mal à l'aise.

Comment Nathan allait-il se comporter maintenant ? Allait-il jouer l'indifférence, comme hier quand ils n'étaient pas seuls ? Allait-elle devoir subir encore ce changement de comportement ?

Décidant de se lever, elle écarta le bras de Nathan.

— Oh, oh ! Où vas-tu ?

Sa voix rauque, si érotique, lui donna la chair de poule.

— Je retourne chez moi. Je dois promener Thor.

— Donne-moi une seconde, je viens avec toi.

Son cœur fit un bond et son visage s'illumina mais elle se raisonna. Mieux valait ne pas rêver pour ne pas être déçue. Nathan ne lui avait rien dit et encore moins promis. Et, sauf miracle, ils n'avaient pas d'avenir ensemble.

7

Un bruit curieux, comme un grattement sur la porte, et la poignée de l'entrée qu'on actionnait la tirèrent de son sommeil. Thor, au pied du lit, grogna. Nathan ne fit qu'un bond. Autumn regarda l'heure, 3 heures du matin ! Nathan, revolver au poing, avait passé son pantalon quand la porte s'ouvrit.

— Halte-là ! ordonna-t-il en se précipitant vers l'entrée.

L'intrus leva les mains en l'air.

— Nathan ! Ne tire pas ! s'écria Autumn.

C'était Blaine.

Aussitôt debout, elle se précipita dans ses bras. Il était revenu, il était sain et sauf. Il sentait mauvais, ses vêtements étaient sales, mais elle s'en fichait. Il était vivant. Thor bondit sur eux, fourra sa truffe entre leurs jambes pour tenter de les séparer. Il était heureux, ou jaloux, et il aboyait pour attirer leur attention.

Autumn lâcha Blaine, qui toisa Nathan.

— Qui est-ce ? dit-il, se délestant de son sac à dos.

Pieds écartés, bras croisés sur la poitrine, il fixait Nathan de ses grands yeux bleus. Ses cheveux bouclaient dans son cou et sa barbe était broussailleuse.

Vite, Autumn chercha que répondre. Si elle présentait Nathan comme un agent du FBI chargé de sa sécurité, il n'en croirait pas un mot. Son jean, déboutonné, glissait sur ses hanches. De toute évidence, il était nu dessous. Et ne dormait pas sur le canapé.

Comment pouvait-elle le présenter ?

Un ami ? Pas mal. C'était neutre.

— Je te présente mon ami Nathan.

Blaine la regarda, les yeux plissés.

— Tu n'as pas rompu depuis longtemps avec Daniel. C'est une… consolation ?

Que répondre à une question aussi brutale ? Nathan et elle se connaissaient depuis trop peu de temps pour que son frère approuve. Malgré tout, c'était important pour elle d'avoir son assentiment. Lui dire la vérité, alors ? Mieux valait changer de sujet.

— Assieds-toi. On a des choses à se dire. Ça fait des semaines que j'essaie de te joindre.

Blaine prit une chaise et les regarda l'un après l'autre.

— Le téléphone satellite est tombé en panne, j'ai essayé de le bidouiller mais ça n'a pas marché.

Mouais… un peu limite comme excuse. La prochaine fois, si prochaine fois il y avait, elle exigerait de son frère qu'il l'appelle tous les deux ou trois jours. Pas question qu'elle se refasse un tel sang d'encre. Il emprunterait un téléphone, il s'en rachèterait un, il se débrouillerait comme il voudrait, mais il téléphonerait.

— T'es au courant pour le Chasseur ? Tu as entendu parler des problèmes qu'on a dans le Trail ?

Blaine se gratta la nuque.

— Bien sûr, mais au début je pensais que c'était une rumeur. Ça fait pas longtemps que j'ai commencé à y croire. J'ai lu des coupures de journaux dans un refuge.

Bien qu'il soit là, en face d'elle, sain et sauf, Autumn avait encore peur pour lui à la pensée qu'il avait marché, seul, sur ce sentier.

— Tu as peut-être faim ? Ou soif ?

Pendant qu'elle préparait un petit déjeuner, Blaine lui raconta son voyage. Appuyé au comptoir, Nathan les observait tout en les écoutant. Il avait mis une chemise et boutonné son jean, mais Autumn ne se sentait pas moins troublée par sa présence.

— Tu veux que je défasse ton sac à dos ? demanda-t-elle à son frère, certaine qu'il contenait des vêtements sales et humides, bons à mettre au lavage.

— Pas touche. Je ferai ça moi-même dans mon chalet.

Autumn versa de l'eau chaude sur son thé.

— Prends ta douche ici. J'ai éteint le cumulus chez toi pour faire des économies.

Blaine éclata d'un gros rire.

— A t'entendre, on croirait que je me suis roulé dans le purin ! Tu aurais dû me dire que je sentais mauvais. Après deux jours de randonnée, je ne me rends déjà plus compte de rien. J'oublie que les gens civilisés ne sont pas habitués à ces odeurs de sauvages !

Nathan s'assit à table, en face de Blaine. Il semblait très détendu mais Autumn, qui commençait à le connaître, vit à son regard qu'il lui tardait d'aborder le seul sujet qui l'intéressait, le Trail.

— Que dit-on des meurtres sur le Trail ? fit-il enfin.

Blaine reposa sa fourchette.

— Je n'ai pas croisé beaucoup de randonneurs. Ceux à qui j'ai parlé recommandent d'être prudent et de ne pas s'écarter du sentier. Et de ne dormir que d'un œil.

Peu disert de nature, Blaine répondait en général par onomatopées. Bizarrement, pour Nathan il avait fait des phrases ! Autumn ignorait la technique de ce dernier, mais elle était impressionnée.

— Des agents fédéraux dans le sentier ?

— Non, je n'en ai pas vu, répondit Blaine, les yeux baissés sur son assiette.

Autumn réprima mal un haut-le-corps. Des agents avaient été postés tout le long du Trail. Comment son frère avait-il pu ne pas les voir ? S'était-il écarté du sentier et enfoncé dans la forêt, sur le terrain de chasse du prédateur ?

— Vous avez intérêt à vous méfier, reprit Nathan. Le tueur sévit dans la région en ce moment.

Blaine, un morceau d'œuf piqué dans sa fourchette, haussa les épaules.

— Vous inquiétez pas. Je sais ce que je fais.

Comment pouvait-il en être si sûr ? Sans doute jugeait-il qu'après toutes ces semaines passées tout seul il n'avait besoin des conseils de personne ? Peut-être se sentait-il sûr de lui parce qu'il connaissait assez les pièges de la nature et de la vie au grand air pour déjouer les dangers et ne pas risquer sa vie.

— Je ne veux pas te faire peur, Blaine, mais je t'en prie, sois prudent, intervint-elle. Un corps a été trouvé tout près du camping — c'est d'ailleurs moi qui ai eu l'honneur de le découvrir… Les enquêteurs du FBI te cherchent, ils m'ont posé plein de questions sur toi. Daniel aussi leur a parlé de toi, je ne sais pas ce qu'il leur a raconté mais ça les a beaucoup intéressés. Ils voulaient tout savoir sur tes allées et venues.

Blaine la regarda longuement avant de poser les yeux sur Nathan.

— Daniel est un serpent à sonnette, gronda-t-il après une bordée de jurons à son adresse. C'est un menteur et il me déteste. Laisse tomber. Raconte-moi plutôt ce que tu as vu.

Tremblante, elle lui décrivit la macabre découverte.

— Le pire, c'est que tu la connais… Sandra Corvaldi.

D'abord sans voix, il ferma les yeux. Puis :

— Oh non ! Pas Sandra. Bon Dieu, ses parents ! C'est horrible, elle ne méritait pas ça. Personne ne mérite ça.

— C'est affreux, oui, renchérit Autumn en observant son frère.

Mentait-il ? Savait-il que Sandra était morte et faisait-il semblant de l'ignorer ?

— Et en plus je n'étais pas là quand c'est arrivé ! Ça a dû être encore plus dur pour toi d'affronter ça toute seule.

La vision de Sandra pendue à l'arbre ne la quittait pas. C'était cauchemardesque.

— Heureusement, j'ai Nathan. Il m'a aidée. Et puis…
Elle reprit son souffle.

— Ce n'est pas tout. Tu as raté quelque chose. Devine qui est venu ?

Silence.

— Tu ne devineras jamais. Maman !

— Maman ? Ici ? Pourquoi ? gronda Blaine entre colère et incrédulité.

— On ne s'est pas parlé très longtemps, elle voulait qu'on discute et qu'on déjeune ensemble mais je l'ai envoyée sur les roses.

— On lui avait pourtant fait comprendre qu'on ne voulait pas d'elle ici. Qu'est-ce qu'elle veut ? Qu'on l'excuse pour qu'elle recommence ?

Sa colère était mêlée de tristesse. Leur mère les avait fait trop souffrir. Il ne lui pardonnerait pas.

— Elle voulait s'expliquer.

— A d'autres ! Je ne veux plus entendre parler d'elle.

Au départ, quand sa mère avait surgi sans crier gare, Autumn avait réagi comme Blaine aujourd'hui et puis, après quelques jours, sa colère était retombée. En discuter avec Nathan avait aussi tempéré sa rancœur. Elle avait commencé à penser que l'irruption de sa mère dans sa vie était peut-être l'occasion d'obtenir des réponses à des questions qui n'avaient jamais été posées.

— Je pense que je lui reparlerai, annonça-t-elle.

— Tu sais ce que papa et oncle Ryan disaient d'elle. Que c'est une menteuse, une manipulatrice et qu'elle ne nous fera que du mal.

— Je ne suis plus une gamine, Blaine. Je ne prendrai plus tout ce qu'elle raconte pour argent comptant. Je suis capable de faire la part des choses à présent.

— Ne la revois pas. Tu aurais tort, dit Blaine. Tu laisses

les gens te raconter n'importe quoi, des sanglots dans la voix, pour t'attendrir. Tu les crois et, en fait, ils te mentent.

Faisait-il allusion à Ben et à Daniel qui lui avaient si effrontément menti ? Blaine connaissait bien ses déboires sentimentaux.

— Réfléchis un peu, ma chère sœur. Une femme qui part en abandonnant ses enfants, tu appelles ça une mère, toi ? Ça te donne envie de la revoir ? De l'avoir dans ta vie ? Pas moi.

— Je ne dis pas que je veux vivre avec elle, je dis que je veux entendre ses explications. Si je fais une bêtise, je l'assume. Mais j'apprécierais que tu sois là aussi avec moi à ce moment-là…

— Hé bien, non, ne compte pas sur moi.

Elle ne voulait pas se disputer avec son frère. Il venait juste de revenir et son absence lui avait beaucoup pesé.

— Si tu restais ici avec nous ? proposa-t-elle. Je vais te faire un lit sur le canapé.

Elle avait envie de le garder auprès d'elle, il lui avait tellement manqué.

— Tu es gentille mais je préfère aller chez moi. Ne t'inquiète pas, je vais bien.

Déçue par son refus, elle soupira.

— Tu sais que c'est sérieux, cette histoire de tueur en série ? Il est dans le coin. Il y a même eu effraction dans un des chalets.

— Ce n'est pas la première fois, ricana-t-il.

Bien décidée à lui faire peur, elle insista.

— On dirait que tu n'y crois pas ? Je sais qu'il y a déjà eu effraction mais, cette fois-ci, on a retrouvé du sang par terre.

Il resta impassible. *Il est dans le déni*, se dit-elle. Elle abattit alors sa carte maîtresse, avec l'espoir que, cette fois, il tienne compte de sa mise en garde.

— Le Chasseur a frappé encore une fois, avant-hier, à moins de quatre kilomètres d'ici.

— Je sais.

Elle lança un coup d'œil à Nathan qui écoutait, visiblement intrigué.

— Comment le sais-tu ?

Le corps avait été retrouvé la veille et la nouvelle n'avait pas encore paru dans la presse.

Blaine reposa sa fourchette et repoussa sa chaise pour s'écarter de la table.

— Tu es au courant de ce qui se passe quand tu marches dans le Trail, dit-il. Maintenant je vais regagner mon chalet, je me suis juste arrêté pour te dire que j'étais revenu.

— Tu vas rester quelque temps ?

— Non, juste le temps de refaire mon sac.

Autumn sentit son cœur se serrer. Avec son goût des voyages et ses allées et venues, son frère était dans le collimateur de la police. Pas question qu'il reparte avant de s'être blanchi auprès d'eux.

— Le FBI veut te parler. Il faut que tu restes au moins le temps de les voir.

— Je verrai, dit Blaine, évasif.

Roger Ford l'avait priée de le prévenir si Blaine donnait de ses nouvelles. Pouvait-elle le dire à son frère ? Le convaincre de rencontrer Ford ? S'il refusait, il lui resterait deux solutions : soit ignorer la demande de Ford, soit lui passer l'information et se mettre son frère à dos.

Et Nathan dans l'histoire ? Quelle était sa position ? N'allait-il pas informer Ford ?

— La proposition pour la douche tient toujours, dit Autumn.

— Le temps de nettoyer mon matériel, l'eau sera chaude, répondit son frère. Salut Autumn, salut Nathan. Bonne nuit.

Aussi soudainement qu'il était arrivé, il disparut, refermant la porte derrière lui.

Immobile sur sa chaise, perplexe, Nathan se frottait le menton.

— Etrange, dit-il.

Depuis toujours, c'était ce que tout le monde disait de Blaine. « Ce garçon est étrange »…

— Il n'est pas comme ça, d'habitude. Il est plutôt aimable, chaleureux même. Il devait être fatigué.

— Ce n'est pas ça. Ce qui m'intrigue, c'est comment il a su pour la dernière victime.

Autumn frémit. Le changement de ton et d'attitude de son frère ne lui avait pas échappé non plus quand elle avait mentionné le fait. Elle était certaine qu'il n'était pas impliqué. Son comportement, cependant, pouvait laisser planer le doute. Nathan avait été de son côté jusqu'à présent mais allait-il le rester ?

Inquiétée par le ton de sa voix, elle vola au secours de son frère.

— Il manque de sommeil, c'est sûrement ça. On lui parlera demain. De toute manière, il n'a jamais été bavard. Papa et mon oncle disaient que c'était un taiseux. Leur plaisanterie, c'était : « Blaine ? Il prononce cent mots par jour, à tout casser. » Ça les faisait rire. Je ne crois pas qu'il en ait dit plus ce soir mais ce n'est pas étonnant. Après des semaines de randonnée, seul, il ne doit plus savoir parler !

Elle rit nerveusement mais Nathan ne fut pas dupe.

— Il sait des choses sur la victime et il ne nous le dit pas, déclara-t-il d'un air grave.

Contrariée — son frère n'était pas impliqué dans ce meurtre, point ! —, elle s'efforça de paraître désinvolte.

— Ne le dénonce pas au FBI, s'il te plaît ! fit-elle en lui ébouriffant les cheveux. Il est bizarre mais il l'a toujours été.

Nathan repoussa sa main et se recoiffa.

— Je t'ai entendue dire que ton frère était un solitaire et qu'il a eu des problèmes au lycée.

Ah non, Nathan, tu ne vas pas jouer les profileurs ! Etablir le profil psychologique de Blaine et t'en servir contre lui. Pas de ça, Nathan ! le menaça-t-elle en son for intérieur.

— J'ai dit qu'il aimait partir seul en randonnée, gronda-t-elle. Ce n'est pas la même chose. Quant à ses ennuis au lycée, qui n'en a pas eu ?

Nathan se leva, le regard noir et l'air fermé.

— Je lui parlerai demain, murmura-t-il.

Autumn regrettait de s'être laissé emporter, mais elle ne supportait pas qu'on touche à sa famille. C'était sacré. Il fallait qu'il le comprenne, lui qui savait être si tendre quand il lui faisait l'amour.

Quel changement depuis l'arrivée de Blaine ! Il était redevenu l'agent spécial Nathan Bradshaw, homme distant, glacial. Le fossé qui les séparait ne cessait de se creuser. C'était affreux. Que pouvait-elle faire ?

Incapable de le regarder en face — elle ne supportait pas ces yeux durs posés sur elle —, elle lui tourna le dos.

— Prête à retourner au lit ? demanda-t-il.

Bien que ses insinuations l'aient mise en colère et que son attitude l'ait déçue, elle ne le renvoya pas chez lui. Physiquement, elle était épuisée et, nerveusement, à bout. Dans ces conditions, elle ne se voyait pas seule, avec un tueur en liberté dans les parages.

Elle se glissa dans son lit et éteignit sa lampe de chevet. Nathan se coucha à son tour, à côté d'elle, mais ne la toucha pas. Les yeux fermés, elle essaya de s'endormir et de ne plus penser.

Une heure plus tard, elle ne dormait toujours pas. Roulant sur le côté, elle vit que Nathan était réveillé lui aussi. Les yeux grands ouverts, il fixait le plafond. Timidement, elle posa la main sur sa poitrine.

— Ça ne va pas ? demanda-t-elle.

Pensait-il aux mêmes choses qu'elle ou pensait-il à elle ?

— Je pense au dossier, dit-il.

Petit pincement au cœur. Quand donc un homme accepterait-il de parler de sentiments ?

— Et alors ?

— J'essaie de reconstituer le puzzle.

— Quelque chose à me dire ?

— Non, rien. Dors. Il va bientôt faire jour.

Renvoyée dans ses buts ! Il l'avait évacuée de ses pensées. Il n'y avait plus que l'affaire qui l'intéressait.

Vexée, elle lui tourna le dos et remonta la couverture sur son nez, se promettant que Nathan Bradshaw ne lui briserait pas le cœur.

Blaine devait savoir quelque chose sur les meurtres. Après s'être passé en boucle les réponses qu'il avait faites à Nathan, Autumn finit par se lever. Il était 6 heures. Une douche, un peu de rangement et, n'y tenant plus, elle alla frapper à la porte de son frère.

Malgré l'heure tardive à laquelle il s'était couché, Blaine était déjà debout et buvait son café.

— Du café ? Tu as l'air vannée, constata-t-il.

Il la servit et sortit sur la terrasse.

— Blaine, si tu sais quelque chose, tu dois le dire.

Assis sur une chaise en bois, il fixait l'entrée du sentier.

— Je sais ce que j'ai à faire.

Autumn approcha une chaise et s'assit en face de lui.

— C'est important, Blaine. On n'est pas au lycée, là. On ne joue pas. Il y a des gens qui meurent.

— Qu'est-ce qui te fait penser que je sais quelque chose ? demanda-t-il, évitant son regard.

— Allez, fais pas l'imbécile !

Il y eut un silence. Blaine plissa les yeux.

— Je ne sais rien avec certitude. J'ai juste une hypothèse. Ces meurtres me font penser à des choses, dit-il d'une voix d'outre-tombe qui lui donna froid dans le dos.

Blaine se frotta la joue. Il ne s'était pas encore rasé.

— Ces corps pendus aux arbres, reprit-il. Chaque fois, le même rituel. Etrange, non ?

Nathan avait fait les mêmes commentaires à propos du mode opératoire du tueur.

— Oui, ça fait peur. Nathan y voit une espèce d'obsession de la propreté chez le prédateur.

Blaine se leva.

— As-tu gardé les livres de papa et d'oncle Ryan sur la nature ?

— Oui. J'en ai quelques-uns. Pourquoi ?

— Donne-les-moi, s'il te plaît. Et ne dis pas à ton petit copain que je les ai.

Son petit copain ? Elle ne corrigea pas. Blaine allait vite en besogne mais elle n'avait pas de temps à perdre en explications. D'ailleurs, qu'aurait-elle expliqué ?

Elle partit en courant vers son chalet et entra, se demandant quel mensonge elle allait servir à Nathan. Souci inutile, il n'était plus là. Il avait laissé un mot sur le comptoir avec son numéro de téléphone.

« Suis dans mon chalet. Je travaille. »

Tant mieux, elle n'aurait pas besoin d'inventer une histoire. Le carton avec les livres était rangé sous son lit. Ils faisaient partie des rares choses qu'elle avait gardées de son père et de son oncle. Qui les tenaient eux-mêmes de leur père. Après en avoir feuilleté quelques-uns, elle les remit dans le carton, qu'elle emporta au-dehors.

— Cela fait bien longtemps que je ne les avais pas sortis, dit-elle en déposant le carton aux pieds de son frère.

Blaine prit le premier de la pile et le retourna.

— Tu sais, j'ai vu la dernière victime. Elle portait des chaussures et des vêtements de luxe, elle n'avait vraiment rien à faire sur le Trail et je le lui ai dit. Elle avait un appareil photo très sophistiqué et m'a déclaré qu'elle écrivait une thèse… je ne sais plus sur quoi.

Autumn se pétrifia. Elle dévisagea Blaine. Que venait-il de dire ? Qu'il avait vu la victime ? Mais alors, il avait menti !

— Pourquoi n'as-tu rien raconté à Nathan quand il t'a demandé si tu savais quelque chose à ce sujet ?

— Que voulais-tu que je dise ? Que c'était une femme ? Ce sont toujours des femmes.

— Blaine, dis-moi la vérité, je t'en prie. Que sais-tu au juste ?

Enervé, il se passa la main dans les cheveux.

— Je ne veux pas être mêlé à cette histoire. Je ne peux pas.

— On est dedans jusqu'au cou, fit-elle. Notre camping est près du Trail. On peut dire ce qu'on veut, les faits sont là.

S'il savait quelque chose, il fallait qu'il le relate aux autorités. Le FBI avait des dizaines d'agents qui planchaient sur le dossier. S'ils découvraient le moindre détail qui implique Blaine, ils seraient trop heureux d'en faire leurs choux gras. Enfin un suspect en garde à vue. Tout le monde serait soulagé.

— Rien ne tourne plus rond depuis que papa n'est plus là.

— Je suis d'accord avec toi, je me sens…

Brassant l'air devant lui avec la main, il lui coupa la parole.

— Tu as surmonté le vide qu'il a laissé, toi. Tu as réussi à continuer. Tu tiens le camping et tu vis ta vie. Moi, je n'y arrive pas. Par moments, quelque chose me prend aux tripes et ça me démolit. J'en veux à papa d'être mort, j'en veux au monde entier qui s'en fout. On n'a plus personne, tu comprends. Ils sont tous morts. Morts.

Blaine fixa le sol comme s'il était gêné d'avoir laissé exploser son chagrin.

Son frère n'ayant plus jamais évoqué le drame de la disparition de leur père, Autumn en avait conclu qu'il avait fait son deuil, en restant seul à lire, à marcher et à penser. Et elle, comment avait-elle surmonté cette épreuve ? Elle n'en savait rien mais elle l'avait fait. Sa tristesse était encore immense mais n'avait rien à voir avec la souffrance qu'elle avait endurée pendant les mois qui avaient suivi les funérailles. Jour après jour, la peine était devenue moins cruelle.

Le manque moins douloureux. Elle s'était endurcie. Pas Blaine, apparemment.

Autumn posa la main sur son bras. Comme il ne la repoussait pas, elle s'enhardit et lui entoura les épaules. Si seulement elle avait pu lui prendre un peu de son chagrin, juste un peu…

— Je suis désolée, Blaine. Je ne savais pas que tu étais si malheureux. Tu peux me parler, tu sais. Tu peux me dire tout ce que tu veux, si ça peut te faire du bien. Je sais ce que c'est qu'avoir mal, c'est terrible.

Blaine se laissa câliner par sa sœur puis, brutalement, la repoussa. Il avait les yeux humides mais les joues sèches.

— Pourquoi les as-tu gardés ? dit-il, désignant les livres du menton.

Parce qu'ils avaient une valeur sentimentale à ses yeux. Ces livres avaient fait partie de son enfance. Son père s'en servait pour leur enseigner des choses à Blaine et à elle, des choses basiques comme comment se débrouiller en forêt si on est perdu, comment se diriger sans boussole… Aujourd'hui, elle trouvait les renseignements dont elle avait besoin sur Internet, c'était plus facile et beaucoup plus rapide.

— C'était les journaux de bord de papa et d'oncle Ryan. J'aurais eu le sentiment de commettre un sacrilège en m'en débarrassant. Mais je ne vois pas le rapport avec les meurtres.

Blaine s'accroupit près du carton, sortit les livres un à un et les posa par terre. Au fond il y en avait un relié en cuir violet sur lequel brillait un titre en lettres d'or : *Secrets de la nature.*

C'était le préféré de leur grand-père et de l'oncle Ryan. Dedans étaient énumérées des plantes aux vertus médicinales et les recettes pour faire les potions qui guérissaient, par exemple, les maux de tête, les rhumatismes ou les engelures… Blaine brandit le livre et l'agita.

— Sais-tu ce que dit ce livre sur la purification de la terre ? Elle hocha la tête de gauche à droite, se demandant où il voulait en venir. Blaine avait vu la victime et l'avait caché à Nathan. Maintenant, il faisait une fixation sur ces livres.

— Blaine, dis-moi ce qui se passe. Tu me fais peur.

— Il est question de nettoyer la terre de toutes les impuretés, déclara Blaine, qui feuilletait le livre.

Autumn se mit à trembler.

— Je ne comprends pas ce que ça a à voir avec les meurtres.

Que le tueur soit son frère était inimaginable. Blaine était tout ce qu'il lui restait comme famille. Jamais il n'aurait agressé un autre randonneur. Ce n'était pas dans sa nature. Et pourtant… son comportement — elle devait bien l'admettre — était étrange. Elle en avait l'estomac noué.

Brusquement, Blaine leva les yeux vers elle.

— La randonneuse, la dernière victime, marchait trop vite, comme quelqu'un qui ne sait pas ce qu'il fait. Elle ne serait pas allée très loin avant de s'arrêter d'épuisement. Quand je l'ai vue quitter le Trail, je l'ai suivie, je voulais la mettre en garde.

Autumn aurait aimé qu'il se taise. Elle ne voulait pas en entendre plus. Elle voulut le lui dire mais les mots s'étranglèrent dans sa gorge.

— A cause du mauvais temps, je l'ai perdue de vue. J'ai préparé mon campement pour la nuit et, le lendemain, je l'ai trouvée. Pendue à un arbre, une flèche dans la poitrine et des bouts de lierre autour du corps ; quand j'ai vu l'état du cadavre, carbonisé, j'ai su qu'elle était morte.

Prise d'une envie de vomir, Autumn plaqua la main sur sa bouche. C'était abominable. Effrayant. Blaine s'était trouvé à proximité de l'endroit où le meurtre avait été commis. Pourquoi avait-il été épargné ? Blaine était agile et avançait sans faire de bruit dans les bois. Le tueur ne l'avait-il vraiment pas vu ? Une victime lui avait-elle suffi ?

Elle attrapa le bras de Blaine et ne le lâcha plus.

— Il faut que tu racontes à Nathan ce que tu as vu.

L'air résolu, Blaine hocha la tête.

— Sûrement pas. Allons, Autumn, réfléchis. Je t'en ai parlé parce que ça me ronge mais, si je lui dis, il ne me lâchera plus. Il pensera à coup sûr que c'est moi qui ai fait le coup.

— Si tu lui dis la vérité, il ne t'arrivera rien.

Elle faisait confiance à Nathan pour faire son métier honnêtement, comme elle faisait confiance à son père, autrefois. Nathan l'écouterait et lui accorderait le bénéfice du doute. Il ne porterait pas de jugement hâtif et ne déformerait pas les faits pour l'accabler.

Blaine referma brusquement le livre.

— Un peu de jugeote, Autumn. On est dans la vraie vie. La police et le FBI ont besoin d'un suspect, si possible d'un coupable. Il le leur faut pour rassurer les citoyens. Regarde Daniel, il est prêt à me désigner.

— Nathan n'est pas comme ça, tu peux lui faire confiance.

A son visage, elle comprit qu'il en doutait.

— Ne sois pas naïve. D'accord, c'est ton copain, mais ce n'est pas une raison pour qu'il m'aide. De toute manière, je me méfie de tes goûts en matière de petit ami.

Il lui lança un regard en coin.

— Es-tu sûre qu'il ne se sert pas de toi pour mieux me coincer ? Il fait peut-être la même chose avec toutes les femmes chaque fois qu'il y a un meurtre à un endroit.

— Nathan et moi, nous formons une équipe, s'écria-t-elle, indignée.

— J'espère pour toi que tu ne te trompes pas, déclara-t-il dans un soupir. Tu veux que je te dise le fond de ma pensée ? Compte tenu de mon passé, du temps que j'ai passé sur le Trail, de mon histoire avec Sandra qu'on a retrouvée morte, personne ne me croira jamais si je parle.

— Moi, je te crois.

Elle savait que Blaine était incapable de faire du mal.

— Je ne comprends tout de même pas ce que ce livre a à voir avec le rituel du Chasseur, reprit-elle.

— Les premiers colons à s'être implantés ici adoraient la nature comme un dieu et lui attribuaient des pouvoirs surnaturels. Ils la respectaient et croyaient qu'en ficelant les criminels dans des lianes ou du lierre, ils détruisaient le mal qu'ils avaient en eux et les empêchaient de recommencer. C'était le rite de la purification.

Effectivement, maintenant que Blaine en parlait, Autumn se souvenait vaguement d'avoir lu des chapitres sur ce sujet, mais elle n'y avait pas vraiment prêté attention. Pour elle, c'était du folklore, tout ça.

— Serais-tu en train de dire que le Chasseur est un descendant des premiers colons ? Quelqu'un qui croit en un dieu païen ?

— C'est une hypothèse comme une autre.

Autumn ne connaissait personne qui croie en des dieux païens mais, des amoureux de la nature, elle en avait croisé beaucoup. Ces gens-là plaçaient l'environnement avant tout. Chez eux, la nature était sacrée et dotée d'un pouvoir plus fort que celui de l'homme.

— On respire un bon coup et on se calme, dit-elle.

Pour Nathan, elle verrait plus tard à lui en parler ou pas. Elle rediscuterait d'abord avec Blaine, essaierait d'en savoir plus sur sa théorie.

— Je suis calme, répondit Blaine en lui prenant le bras. Ne parle à personne de ce que je viens de te dire. Je n'ai aucune preuve que ce soit à l'origine des meurtres. Ni que cela concerne le Chasseur.

Machinalement, elle repoussa la main de son frère. Il fallait qu'il parle, c'était la seule façon pour lui de ne pas être inquiété.

Un bruit de moteurs attira soudain son attention. Des véhicules de police et du FBI se garaient à l'entrée de Trail's Edge. Que se passait-il encore ?

Inquiète, elle vit Nathan sortir de son chalet. Il courait

vers celui de Blaine. Avait-on trouvé une nouvelle victime ?
Ou appréhendé le tueur ?

L'agent spécial Ford descendit de voiture et vint au-devant
de Nathan.

— Ne t'en mêle pas, Bradshaw, dit-il une main en l'air
pour le stopper tout de suite.

Mais Nathan l'ignora.

Quatre autres officiers sortirent des voitures.

Des sueurs froides dans le dos, Autumn s'approcha,
grelottante, suivie de Blaine.

— C'est votre frère ? s'enquit Ford.

— Il vient d'arriver.

Ford expliqua froidement que, d'après leur caméra de
vidéo-surveillance, Blaine était arrivé bien plus tôt dans
la nuit.

— Vous aviez l'intention de m'en informer ? ajouta-t-il
d'un ton sarcastique.

Elle ne répondit pas. Ils l'avaient mise sous surveillance ?
Quels salauds ! Etait-ce pour cela qu'elle avait constamment
l'impression d'être observée ?

— Eloignez-vous de lui. Monsieur Reed, n'essayez pas
de nous compliquer encore la vie. Nous avons quelques
questions à vous poser.

Entre incompréhension et colère, Blaine regarda sa sœur
puis l'agent spécial Ford.

— Qu'est-ce que vous me voulez ? Je n'ai rien fait de mal.

Ford sourit méchamment.

— Vraiment ? Très, très intéressant. Comment se fait-il
alors qu'on ait trouvé votre ADN ?

Son ADN ? Quel ADN ?

— Je ne comprends pas, intervint Autumn sans s'éloigner de son frère.

Elle jeta un regard à Nathan dans l'espoir d'obtenir une explication, mais il semblait aussi abasourdi qu'elle.

— L'ADN qu'on a prélevé sur le journal de bord dans le refuge de Hilde Sinclair et dans le chalet 12 est celui de Reed, répondit Ford.

C'était impossible. Blaine n'avait pas fait ça. Elle devait le défendre mais, sous le choc, Autumn n'était pas capable de formuler une seule phrase.

Triomphant, Ford poursuivit :

— Je vous demande de vous écarter de votre frère, mademoiselle Reed.

Balayée par un vent de panique, elle regarda Blaine. Non, ils n'allaient pas l'emmener. Il ne pouvait s'agir que d'une grossière erreur. Blaine avait refusé de dire à Nathan ce qu'il savait du tueur et de la dernière victime. Si maintenant, sous la pression de l'interrogatoire, il craquait et avouait à Ford ce dont il avait été témoin, ce dernier lui passerait les menottes sur-le-champ.

— Vous n'avez pas le droit d'arrêter mon frère. Il y a sûrement une autre explication, s'écria-t-elle.

Ford sortit une enveloppe de sa poche et la brandit.

— C'est un mandat de perquisition. Nous allons fouiller les chalets et emmener Blaine.

Fouiller les chalets ? Le camping ? Ils allaient voir les livres, alors ? Et leur poser des questions.

— Ne t'inquiète pas, sœurette, ça va aller, fit Blaine en lui tapotant l'épaule.

Sa voix était lugubre, elle n'augurait rien de bon.

Elle le regarda partir vers le véhicule de police, accablée.

— Ça va aller, lui lui murmura à son tour Nathan, qui venait de la rejoindre.

Elle se tourna vers lui et empoigna sa chemise.

— Il n'a tué personne. Il est innocent. C'est une erreur, ils se sont trompés.

Il fallait qu'on la croie, qu'on les croie, son frère et elle.

— Il faut que tu engages un avocat pour ton frère.

Elle en resta baba. Lui non plus ne la croyait donc pas ?

— Tu penses que Blaine est coupable, c'est ça ?

Se grattant la nuque, Nathan recula.

— Ce que je pense n'a pas d'importance. Ce qui compte, c'est de s'occuper de Blaine. Ford veut du sang. Il veut coffrer ton frère. Tu dois le protéger.

Autumn lança un dernier regard à son frère. Un des policiers était en train de lui passer les menottes puis, la main sur sa tête, le poussa à l'arrière d'une voiture.

Cette vision l'emplit de colère, la sortant de son accablement. Il ne fallait pas qu'elle se laisse déborder par l'émotion. Cela ne servirait à rien. Nathan avait raison, il valait mieux qu'elle trouve quelqu'un pour défendre son frère. Mais qui ?

— Je ne connais aucun avocat ! s'écria-t-elle, à nouveau découragée.

— Appelle Henry Summers de ma part. Il est agressif, il t'aidera. Moi, je vais les suivre au poste et voir ce que je peux faire, ajouta-t-il.

D'un air navré, il reprit :

— S'ils ont la preuve que c'est son ADN, je préfère te le dire tout de suite, ce n'est pas bon pour lui.

Les mains autour de sa tasse de thé, Autumn essayait de se réchauffer. En vain. Elle avait joint l'avocat que lui avait indiqué Nathan, qui avait accepté de défendre son cas. Pour s'assurer les compétences de Summers, elle lui avait donné jusqu'au dernier centime de ses économies. Une misère par rapport aux honoraires qu'il demandait habituellement. Mais, comme elle lui était adressée par Nathan Bradshaw, il lui avait dit qu'il verrait plus tard pour le reste de sa rémunération. C'était catastrophique mais elle n'allait pas s'en soucier maintenant. Pour aider Blaine, elle vendrait tout s'il le fallait, même le camping.

Henry Summers ne réussit pas à convaincre le juge de libérer Blaine sous caution ni les membres de la cour de la laisser rendre visite à son frère. Néanmoins, par un coup de chance exceptionnel, le FBI prit la décision de garder Blaine en détention dans la prison locale au lieu de le déférer dans le centre de haute sécurité le plus proche.

Quoi qu'il en soit, Blaine allait tout de même souffrir terriblement, lui qui avait besoin de grands espaces.

Elle regarda la liste qu'elle avait dressée. Elle avait mille choses à faire. Demander à son banquier d'augmenter le montant ou la durée de remboursement de son emprunt. Trouver un emploi pour payer les frais de justice de Blaine. Fournir à Henry Summers les éléments nécessaires à l'élaboration de la défense de son frère.

Ce dernier point la fit rire jaune. Comme si c'était chose aisée de fournir des preuves ! Nathan et elle y avaient consacré des journées entières, et rien ne les avait mis sur la piste du tueur. Au contraire. Ce qu'ils avaient trouvé les avait mis sur la piste… de Blaine.

Un coup à la porte lui fit lever la tête. Elle décida de ne pas bouger, elle avait besoin d'être seule, puis elle se ravisa. C'était peut-être un randonneur qui cherchait un refuge. Elle ne pouvait pas laisser passer l'occasion d'engranger quelques dollars. Surtout maintenant. Avec Blaine et son avocat à payer. Thor dressa les oreilles mais ne la suivit pas à la porte. Lui aussi devait être fatigué !

Coup d'œil par le judas. Soupir exaspéré. Sa mère. Ce n'était vraiment pas le moment.

— Tu arrives mal, déclara-t-elle en ouvrant.

A dire vrai, ça risquait d'être toujours le cas…

— Ma chérie, c'était quoi, ces voitures de police ? Qu'est-ce qui se passe ? Je me suis fait du souci, fit Blythe.

Autumn faillit l'envoyer paître, mais elle estima qu'il serait moins fatigant de dire la vérité.

— Blaine est revenu cette nuit et la police l'a arrêté. Ils pensent que c'est lui le Chasseur.

— Ce n'est pas possible, gémit sa mère.

Qu'en savait-elle ? Blythe ne les connaissait pas, ni elle ni Blaine.

— Qu'est-ce que je peux faire ?

— As-tu cinquante mille dollars à mettre dans la défense de ton fils ?

— Hélas non, répondit sa mère en se mordant les lèvres.

Sans y être invitée, elle entra dans le chalet.

— Il faut que je te parle, ma petite fille.

— Désolée, maman, mais ce n'est vraiment pas le moment. J'ai des tas de choses à faire.

Les drames, elle n'en voulait plus. Cependant, ce que lui avait raconté Nathan sur sa sœur lui tournait dans la tête. Elle y pensait constamment. C'était donc décidé, elle écouterait les explications de sa mère, mais un autre jour. Pour l'heure, elle ne s'en sentait pas le courage.

— J'en ai pour une minute, insista Blythe.

Malgré l'envie qu'elle avait de la mettre dehors, Autumn réussit à faire taire son impatience.

— OK, je t'écoute.

Peut-être savait-elle des choses sur les tendances de certains à diviniser la nature ? Peut-être connaissait-elle des gens attachés à ce genre de croyances ? Après tout, elle avait vécu quelque temps à Trail's Edge.

— Tu peux me parler du culte de la nature ? s'empressa-t-elle de demander avant que sa mère ne lui raconte ses salades.

Celle-ci plissa le nez, déconcertée.

— Tu veux parler de l'adoration des dieux dans la Grèce antique ?

Aïe, ça commence mal !

— Je ne te parle pas des dieux grecs, je parle d'une hypothèse qu'a Blaine à propos du tueur.

— Autumn, tu sais que je veux t'aider. Que je veux aider Blaine. Je sais des choses du passé qui peuvent vous éclairer.

Rien n'était moins sûr, se dit Autumn, sceptique. Elle la laissa poursuivre, néanmoins.

— Ce n'est un secret pour personne, ton père et moi ne nous entendions pas. Le problème, ce n'était pas seulement nous deux. Il y avait une tierce personne.

— Si c'est pour me dire que papa te trompait ou que tu as trompé papa, garde-le pour toi. J'ai assez souffert comme ça.

— Il n'est pas question d'infidélité. Mais d'un intrus. Ton oncle. Il a tout fait pour me pousser dehors. Il ne m'aimait pas et n'a eu de cesse de faire capoter notre mariage.

Autumn haussa les épaules.

— Vu la façon dont oncle Ryan parlait de toi, j'avais compris que ce n'était pas le grand amour entre vous deux !

Les yeux de sa mère flambèrent de colère.

— C'est le moins qu'on puisse dire. Mon départ n'a fait que mettre de l'huile sur le feu. Il m'a fait passer pour un monstre. Pour le diable.

Autumn n'avait jamais entendu son oncle prononcer ces mots mais elle ne l'avait jamais entendu dire non plus des choses aimables sur sa mère.

— Raconte-moi. Qu'a-t-il fait pour que tu décides de partir ? Qu'a-t-il fait pour que tu oses t'en aller en nous abandonnant Blaine et moi ?

Sa mère vacilla, des larmes perlèrent à ses paupières.

— Je sais ce que tu penses, que je suis une mauvaise personne, mais dis-toi que je n'ai pas eu le choix. Quoi que je fasse, ton oncle me critiquait, rien n'était jamais bien à ses yeux. Il a fini par intoxiquer ton père. Je ne connaissais pas grand-chose à la randonnée. Je n'aimais ni la chasse ni la pêche. Je ne savais pas cuisiner. Ni coudre. Ton oncle estimait donc que je n'avais aucune des qualités nécessaires pour être une bonne épouse pour ton père.

Blythe essuya ses larmes, se barbouillant les joues de mascara.

— Je ne trouvais jamais grâce aux yeux de Ryan. Au début ton père a pris ma défense mais, au fil des années, il a baissé les bras. Il voulait la paix. Et puis il a fini par croire son frère. Alors là, j'ai craqué. C'était devenu invivable. Je me suis dit que, si je partais, toi et ton frère me retiendriez, que vous me supplieriez de revenir.

Tous les soirs, dans leurs prières, Autumn et Blaine avaient imploré le petit Jésus pour que leur mère revienne.

— Si tu savais comme tu nous as manqué à Blaine et moi.

— Chaque fois que je téléphonais, votre père me disait que vous alliez très bien. Que je ne vous manquais pas.

— Et tu l'as cru ? dit Autumn, révoltée maintenant contre ses deux parents.

— J'ai pensé que je n'étais pas une bonne mère pour toi, ni pour Blaine. Que vous réussiriez mieux sans moi.

Stupéfaite, bouleversée, Autumn fixait sa mère.

— Mais c'est absurde. Tu ne faisais peut-être pas bien la cuisine, tu n'étais peut-être pas une bonne ménagère, tu n'aimais peut-être pas la nature autant que nous, mais tu étais notre maman et on t'aimait.

— J'ai fait une énorme erreur, dit sa mère.

Et elle s'effondra en larmes.

— Pas un jour ne s'est écoulé sans que je pense à vous. Quand je téléphonais, Blaine et toi, vous étiez tellement distants... J'ai failli venir vous voir malgré votre père, mais je savais qu'il m'aurait mal reçue et je ne voulais pas vous imposer encore une épreuve.

— Et tu as attendu tout ce temps ? Et tu arrives maintenant, alors que tout va mal ?

— J'ai pensé que je pouvais peut-être être utile.

Comment ? En quoi pouvait-elle les aider ?

— Je ne pense pas, répondit Autumn sèchement. Mais j'apprécie ta franchise.

Elle ne lui accordait pas son pardon, c'était trop tôt.

— J'ai beaucoup à faire. On se reparlera plus tard.

— Tu me le promets ? supplia sa mère.

Bien que cette perspective ne l'enchante pas, Autumn hocha la tête.

— Oui.

Que pouvait-elle dire d'autre ? « Non » ? Cela n'aurait pas été plus facile. De toute manière, elle ne s'en sentait pas le courage.

Sa mère s'en alla, la laissant très perturbée. Pour se calmer, Autumn appela Thor et partit se promener avec lui sur le Trail. Au bout d'une heure, se sentant légèrement mieux, elle décida de rentrer. Assis sur les marches du chalet qu'elle lui louait, Nathan feuilletait un dossier.

Je fais celle qui ne l'a pas vu et je m'en vais ? se demanda-t-elle, encore sous le coup des émotions de la journée. *Ou je...*

Elle le vit se lever. Il l'avait aperçue. C'était trop tard pour faire semblant. Trop tard pour partir en courant.

— Je me faisais du souci pour toi.

Elle s'avança vers lui et, bien entendu, ressentit ce qu'elle éprouvait chaque fois qu'elle l'approchait. Un grand trouble mêlé, cette fois, de vague à l'âme.

— Comment va Blaine ?

Nathan, grave, scruta son visage.

— Il refuse de faire le test d'ADN.

Autumn réfléchit. Nathan était-il en train de basculer du côté du procureur, contre son frère ?

— Il va prendre conseil auprès de son avocat. Celui que tu lui as recommandé.

— Son refus accrédite les soupçons qu'ils ont déjà contre lui. Ils ont ton ADN. Ils savent donc que le sang prélevé sur le livre est le sien.

Autumn sentit la colère monter. Elle se moquait de ce qu'avait dit Roger Ford. Ce n'était pas le sang de Blaine sur le livre, ce n'était pas non plus le sien dans le chalet 12.

— Dites donc, agent spécial Bradshaw, qu'est-ce que vous vous imaginez ? Que je vais enfoncer mon frère ? Le laisser condamner pour des crimes qu'il n'a pas commis ? Et pourquoi pas m'accuser aussi pendant qu'on y est ?

Dans sa rage, elle l'avait vouvoyé. Le salaud, il prenait le parti des autres contre son frère ! Alors qu'elle n'avait jamais eu autant besoin qu'il la soutienne.

— Autumn, s'il te plaît, arrête. Je suis là pour t'aider.

Il voulut lui prendre le menton mais elle détourna la tête et recula. Thor se mit à grogner.

— Je ne suis pas ton ennemi, dit-il.

Elle recula encore.

— Tu travailles pour l'ennemi. Avec l'ennemi.

Il fit un pas en avant.

— Je ne travaille pour personne. Je fais l'impossible pour aider ton frère. Ils vont obtenir le permis de prélèvement d'ADN. Il aurait intérêt à coopérer.

Autumn heurta la rambarde de la terrasse de son dos.

— Si le FBI et la police faisaient leur boulot, ils auraient examiné plus attentivement les pièces à conviction et ils auraient trouvé le vrai coupable au lieu de nous faire perdre notre temps à mon frère et à moi. Je te le répète, le tueur est dans la nature, en liberté.

Et s'il n'y avait qu'une personne pour croire en l'innocence de Blaine, elle serait celle-là.

— S'il est innocent, pourquoi refuse-t-il qu'on prélève son ADN ?

— Il a admis qu'il était dans le Trail. S'ils ont retrouvé son ADN sur le livre de Hilde, cela ne veut pas dire pour autant qu'il a tué quelqu'un.

Solidement campé sur ses jambes écartées, Nathan posa les mains sur la rambarde, de part et d'autre d'elle. Comme ils étaient tout proches, elle tourna la tête et croisa les bras sur sa poitrine. Elle aurait dû le repousser mais c'était plus fort qu'elle, elle était troublée. Par son odeur, cette odeur qui collait encore à ses draps et à ses vêtements longtemps après son départ. Cette odeur qui lui rappelait les nuits qu'ils avaient partagées, leur impatience, leur passion. Toute cette fièvre qui faisait de lui un homme à des années-lumière de l'homme froid et distant qu'il était trop souvent.

— Laisse-moi vous aider, Blaine et toi.

Elle tourna la tête vers lui. Leurs regards se soudèrent. Pleins d'interrogation, d'ardeur, de désir.

— Tu essaies de nous aider, Blaine et moi ? Ou tu es ici pour le FBI ? Pour leur permettre de progresser dans l'enquête ?

— Je suis ici pour vous aider.

Non, il voulait mettre la main sur l'assassin de sa sœur pour que sa famille et lui puissent commencer leur travail de deuil, se persuada-t-elle.

— Que veux-tu que je fasse ?

— Dis à ton frère de faire le test ADN.

C'était la phrase de trop. Hors d'elle, oubliant tout ce qui les avait réunis, amour, complicité, tendresse, elle le repoussa avec tant de force qu'elle le fit vaciller. Elle aurait bien aimé qu'il tombe, tiens !

— Je ne demanderai rien à mon frère, tu comprends ? Rien, sauf de suivre les conseils de son avocat.

— Tu as raison, Henry est bon.

Elle ne répondit pas, ne le remercia pas non plus de le lui avoir indiqué. Elle était trop butée pour lui donner raison, trop en colère pour se montrer bien élevée.

— Si c'est tout ce que tu as à me dire, tu peux disposer, lui lança-t-elle. Je suis fatiguée.

Interdit, Nathan la dévisagea sans bouger.

— Ce n'est pas tout, Autumn, et tu le sais bien.

Surprise par son regard brûlant, elle se raidit. Ses yeux,

l'expression qu'elle lisait sur son visage trahissaient le fond de sa pensée. Elle le troublait, c'était certain.

Flattée de lui faire cet effet et du pouvoir qu'elle avait sur lui, elle se rengorgea. Evidemment, sentir ses bras autour d'elle lui aurait plu, une étreinte l'aurait réconfortée mais, non, elle ne lui donnerait ni son corps ni son cœur pour la nuit car, au petit matin, il redeviendrait l'agent Bradshaw et elle serait dévastée. La situation de Blaine était une épreuve à peine soutenable, elle ne supporterait pas de déception supplémentaire.

— S'il te plaît, va-t'en.

Les mots lui avaient échappé, mais elle n'y avait mis aucune conviction et cela s'entendait.

— Permets-moi de rester avec toi. Je dormirai sur le canapé.

Non, impossible. La promiscuité à l'intérieur du chalet aurait vite raison de sa résistance et, au petit matin, elle se réveillerait dans ses bras.

Le sentiment de rejet qu'elle avait éprouvé quand il avait repris sa casquette d'agent spécial était encore vif dans sa mémoire. Il resterait comme une humiliation cuisante.

— Que cherches-tu, Nathan ? A obtenir des informations supplémentaires sur Blaine ? Inutile de coucher encore avec moi pour ça. Pose-moi directement des questions sur son passé, et tu pourras aller décrire aux jurés le petit garçon perturbé qu'il était. Vas-y. Demande-moi. Tu sais que ma mère nous a abandonnés et que mon père est mort. Un passé pareil ne peut engendrer que de la racaille, n'est-ce pas ?

Pour la première fois depuis qu'elle le connaissait, il sembla pris de court.

— C'est vraiment ce que tu penses, Autumn ? dit-il enfin. Que je me sers de toi pour filer ton frère ?

Bien sûr que non, elle ne le pensait pas, mais elle allait lui faire croire le contraire. Elle hocha la tête.

— Tu as tort de faire ce que tu fais, Autumn. Tu es en

train de me rayer de ta vie comme tu as rayé toutes les personnes que tu as croisées. Et, s'il te plaît, ne me range pas dans la même catégorie que ton loser de fiancé !

Comme si une lame de poignard s'enfonçait dans ses côtes, elle grimaça mais se reprit très vite.

— Ce n'est pas ce que je fais.

— Tu habites dans le coin le plus reculé que tu as pu trouver, tu détestes descendre en ville, tu as dressé des murs autour de toi pour être sûre que l'on ne te dérange pas. En ce moment tu te fais du mauvais sang pour Blaine, alors, instinctivement, tu renforces encore tes murailles et tu me chasses. Peut-être que si tu avais moins peur de souffrir tu laisserais les gens qui t'aiment t'aider, tu me laisserais t'aider. Tu n'es même pas fichue de parler à ta mère quand elle est devant toi et te supplie de lui pardonner.

De quel droit la jugeait-il ? Ses histoires de famille ne le regardaient pas. Elle en avait vu de toutes sortes dans sa vie. Ses parents l'avaient laissée en chemin. Son fiancé l'avait trompée, trahie. Ses affaires dépérissaient. Elle avait le droit d'être amère, non ?

— Je te signale que j'ai parlé à ma mère. De toute façon, tu ne sais rien de ma famille. Quant à toi, cela te va bien de me reprocher de rayer les gens de ma vie ! Quand tu repasses en mode professionnel, tu ne te gênes pas pour faire semblant de ne pas me connaître. Moi, j'appelle ça « rayer quelqu'un de sa vie », même si c'est temporaire.

— Qu'est-ce que tu racontes ? Je ne fais semblant de rien du tout. Si je te tiens à distance du dossier, c'est parce que je refuse l'idée que le Chasseur puisse te mettre la main dessus et te fasse du mal.

Ne sachant que répondre, elle le regarda avec insistance. Lui aussi avait les yeux sur elle. Ils restèrent un moment comme cela, à se fixer, puis Nathan recula.

— Je n'ai pas à te dicter ta vie, dit-il. Tu es libre de faire ce que tu veux. Excuse-moi de t'avoir parlé sincèrement. Je m'en vais, à présent.

Tout en le regardant partir, elle ressassa ce qu'il avait dit. Tout était vrai, et ça faisait mal.

8

— Allô, Nathan ?

Sa mère avait la voix fatiguée, trouva-t-il. En tout cas, c'était le coup de fil qu'il redoutait depuis que Blaine avait été arrêté.

— Bonjour, maman, comment vas-tu ?

— On écoute les nouvelles, on lit les journaux. Quelque chose de neuf à nous raconter ?

L'annonce, par le FBI, de l'arrestation et de la garde à vue du suspect numéro un dans l'affaire du tueur en série de l'Appalachian Trail faisait les gros titres de la presse nationale. Pour l'heure, l'identité de Blaine n'avait pas été révélée, mais Nathan était bien placé pour savoir que ce n'était qu'une question d'heures.

S'il avait cru Blaine coupable, il aurait été ravi de partager l'information avec sa famille. Mais, justement, il était persuadé du contraire. Pour lui, le prédateur courait toujours.

— Je travaille toujours sur l'enquête, se borna-t-il à répondre.

— Le FBI a arrêté quelqu'un, c'est ce qui a été dit aux informations.

— Oui.

— Tu n'as pas l'air satisfait. Pourtant, avec tout le mal que tu te donnes pour faire avancer l'affaire…

La voix de sa mère avait changé d'intonation. Elle était pleine d'espoir. Partagé entre la décevoir ou lui mentir, Nathan choisit la franchise.

— Je sais, maman, mais je me demande s'ils ont arrêté le vrai coupable.

Sa mère soupira.

— Je savais bien qu'il y avait quelque chose qui n'allait pas, je te connais, tu sais. Tu nous aurais appelés, sinon.

— Désolé, maman. Je préférerais avoir de meilleures nouvelles à te donner.

— Je sais que tu fais de ton mieux, l'encouragea sa mère.

Hélas, son « mieux » n'avait pas suffi. Pas suffi pour protéger la famille Reed, pas suffi pour trouver l'assassin de Colleen et l'appréhender. Il allait encore y avoir des meurtres, c'était certain. Au moins, le FBI serait bien obligé d'admettre son erreur.

— Ta sœur me manque, tu sais, mon chéri.

— Je sais, maman, à moi aussi. Beaucoup.

— Si seulement je…

— Ce n'est ni ta faute ni la mienne, maman. C'est celle d'un tueur.

Sa mère et lui s'étaient mis en tête qu'ils étaient responsables, chacun à sa façon, de la mort de Colleen. S'ils avaient été capables de faire taire leurs démons, elle n'aurait pas éprouvé le besoin de s'éloigner d'eux. Peut-être aurait-elle été plus raisonnable et aurait-elle suivi le conseil qu'on lui avait donné de ne pas se promener seule.

Il perçut un sanglot qui lui déchira le cœur. Comme il aurait voulu être avec sa mère à cet instant ! En fond sonore, il entendait son neveu et sa nièce qui devaient jouer ensemble et courir dans la maison. Ils avaient perdu leur mère. Sans doute étaient-ils perturbés eux aussi, même si, compte tenu du moral fluctuant de Colleen, leurs relations avec elle avaient été déstabilisantes. Heureusement, ils n'avaient pas totalement appréhendé l'ampleur du drame.

Sa mère s'était tout de suite proposée pour aider son gendre, prenant ses petits-enfants chez elle le plus souvent possible…

— Comment vas-tu, Nathan ? Parle-moi.

Allait-il lui dire pour Autumn ?

— J'ai rencontré quelqu'un.

Quelqu'un de suffisamment important pour qu'il en parle à sa famille.

Silence sur la ligne. Puis sa mère reprit :

— Qui est-ce ?

— J'ai fait sa connaissance parce qu'elle a découvert une des victimes du tueur, répondit Nathan.

— Nathan, tu sais que ça ne te réussit pas de vivre dans une atmosphère de drame.

Il le savait. Il avait parfaitement conscience de ses ratages sentimentaux et des erreurs qu'il avait commises à chaque fois. D'abord ébloui par la magie de son mariage, il avait vite déchanté. Le feu d'artifice n'avait pas duré, l'enthousiasme était retombé comme un soufflé car tout était allé trop fort, trop vite.

— C'est différent, cette fois, dit-il.

Façon de parler car, ces derniers jours, sa relation avec Autumn avait été tout aussi intense que les premiers temps avec son ex-femme.

— Je crois que je l'aime. En tout cas, je l'aime beaucoup.

— Si tu l'aimes, je l'aimerai aussi. Mais, fais attention, je ne veux pas te voir encore souffrir.

Ils continuèrent de bavarder puis, après un petit bonjour à son neveu et à sa nièce, il raccrocha. Il ne laisserait jamais tomber sa famille, mais elle n'était plus la seule à occuper ses pensées maintenant. Autumn y avait sa place. Tout comme lui, mais pour une raison différente, elle voulait trouver le tueur de l'Appalachian Trail.

Nathan pivota dans son sac de couchage pour tourner le dos au vent. La terrasse d'Autumn avait beau lui procurer un abri, dormir dehors, seul, ne collait pas à l'idée qu'il se faisait d'une bonne nuit. Bien sûr, il aurait pu dormir dans son chalet, mais Autumn serait restée seule chez elle, sans personne pour surveiller les lieux.

Les agents du FBI étaient tout excités d'avoir arrêté un suspect qu'ils considéraient déjà comme le tueur. Blaine offrait le profil du coupable idéal, son emploi du temps collait, et l'ADN des Reed avait été retrouvé sur deux scènes. N'empêche, Nathan était convaincu qu'ils faisaient fausse route. Bien qu'il n'ait aucune preuve de l'innocence de Blaine, il refusait cette accusation, trop hâtive à son goût. Il devait continuer de protéger Autumn et, pour accomplir cette mission, rester auprès d'elle.

Il avait appelé Henry Summers, un vieux copain, après l'entretien de Blaine avec Ford. Sans trahir la confidentialité de ses conversations avec son client, Henry lui avait confié que Blaine avait de solides arguments pour sa défense.

Restait à l'espérer car les preuves accumulées contre lui étaient sérieuses et reposaient sur du concret. Quels éléments Henry détenait-il pour être aussi confiant ? Jugeait-il les preuves relevées contre son client comme circonstancielles, indirectes ?

Nathan ferma les yeux mais impossible de dormir. S'il pouvait essayer d'oublier le dossier et le froid, il ne parvenait pas à oublier Autumn. Voir sa mine défaite, ce soir, l'avait bouleversé. Elle avait semblé si triste. Il l'avait blessée et s'en voulait. Elle était inquiète pour son frère, il n'aurait pas dû en rajouter. Au lieu de se comporter avec elle en ami, l'ami dont elle avait besoin, il avait endossé son uniforme d'enquêteur.

Il avait remarqué qu'elle était fermée, secrète et il avait essayé de garder ses distances. Essayé d'établir des frontières et de ne pas les franchir. Mais il n'avait pas pu.

Même ce soir, alors qu'elle était fâchée contre lui, il n'avait songé qu'à la serrer dans ses bras et la convaincre que tout allait s'arranger. Comme il avait eu envie de l'embrasser, de déposer des baisers le long de son cou, de descendre plus bas et de mordiller ses bouts de seins…

Submergé par les images que ces pensées suscitaient, il s'entendit gémir. Rattrapé par le froid, il se frotta les mains, espérant ainsi réchauffer l'intérieur de son sac de couchage. Ce genre de rêveries ne le mènerait nulle part et une nuit longue et froide l'attendait.

Il essaya de bloquer les pensées qui le ramenaient à elle. Sans succès. Elle était obsédante. Il était toujours réveillé quand elle éteignit dans la cuisine. Immanquablement, il l'imagina en train de se déshabiller, de passer son pyjama très doux et de se glisser entre les draps. Des draps sur lesquels il aurait aimé s'allonger lui aussi. Avec elle.

Il ferma les yeux et, la tête pleine d'elle, finit par sombrer dans un sommeil sans rêves.

Réveillé brutalement par le coin de la porte contre sa joue, il roula sur le côté.

— Qu'est-ce que tu fais là ? dit-elle, plus surprise qu'agacée.

Il s'extirpa de son sac de couchage et frissonna. Diable, il faisait froid dans ces montagnes !

— J'ai dormi ici. Je ne voulais pas que tu restes seule.

Les yeux plissés, elle pencha la tête de côté.

— Tu as passé la nuit sur ma terrasse ?

— Oui.

Et il n'avait pas eu chaud ! La prochaine fois qu'il descendrait en ville, il achèterait des petits trucs chauffants à mettre dans son sac de couchage.

— Tout seul ?

Il regarda autour de lui et haussa les sourcils.

— Seul avec les ours.

— Pourquoi ne pas avoir dormi dans ton chalet ?

— Parce que, de mon chalet, je ne vois pas ce qui se passe dans le tien.

— Pourquoi éprouves-tu le besoin de savoir ce qui se passe dans le mien ?

Elle avait croisé les bras et le narguait. Un foulard noué autour du cou, une grande veste douillette, un pantalon épais, elle offrait l'image de la chaleur. Sans doute avait-elle pris une longue douche bien chaude pendant que lui…

De nouveau, il se frotta les mains pour faire circuler le sang dans ses bras.

— Le tueur rôde toujours. Tu n'es pas en sécurité.

Il vit ses yeux briller. Avait-il tort de lui donner trop d'espoir ?

— Tu penses que Blaine est innocent, alors.

Le mot « innocent » le gêna. *On est tous coupables de quelque chose*, songea-t-il.

— Je ne pense pas qu'il a tué ces femmes. Je ne pense pas qu'il est le Chasseur.

— J'ai des courses à faire, dit-elle d'une voix complètement radoucie.

Allait-elle comprendre qu'il était de son côté ?

— Je viens avec toi.

Il se leva. Il avait besoin d'un bon café et d'une douche chaude. Mais cela pouvait attendre. Autumn ne devait pas se promener seule en ville.

— Je peux très bien y aller seule.

Il se frappa les bras pour se réchauffer.

— Non, je viens, insista-t-il.

Instinctivement, il sentait qu'il ne devait pas la laisser seule. Informés par la rumeur, ou parce que quelqu'un l'aurait aperçu dans les locaux de la police, les médias n'allaient pas tarder à apprendre que Blaine était en prison. Une fois l'info connue, ils allaient converger vers le camping et le Trail. Ils envahiraient Trail's Edge, presseraient Autumn de questions, la harcèleraient, troubleraient sa tranquillité quand elle aimait tellement avoir la paix. Tout cela serait difficile pour elle.

En soupirant elle consulta sa montre.

— Entre. J'ai un peu de temps. Tu n'as qu'à prendre une douche pendant que je te prépare un petit déjeuner.

L'avait-il convaincue qu'il ne travaillait pas contre elle, ni contre son frère ?

— Pas la peine, ça va aller, dit-il.

— Tu as dormi sur ma terrasse alors qu'il faisait un froid du diable dehors, je ne peux pas faire moins que te proposer une douche et quelque chose de chaud à manger.

Sur ces mots, elle rentra dans son chalet. Il la suivit sans discuter.

— Inutile de venir avec moi à la banque, lança Autumn en prenant ses documents sur le siège arrière de la voiture.

C'était le dossier du prêt contracté pour la rénovation des chalets. Si elle pouvait obtenir un nouveau prêt ou des mensualités de remboursement moins importantes en faisant prolonger l'ancien, elle aurait de l'argent disponible pour payer les frais de justice de Blaine.

— Je t'accompagne mais je resterai dans le hall, dit Nathan.

Elle n'avait pas souhaité qu'il vienne, mais il avait tellement insisté qu'elle avait cédé. Il avait passé la nuit sur sa terrasse alors qu'il aurait pu dormir dans son chalet, au chaud dans un lit confortable. Elle appréciait vraiment qu'il ait fait tout cela pour elle, d'autant plus qu'elle avait été aimable comme une porte de prison avec lui. A sa place, elle aurait fait sa valise et serait partie. De plus, il jugeait Blaine innocent. Sa mère et lui étaient sans doute les seuls à le penser. Avec patience et méthode, Nathan faisait tomber sa résistance et taire les raisons qu'elle avait de l'éloigner.

— As-tu pensé à la réaction des habitants lorsqu'ils sauront que Blaine a été arrêté ? demanda Nathan.

Non, elle n'y avait pas réfléchi. En revanche, la question lui remit en mémoire la rumeur calomnieuse qui avait couru en ville sur sa mère et son oncle. Enfant puis adolescente, elle en avait terriblement souffert. Elle était plus forte aujourd'hui et si, d'aventure, quelqu'un portait un jugement négatif sur son frère ou l'accusait, il n'était pas sûr qu'elle l'écouterait sans broncher. Néanmoins, en aucun cas elle ne voulait voir Daniel entrer dans la bagarre. Il prendrait parti contre elle. Et, s'il le pouvait, il les ferait enfermer, Blaine et elle.

— Je n'y prêterai pas attention. J'en suis capable.

Finalement, Nathan accepta de rester dans la voiture pendant qu'elle se dirigeait vers la banque. Tant mieux. Sa situation financière lui faisait trop honte. Elle ne possédait rien excepté Trail's Edge, avec l'emprunt qui allait avec. L'avocat de Blaine n'avait pas encore encaissé le chèque qu'elle lui avait remis mais cela ne saurait tarder, et elle n'aurait alors plus un sou vaillant. Elle entra. Les vitres teintées de la devanture empêcheraient Nathan de la voir à l'intérieur.

Elle voulait être seule pour gérer cette affaire qui n'était pas glorieuse.

Après vingt minutes d'attente, on la dirigea vers le bureau du préposé chargé des prêts aux particuliers. Elle plaida sa cause en attribuant la baisse de ses revenus à la psychose générée par l'affaire du tueur en série qui éloignait les randonneurs de son camping. Elle expliqua aussi, en y mettant tout son cœur, qu'une fois le monstre arrêté et emprisonné, ses clients reviendraient. Elle serait donc en mesure de rembourser.

— Je crois savoir, intervint alors le préposé, que le FBI a arrêté votre frère et que cela concerne cette affaire.

Rien ne la faisait autant enrager que les rumeurs qui circulaient dans les petites villes mais, en la circonstance, mieux valait qu'elle reste calme.

— Notre avocat a introduit un recours… Une demande de remise en liberté. Mon frère est innocent.

— Mais la situation… un procès est en instance.

— Comme vous y allez ! dit Autumn, tout sourires. Il n'y aura justement pas de procès. Il n'y a aucune preuve contre lui.

Le préposé fit une moue sceptique. Il jeta un coup d'œil aux documents qu'Autumn avait apportés, en fit une pile et les lui rendit.

— Je sais que c'est difficile pour vous mais, compte tenu des événements qui touchent votre famille, il nous est impossible de donner une suite favorable à votre requête.

— Je ne demande pas à la banque de prendre parti pour ou contre ma famille.

— Vos affaires ne sont pas florissantes, mademoiselle Reed. Le camping ne génère aucun revenu. Nous ne pouvons nous engager financièrement.

Autumn avait envisagé cette réponse mais espéré plus de compréhension.

— Trail's Edge est en activité depuis cinquante ans, monsieur. Ce n'est pas une start-up née hier !

— Je suis navré, mademoiselle Reed, dit le préposé, qui ne l'était visiblement pas. Mais nous ne pourrons pas vous aider.

Autumn reprit ses documents et sortit presque en courant. Elle avisa son reflet dans la porte vitrée. Son visage était défait. Les larmes aux yeux, la gorge nouée, elle se dirigea vers la voiture. Elle n'avait pratiquement pas rentré un cent depuis des semaines et la banque refusait de s'engager. Elle n'avait personne vers qui se tourner et aucun endroit où aller. Elle monta dans sa voiture et claqua la portière.

Nathan ne dit rien mais, à sa mine, comprit tout de suite qu'elle venait d'essuyer un refus.

— Ne t'en fais pas, lui dit-il, avançant la main vers elle.

Elle n'avait pas l'habitude d'imposer ses problèmes aux autres. Elle n'avait jamais fait profiter personne de ses ennuis, elle n'allait pas commencer. Elle repoussa sa main sans le regarder. Si elle le faisait, elle fondrait en larmes, lui raconterait tout et lui ferait partager son fardeau, ce qu'elle s'interdisait de faire. C'était son problème, à elle toute seule, c'était à elle de le régler. Elle ne serait pas un boulet.

Elle était fatiguée, dépitée et... aux abois. Elle avait peu dormi la nuit passée, car elle était restée debout tard à examiner ses comptes. Peut-être aussi pour oublier sa prise de bec avec Nathan. Elle avait l'esprit embrumé. Était à cran. Comment allait-elle faire pour se sortir de cette ornière ?

Sans même s'en rendre compte, elle donna un coup sur le volant, façon comme une autre d'évacuer son stress.

— Dis-moi ce qui ne va pas, je peux peut-être t'aider.

— M'aider ? Personne ne peut m'aider ! gronda-t-elle.

Nathan se frotta le menton. Bien qu'elle lui ait proposé un rasoir, il ne s'était pas rasé et devait piquer. Sa barbe d'un jour lui allait bien. Cette ombre bleue sur les joues accusait son côté viril, le rendait plus excitant. Plus désirable, tout simplement.

Mais comment pouvait-elle divaguer de la sorte avec des problèmes aussi graves sur le dos ?

— Je suppose que ta visite à la banque avait à voir avec Blaine. Si tu me le permets, je vais toucher deux mots à Henry et lui demander s'il accepte de défendre ton frère *pro bono*.

La veille, sur Internet, elle avait lu la biographie de Summers. Ce n'était pas un petit avocat de quartier. Il avait fondé son cabinet avec des associés et en avait fait l'un des plus en vue de la ville. Le nombre de procès qu'il avait gagnés était impressionnant.

— Pourquoi accepterait-il ? Il ne nous connaît pas, ni Blaine ni moi. Je ne sais même pas s'il pense que Blaine est innocent.

— S'il te plaît, pour une fois, mets ton orgueil dans ta poche. Tu as besoin d'aide et je te propose de t'aider. Henry et moi on se connaît depuis la fac. Il a la fibre philanthropique, et par ailleurs on se rend souvent mutuellement service.

Imaginant Blaine croupissant dans une cellule, elle oublia sa fierté.

— Merci, dit-elle. J'accepte. C'est vraiment gentil.

— Pas de problème.

Elle sortit du parking et roula vers le Trail. Parvenue près du refuge de Hilde, elle se gara au soleil pour retrouver sa voiture bien chaude à leur retour.

— Puis-je savoir ce que nous venons faire ici ? demanda Nathan.

Autumn hésita. L'avenir de Blaine était en jeu. Si Nathan lui avait semblé sincère, elle devait cependant se méfier. Ne partager que le minimum avec lui. Sans pour autant prendre le risque de faire capoter le dossier de son frère en se montrant désagréable.

— Le livre de Hilde n'est qu'une petite pièce à conviction. Peut-être pouvons-nous en trouver d'autres sur le Trail. Un détail, je ne sais pas quoi, qui prouverait que Blaine est innocent.

Nathan haussa les sourcils ; apparemment il était sceptique.

— Les enquêteurs ont déjà fouillé partout.

— Ils ne connaissent pas la nature aussi bien que moi, déclara Autumn. J'ai plus d'expérience qu'eux.

Elle avait l'habitude de regarder de près les empreintes ou tout signe indiquant le passage d'êtres humains.

Elle ouvrit sa portière et sauta sur le gravier, qui crissa sous ses pas. Elle prit son sac dans le coffre et le balança sur son épaule. Le ciel avait beau être clair, l'air sentait la neige et le froid lui collait déjà les narines.

— J'ai bien fait de prendre mon sac à dos, dit Nathan, le sortant à son tour de la malle arrière.

Son bonnet enfoncé sur les oreilles, elle partit sans l'attendre. Il fallait qu'elle trouve l'endroit où Blaine avait dormi la nuit du dernier crime. Le connaissant, elle le voyait bien allumant un feu, dont elle allait retrouver les cendres. Peut-être y aurait-il même un second feu — ce qui corroborerait l'histoire de Blaine selon laquelle ils étaient trois dans la forêt, cette nuit-là, la victime, lui et le prédateur.

Nathan la rattrapa et lui prit le bras.

— Je suis ici pour toi, j'aimerais que tu t'en souviennes.

Profitant de ce qu'elle se retournait, il happa ses lèvres. Prise de court, au lieu de le repousser elle le laissa faire. Comme il était tendre ! Et comme elle aimait ses baisers !

Pourtant, elle recula.

— Nathan, il faut se concentrer.

Dérapant sur la neige qui commençait à tomber, ils remontèrent le Trail. Le refuge de Hilde se trouvait à quelques centaines de mètres. Le ruban jaune et noir qui entourait la scène de crime était encore en place. Un policier, l'air de s'ennuyer, montait la garde. Tête baissée, Autumn fit le tour du périmètre délimité par le ruban en ayant soin de ne pas le franchir. Une fois le policier hors de vue, elle continua sur le Trail, à la recherche d'indices du passage de Blaine. Dans leur jeunesse, quand ils se promenaient ensemble, il arrivait que son frère disparaisse subitement parce qu'il avait fait une découverte digne d'être examinée. Il était capable de remonter un ruisseau jusqu'à sa source, de rester en arrêt devant la forme particulière d'un rocher, d'écouter pendant de longues minutes, intrigué, le cri d'un oiseau ou d'un animal inconnu. Il avait dit qu'il avait suivi la randonneuse. A quel endroit s'étaient-ils séparés ?

Autumn avançait lentement, à la recherche d'empreintes, mais la neige les mélangeait. De plus, de nombreuses personnes avaient foulé le chemin, à commencer par les policiers. Pourtant, elle ne voulait pas croire qu'elle ne trouverait rien. Il lui fallait une pièce à conviction, un petit quelque chose suffirait à disculper son frère. Il en avait besoin, il comptait sur elle.

Elle accéléra le pas, glissa à trois reprises sur une plaque gelée mais se rétablit. Il faisait trop froid pour tomber dans la neige et rester mouillée, et elle n'avait pas le temps de s'arrêter pour faire un feu et se sécher. Machinalement, elle tâta son allume-feu. Elle ne s'en séparait jamais, non qu'elle y tienne particulièrement mais parce qu'elle savait qu'on peut survivre dans une nature hostile aussi longtemps qu'on peut faire du feu et boire de l'eau. Cela faisait partie des règles que leur père leur avait enseignées, à Blaine et elle.

Première leçon, rester calme même si la situation devient inquiétante. Ce précepte-là, c'était le moment de l'appliquer. Il le fallait, pour Blaine. Si elle commençait à s'affoler, elle ne lui serait d'aucun secours.

Elle continua donc à avancer, tête baissée, tellement concentrée qu'elle entendait à peine Nathan qui marchait derrière elle. De temps à autre, elle se retournait pour vérifier qu'il suivait. Il ne fallait pas qu'il se blesse ou se perde. S'il était là pour la protéger du tueur, elle était là pour le protéger des dangers de la forêt.

Soudain, entendant une cascade, elle s'arrêta. Avec la tempête de neige, les ruisseaux avaient gelé mais le soleil avait redonné vie à celui-ci.

Un torrent plutôt. Blaine et la randonneuse avaient peut-être décidé de le suivre. Elle abaissa les lanières de son sac à dos et prit son appareil photo.

— Je n'ai pas couché avec toi par opportunisme.

Autumn se retourna, interloquée. C'était pratiquement les premiers mots qu'il lui adressait depuis qu'ils étaient descendus de voiture. Pourquoi lui disait-il cela tout d'un coup ?

— Pourquoi donc, alors ?

— Parce que j'en avais envie.

Il en avait envie ! Et maintenant ? En avait-il toujours envie ?

— Ravie de te l'entendre dire, rétorqua-t-elle.

— Je sais que tu es méfiante. Je l'ai tout de suite vu.

— Pourquoi perds-tu ton temps avec moi ? A moins que tu ne cherches que l'aventure. Oui, c'est ça, tu veux une fille facile qui ne te demandera rien. Tu ne veux surtout pas t'impliquer.

Pour une fois, elle osait exprimer tout haut ce qu'elle pensait tout bas. Au début, c'est vrai, elle avait eu envie de lui parce qu'il était beau, mais ce désir s'était mué en quelque chose de profond.

— J'ai compris que tu étais sur la défensive et que tu avais peur de moi mais, sous les apparences, j'ai deviné la femme vibrante, lumineuse que tu es. Je l'ai compris parce que je suis comme toi, je me dissimule derrière des barrières. Maintenant, pour ce qui est de ne pas m'impliquer, peux-tu me dire ce que je fais en ce moment ?

Surprise, elle le regarda droit dans les yeux. Et s'il lui mentait ?

— Tu peux cacher tes sentiments comme tu veux.

Elle n'était pas capable d'en faire autant. Elle avait laissé Nathan l'approcher, aller en ville avec elle, au lit avec elle, elle avait passé de longues heures avec lui, la conclusion s'imposait, elle était amoureuse. Qu'allait-elle devenir maintenant ?

— C'est vrai. Tu sais, j'ai vécu des expériences douloureuses par le passé et je ne tiens pas à recommencer. Dès qu'une femme m'attire, je vois la catastrophe se profiler. Tu m'as tout de suite plu mais, aussitôt, j'ai eu peur que notre rencontre tourne à l'échec.

— Tout de suite ? releva-t-elle.

— Absolument. Pourquoi mets-tu ma parole en doute ? Tu me plais, Autumn, comme jamais aucune femme ne l'a fait. Tu es belle, tu es intelligente, et vivre avec toi est une belle aventure. Maintenant, si je t'ai blessée, pardon.

Des compliments, une excuse, c'était trop. Elle ne le reconnaissait plus.

— Allez, viens, nous sommes loin d'être arrivés, dit-elle au lieu de cela.

Pivotant sur ses talons, elle repartit. Il fallait qu'elle

essaie de se mettre dans la tête de Blaine. Le torrent. Il aurait suivi le torrent. La neige, là, n'était pas profonde car les branches l'arrêtaient.

— Tu pourrais cesser de monter sur tes grands chevaux chaque fois que je t'adresse la parole ?

Elle accéléra le pas. Elle n'avait pas envie de parler, elle avait trop peur de lui avouer qu'elle l'aimait. Comme il ne répondrait rien, elle aurait l'air ridicule avec sa déclaration. Mon Dieu, non ! Il ne fallait pas qu'elle parle.

— Je ne monte pas sur mes grands chevaux. J'essaie d'aider mon frère. Si cela t'ennuie, va m'attendre dans la voiture.

Paniquée à l'idée qu'il la prenne au mot, elle se retourna. Il la suivait toujours.

— Je sais que tu te fais du mauvais sang pour ton frère. Je sais aussi que tu penses que tu n'as personne sur qui compter. Je suis là, Autumn. Tu peux compter sur moi, mais ne me ferme pas ta porte.

— Tu parles de quoi ? De l'enquête ? De la garde à vue ? Blaine n'a tué personne. Quand nous étions petits, il ne supportait même pas de voir un animal blessé. Alors, un humain… Mon père et moi avons notre brevet de secourisme. Pas Blaine. La seule vue du sang le faisait tourner de l'œil. Il n'a tué personne. Le FBI perd son temps avec lui, il ferait mieux de courir derrière le vrai tueur.

— Si le Chasseur frappe pendant qu'il est en garde à vue, ce sera excellent pour sa défense, dit Nathan.

— Avec un peu de chance, je vais peut-être trouver de nouvelles pièces à conviction.

— Lesquelles ? Tout a déjà été tourné et retourné.

— Il arrive que Blaine s'écarte du Trail, précisa-t-elle.

— En disant cela, tu donnes des arguments à l'accusation.

Elle le fusilla du regard.

— Il n'était pas tout seul. Il y avait la victime, le tueur et lui. Ils étaient trois. Si je peux le prouver, cela constituera un doute raisonnable. Il faut pour cela que je retrouve les campements.

— Mais il faudra aussi que tu prouves qu'ils datent du même jour.

Dater un feu de camp était quasiment impossible, surtout par temps de neige. Mais il y avait aussi l'histoire des lianes. Pouvait-elle dire à Nathan ce que Blaine en pensait ?

— Je veux sauver Blaine, déclara-t-elle dans un soupir. C'est ma famille. Il n'y a rien de plus important.

— Si, être ensemble.

Etonnée, elle le regarda et frissonna. Il lui disait qu'il aimait être avec elle ? C'était agréable à entendre mais pas réaliste. Ils n'avaient pas d'avenir possible ensemble.

— Tu sais, moi, ma vie c'est mon camping. C'est ma maison. J'y ai toujours vécu. J'aime être ici. Toi, ta vie c'est le FBI.

Inutile d'insister, se dit-elle. Le hasard d'une enquête les avait fait se rencontrer. Mais ils étaient trop différents, et leurs domaines d'activité incompatibles…

Arriver à la source du cours d'eau leur prit presque l'après-midi. La neige collait à leurs semelles, le sol était inégal. Ils s'assirent un moment pour boire de l'eau.

— S'il a campé, ce sera plutôt sous un arbre que dans une grotte, pour ne pas se trouver nez à nez avec des animaux, dit Autumn en se relevant. Blaine a peur des chauves-souris.

A son tour, Nathan se leva et s'approcha d'elle. Malgré la fatigue, elle était toujours aussi belle et désirable. Des mèches s'étaient échappées de sa queue-de-cheval et elle avait des traces de doigts noires sur le visage.

L'air sérieux, elle montra un rocher, à moitié immergé, à une quinzaine de mètres d'eux.

— Je vais l'escalader, annonça-t-elle. Ça me permettra de surplomber le coin.

— Il fait au moins cent mètres de haut, c'est trop dangereux.

Un des côtés montait en pente douce. L'ascension serait facile.

— Pas de problème, dit-elle en riant. Si jamais je tombe, ce sera dans l'eau. Allez, j'y vais avant qu'il ne fasse nuit.

— Je ne comprends pas où tu veux en venir, lui lança-t-il alors qu'elle partait.

— S'il te plaît, laisse-moi faire à mon idée.

Incapable de la retenir, il la suivit. Elle était de ces femmes qui ne se laissent pas volontiers convaincre.

— Je t'en supplie, fais attention. Es-tu sûre de la solidité de la roche ?

— Je te dis que je ne crains rien.

Elle posa son sac à terre et commença à escalader. Elle avait déjà bien grimpé quand il entendit un bruit de roche qui casse. Apparemment, cela ne venait pas d'un faux pas d'Autumn. D'ailleurs, accrochée au rocher, elle regardait autour d'elle, interloquée.

D'en bas, Nathan suivait des yeux chacun de ses mouvements. Il n'aurait jamais dû la laisser monter. C'était beaucoup trop risqué. S'il lui arrivait malheur, il ne s'en remettrait pas.

Un deuxième craquement les surprit. Les bras en croix, aplatie contre la paroi, Autumn leva la tête puis, regardant par-dessus son épaule, lui cria quelque chose. Mais Nathan ne comprit pas ce qu'elle voulait lui dire, car le bruit du torrent couvrait sa voix.

Apparemment, la roche s'effritait au-dessus de sa tête. Autumn n'avait rien fait, pourtant, qui explique cette chute de pierres. Alors, il réalisa soudain de quoi il retournait : quelqu'un tirait sur elle.

Une nouvelle chute de pierres se produisit. Et sous ses yeux effarés, Autumn lâcha prise. La voyant disparaître dans l'eau tumultueuse, Nathan se précipita. Avait-elle été blessée ? Le courant allait-il l'emporter ? Il fallait la rattraper, vite ! Et tant pis pour lui si c'était le tueur fou avec ses flèches meurtrières.

9

Nathan se déchaussa, jeta son arme à terre puis se débarrassa de sa veste et de son sac à dos sans quitter des yeux la surface de l'eau.

Et il plongea. C'était glacial, saisissant. Il fallait agir vite, l'hypothermie survenant en quelques minutes.

Il était bon nageur mais l'eau était si froide que ses membres s'engourdirent aussitôt. *Reste calme*, s'adjura-t-il en luttant contre le courant. Brusquement, alors qu'il fouillait l'eau, il toucha quelque chose de pointu avec le bras. Un rocher à fleur d'eau ? Un objet qui l'aurait frappé ? Peut-être une flèche tirée d'en haut ? Le fond du torrent était tapissé de blocs de pierre. Si Autumn en avait heurté un de la tête, c'était la mort assurée. Refusant de penser au pire, il continua son exploration. Soudain, un bout de tissu vert attira son regard. Crawlant à toute vitesse, il l'atteignit. C'était elle. La prenant par la taille il lui sortit la tête de l'eau. Il fallait maintenant regagner la rive, contre le courant, en lui maintenant la bouche hors du torrent.

Sollicitant tous ses muscles, il réussit à rejoindre la rive et à hisser Autumn sur la terre ferme. Elle était restée dans l'eau pendant une à deux minutes. Il n'y avait pas un instant à perdre. Elle avait les lèvres bleues, signe que l'hypothermie menaçait. Il appuya sur sa poitrine, une fois, deux fois, et là, miracle, elle toussa. Il l'assit et elle cracha l'eau qu'elle avait avalée. Elle inspira très fort, en quête d'air, et cracha encore.

Tremblant de froid et d'épuisement, Nathan regarda

autour d'eux. Il n'y avait plus aucun bruit. Les tirs avaient cessé. Etait-ce un avertissement ou le tireur cherchait-il un meilleur angle pour les descendre à coup sûr ? Là où ils se trouvaient, ils étaient exposés et il n'y avait aucune cachette alentour.

Nathan empoigna leurs sacs à dos et, donnant la main à Autumn pour l'aider à se relever, la serra contre lui. Mais sa chaleur ne suffirait pas. Ils étaient tous deux affaiblis et trempés. Ils n'arriveraient pas jusqu'à la voiture dans ces conditions. Il leur fallait très vite trouver un abri où se sécher et se réchauffer.

Se tenant par la main, ils s'éloignèrent du torrent. Leurs jambes les portaient à peine. Ils dévalèrent une pente et, soudain, aperçurent une grotte.

— Vérifions qu'elle n'est pas habitée, dit Autumn en claquant des dents.

Ils s'approchèrent et, ne voyant pas de traces d'animaux, entrèrent. Enfin la chance leur souriait. Ce n'était pas trop tôt. A l'abri du vent maintenant, ils avaient déjà moins froid. Autumn prit son sac et le vida par terre. Il y avait tout ce qu'il fallait dedans pour allumer un feu.

— Va voir dehors si tu trouves du bois sec, suggéra-t-elle. Je vais faire de même dans la grotte. Il faut se sécher sinon on va attraper la mort.

Il s'exécuta. Mission quasiment impossible. Heureusement, quelques endroits avaient été épargnés par la neige.

— Voilà, dit-il en revenant avec une bonne brassée de brindilles et de feuilles séchées.

Circonscrite par des pierres, une flambée dégageait une chaleur vive et lumineuse dans leur abri de fortune.

— Il faut se déshabiller maintenant, déclara Autumn.

Et, joignant le geste à la parole, elle ôta ses propres chaussures, son pantalon et son T-shirt, qu'elle étendit non loin du feu.

Il fit de même et lui tendit sa veste, qu'elle posa vite sur ses épaules.

— Tu n'es pas blessée au moins ?

Elle hocha la tête négativement, s'assit par terre et déplia la couverture de survie qu'elle emportait toujours dans son sac quand elle partait en randonnée.

— Viens près de moi, lui dit-elle. On va se réchauffer mutuellement.

Elle se serra contre lui, épaule contre épaule, cuisse contre cuisse, puis ils s'enroulèrent tant bien que mal dans la couverture de survie.

— J'ai eu tellement peur qu'il me touche que j'ai préféré sauter dans l'eau, expliqua-t-elle.

— As-tu vu qui c'était ?

— Non, mais c'était des flèches qu'on tirait sur moi. J'en ai vu une rebondir sur la paroi avant qu'elle ne tombe dans le torrent.

Des flèches. Ils avaient donc bien affaire au Chasseur.

— Il va repérer la fumée, dit Nathan qui grelottait.

Elle se frotta les mains.

— Peut-être pas, en plein jour elle sera moins visible. De toute manière, c'est ça ou on crève ! Tu penses qu'il nous a suivis ?

— Je n'en sais rien, répondit-il en se frottant les cuisses. Je ne vois rien bouger mais il se cache peut-être derrière un arbre.

— Au fait, tu lui as tiré dessus ?

— J'aurais bien aimé mais j'aurais tiré au hasard. Je ne voyais personne, j'ai juste entendu le bruit de chute de pierres. J'ai compris que c'était le rocher qui se désagrégeait. Et je t'ai vue tomber.

Le feu avait bien pris, Autumn l'alimentait régulièrement de petit bois sec et les flammes commençaient à les réchauffer. Leurs corps retrouvaient peu à peu une température normale.

Lui-même commençait à se sentir très bien tout contre

Autumn, et plein de désir. S'en rendait-elle compte ? Etait-elle dans le même état d'esprit ?

Sans doute que non, car elle se leva, le privant brutalement de la chaleur de sa peau douce.

— Ils sont encore mouillés, dit-elle en tapotant leurs vêtements.

— Je m'en doute.

Elle les étala mieux, plus près encore du feu et revint vite se mettre au chaud contre lui.

— C'est bon, tu es chaud, murmura-t-elle en se nichant dans le creux de son épaule.

Il était même très chaud et prêt à la prendre, mais il ne fallait pas. D'abord, il avait encore les mains glacées et lui aurait donné la chair de poule. Ensuite, il avait un objectif, débusquer l'assassin de sa sœur et, pour cela, se conduire en vrai professionnel et non se laisser dominer par ses pulsions.

— Quelqu'un savait que tu venais ici aujourd'hui ? dit-il soudain pour éviter de penser à autre chose.

— Non. Je n'ai parlé de mon projet à personne.

Nathan bougea sous la couverture et remua ses pieds pour faire circuler le sang.

— A mon avis, précisa-t-elle, c'était un avertissement, du genre. « Ne vous mêlez pas de cette affaire. »

— La vérité, maintenant, s'il te plaît. Pourquoi es-tu venue ici ?

— Le Chasseur a un rituel, comme tu sais. Il sévit tout le long du Trail, mais il ne peut pas avoir en permanence tout son matériel sur lui. Je suppose donc qu'il le stocke quelque part. C'est cette cache que j'espérais trouver. Ainsi que le campement de Blaine, bien sûr.

— Intéressant, dit Nathan.

Elle tirait là un fil auquel ni lui ni le FBI n'avaient pensé. Le FBI savait que les flèches étaient de fabrication artisanale mais que les pointes étaient industrielles et disponibles dans des centaines de magasins spécialisés dans les articles pour la chasse. Il y en avait même un en ville, The Out House.

— Je n'ai peut-être pas trouvé ce que je cherchais, reprit Autumn, mais je suis sûre d'une chose : Blaine est en prison et le tueur court toujours puisqu'il nous a tiré dessus.

Le prouver à un jury serait une autre affaire, songea Nathan.

— Il nous faut les flèches, dit-il. La police scientifique pourra les comparer avec celles que l'on a trouvées sur les victimes.

— Il va falloir y retourner et essayer de les retrouver.

— Non, c'est trop dangereux. Il doit nous guetter. Nous rechercher. Nous reviendrons mais avec du renfort.

Il vit à son regard qu'elle était d'accord.

— Nos vêtements doivent être à peu près secs maintenant. Courons jusqu'à la voiture.

— Oui. Plus vite les scientifiques viendront, moins les preuves auront le temps de disparaître.

Nathan avait pris le volant et rentrait au chalet aussi vite que la route étroite et sinueuse le lui permettait. Etait-ce le froid ou le danger ? Ils étaient tous les deux nerveux, excités.

— Ça va ? lui demanda soudain Autumn.

— Oui, pourquoi ?

— Tu n'arrêtes pas de me regarder.

— Parce que je te trouve belle.

Flattée, elle posa la main sur sa cuisse et la pinça. Au lieu de repousser cette main, il la recouvrit de la sienne.

Arrivé au camping, il gara la voiture devant le chalet d'Autumn et mit pied à terre. Le temps de verrouiller les portières, elle était déjà devant sa porte et fourrageait dans la serrure pour l'ouvrir.

Impatient de satisfaire le désir qui l'étreignait depuis leur séjour dans la grotte, il lui prit les clés des mains et ouvrit. D'un coup de pied, il claqua la porte derrière eux et prit

Autumn dans ses bras pour la déposer sur le lit. Il n'avait jamais autant désiré une femme. C'était fou. Elle était tout ce qu'il aimait, tout ce qu'il avait toujours rêvé de trouver chez une partenaire. L'intelligence, la générosité, le naturel. Avec elle, pas de chichis, pas de faux-semblants. Elle était vraie.

Il s'allongea sur elle, prit sa bouche, la caressa entre les jambes.

— Nathan, oui, supplia-t-elle.

Ils se déshabillèrent à la hâte et retombèrent, enlacés, sur le lit. Alors, sans attendre, sans un mot, il la pénétra, lui arrachant un cri de plaisir. Il la sentit se resserrer autour de lui et, poussant à son tour un râle de plaisir, retomba sur elle après un ultime coup de reins.

Il pesait de tout son poids sur elle et serait bien resté ainsi des heures, des jours et des nuits, toute une vie. Hélas, ce n'était pas ce que l'avenir lui réservait…

Sortant doucement de son délicieux coma, il roula sur le côté et la pressa contre lui. Il était anéanti mais heureux.

— Que dirais-tu d'une douche ? proposa-t-elle.

La tenant dans ses bras, il se leva et l'emmena dans la salle de bains. Le point de non-retour était dépassé, il avait franchi la ligne jaune. Que risquait-il maintenant qu'il ne restait rien de ses résolutions ?

Que du bonheur. Son cœur appartenait à Autumn.

Autumn faisait les cent pas dans le parloir de l'hôtel de police. Henry avait fini par obtenir qu'elle puisse s'entretenir avec Blaine.

La pièce, sans fenêtre, ressemblait à ce qu'elle avait vu dans les séries policières à la télévision. Peu de lumière et une table en fer, quatre chaises pliantes dépareillées, des murs en ciment gris. Une odeur de tabac froid et de transpiration imprégnait l'air.

L'ensemble donnait une impression sinistre. Blaine était-il

retenu dans une pièce comme celle-ci ? Ou pire ? Pour quelqu'un qui aimait les grands espaces et le grand air, il devait suffoquer.

A cette pensée, elle sentit son cœur se serrer.

La porte grinça et Blaine entra, escorté par un policier en uniforme. Il était menotté et affublé d'un survêtement bleu ciel. Il s'assit, sans parler ni lever les yeux.

Henry Summers apparut un instant plus tard et posa son attaché-case en cuir sur la table. Il était très élégant, costume impeccable, pas un cheveu qui dépassait, rasé de près.

— Les menottes sont-elles nécessaires ? dit-il au policier.

— Mesure de sécurité, rétorqua l'agent.

Autumn ouvrait la bouche pour protester, mais Summers lui fit signe de se taire.

— Je me sens en totale sécurité avec mon client et sa sœur, insista l'avocat. Je vous demande de le démenotter.

Le ton, autoritaire, la rassura. Tout comme Nathan, cet homme avait confiance dans son pouvoir de persuasion.

— A vos risques et périls, grommela le policier en s'exécutant.

Coup d'œil méprisant à Blaine, et il sortit, verrouillant derrière lui. Alors seulement, Blaine releva les yeux.

— Bonjour, Autumn.

— Bonjour, Blaine. Comment te sens-tu ?

— Trop de temps pour penser. Impossible de dormir. Chaque fois que je ferme les yeux, je les entends décrire les meurtres comme si je les avais commis.

— Je sais que ce n'est pas toi.

Henry ouvrit sa sacoche et en sortit une pile de papiers.

— Votre sœur a de bonnes nouvelles pour vous, fit-il en se tournant vers elle.

Autumn s'éclaircit la voix.

— J'ai essayé de suivre tes traces, à partir du refuge de Hilde. Je cherchais ton campement.

— Et tu as trouvé quelque chose ? demanda Blaine, interloqué.

— Non, mais, pendant que j'étais là-bas, quelqu'un m'a tiré dessus.

Henry Summers étala sur la table les clichés des flèches pris par le FBI. Elles avaient été envoyées au laboratoire de la police pour analyses.

— Tu prends trop de risques ! s'exclama Blaine. Pars, va où tu veux, mais quitte cette ville tant que le tueur n'est pas sous les verrous. Il est dangereux. Pense à ce qu'il a fait à toutes ces femmes. La prochaine pourrait être toi.

— Il est hors de question que je m'en aille, s'insurgea-t-elle.

— As-tu repensé à ce que je t'ai dit à propos du lierre ou des lianes ?

— Oui et j'en ai parlé à Henry, mais pas encore à Nathan.

— Tu as bien fait, tu sais que tu as le chic pour tomber sur des voyous qui te mentent volontairement ou par omission ! Rappelle-toi Daniel. Et Ben. Au fait, sais-tu pourquoi j'ai quitté Trail's Edge ? Je vais te le dire. Daniel te trompait et toute la ville le savait. Sauf toi, évidemment. Le voir te ridiculiser…

Il reprit son souffle.

— Tu te souviens de la bague de rien du tout qu'il t'avait offerte ? Et que tu portais. Quelle honte ! Je parie qu'il l'avait trouvée dans un paquet de lessive. Bref… Un jour, je l'ai prié d'arrêter son cinéma. Cela devenait gênant pour tout le monde… Tu sais ce qu'il m'a répondu ? Qu'il s'était fiancé avec toi par pitié, à cause de ce qui était arrivé avec maman et l'oncle Ryan. Il avait, paraît-il, de la peine de nous savoir tout seuls après la mort de papa !

Ce n'était pas un scoop, mais cela faisait toujours aussi mal à entendre.

— Tu es gentil, Blaine, mais laisse-moi gérer mes affaires.

— Je vous interromps, intervint Summers, car nous

n'avons pas beaucoup de temps devant nous. Pouvez-vous m'en dire un peu plus sur cette histoire de lianes ?

Autumn leva les yeux sur son frère, lui signifiant qu'elle le laissait répondre à la question de l'avocat.

— Il paraît qu'entourer une dépouille de lianes empêche le diable qu'elle abrite de sortir de son corps, et donc de polluer la terre. J'ai lu cela dans un livre consacré à l'Appalachian Trail, qui appartenait à mon père.

— Mais comment prouver que ce n'est pas Blaine qui a accompli le rituel ? Si on en parle devant la cour, ne risque-t-on pas d'aggraver son cas ? lança Autumn.

Le froncement de sourcils de l'avocat la convainquit du bien-fondé de sa remarque.

— J'ai bon espoir que le laboratoire fera le lien entre les dernières flèches tirées et le Chasseur, dit-il en se tournant vers elle. De mon côté, je dois construire une défense solide pour affronter le procureur. Il va sûrement chercher à vous accuser d'avoir déposé vous-même les flèches près du rocher pour disculper votre frère.

— Oh ! protesta Autumn. Je n'ai en aucun cas fait ça. Je…

— Je sais, l'interrompit Henry, la main levée pour lui signifier de se calmer. Mais le FBI et la police ont besoin d'un coupable… pour leur promotion et pour apaiser un public qui aura peur tant qu'aucun suspect ne sera passé aux aveux. Je dois anticiper les arguments de l'accusation.

Ils regardèrent Blaine. Il avait posé les coudes sur la table et se tenait la tête dans les mains.

— Quand j'étais petit, oncle Ryan m'emmenait chasser. Il laissait toujours une liane à l'endroit où la bête avait été tuée.

— Quand avez-vous vu votre oncle pour la dernière fois ? intervint l'avocat, soucieux.

— Difficile à dire. Il est complètement sorti des radars, répondit Autumn. On a toujours pensé qu'il devait être mort depuis pas mal de temps.

Blaine plissa le front.

— Avant d'être arrêté, j'ai essayé de te dire que les lianes me faisaient penser à oncle Ryan. Le livre dont je parle, c'était sa lecture préférée. Il en parlait sans cesse, il décrivait la nature et disait qu'il fallait vivre en harmonie avec elle.

Autumn se frotta les deux côtés de la tête. La migraine n'était pas loin.

— Tu veux dire que ce serait oncle Ryan qui… ?

Mais c'était impossible. Ils ne l'avaient plus vu depuis des années. S'il s'était trouvé dans les parages, il se serait arrêté au camping. Il serait venu prendre des nouvelles de leur père.

— Je ne sais que penser, reprit Blaine en se balançant sur son siège. Papa disait que, depuis l'opération « Tempête du désert », son frère n'allait pas bien. Qu'il avait dû fondre les plombs en Irak.

Autumn, la mine défaite, se perdait en conjectures.

— Ils n'ont qu'à prélever mon ADN, déclara soudain Blaine, et ils verront que ce n'est pas moi le coupable.

— Et ensuite ? demanda Autumn, la gorge serrée au point de ne plus pouvoir avaler sa salive. Ils vont faire la chasse à notre oncle ?

La main sur le cœur, elle se leva et alla frapper à la porte. Au lieu du policier, c'est Nathan qui ouvrit.

— Que fais-tu là ?

— Je t'attendais. Je voulais m'assurer que tout allait bien.

— Ça va. Blaine accepte de faire le test ADN.

Au lieu de se réjouir de ce revirement, elle s'effondra. Elle n'avait pas plus envie de voir son oncle au tribunal que d'y voir son frère. Frère, oncle, c'était sa famille. Un bien précieux. Irremplaçable.

— C'est bien, commenta Nathan. De toute façon, on sait que l'ADN trouvé sur les scènes de crime appartient à un Reed. Alors, il ne reste plus beaucoup de…

La remarque la fit bondir.

— Arrête. Je ne veux plus parler de ce dossier avec toi.

— Je ne cherche qu'à t'aider, dit-il très bas.

Il lui prit le bras et l'emmena vers la machine à café.

— J'ai deviné hier soir que c'était ton oncle en en discutant avec Henry, lui assena-t-il.

Elle agita le bras pour qu'il la lâche.

— En ce cas, qu'attendent-ils pour libérer mon frère ?

— Ils veulent des preuves formelles. Le procureur ne plaisante pas avec les procédures. Mais Henry est un bon avocat, je pense qu'il aura vite fait d'obtenir sa libération.

Ils avaient intérêt à se dépêcher. Blaine était enfermé comme un animal en cage, et risquait de craquer. Son oncle allait donc être pourchassé comme une bête sauvage. Savait-il seulement que c'était elle qu'il avait visée et failli tuer ? Mon Dieu, il y avait des jours où la vie était trop cruelle.

— Qu'est-ce que je peux faire ? dit-elle en reniflant.

— Il faut localiser ton oncle, le faire sortir de sa tanière. Réfléchis aux endroits où il peut être. Aux amis…

— J'avais déjà cherché à le joindre au décès de mon père. Même ses vieux copains de l'armée étaient sans nouvelles de lui. Personne ne l'a jamais vu nulle part. J'en avais conclu qu'il était mort.

— A ton avis, pourquoi en a-t-il après les randonneuses ?

La question lui donna la chair de poule. Son oncle, tueur en série ? C'était un mauvais rêve. Avant « Tempête du désert », il était une crème d'homme. Il les emmenait se promener en forêt, Blaine et elle, leur racontait les légendes de l'Appalachian Trail, il leur avait appris à pêcher, à reconnaître les bons des mauvais champignons, à cueillir des myrtilles. En fait, il les traitait comme il aurait traité ses propres enfants.

Plus tard, lorsque leur oncle était revenu de la guerre, leur père ne les avait plus autorisés à partir en balade avec lui. Il avait beaucoup changé. Ce n'était plus le même homme.

— A son retour d'Irak, il a été suivi quelque temps en hôpital psychiatrique, mais sans succès. Il s'est mis à vivre en ermite, partant de plus en plus souvent et de plus en plus longtemps en pleine nature. Les randonneuses ont dû faire quelque chose qui lui a déplu et, dans son esprit torturé, il a vu en elles le mal qu'il fallait éradiquer. Peut-être qu'il s'est senti investi de la mission de les tuer.

Si délirante qu'elle puisse paraître, cette explication était la seule qu'elle avait à proposer.

— Tu penses qu'il est toujours dans le Trail ? Il faudrait trouver quelque chose de suffisamment important pour l'attirer.

— Je ne sais plus que penser, déclara-t-elle dans un soupir. Si le tueur c'est vraiment lui, c'est qu'il est malade et je doute qu'il ait l'esprit assez clair pour réagir logiquement.

Alors qu'on emmenait Blaine, de nouveau menotté, Summers les rejoignit dans le couloir.

— Alors, Nathan, c'est quoi le projet ?

— La chasse au tueur.

10

— Bonjour, dit Autumn.

— Bonjour, ma chérie, répondit sa mère. Je suis heureuse de t'entendre.

Autumn grimaça. Elle avait dû se faire violence pour appeler sa mère, mais elle se sentait le devoir de l'informer des rebondissements de l'affaire.

— Ils ont libéré Blaine aujourd'hui. Mais il ne faut pas l'ébruiter. Surtout ne dis rien aux médias. Le FBI a un autre suspect dans le collimateur. Si tu savais qui... Oncle Ryan !

— Ah.

— Ça n'a pas l'air de t'étonner. Pourtant...

— Non, rien ne me surprend venant de lui. J'ai commencé à t'en parler quand on s'est vues, l'autre jour. Ton oncle avait déjà des problèmes avant que je quitte la maison. La guerre en Irak l'a rendu fou.

— Tu ne voudrais pas venir à Trail's Edge, aujourd'hui ?

— Ça me ferait très plaisir.

Autumn raccrocha vite. Etait-ce une bonne idée d'avoir invité sa mère ? Blaine, surtout, avait la rancune tenace. Mais ce qu'avait dit Nathan à propos de sa sœur tournait en boucle dans sa tête. La vie était courte. Si sa mère disparaissait, elle regretterait de ne pas avoir fait la paix avec elle.

*
**

— Je peux me joindre à vous ? demanda Roger Ford à l'ensemble des convives.

Blaine avait été libéré deux jours plus tôt et ce dîner, organisé pour fêter sa liberté retrouvée. Dans le restaurant, les yeux étaient braqués sur eux mais ils s'en moquaient ; ils avaient choisi une table à l'écart pour être plus tranquilles.

Nathan, assis entre Autumn et Blaine, jugea inopportune l'intrusion de Ford. Ce dernier prit place à côté de Blythe.

— Nous pensons que Ryan Reed est encore dans le coin, l'entendit-il dire à la mère d'Autumn. Pour l'heure, nous cherchons à le faire sortir de son trou, mais ce n'est pas simple. Malgré sa folie, l'homme est trop intelligent pour tomber dans n'importe quel piège.

— Pas de réaction à l'article dans le journal ? s'enquit Autumn.

Le FBI avait fabriqué un journal qui avait été laissé dans le refuge le plus proche de Trail's Edge. En deuxième page y figurait un article sur l'arrestation de Blaine. Il y était fait mention de sa libération sous caution. Dans une interview, Autumn déclarait son intention de vendre le camping pour payer les frais de justice de son frère.

En fait, ce n'était pas si loin de la vérité.

Le FBI avait parié que, si Ryan Reed apprenait que la terre de ses ancêtres allait être vendue par sa nièce, il s'en prendrait à elle. C'était un risque calculé. Il était hors de question de mettre quiconque en danger. Pour sa part, Nathan ne quitterait pas Autumn des yeux tant que Ryan Reed ne serait pas en garde à vue.

— Si vous voulez, agent spécial Ford, je peux servir d'appât, déclara Blythe. Ryan Reed me hait. Il me tient pour responsable des ennuis qu'on a connus à Trail's Edge et m'a toujours reproché d'être entre lui et mon ex-mari. S'il sait que je suis dans le coin, il ne résistera pas au plaisir de m'exterminer.

— Non, maman. Pas question que tu t'exposes, s'insurgea

Autumn. Au contraire. Tu vas te cacher jusqu'à ce qu'on lui ait mis la main dessus. Il est trop dangereux.

— S'il te voit, il est capable de partir en vrille, intervint Blaine. Rappelle-toi, papa et lui étaient de fichus caractériels.

— S'il pique une rogne, je l'imagine assez bien sortir en pleine lumière à un endroit où il est sûr de se faire prendre par le FBI, dit Blythe.

Nathan, que le côté théâtral de cette femme commençait à séduire, constatait qu'Autumn semblait heureuse d'être avec sa mère.

— On ignore ce qui le pousse à tuer, affirma Ford. Nous avons posté des agents femmes dans l'arrière-pays pour l'attirer. Pour l'instant, il n'a pas bougé. Il va falloir faire monter les enchères, lui tendre un piège auquel il ne pourra résister.

— Et si on faisait passer un de nos agents pour Blythe ? suggéra Nathan.

Ford grimaça.

— On n'a pas le temps de chercher quelqu'un qui lui ressemble un peu.

— Puisque je vous dis que je peux servir d'appât, insista Blythe.

— Je crois que vous sous-estimez les risques, dit Nathan.

— C'est un malade mental, intervint Blaine.

— Donc imprévisible, ajouta Autumn.

Elle se tourna vers sa mère.

— Qu'est-ce que tu cherches ? A prouver quelque chose ? A te faire pardonner la jeunesse qu'on a eue, Blaine et moi, à cause de ton absence ?

— Faut faire vite si on veut le coincer, insista Ford. De toute façon, pas d'inquiétude, nous serons là, prêts à intervenir.

— C'est moi seule qui décide de ce que je veux faire, reprit Blythe. J'ai dit que j'irais, j'y vais.

Ravi, Ford se leva sous le regard mi-contrarié mi-inquiet de Blaine et d'Autumn.

— J'en parle avec mes hommes et je reviens vers vous.

Postée derrière un arbre, Nathan à son côté, Autumn s'attendait à voir, à tout moment, une flèche passer au-dessus de leurs têtes. Le FBI avait positionné des agents tout autour du camping.

— Qui dit qu'il n'est pas mort ? suggéra subitement Autumn.

— Cela m'étonnerait, répliqua Nathan. Mais ne t'inquiète pas. On va tâcher de le capturer sans le blesser.

— Tu es bien la première personne à ne pas lui vouloir de mal. Le FBI et Ford se moquent pas mal qu'il meure.

— Pas moi, Autumn. C'est ton oncle et je comprends ton sentiment.

— Il a tué ta sœur, pourtant, tu devrais lui en vouloir à mort.

C'était des mots difficiles à dire, s'avoua-t-elle. Son oncle avait tué quelqu'un que Nathan aimait. Pourrait-il oublier ? Pourrait-il ne pas lui en vouloir à *elle* ? Son oncle serait certainement incapable d'adresser des excuses. Saurait-il même que ses actes étaient condamnables ?

— Je ne vais pas te reprocher les erreurs de ton oncle, déclara Nathan comme s'il lisait dans ses pensées. Je veux que tu comprennes que nous sommes du même bord, que nous formons une même équipe.

Reprenant confiance, et espoir, elle le regarda.

— C'est la première fois depuis longtemps que quelqu'un est de mon côté. Vraiment de mon côté, et sans condition.

Blaine avait disparu quand cette vie lui était devenue trop pesante, sa mère les avait quittés, Daniel l'avait trompée. Apparemment, Nathan, lui, était solide, fiable, des qualités qu'elle appréciait. Aujourd'hui, elle savait qu'elle l'aimait, mais elle ne voulait pas que ses sentiments se lisent sur son visage, dans son regard. Autant le lui cacher puisque, une fois son oncle arrêté, Nathan partirait. Il ne lui resterait qu'à tirer un trait sur cette belle histoire.

Préférant ne pas songer à son départ — à chaque jour suffit sa peine, disait toujours son père — elle souffla profondément.

— Je resterai avec toi jusqu'au bout, déclara Nathan en embrassant ses cheveux. Je ne t'abandonnerai pas, je te le promets.

Au lieu de ranger sa promesse au rayon des mensonges, comme elle avait tendance à le faire, pour une fois elle choisit de le croire. A cet instant, elle entendit un cri. Sa mère. Aussitôt, avec Nathan qui avait dégainé, ils se pré-cipitèrent vers le chalet qu'elle occupait. Le FBI avait-il arrêté son oncle ?

— Lâche-moi ! cria Blythe de la terrasse du chalet 9.

Elle battait l'air de ses jambes pour empêcher l'homme qui la traînait de l'emmener. *Mon oncle ?* se demanda Autumn.

Il ne ressemblait pas à l'homme dont elle se souvenait. Les années ne lui avaient pas fait de cadeau. Il portait une grosse barbe, sale, hirsute, des cheveux longs, tristes et en bataille, des vêtements dépenaillés et des bottes éculées. Les yeux exorbités et injectés de sang, il tenait sa mère en joue. Autumn s'avança vers lui.

— Recule ! hurla-t-il à son adresse. Si tu approches, je la tue car tout est sa faute.

Bien qu'elle sût les hommes du FBI tout près, Autumn frémit. Qu'attendaient-ils pour donner l'assaut et sauver leur mère ?

Accouru sur la terrasse de son chalet, Blaine suivait la scène des yeux, atterré.

— Si quelqu'un approche, je la flingue ! hurla à nouveau l'oncle Ryan.

— Oncle Ryan ! Arrête ! Ne fais pas ça, cria Autumn.

Il la regarda. Ses yeux semblaient vides. Savait-il même qui elle était ?

— C'est à cause d'elle. Elle a souillé le Trail !

Autumn fit encore un pas en avant, mais Nathan lui barra la route avec le bras.

— Il veut accomplir son rituel, cela nous laissera, je l'espère, la possibilité de la sauver.

Comme s'il avait fait abstraction de tout le reste, l'oncle Ryan, emportant sa proie, reprit à reculons sa progression vers la forêt.

Bon sang, le FBI allait-il se décider à intervenir ? C'était leur plan mais il tournait mal.

— Mais que font-ils, à la fin ? gémit Autumn.

Du coin de l'œil, elle aperçut Blaine qui descendait de son chalet.

— C'est chez moi, ici, cria l'oncle. C'est ma terre et je dois la protéger.

— Arrête, oncle Ryan. C'est moi, Autumn. On est de la même famille, dit-elle.

— Oncle Ryan, c'est moi, Blaine, renchérit son frère.

Leur oncle les regarda l'un après l'autre et sembla s'apaiser. Mais ce moment de lucidité fut aussi bref qu'un éclair. Quelques secondes plus tard, il disparaissait dans la forêt, avec leur mère.

Roger Ford choisit cet instant pour se montrer.

— A toutes les unités : le suspect a franchi le périmètre avec un otage, déclara-t-il dans son talkie-walkie. Je recommande la prudence maximum.

— Pourquoi ne pas l'avoir arrêté avant ? demanda Autumn en empoignant Ford par le revers de sa veste.

Il lui avait promis que sa mère ne risquerait rien. Maintenant que ce fou dangereux l'avait enlevée, elle courait un risque majeur.

— Il détient un otage, c'était difficile de l'arrêter. Il pouvait tirer.

Comment son oncle avait-il pu s'approcher si près de sa

mère ? Autumn éluciderait cette question plus tard, l'heure n'était pas aux interrogations mais à l'action.

— Blaine, s'il te plaît, j'ai besoin de toi.

Son frère, qui l'avait rejointe, foudroyait lui aussi Ford du regard.

— Il faut le poursuivre. Prends ton sac et on y va.

Ford lui saisit le bras pour l'arrêter.

— N'allez pas dans le sentier ! Nous le couvrons.

La rage la prit.

— Comment osez-vous dire cela alors que vous avez laissé un assassin enlever ma mère ? Personne ne connaît le Trail aussi bien que Blaine et moi. Et personne ne connaît notre oncle mieux que nous. Vous, vous serez incapables de les retrouver.

— Je demande à des hommes de mon équipe de vous accompagner alors, déclara Ford, exaspéré.

— M'accompagner ? dit-elle en repartant prendre son sac à dos. Je n'ai pas besoin de vous, monsieur Ford, vous m'entendez ? D'ailleurs, si mon oncle voit qu'il est poursuivi et qu'il se sent piégé, il tuera ma mère.

Autumn attrapa son sac et le balança sur son épaule. Nathan, qui avait été chercher le sien, la rejoignit. Ils fonctionnaient comme une équipe où chacun comprend l'autre à mi-mot ou même tacitement.

— En admettant que vous le trouviez, qu'allez-vous faire ? Le prier gentiment de s'arrêter ? riposta Ford d'un ton sarcastique.

— Ne vous inquiétez pas, je m'en occupe. Et Nathan et Blaine seront avec moi. Vous aviez l'occasion de gérer la situation et vous l'avez fait capoter. C'est moi qui décide, maintenant.

— Je viens avec vous, décréta Ford.

— Si on ne se presse pas, ils vont se volatiliser, dit Nathan, ignorant la proposition de l'agent du FBI.

Ils marchaient à une telle cadence que Ford, un peu

enrobé, ne les suivrait pas longtemps. D'ailleurs, Autumn ne marchait plus, elle courait. Blaine et Nathan réussissaient à la suivre, mais Ford était à la traîne.

— Le sol est trop gelé, les pas n'ont pas marqué, constata Blaine.

— Regardons où les branches ont été cassées, suggéra Autumn.

— Rock Valley, laissa tomber Nathan.

— Avec les ours ? Si c'est ça, maman est fichue, gémit Autumn.

Non, non, non, sa mère ne mourrait pas. Ils venaient de la retrouver, ce n'était pas pour la perdre une seconde fois. Ils n'avaient peut-être pas encore renoué le lien mais il allait se retisser peu à peu. Autumn était pleine d'espoir en l'avenir. Ils se téléphoneraient, s'écriraient des e-mails, se verraient de temps à autre.

Ils poursuivirent leurs recherches sans mot dire. Par moments, Autumn se surprenait à regarder en l'air, effrayée à la pensée de voir un corps se balancer à une branche. Un corbeau poussa un cri, Blaine y répondit puis, brusquement, montra, par terre, des branches arrachées d'un jeune arbre. Enfants, Blaine et elle étaient sortis en forêt avec leur oncle, des dizaines sinon des centaines de fois. Il avait ses zones de chasse de prédilection, ses trous pour pêcher, ses arbres pour observer les oiseaux, et d'autres auxquels ils grimpaient. Il avait pu emmener leur mère dans l'un ou l'autre de ces endroits. Soudain, Autumn crut entendre un crépitement. Du feu ? Elle tourna la tête pour sentir d'où venait l'odeur.

Son oncle commençait-il seulement son macabre rituel ou arrivaient-ils déjà trop tard ?

Il y avait quelque chose de fascinant à regarder Autumn et Blaine. Ils ne faisaient qu'un avec la nature, ils se déplaçaient furtivement, intelligemment. Tout à coup, ils virent des branches bouger. Ils étaient encore trop loin pour distinguer nettement mais assez près pour voir qu'il se passait des choses. Quelques pas encore, et ils aperçurent Ryan Reed. Il avait allumé un feu et allait et venait avec des branchages avec lesquels il l'alimentait.

Mais où était Blythe ? L'avait-il réduite au silence en la bâillonnant ? L'avait-il déjà tuée ?

Nathan n'avait pas entendu de coup de feu mais, hormis lorsqu'il avait menacé Blythe de son fusil, le Chasseur semblait plutôt privilégier les armes de jet.

Ils continuèrent d'approcher. Pour parer à toute éventualité, Nathan marchait tout près d'Autumn, prêt à la soutenir si elle défaillait. Il fit soudain signe à Blaine et à Ford de partir vers la droite. Autumn et lui allaient se diriger dans l'autre sens. Quand ils se rejoindraient, ils décideraient de la suite.

Lorsqu'ils furent arrivés à une centaine de mètres de la cible, Nathan signifia du regard à Autumn de s'arrêter. Ils ignoraient de combien d'armes le Chasseur disposait et où se trouvait précisément Blythe.

Mais Autumn ne tint pas compte de sa mise en garde, aussi se résolut-il à la suivre. Les oiseaux s'étaient tus et l'on n'entendait que le bruissement des feuilles qu'ils froissaient sous leurs pas et les incantations irréelles de Ryan Reed.

Brusquement, Autumn plaqua la main sur sa bouche, terrifiée, et pointa un doigt vers Blythe qu'elle apercevait un peu plus loin, attachée à un arbre par des lianes. Peut-être du lierre. Apparemment, elle n'avait pas de flèches dans la poitrine mais elle ne bougeait pas.

Que faire ? se demanda Nathan. Intervenir maintenant ? Penché sur le sol, Ryan Reed avait pris un arc et l'armait d'une flèche. Nathan le vit se retourner et, sans cesser sa mélopée, s'apprêter à viser Blythe.

— Oncle Ryan ! C'est moi, Autumn, ta nièce, s'écria Autumn en s'élançant.

La flèche partit. Autumn courut vers son oncle, qui la

regarda arriver, à peine surpris. Accroupi pour ne pas se faire voir, Nathan vit la flèche voler et se ficher dans le tronc, derrière Blythe. Grâce au cri d'Autumn, le fou avait raté sa cible.

Dès que Ryan Reed serait dans sa ligne de mire, il ferait feu, décida Nathan. Il le fallait pour protéger Blythe et Autumn, et pour que justice soit rendue à Colleen.

Eliminer le Chasseur serait un soulagement. Pour tous.

Au moment où il levait le bras, arme brandie, pour tirer, Autumn entra dans son champ de vision. Agitant les mains, elle essayait de raisonner son oncle. A la pensée du désarroi de la jeune femme s'il abattait Ryan Reed, Nathan abaissa le bras. Elle ne serait ni soulagée ni satisfaite. Elle serait effondrée. Il avait vu sa détresse quand elle avait compris que son oncle était le Chasseur. Elle vivait un cauchemar.

Il lui avait promis de la protéger, il tiendrait sa promesse. Il avait toujours fait ce qu'il disait, il ne faillirait pas cette fois, d'autant moins qu'il l'aimait.

Il l'aimait. C'était un verbe qu'il n'avait pas souvent employé mais, aujourd'hui, il n'avait aucun doute, il aimait Autumn d'amour.

Arme au poing, il approcha.

— Non ! Tu n'es pas Autumn. Autumn est une gamine.

Ryan Reed se pencha pour prendre une autre flèche.

— Mais si, c'est moi, Autumn. Regarde, oncle Ryan.

Elle releva la jambe de son pantalon.

— Regarde, reprit-elle en montrant son mollet. C'est la cicatrice de quand je suis tombée de la falaise de Pikes Cliff, l'été où je suis allée en randonnée avec toi. Tu sais, ça me tire encore en hiver, quand il fait froid.

Son oncle cligna plusieurs fois des yeux, mais garda sa flèche dans la main.

— Si on rentrait boire quelque chose de chaud ? Il fait trop froid ici, ajouta-t-elle.

Sa technique était bonne. Elle suggérait, sans le demander,

qu'il repose sa flèche. Mais Nathan était inquiet. Oncle ou pas, cet homme était imprévisible et c'était un tueur.

— Qu'est-ce que tu fais dehors, petite ? Ton père va s'inquiéter.

Nathan hésita. S'il touchait Reed au bras ou à la jambe, lâcherait-il sa flèche ?

— Non, oncle Ryan. Il sait que je suis là. Rentrons à la maison ensemble, si tu veux.

Une plainte s'éleva soudain. Blythe revenait à elle. Sa tête roulait d'avant en arrière. Elle poussa un cri.

— La ferme, hurla Reed. La ferme !

Crispé, l'oncle arma de nouveau son arc et le pointa sur elle.

— Va-t'en, Autumn. Il va nous tuer toutes les deux, cria Blythe.

Ryan se remit à chantonner, mais dut entendre un bruit car il dressa l'oreille.

— Qui est là ? lança-t-il.

Blaine sortit de l'ombre et avança vers son oncle, les mains en l'air.

— Oncle Ryan, c'est moi, Blaine.

— Blaine ? Mais qu'est-ce que tu fais là ? Tu as suivi Autumn ? Elle a encore désobéi, elle n'a pas le droit de sortir du camping. Elle va encore se perdre, la vilaine.

Sur ces mots, il s'esclaffa.

— Je suis venu vous chercher pour vous ramener tous les deux à la maison, dit Blaine.

Blaine se rapprocha de sa sœur en s'arrangeant pour que leur oncle ne voie plus leur mère. Ryan Reed posa alors sa flèche à terre puis l'arc.

— Haut les mains ! cria Ford à cet instant.

Autumn et Blaine avaient la situation bien en main, pourquoi Ford intervenait-il ? fulmina Nathan.

Aussitôt, Ryan Reed attrapa Autumn pour la placer devant lui. Il sortit un couteau d'une poche et posa la lame sur sa gorge.

— Fiche le camp ou je l'égorge, hurla-t-il à Ford. Ne m'oblige pas à tuer une gosse. Je le ferai pour la protéger. Tu ne nous prendras pas vivants.

Sur ces mots, Ryan recula, Autumn toujours plaquée contre lui. Si elle vacillait, la lame lui entamerait le cou, songea Nathan, atterré.

De peur que Ford ne charge, il improvisa aussitôt un plan. Ryan Reed était un vétéran. Il avait passé des années à se battre. Il avait été acteur et témoin des horreurs de la guerre. Si, dans les méandres de son esprit troublé, il se croyait encore en Irak, Nathan n'avait d'autre solution que de lui faire croire qu'ils étaient au combat.

— Ryan, je te couvre, cria-t-il.

Ils le regardèrent tous, interloqués.

— Autumn, Ryan, Blaine, sauvez-vous, reprit-il en agitant son arme vers Ford.

— Oncle Ryan, vite, il faut courir, renchérit Blaine.

— C'est qui ? demanda Ryan.

— Un ami. Viens, il nous couvre pendant qu'on se sauve.

Nathan, dans la ligne de tir de Ford, partit à leur poursuite. Ford était une fine gâchette, mais il ne ferait feu que s'il était sûr d'atteindre sa cible, paria-t-il.

Quand il jugea le moment propice, Nathan se jeta tout d'un coup sur le Chasseur et le plaqua au sol, entraînant Autumn dans sa chute.

— Autumn, ça va ? s'inquiéta-t-il.

— Oui, ça va.

L'oncle gémit. Voyant Ford accourir, Nathan se releva. Ils passèrent les menottes à Ryan. Alors seulement Nathan regarda l'homme qui avait tué sa sœur et, à sa grande stupéfaction, ce qu'il éprouva ne fut ni de la colère et encore moins de la haine, mais une immense tristesse pour ce gâchis irréparable. Colleen était morte. Pourquoi ? C'était inexplicable. Pour l'heure, il allait appeler sa mère et lui annoncer la nouvelle.

— Merci de ne pas avoir laissé Ford le descendre, dit Autumn tout bas. Mon oncle est un malade qu'il faut soigner.

Blaine détacha sa mère, qui tomba dans ses bras. Autumn vint aussitôt les rejoindre. Tous les trois enlacés, ils regagnèrent Trail's Edge en silence.

Ford appela ses hommes pour qu'ils collectent les pièces à conviction tandis que deux de ses agents poussaient Ryan Reed à l'arrière d'un fourgon.

— C'est le moment des au revoir, alors, déclara Autumn.

— Oui, je vais dire adieu à ma sœur et laisser les miens faire leur deuil. En ce qui me concerne, je n'ai pas l'intention de te dire au revoir. J'ai besoin de toi, Autumn. Je te veux dans ma vie.

Elle sourit.

— Tu me veux comment ? Comme guide de randonnée ?

— Tu ne comprends pas que je t'aime ? Que je te veux comme… comme tout ! Comme guide, comme maîtresse, comme femme, comme meilleure amie. Tu seras là quand je me perdrai et je te promets d'être là si tu te perds.

— Je suis très douée pour me perdre, répondit-elle en minaudant. Je risque de te faire perdre beaucoup de temps.

— Tant mieux, car j'ai l'intention d'en passer un maximum avec toi, mon amour.

Sur ces mots, il pencha la tête et prit ses lèvres. Il ne s'était jamais senti aussi heureux.

Les enfants du secret, de Dana Marton - N°392

Les yeux écarquillés par la stupeur, Lara fixe l'homme qui vient de se lever, non loin d'elle, dans le restaurant où elle est en train de dîner. Cette démarche assurée, ce port de tête altier, elle les reconnaîtrait entre mille : il s'agit de Reid, l'amant passionné avec qui elle a partagé une folle nuit deux ans plus tôt et qui est mort quelques jours plus tard dans un incendie... Reprenant ses esprits, Lara se rue à la poursuite de celui qui, pour une raison qu'elle ignore, a manifestement mis en scène sa disparition et l'a abandonnée, sans savoir qu'elle donnerait naissance peu après à deux adorables bébés...

Les disparus de Comanche Creek, de Mallory Kane

Sur la scène de crime où on vient de retrouver les restes de plusieurs corps, Nina Jacobson, spécialiste en anthropologie médico-légale, s'interroge. Se peut-il que Marcie, sa meilleure amie disparue deux ans plus tôt, ait été assassinée ici, dans cet endroit sinistre ? Mais, alors qu'elle se prépare à pratiquer les premières analyses, un homme s'approche d'elle, et elle sent une rage froide l'envahir. Car ce policier au regard bleu acier et à la silhouette massive, elle le connaît bien. C'est lui qui n'a pas su protéger Marcie. Lui qui, de toute évidence, a été chargé de rouvrir l'enquête sur les disparus de Comanche Creek et avec qui, bon gré mal gré, elle va devoir collaborer.

Protection sous contrat, de Elle James

Ex-play-boy habitué des pages à scandale de la presse people, incorrigible séducteur enchaînant les conquêtes féminines... Décidément, Chase Marsden, le richissime homme d'affaires qui vient d'engager Kate pour une mission de protection, appartient à cette catégorie d'individus qu'elle évite depuis toujours. Pourtant, Kate n'est pas du genre à refuser un contrat, surtout lorsqu'il s'agit de protéger une vieille dame, amie de Chase, et Jake, son petit-fils, un adorable petit orphelin, dont la naissance s'entoure d'un insondable secret et sur lequel pèsent des menaces de mort...

Tes bras comme refuge, de Jenna Ryan

Depuis qu'elle a quitté Gabriel, lassée du climat de danger permanent qui entourait son métier de shérif, Alessandra mène une vie tranquille dans la petite ville du Dakota où elle est vétérinaire. Mais, un soir, quelle n'est pas sa surprise de voir réapparaître celui qu'elle n'a jamais pu oublier. Blessé, poursuivi par une bande de criminels, Gabriel est venu se réfugier chez elle car il sait qu'elle ne le trahira pas. Touchée par cette marque de confiance, et troublée malgré elle par la force de ses propres sentiments, Alessandra décide de le soigner. Sans se rendre compte qu'en revenant vers elle, Gabriel a attiré sur elle les dangers dont il est lui-même menacé.

Pour sauver son bébé, de Cassie Miles - N°394

Inquiète, Olivia se retourne et scrute la rue déserte. Une fois encore, elle vient de sentir derrière elle une présence invisible. Comme si quelqu'un guettait dans l'ombre le moment propice pour l'attaquer. Mais qui peut bien lui vouloir du mal, à elle, la sage-femme dévouée, la future maman sur le point d'accoucher ? Incapable de trouver une réponse à ses questions, et sentant le danger se rapprocher, elle se résigne à demander sa protection à celui dont, de peur de perdre son indépendance, elle refuse depuis des mois les demandes en mariage : Troy, son amant d'une nuit, l'homme auprès de qui elle s'est réfugiée un soir de désespoir, et dont elle porte aujourd'hui le bébé...

Menaces sur une héritière, de Julie Miller

En apprenant qu'Audrey Kline, héritière d'une riche famille de Kansas City, va présenter à la cour le dossier du dangereux trafiquant de drogue que lui-même vient d'arrêter, Alex Taylor est stupéfait. Une stupéfaction mêlée d'inquiétude, car Audrey, aussi brillante soit-elle, débute à peine sa carrière de procureur et n'a manifestement pas l'habitude de se frotter à des criminels de grande envergure. En effet, dès le premier jour du procès, la jeune et jolie juriste échappe de justesse à une agression. Inquiet pour sa sécurité, mais aussi touché par la vulnérabilité qu'il devine sous l'attitude indépendante et volontaire d'Audrey, Alex décide de la protéger. Avec ou sans son consentement...

Mission à haut risque, de Nora Roberts - N°395

Qui est « Némésis » ? C'est la question qui obsède la juge Deborah O'Roarke depuis que cet homme masqué et entièrement vêtu de noir lui a sauvé la vie au détour d'une ruelle sombre de Denver... Une obsession qui se voit encore renforcée quand elle comprend que ce justicier solitaire, qui poursuit sans faillir la mission qu'il s'est assignée – éradiquer le mal –, enquête sur la même affaire qu'elle... Tout à la fois exaspérée par ses méthodes, qu'elle estime contraires à la loi, et troublée par la force virile et rassurante qui émane de lui, Deborah s'en fait le serment : elle mettra tout en œuvre pour collaborer avec lui et découvrir sa véritable identité...

L'ombre de la passion, de Carla Cassidy

Lorsque le FBI se présente à la porte de Lana et lui impose d'héberger sous son toit l'un de ses agents, un certain Riley Kincaid, la jeune femme proteste, furieuse d'une telle intrusion dans sa vie privée. D'autant que, pour ne pas attirer l'attention, Kincaid et elle vont devoir se faire passer pour un couple d'amants. Mais elle se ravise bien vite en apprenant que son voisin est soupçonné d'être un dangereux tueur en série dont elle doit être protégée. Néanmoins, pas question de laisser l'agent Kincaid prendre son rôle de fiancé trop au sérieux pendant son enquête. Elle a en effet horreur des don Juan dans son genre, arrogants et sûrs de leur pouvoir de séduction...

OFFRE DE BIENVENUE

Vous êtes fan de la collection Black Rose ?
Pour prolonger le plaisir, recevez gratuitement

◆ **1 livre Black Rose gratuit** ◆
et 2 cadeaux surprise !

Une fois votre colis de bienvenue reçu, si vous souhaitez continuer à recevoir nos romans Black Rose, cela se fera automatiquement. Vous recevrez alors chaque mois 3 volumes doubles inédits de cette collection au tarif unitaire de 7,45€ (Frais de port France : 1,99€ - Frais de port Belgique : 3,99€).

➡ **ET AUSSI DES AVANTAGES EXCLUSIFS :**

➡ **LES BONNES RAISONS DE S'ABONNER :**

Des cadeaux tout au long de l'année.

◆

Des réductions sur vos romans par le biais de nombreuses promotions.

Aucun engagement de durée ni de minimum d'achat.

◆

◆

Des romans exclusivement réédités notamment des sagas à succès.

Aucune adhésion à un club.

◆

◆

L'abonnement systématique et gratuit à notre magazine d'actu ROMANCE.

Vos romans en avant-première.

◆

◆

La livraison à domicile.

Des points fidélité échangeables contre des livres ou des cadeaux.

➡ **REJOIGNEZ-NOUS VITE EN COMPLÉTANT ET EN NOUS RENVOYANT LE BULLETIN !**

✂

N° d'abonnée (si vous en avez un) ⊔⊔⊔⊔⊔⊔⊔⊔⊔⊔⊔

IZ6F09
IZ6FB1

Mme ☐ Mlle ☐ Nom : .... Prénom : ....

Adresse : ....

CP : ⊔⊔⊔⊔⊔ Ville : ....

Pays : .... Téléphone : ⊔⊔⊔⊔⊔⊔⊔⊔⊔⊔

E-mail : ....

Date de naissance : ⊔⊔ ⊔⊔ ⊔⊔⊔⊔

☐ Oui, je souhaite être tenue informée par e-mail de l'actualité d'Harlequin.

☐ Oui, je souhaite bénéficier par e-mail des offres promotionnelles des partenaires d'Harlequin.

Renvoyez cette page à : Service Lectrices Harlequin – BP 20008 – 59718 Lille Cedex 9 - France

Date limite : **31 décembre 2016**. Vous recevrez votre colis environ 20 jours après réception de ce bon. Offre soumise à acceptation et réservée aux personnes majeures, résidant en France métropolitaine et Belgique. Prix susceptibles de modification en cours d'année. Conformément à la loi Informatique et libertés du 6 janvier 1978, vous disposez d'un droit d'accès et de rectification aux données personnelles vous concernant. Il vous suffit de nous écrire en nous indiquant vos nom, prénom et adresse à : Service Lectrices Harlequin - BP 20008 - 59718 LILLE Cedex 9. Harlequin® est une marque déposée du groupe Harlequin. Harlequin SA – 83/85, Bd Vincent Auriol – 75646 Paris cedex 13. Tél : 01 45 82 47 47. SA au capital de 1 120 000€ - R.C. Paris. Siret 31867159100069/APE5811Z.

Vous n'avez pas le temps de lire tous les
romans Harlequin ce mois-ci ?
**Découvrez les 4 meilleurs
avec notre sélection :**

[**COUP DE
CŒUR**]

OFFRE DÉCOUVERTE !

Vous souhaitez découvrir nos collections ? Recevez **votre 1er colis gratuit*** avec **2 cadeaux surprise** ! Une fois votre colis de bienvenue reçu, si vous souhaitez continuer à recevoir nos livres, cela se fera automatiquement. Vous recevrez alors chaque mois vos livres inédits en avant première.

Vous n'avez aucune obligation d'achat et cette offre est sans engagement de durée !

*1 livre offert + 2 cadeaux / 2 livres offerts pour la collection Azur + 2 cadeaux.

☛ COCHEZ la collection choisie et renvoyez cette page au
Service Lectrices Harlequin – BP 20008 – 59718 Lille Cedex 9 – France

Collections	Références	Prix colis France* / Belgique*
❑ **AZUR** ....ZZ6F56/ZZ6FB2 ....6 livres par mois 27,59€ / 29,59€
❑ **BLANCHE**..................BZ6F53/B6FB2 .....3 livres par mois 22,90€ / 24,90€
❑ **LES HISTORIQUES**.......HZ6F52/HZ6FB2.......2 livres par mois 16,29€ / 18,29€
❑ **ISPAHAN***....................YZ6F53/YZ6FB2 ....3 livres tous les deux mois 22,96€ / 24,97€
❑ **HORS-SÉRIE**................CZ6F54/CZ6FB2.......4 livres tous les deux mois 32,35€ / 34,35€
❑ **PASSIONS**..................RZ6F53/RZ6FB2 ....3 livres par mois 24,19€ / 26,19€
❑ **NOCTURNE**.................TZ6F52/TZ6FB2 ....2 livres tous les deux mois 16,29€ / 18,29€
❑ **BLACK ROSE** ....IZ6F53/IZ6FB2 ....3 livres par mois 24,34€ / 26,34€
❑ **SAGAS** ....NZ6F54/NZ6FB2 .....4 livres tous les deux mois 30,85€ / 32,85€
❑ **VICTORIA**** ....VZ6F53/VZ6FB2 ....3 livres tous les deux mois 25,95€ / 27,95€

*Frais d'envoi inclus, pour ISPAHAN : 1er colis payant à 22,96€ + 1 cadeau surprise. (24,97€ pour la Belgique).
**Pour Victoria : 1er colis payant à 25,95€ + 1 cadeau surprise. (27,95€ pour la Belgique)

N° d'abonnée Harlequin (si vous en avez un) ⎵⎵⎵⎵⎵⎵⎵⎵⎵⎵

Mme ❑ Mlle ❑ Nom : _____

Prénom : _____ Adresse : _____

_____

Code Postal : ⎵⎵⎵⎵⎵ Ville : _____

Pays : _____ Tél. : ⎵⎵⎵⎵⎵⎵⎵⎵⎵⎵

E-mail : _____

Date de naissance : _____

❑ Oui, je souhaite recevoir par e-mail les offres promotionnelles des éditions Harlequin.
❑ Oui, je souhaite recevoir par e-mail les offres promotionnelles des partenaires des éditions Harlequin.

Date limite : 31 décembre 2016. Vous recevrez votre colis environ 20 jours après réception de ce bon. Offre soumise à acceptation et réservée aux personnes majeures, résidant en France métropolitaine et Belgique, dans la limite des stocks disponibles. Prix susceptibles de modification en cours d'année.Conformément à la loi Informatique et libertés du 6 janvier 1978, vous disposez d'un droit d'accès et de rectification aux données personnelles vous concernant. Par notre intermédiaire, vous pouvez être amenée à recevoir des propositions d'autres entreprises. Si vous ne le souhaitez pas, il vous suffit de nous écrire en nous indiquant vos nom, prénom et adresse à : Service Lectrices Harlequin BP 20008 59718 LILLE Cedex 9.
Service Lectrices disponible du lundi au vendredi de 8h à 17h : 01 45 82 47 47 ou 33 1 45 82 47 47 pour la Belgique.

Harlequin® est une marque déposée du groupe Harlequin. Harlequin SA – 83/85, Bd Vincent Auriol – 75646 Paris cedex 13. SA au capital de 1 120 000€ – R.C. Paris. Siret 318671591000069/APE5811Z.